日本古书店的手绘旅行

爱书狂的东京古书街朝圣之旅

[日] 池谷伊佐夫 著

高詹燦 译

重庆出版集团 重庆出版社

FURUHONMUSHI GA YUKU Jinbo-cho kara Charing Cross gai made By IKEGAYA Isao
Copyright © 2008 IKEGAYA Isao
All rights reserved.
Original Japanese edition published by Bungeishunju Ltd. in 2008.
Chinese (in simplified character only) translation rights in PRC reserved by Chongqing Publishing & Media Co., Ltd. under the license granted by IKEGAYA Isao, Japan arranged with Bungeishunju Ltd., Japan through Bardon-Chinese Media Agency.

本书中文简体字版由原著作者池谷伊佐夫授权重庆出版集团、重庆出版社在中国大陆地区独家出版发行。未经出版者书面许可，本书的任何部分不得以任何方式抄袭、节录或翻印。

版权所有，侵权必究

版贸核渝字（2020）第220号

图书在版编目（CIP）数据

日本古书店的手绘旅行 /（日）池谷伊佐夫著；高詹燦译. — 重庆：重庆出版社，2016.1
ISBN 978-7-229-10330-9

Ⅰ.①日… Ⅱ.①池… ②高… Ⅲ.①随笔—作品集—日本—现代Ⅳ.①I313.65

中国版本图书馆CIP数据核字（2015）第196814号

日本古书店的手绘旅行
RIBEN GU SHUDIAN DE SHOUHUI LÜXING
［日］池谷伊佐夫 著　高詹燦 译

责任编辑：夏　添　杨　帆　范　佳
责任校对：何建云
装帧设计：刘　洋　夏　添

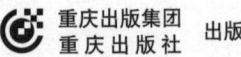
重庆出版集团　出版
重庆出版社

重庆市南岸区南滨路162号1幢　邮政编码：400061　http://www.cqph.com
重庆市开州印务有限公司印制
重庆出版集团图书发行有限公司发行
E-MAIL:fxchu@cqph.com　邮购电话：023-61520646
全国新华书店经销

开本：787mm×1092mm　1/16　印张：17.25　字数：230千
2016年1月第1版　2022年5月第4次印刷
ISBN 978-7-229-10330-9
定价：68.00元

如有印装质量问题，请向本集团图书发行有限公司调换：023-61520678

目录

店去店来，轻井泽、追分『起风』 133

田园调布、成城学园 得以看见诺贝尔奖作家和都知事的身影

这次我也参与其中『神田旧书祭』 149

旧书迷未曾履及之地 日本最北端的HAMANASU书房 158

阿荻西吉 中央线的旧书店 西荻洼 167

珍本、烂本 去年的收获大结算 175

探索小店的大乐趣 183

专卖店贩售『千两橘子』 190

从『坡上之云博物馆』看明治 松山篇之一 198

『少爷』大肆批评的文艺之地 松山篇之二 206

就算看不懂也一样有趣的西洋古书故事 214

金泽的古书店，要先从店内格局欣赏起 222

要『变身』成旧书虫，得从这里开始 230

伦敦古书店、古书市巡礼 海外篇 238

后记 旧书虫向前冲 264

141

在东京古书会馆，看出珍本奇书的投标门路 2

在冈山的巨大旧书店里迷路 12

有别于逛旧书店的情趣，古书特卖展魅力大公开 20

纳凉、大量，京都下鸭神社的大旧书市绘卷 28

书虫潜入的昆虫迷世界 第49届昆虫博览会 37

秋日心情乐，乐在神保町 第46届神田旧书祭 45

古都镰仓配古书店，相得益彰 这次有两个「古」字 53

从古书书目清单中窥探旧书的世界 61

乱步也开旧书店，团子坂、根津、千驮木散步 70

人生百态，旧书市百样 冬末旧本书一游 78

找寻店头均一价书，超便宜的「宝物」 86

有神佛的撮合，大阪 四天王寺大旧书祭 94

拜访九州的珍贵书籍 福冈篇 之一 102

有「爱」、有「痛快」，也有「感动」 福冈篇 之二 109

继「剧场」之后为「按摩」当中到底有何名堂 117

找寻咖啡与旧书，关键都在「认真」 125

日本古书店的手绘旅行

个性书店×经典老书×重度书迷的痴狂记事

在东京古书会馆，看出珍本奇书的投标门路

我曾在某个与读书有关的广播节目中，被主持人问道："新书早晚也会成为旧书对吧？"当时我不经意地回答道："没错。"

如今回头细想，真是大错特错。全年有七万本新书，有两万多家新书书店，无法应付所有新书。旧书店只有约莫六千家之多，不可能照单全收。

其中有些书出版后，连摆在店头贩售的机会都没有，便被退回给经销商，经裁切后，做成回收纸。而另一方面，有些书则是成了旧书，保有漫长的寿命。换言之，以新书的姿态来到这世上，之后在新主人手中度过第二、第三"人生"的书，可说是再幸福不过了。

本书想造访形形色色的旧书、古书（严格来说，两者有所区分）的风貌，及其相关的人物。书是装载文化的器具。相信一定能邂逅难得一见的光景、发现文化、听闻许多和书有关的趣闻。

古典会——特选书市

日、汉的古书，此次尤以佛书最为显眼。有不少珍品，像是《三教指归注》7册、《摧邪轮》3册、《先哲丛谈》7捆（多人投标）、《虾夷漫画》[安政六年（1859）]附书衣，书况极美（多人投标）、《天变地异》小型本1册、《圣德太子传历备讲》30册、《即身义》3册、《笑府》13册、《吾妻镜》15册、《东海道名所图会》6册，书况佳、绉纹纸本、《名所腰挂八景》两张（多人投标）、《籭籑》（向神供奉谷物所用的器具之书。外方内圆→籭，反过来→籑）等等。

墙上挂着画轴

下标处

这还没传过来

下标处

这边

回收人员

会员坐的位置，每次几乎都固定，所以下次会从左侧开始，以求公平

"东京古典会"木盘

"回转下标"从这里开始

旧书诞生的场所

前些日子，我造访了古书市场——东京古书会馆现场。这里平时只有会员才能进场，但我取得采访许可，得以到星期五的"明治古典会"①、星期二的"古典会"②、"洋书会"、星期三的"资料会"③这四个会场参观。我连日

---

①明治以后的书籍、资料书市。
②日本书、书画、卷轴书等，只收集古董品的书市。
③基本文献、地图、图画明信片、纸类收藏等资料的书市。

明治古典会——特选书市

每周星期五举行，明治以后的书籍、资料拍卖会。这场拍卖会为特选书市，从5000日元（通常为2000日元）起标。

这天包含画集在内，以川濑巴水的木刻版画最引人注目。图案极美的"锦带桥"，也有不少人投标

有两箱古文书和废纸掺杂的纸箱

吉田文治的海报"够了！吉田茂"

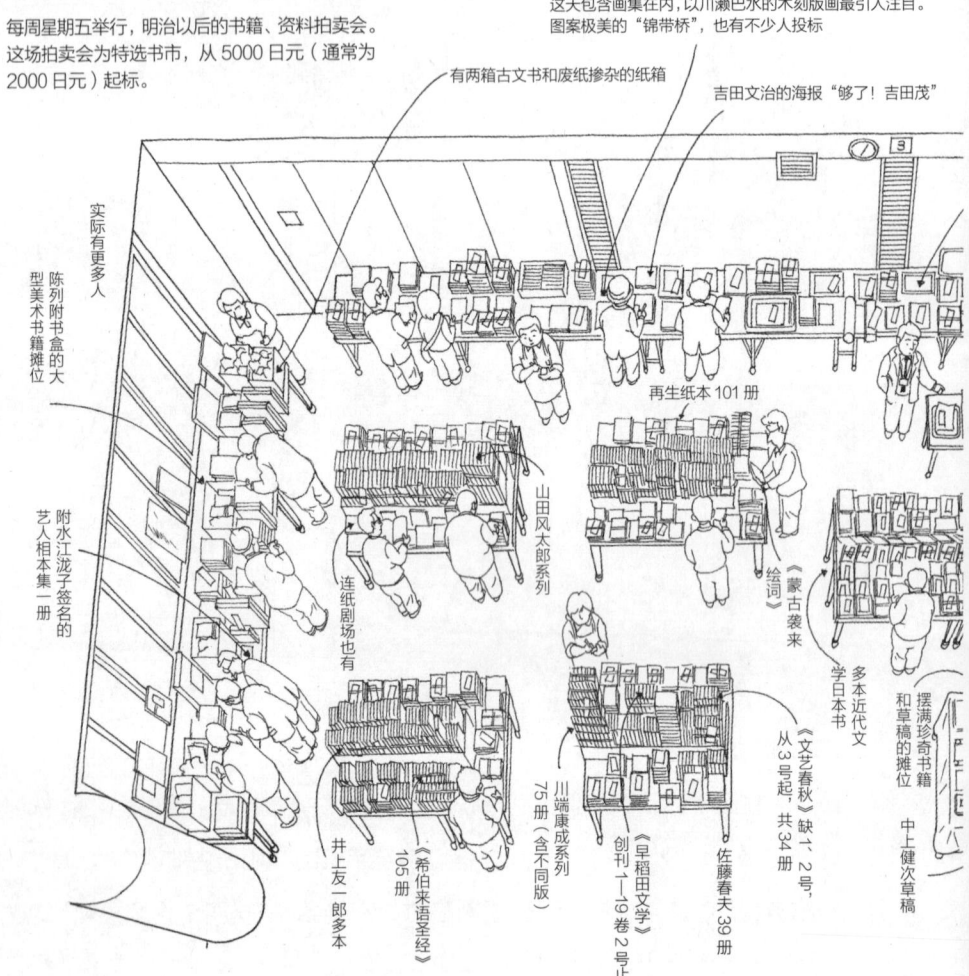

实际有更多人

陈列附书盒的大型美术书籍摊位

附水江泷子签名的艺人相本集一册

连纸剧场也有

山田风太郎系列

再生纸本101册

《蒙古袭来绘词》

多本近代文学日本书

摆满珍奇书籍和草稿的摊位

中上健次草稿

井上友一郎多本

《希伯来语圣经》105册

川端康成系列75册（含不同版）

《早稻田文学》创刊1—19卷2号止

佐藤春夫39册

《文艺春秋》缺1、2号，从3号起，共34册

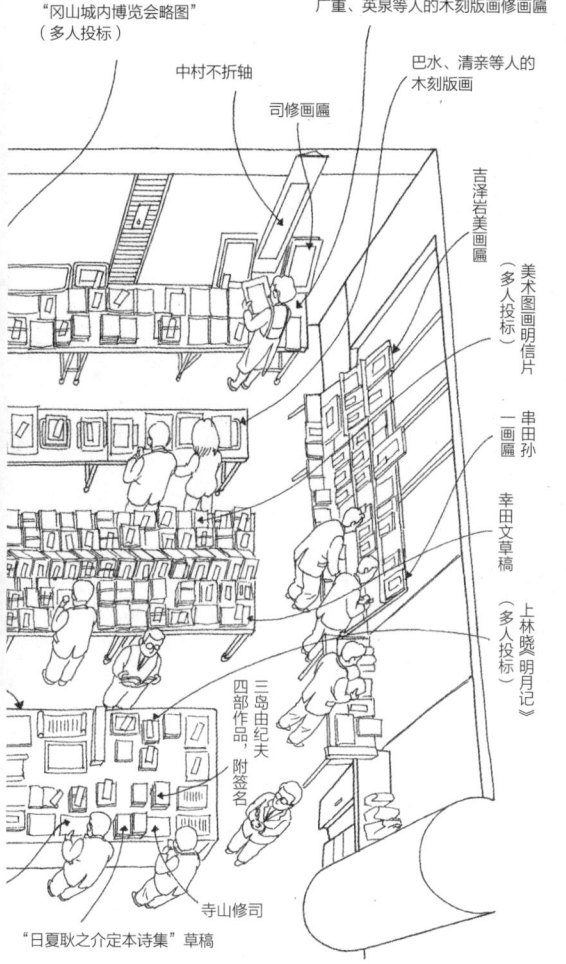

和编辑M先生一同联袂出席，一名熟识的旧书店老板对我说："感觉你愈来愈像我们的同业了。"

本周与平时一件2000日元（起标价格）的一般拍卖不同，而是一件5000日元起标的特选书市。想必会发现不少好货。

东京古书会馆的书市，不是采用竞标，而是采用投标的方式。上页的插画，是"古典会"采用的"回转下标"，相当难得一见。会员在П字形的桌子前就座后，展示品便从最外边开始轮流传阅。会员们逐一拿起展示品看过后，朝随附的信封中下标。展示品以古文典籍这类的古书为主，所以很多专卖店或是预算阔绰的店家会参加。当然了，市街里的旧书店老板也能参加。

这里登场的书籍种类，大多是旧

书店的展示架或书目清单上列的内容，都由研究人员、大学图书馆，或是部分爱书人士收购。话说回来，听说这些旧书原本大多是搁置在老家、遗留在店内仓库，或是一些学者和收藏家死后，被家属处理掉的结果。

透过书市，决定新的接手人，古书会转往另一个持有人手中。想必会就此迈向第三、第四个"人生"。就出身来说，这和退位后辗转于民间企业间的官员大相径庭。不过，被图书馆收购的古书典籍，被贴上标签后，就此收藏在箱底，不见天日，鲜有机会在一般人面前露面。图书馆可说是书籍的黑洞。

要是得标可就伤脑筋了，但还是要投标

平时在店面里笑容可掬、谈笑风生的店家老板，在拍卖会场却是各个脸色凝重。当真是全力相搏的场面。

面对势在必得的商品，发现某家大书店也投标时，有人马上斗志全无，"甘拜下风"，但也有人全力展开缠斗。

此外，有人是一直在看上眼的商品旁打转，紧盯着看有谁投标，以此决定投标价格。大家都全力进货。因为要稳定提供好的商品，端看店主在书市上如何巧妙地进货，这和店家的兴衰息息相关。

每次遇见熟识的古书店老板，我总不忘问一句："打击率几成啊？"

"不到一成吧。""我没有一一细数，不过进了不少货。应该还没一朗的打击率高吧。""有五成以上。因为想要的书，我一定要弄到手。"回答各式各样。

听过之后可以发现，得标率低的人，店内的售价较便宜。因为是以乱枪打鸟的方式投标，所以各家店内都有几套，因而没人投标的书，或是书况不佳、没人要买的书，他们便能意外以便宜的价格取得。

不过，当中也有人们口中"××先生真厉害，以拖网的方式搜刮一空"的厉害人物。这位××先生，是近代文学的知名人物，但售价相当便宜。很不可思议。

此外，有些店主明明不想要，却也跟着投标。经询问之下得知——

"我摆在店里卖的书，如果被别人以更便宜的价格标下，那我可就伤脑筋了，所以我打算稍微拉抬一下价格。因为大家都在看。不过，要是误判价格，就此得标，那可就惨啦。"当真是虚虚实实，尔虞我诈。

写好价格的纸条，得放进随附的信封中，严禁偷看里头的内容。据说得从信封鼓起的程度，或是手摸的触感，来判断有多少人投标。凡事讲究的都是经验。

标下自己展出的商品

我在采访书市的情况时，发现一本有趣的书。人在附近的K书店老板正陆续进行投标，于是我便向他拜托道："要是你标下这本书，可否转卖给我？"他当场回答我没问题。但我没料到它的价格竟然如此昂贵，事后从K老板那里得知详情，我大为震惊。因为实际的得标价格远远高出许多。约莫是K老板开价的十倍，我的七倍。怎么看都贵得离谱。"应该是套好招的。自己展出的商品，自己买回。"

"如果不想被人便宜标下，只要一开始附上底标价格，不就只要花少许调货的费用就行了吗？"我提出心中的疑问。

"想必对方认为就算花高额的得标手续费也划算。设底标价格的业者，大家容易避而远之。因为透过记号，大致可以猜出是哪位业者。"K老板如此解释后，又补上一句。"这在书市里是常有的事。为了炒热书市的买气，花上

7

展出的各种商品

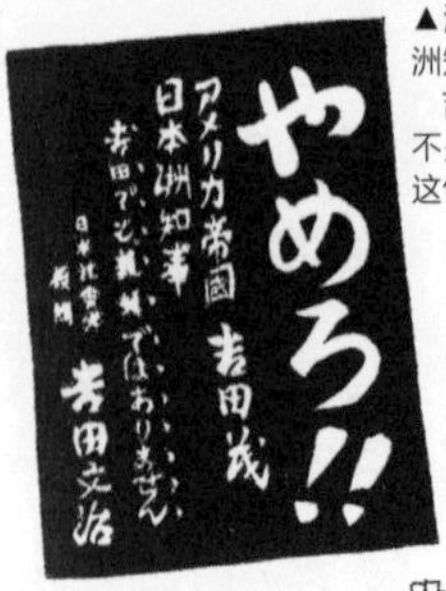

▲海报"够了！"美国 日本洲知事 吉田茂 社会党顾问吉田文治 "既不是吉田，也不是他亲戚"（旁边有附点），这句话很有意思（明治古典会）

《小林清亲》木刻版画"五本松雨月"，明治十三年（1880）1 幅（明治古典会）

只有一小部分

《从绘画中可以看见的妖怪》吉川观方解说（资料会）

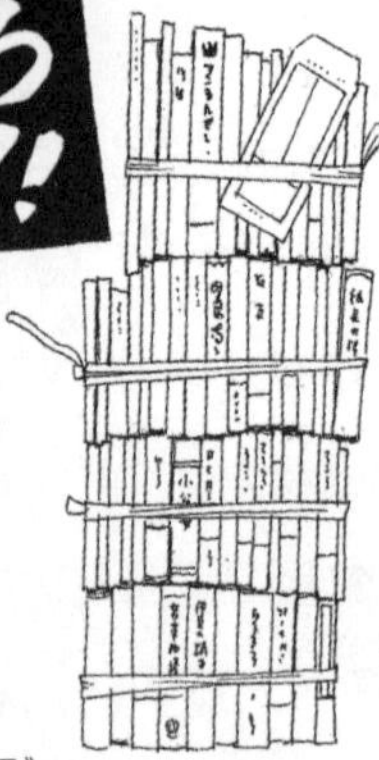

川端康成 75 册。《浅草红团》《水晶幻想》等，《班长侦探》不同版本 3 册（明治古典会）

"征兵保险"证上面还写有"孩童专属"几个字。富国征兵保险相互会社（资料会）

《花团锦簇的森林》初版 三岛由纪夫（明治古典会）

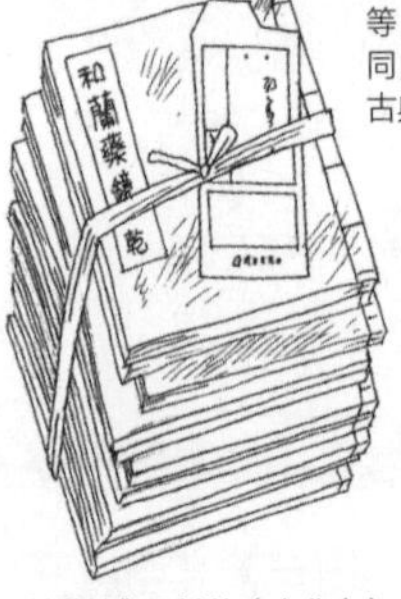

《和兰药镜》及其他（古典会）

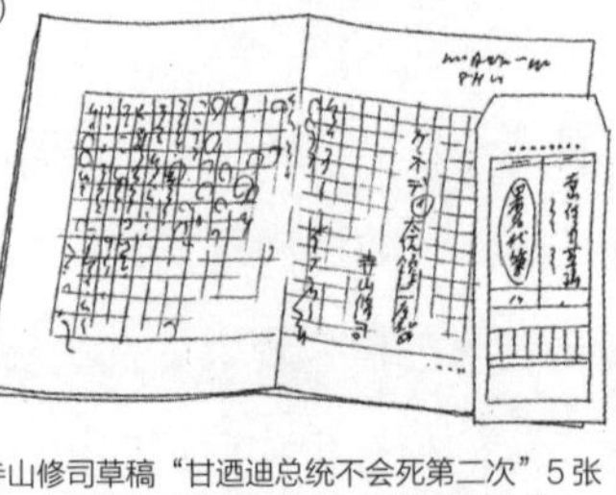

寺山修司草稿"甘迺迪总统不会死第二次" 5 张完。上头写有"签名为代笔"（明治古典会）

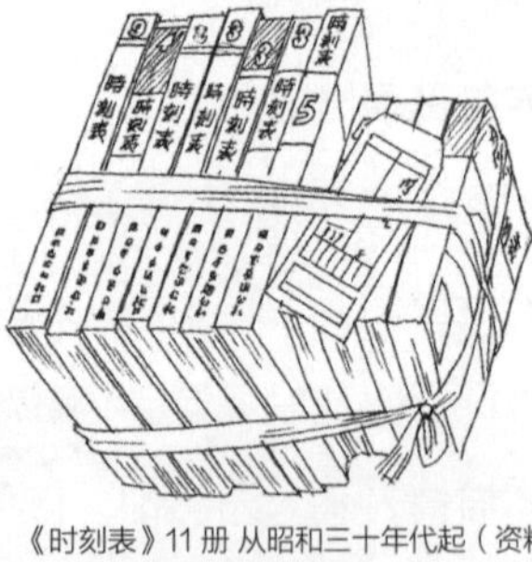

《时刻表》11 册 从昭和三十年代起（资料会）

M-C=?

说到 M-C……并非与物理质量或速度有关。在外文书的封面，这表示 900 年。右边的《大英百科全书》是从 1875 年开始发行，但扉页却写着 MDCCCLXXV。外文书的发行年份，一般是以数字标示，但其中也有以罗马字记载者。

M（million）为 1000，C（century）为 100，D=500，L=50，X=10，V=5，I=1，就是这样的组合。大的数字左边若出现小的数字，则为减数，若小的数字出现在右边，则是加数，原理和时钟一样。附带一提，今年（2005 年）为 MMV。

《大英百科全书》全 35 册，颇引人注目。1875 年（9 版）—1930 年的发行版。（洋书会）

地图篇与索引略微大些

百万的手续费买回自己商品的例子，也不是没有。"嗯！听了之后，不禁让人觉得，书市说来容易，但当中却也需要各种策略和经验呢。我喜欢古书店，但这种生意我绝对做不来，经过这次的采访，更加深了我这个念头。

进入会场约一个半小时后，开始宣布竞标结果。现场广播谁以多少金额得标。我们不便继续留在现场旁观。于是我和编辑M先生便早早离开会场。

书市（又称交换会）是采购重要商品的场所，也是将自己从客人那里买来的书拿出来贩售的场所。不过，要能在书市里大显身手，不用说也知道，需要足够的财力和经验。

有些店家虽然也加入会员，但在书市里无法随心标下想要的商品，所以进货的方式，大部分还是采取到其他店家或古书市场收购的做法。也有些店家总是以些微的价格差距，被同一家店夺走自己想要的商品，无比懊恼。

不过，这个世界形形色色的人都有，有些老前辈会在书市里看着商品，向晚辈说出它的价值，甚至透露自己投标开出的价格。之所以这么做，似乎是因为栽培后进也相当重要。

没亲手把书拿在手中，便不懂它的价值

旧书店老板不论是在书市中进货，还是向客人收购，都是看过商品之后才买。不过，就客人的立场来看，则必须从书目清单上得到的资料，或是网络上的记载，来判断一本书的价值。

以我的经验来说，已知的书姑且不论，若是单从书名或作者来判断"好像很有趣""可能派得上用场"，而就此订购的未知书籍，大半都和自己原本的想象有所出入。书况也是。有时以为是自己四处找寻的书，结果却是装帧与初版和再版都完全不同的另一个版本。

如果想遇上好书，最重要的是时时造访旧书店或书展，直接拿在手中一看究竟。

在书市里，能邂逅不少珍奇的书、有价值的书，以及让人难以评断好坏的书籍和资料。这些书想必会让店面和书目清单变得热闹不少（本稿在执笔时，有些已在书目清单中登场）。

在这网络的全盛时期，买旧书方便不少。书目清单若不能展现出它与网络在便利性方面的决定性差异，或许再过不久便会被淘汰，不过，"会不会是什么有趣的书呢？"像这种找书的乐趣，还是得亲自拿在手中确认才会明白。

网络和书目清单只是找书的方法。反观我自己，拿在手中大呼过瘾的好书，都是在旧书店或书展中当场发现得来。

从下一章起，我想尽可能探寻一些能邂逅好书的场所以及商品，介绍给各位，敬请期待。

（补充） 东京古书会馆几乎都是采取投标的方式，但偶尔也会举办竞标。听说有时会举办竞标，作为炒热会场气氛的活动。在竞标会中，会出现近年来蔚为话题的书籍。号称梦幻古书，据说至今仍没人亲眼见过，敢拍胸脯说"这是真品"，它便是堀辰雄的《鲁本斯的伪画》（红川书房版）。这本书共有两册，分别附有古贺春江与东乡青儿的亲笔玫瑰画，其中，附古贺春江玫瑰画的那本，于竞标会中登场。会场从出声喊价前，便一直笼罩着一股紧张感，等到竞标开始，更是喊价声此起彼落，激战的结果，由某近代文学珍奇书店得标。参加竞标的业者向我透露，当时许多业者都不相信它是真品，但是看那家店如此投入竞标中，心想也许确实是真品也说不定，这股气氛登时弥漫了整个会场。竞标有一种投标所没有的独特氛围，当目标是难得一见的旧书时，会场似乎会弥漫一股异样的气氛。

日后，我向那家旧书店老板的儿子询问，他告诉我："家父在得标时，满脸通红呢。"我很想亲眼瞧瞧这样的竞标会，但适合的会场主持人愈来愈少，而且耗费时间，所以目前都采用投标制。

梦幻旧书伴随着"爱书狂引领期盼的逸品，鲁本斯梦幻画作"的文句，在广告中华丽登场。价格550万日元。想必得标价格同样是天价。

据说有人到店里发现那本旧书，当场便掏钱买下。

在冈山的巨大旧书店里迷路

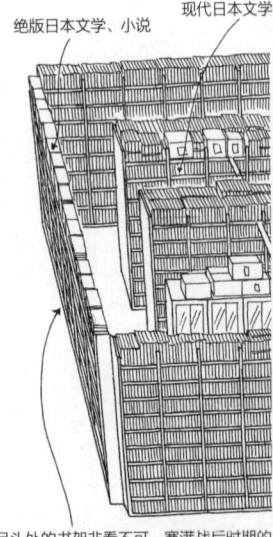

绝版日本文学、小说
现代日本文学

尽头处的书架非看不可。塞满战后时期的旧书。特别是再生纸本,数量颇丰。林芙美子、菊池宽、源氏鸡太、丹羽文雄、藤泽桓夫等人的再生纸本特别显眼。此外,北村寿夫、北条诚的《左邻右舍》两册。《黑花》梅崎春生(昭和二十五年)(1950)、《人肉市场》有560版。

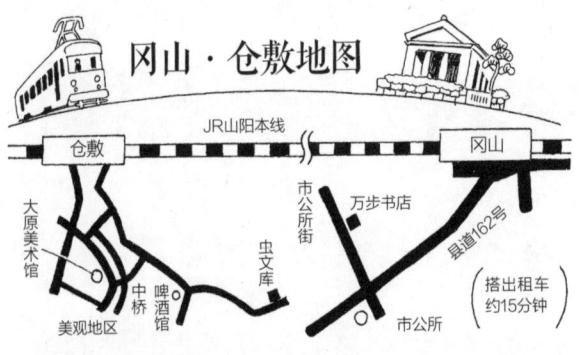

一家得走上一万步的旧书店

可以一面看旧书店的书架,一面走上一万步当运动。而且只是一家店而已……如果有这样一家店,古书迷们一定额手称庆。以前我便听说有家如此巨大的书店,所以我立刻和编辑M先生一同启程前往冈山县。

在县内共有九家店的"万步书店"总店,比想象中还要宽广。卖场面积为220坪①,所以占地超过700平方米。14、15页的一楼平面图,因页面空间的缘故,我在作画时多少将它缩小了些,所以店内的实际深度还要更长。虽然排

---

① 坪是日本面积单位名,1坪约等于3.30378平方米。

万步书店2楼文艺书层

造访2楼文艺书层的人很少,但这里有许多便宜又罕见的书,绝对值得一看。

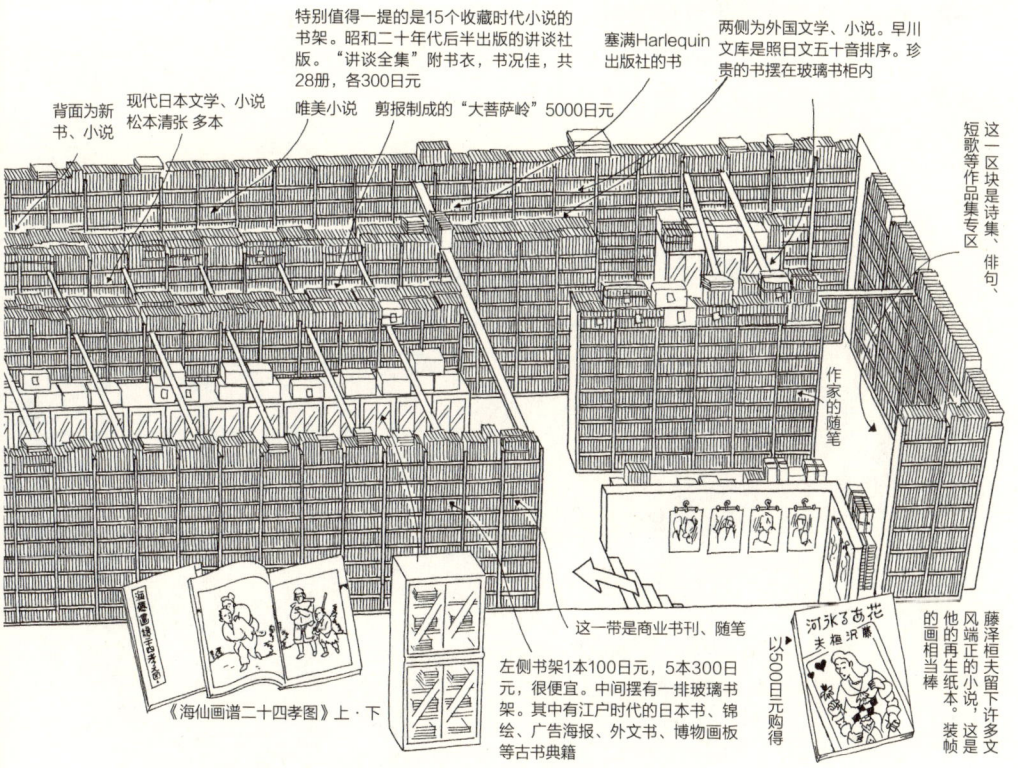

- 背面为新书、小说
- 现代日本文学、小说 松本清张 多本
- 特别值得一提的是15个收藏时代小说的书架。昭和二十年代后半出版的讲谈社版。"讲谈全集"附书衣,书况佳,共28册,各300日元
- 唯美小说
- 剪报制成的"大菩萨岭"5000日元
- 塞满Harlequin出版社的书
- 两侧为外国文学、小说。早川文库是照日文五十音排序。珍贵的书摆在玻璃书柜内
- 这一区块是诗集、俳句、短歌等作品集专区
- 作家的随笔
- 这一带是商业书刊、随笔
- 左侧书架1本100日元,5本300日元,很便宜。中间摆有一排玻璃书架。其中有江户时代的日本书、锦绘、广告海报、外文书、博物画板等古书典籍
- 《海仙画谱二十四孝图》上·下
- 以500日元购得
- 藤泽桓夫留下许多文风端正的小说,这是他的再生纸书本。装帧的画相当棒

列得井井有条,但通路狭窄,有时还会走进死胡同,店内宛如一座迷宫。

此外,店家自己做的书架有些歪斜,通道上的木板地也放满了书,感觉仿如走进一座旧书的大迷宫。

说到占地辽阔的旧书店,一般人会想象成Book Off,不过,我希望各位能将它想象成比一般的Book Off更大、更昏暗、旧书更多,而且没那么漂亮(我可没说它脏哦)。

万步书店的店名,是本著金本社长"沉醉在找书的过程中,不自觉地走了

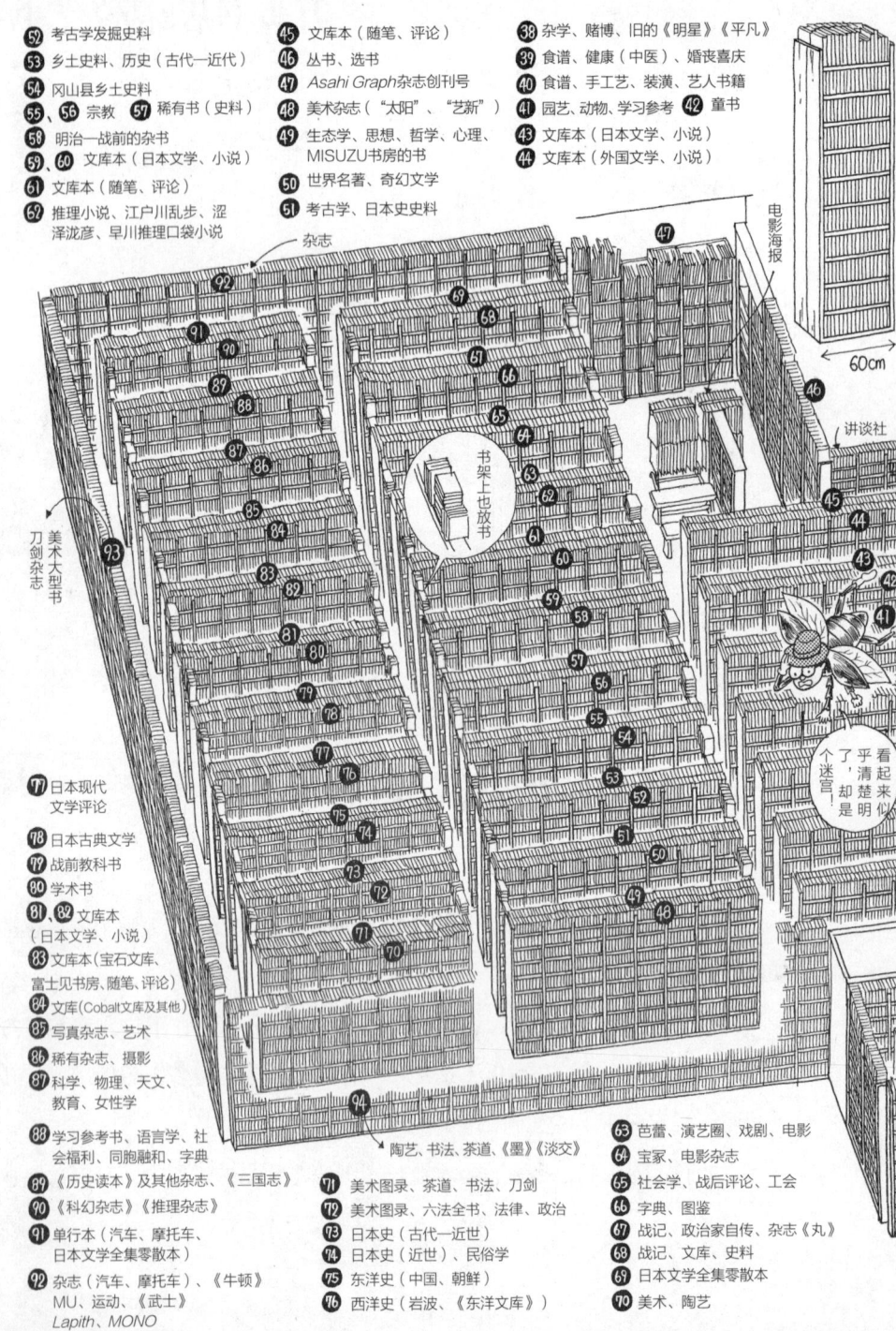

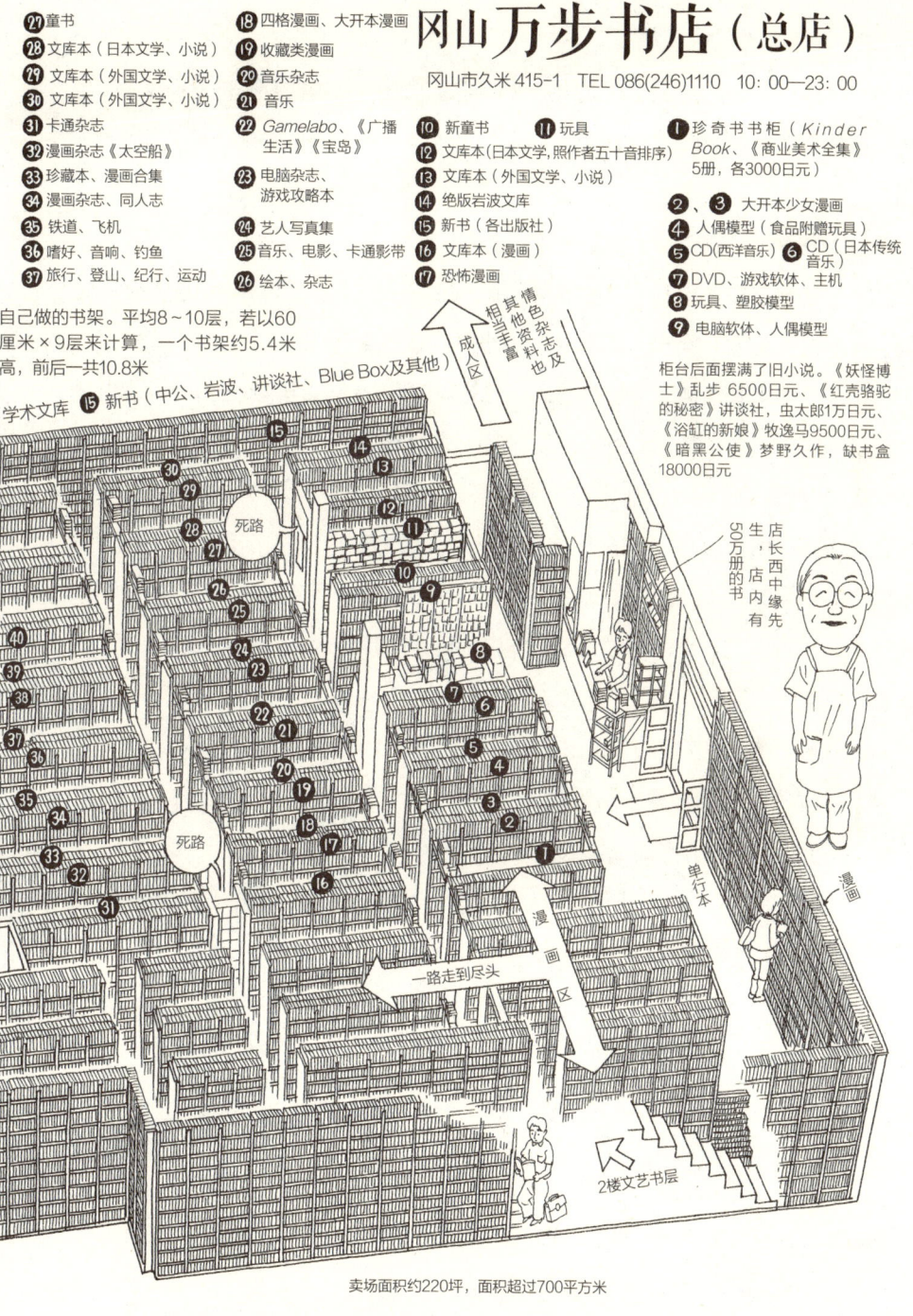

冈山万步书店（总店）

冈山市久米 415-1　TEL 086(246)1110　10：00—23：00

- ㉗ 童书
- ㉘ 文库本（日本文学、小说）
- ㉙ 文库本（外国文学、小说）
- ㉚ 文库本（外国文学、小说）
- ㉛ 卡通杂志
- ㉜ 漫画杂志《太空船》
- ㉝ 珍藏本、漫画合集
- ㉞ 漫画杂志、同人志
- ㉟ 铁道、飞机
- ㊱ 嗜好、音响、钓鱼
- ㊲ 旅行、登山、纪行、运动

- ⑱ 四格漫画、大开本漫画
- ⑲ 收藏类漫画
- ⑳ 音乐杂志
- ㉑ 音乐
- ㉒ Gamelabo、《广播生活》《宝岛》
- ㉓ 电脑杂志、游戏攻略本
- ㉔ 艺人写真集
- ㉕ 音乐、电影、卡通影带
- ㉖ 绘本、杂志

- ⑩ 新童书
- ⑫ 文库本（日本文学,照作者五十音排序）
- ⑬ 文库本（外国文学、小说）
- ⑭ 绝版岩波文库
- ⑮ 新书（各出版社）
- ⑯ 文库本（漫画）
- ⑰ 恐怖漫画

- ⑪ 玩具
- ① 珍奇书书柜（Kinder Book、《商业美术全集》5册，各3000日元
- ②、③ 大开本少女漫画
- ④ 人偶模型（食品附赠玩具）
- ⑤ CD（西洋音乐）
- ⑥ CD（日本传统音乐）
- ⑦ DVD、游戏软体、主机
- ⑧ 玩具、塑胶模型
- ⑨ 电脑软体、人偶模型

自己做的书架。平均8~10层，若以60厘米×9层来计算，一个书架约5.4米高，前后一共10.8米

学术文库　⑮ 新书（中公、岩波、讲谈社、Blue Box及其他）

柜台后面摆满了旧小说。《妖怪博士》乱步 6500日元，《红壳骆驼的秘密》讲谈社，虫太郎1万日元，《浴缸的新娘》牧逸马9500日元，《暗黑公使》梦野久作，缺书盒18000日元

卖场面积约220坪，面积超过700平方米

一万步"的理念，以此命名。在此说个题外话，这家旧书店在开张前，原本好像是一家园艺店。店名叫"贫乏园"，很怪的名称。怪人所做的事，果然与众不同。

纽约的曼哈顿有家知名的旧书店，名叫"海滨书店（Strand Book Store）"，别名"18英里长的书（18 Miles of Books）"。好像是因为这里的书架、平台的总长为18英里。换言之，倘若将"海滨书店"的书立起来排成一列，将长达29公里长。若以传言来看，一个书架平均5.4米，店内有上千个书架的"万步书店"，其书架总长为5400米。若以50厘米的步伐宽度行走，走一万步就能看完这些旧书。从此可以断言，看板所言不假。

虽然还差"海滨书店"一小步（正确来说，是4700步左右），但它在冈山市内中心有九家店面，所以要逛完每一家万步书店，那可不是散步就能办到的，而且从较新的书，到江户时代的日本书、锦绘、广告海报、百年前的外文书、博物画板①，应有尽有。

13页的图，是店内二楼的"文艺书层"。我看到这里，大吃一惊。

里面排满了大量的书籍，从近代文学，到现代日本文学、外国文学、自传、随笔、诗歌、连句俳句合集、推理小说、时代小说、战后的再生纸本，全部都有。虽是在古书会馆的展览中常见的书，但我还是第一次见识如此完备的丰富藏书。

"现代小说采用作家的五十音顺序排列，不过松本清张先生的作品已差不多都卖光了。"店长西中缘

《奈落杀人事件》2800日元。户板康二，中村雅乐侦探故事，昭和三十五年（1960），文艺春秋新社

---

①从动植物、鸟类等图鉴类书籍剪下，作为裱框用的零星图版。

先生如此说道。清张的书并不贵，但他初期未成名时的时代小说，有的售价高达10万日元以上。我总觉得它就摆在这些书架中。我要是能早点来就好了。

有件事忘了提，我光是要画一楼的店内摆设和书架，便已竭尽全力，对于书籍的陈列，实在没余力细看。平时用素描本当中的一页便可解决的平面图，这次用双面还不够画，马上再贴上一张，以三页相连，这才得以画完。虽然无法看清楚有哪些藏书，不过，我猜它应该是各种领域都有。编辑M先生看里头有许多绝版的文库本，高兴得抓耳挠腮，买了几十本工作用的资料。

虽然有如此规模，但听说收购旧书都还是在市内进行，似乎有时也会到大阪进货。为了稳定供应好书，市内的采购绝不可或缺。店家也常向客人买书，也常看到客人到店里卖书。交易是采用像Book Off的方式，客人先将商品寄放在柜台，等到审查结束广播后，再进行确认，收取费用，不像一般市街的旧书店那样，在其他客人面前被论斤称两，也不会有像上当铺般的不安感。依我个人所见，Book Off经营成功的原因之一，就在于它进货的方便性。而"万步书店"也具有来自书市和顾客这两条管道的完善进货机制。让人很期待下次的造访。

连果子面包海胆都有的虫文库

离仓敷美观街不远处，有家古意盎然、风格独具的书店。

《英语百科店》800日元，植草甚一唯一的英语读本

"虫文库"是最适合书虫造访的店。我向老板田中美穗小姐询问后，得到的答案是"并没有什么特别的意思。因为字面和虫这个字听起来不错，所以就决定以它当店名"。老板高中时代曾参加生物俱乐部，对自然科学情有独钟。

店内以植物为主的自然科学书籍、黏菌、苔藓、棘皮动物（海胆、海星类）、昆虫、矿物等标本，随处可见，确实

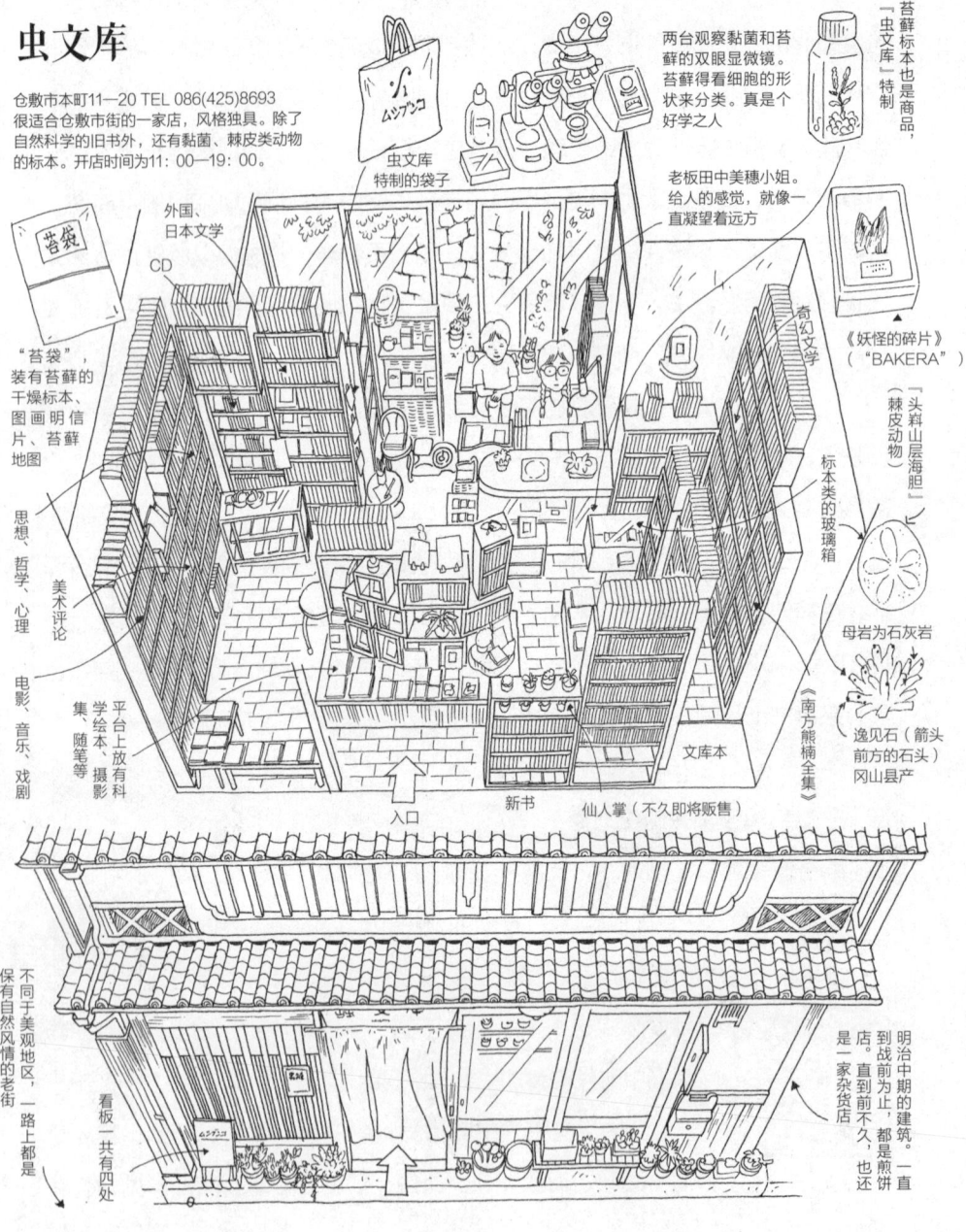

相当独特。

我心目中的"好旧书店",必须要书量丰富、价格便宜、有专业领域、店内气氛良好。

"虫文库"除了有专门领域外,更重要的是店面给人舒服的感觉,刺激我想作画的心。也有不少观光客被它别具情趣的店面所吸引,而前来造访。

田中小姐会自己做苔藓和黏菌的标本。此外,店内也摆有像是用木片当素材做成的"妖怪碎片"标本,童心未泯。

"虫文库"的书架上,并没有特别珍奇的商品,但店内充满刺激。例如名叫"果子面包"的海胆,我活了53个年头第一次知道有这种东西。

日文汉字虽然写成"果子面包海胆",但它还有沙钱海胆、头帔山层海胆(参照左图)、日本饼形海胆等之分。我向田中小姐请教,她马上便告诉我这些知识。

我认为"书是装载文化的器具",在"虫文库"里,各种文化从书籍中飞跃而出,在店内四处蠢动。

店内的贴纸写着"在书店请保持安静"。就让我们一起静静观察文化的蠢动吧。

有别于逛旧书店的情趣，古书特卖展魅力大公开

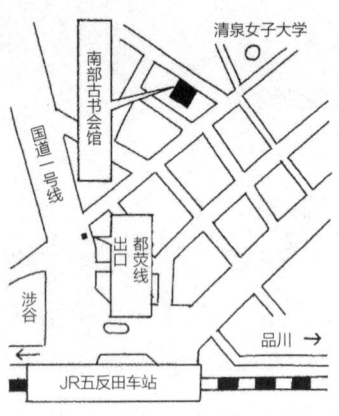

古书特卖展的魅力何在？

对喜好旧书的人就不必解释了，不过，对从未去过古书特卖展的读者们，就非得透露一下它的乐趣何在不可。

它可分为两种，分别是在百货公司或活动会场举办的旧书市场，以及在古书会馆举办，采用一般走向贩售的"古书特卖展"。每到周末，旧书爱好者都会急忙赶在开场时间前往。

它到底好在哪里呢？这次就让我来为各位介绍古书特卖展的魅力所在吧。

①它价格便宜。②可以一次接触许多旧书。③它会发行书目清单，能邂逅珍奇的资料及从未见过的书。④商品能拿在手中确认。⑤不同于书店，它每次都会变换商品。⑥不管待得再久，再怎么看白书，都没人会有意见。大概就这几点。常听人说"要进古书店不容易呢……"不过，古书特卖展就没这方面的顾虑。

基于这个缘故，比我更爱旧书，却从未去过南部古书会馆的编辑M先生，

20

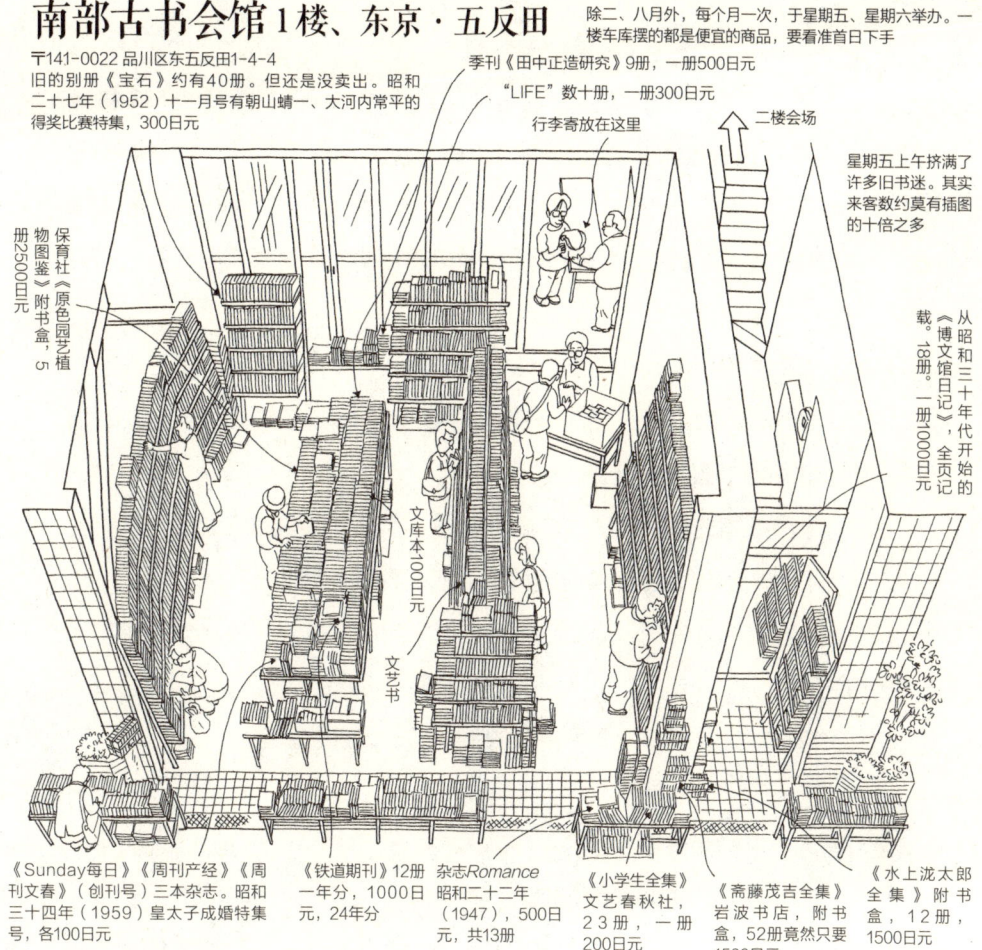

马上和我一起杀往"五反田古书特卖展"。

　　五反田的古书特卖展是由"五反田古书特卖展""游古会古书特卖展""书的散步展"这三个展览会轮流进行，每月一次，一年十次（二、八月不举行）。不同的展览会，旧书店的成员多少也有不同，但价格便宜，一般的旧书相当丰富，吸引不少书迷前来。特别是一楼车库（上图）所摆的杂志、杂书，全都是100日元、200日元的便宜价格，人气指数极高。星期五首日，提早30分钟，于9：30打开车库，挤满了等候多时的客人。

在这里有不少捡到宝的事情。我也曾以200日元买到源氏鸡太的《霍普先生》。本书收录有直木赏得奖作品《英语先生》，价格不菲。我记得还曾以100日元买到昭和二十七年（1952）的直木赏得奖作品，立野信之的《叛乱》。这时期的文艺书大多为再生纸，也曾以出奇便宜的价格买到太宰治的初版书。

最近全集的书籍可能人气不如以往，采访当天，《斋藤茂吉全集》五十二册附书盒，竟然只卖1500日元。一册还不到30日元。还有《水上泷太郎全集》，全十二册附书盒，也只要1500日元。

此外，塞满纸箱的集锦簿、电影脚本原稿、不知名人物的日记等，数量也不少，常可看到一部分书迷投入地翻找。若能细看，一定相当有趣。

以前我曾在这里以100日元买到1957年的全新日记本。它的装帧近乎文艺书，我拿它送给一位同年出生的人，对方相当开心。

如果希望有新奇的发现，记得首日的星期五一早到这里逛逛。

试着全心投入古书特卖展中

像神田保町那种旧书店街另当别论，至于街上其他零星的旧书店，我认为信步闲逛的乐趣已大不如前。当中有许多原因，像是网络普及，购买旧书变得容易，一些特别的旧书都出现在书目清单或是书展活动中，而没摆在店内，诸如此类。再者，由于客人愈来愈少到店里光顾，所以有愈来愈多店家从店面贩售转型为邮购。这些都是逛旧书店的乐趣锐减的主要原因。如今，许多旧书迷只能投身于古书特卖展中。

东京有神田的东京古书会馆、高圆寺的西部古书会馆，以及五反田的南部古书会馆这三处古书特卖展会场。其中，南部古书会馆几乎不会有专卖外文书或古书典籍这种专门性质高的旧书店参加，会馆内大多是贩售一般旧书的店

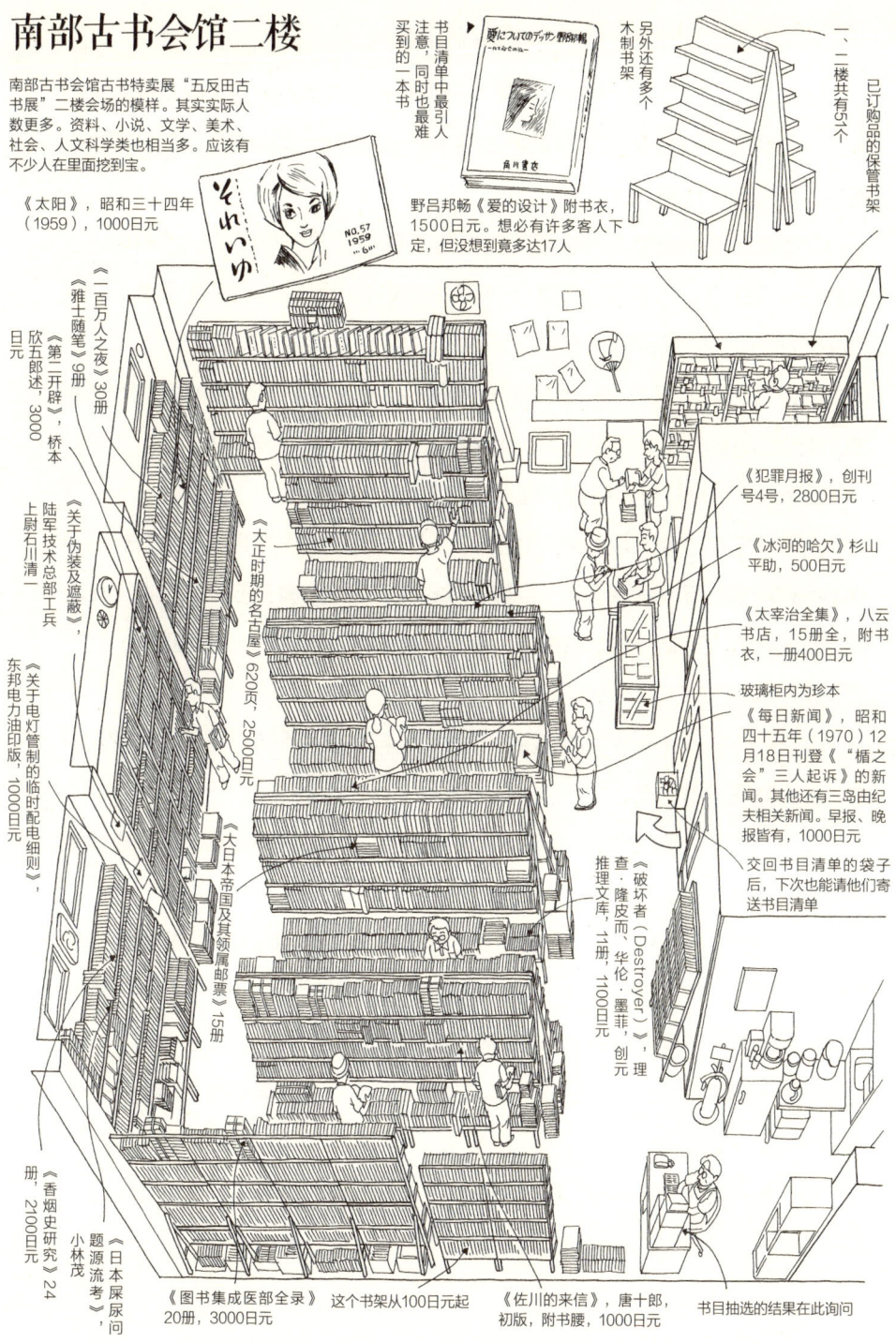

家以及专挑便宜旧书买的书迷。此外，无法摆在店内卖的商品，以及没卖出的商品，价格会便宜许多，就算再贵的书，也会大特价，给客人一个"可乘之机"，令人大呼过瘾。

我想起以前在南部古书会馆的古书特卖展中看到一件商品，当时我还以为是自己看错了。那是昭和四年（1929）春阳堂出版的《泉镜花全集》。标价2000日元。书目清单上没有其他记载，如果这真是我所知道的那本书，而且书况良好的话，那至少价值10万日元呢。这是恩地孝四郎装帧，封面全牛皮、滚金色三面书口、烫金封面、附书盒、限量1000本的豪华书。

我半信半疑地打电话到店内询问，确实是那本书没错。

我问对方："为什么卖这么便宜？"对方回答我，因为在他便宜得标的商品中有这本书，所以就便宜卖了。真不敢相信店家这么有良心。最后，连同我在内，共有五人下定。抽选的结果，就此由我得手。虽然书盒有些脏污，但书况却保存得相当好，我当时可得意着呢。

关于这件事，有些旧书店老板会有意见，但站在客人的立场，能便宜买到书，是再高兴不过的事。

因为"挖宝"的门槛高，所以我很少挖到宝，《泉镜花全集》可说是我唯一一次真的挖到宝。

前一天星期五是首日，我猜现场定是人山人海，所以决定星期六再去采访。

星期六下午，我和M先生约在南部古书会馆碰面。我马上开始作画，M先生则是开始翻找旧书。光是一楼车库和二楼会场这两处，就可能会逛上两个多小时。

南部旧书会的工作人员，个个都很和善，给人居家的感觉，相当舒服。

负责安排此次旧书会的大森天诚书林老板，接受了我的访谈。

参加的店家共15家。从书目清单的制作，到卖场人员及行李的管理、宅配的安排、点心的调度、书目抽选者的电话接待人员，全都有负责人员。

也许因为同是南部地区内的业者，现场给人一种轻松感，午餐、点心，以及结束后的酒会，也算是其乐趣之一。

以前连鱻和（鱻）都有。

《诸君！》编辑部似乎有很多旧书迷。除了M先生外，S总编以及前任总编，听说也都是旧书迷。我在采访时得到的战果，与他们相较，感觉在知性方面的倾向略有差异，不过，我都是以沉迷度和人一较高下。

这次我们意外购得三本以昭和三十四年（1959）皇太子成婚作为特集的周刊。我买到《周刊产经》《Sunday每日》，M先生则是买到自家公司的《周刊文春》。我不知这竟是创刊号。

三本都是100日元（当时为40日元）。

三本杂志一比较之后，可以发现一件有趣的事。

《周刊产经》采用铃木诚所作的封面，以油画呈现出美智子皇后身穿十二单衣的上半身。特别吸引我注意的，是封面多所顾忌地让头冠顶端盖在产经的标题上。这样的封面设计，在现今是稀松平常的事，但在当时却是崭新的创举。

虽然不知道是否因为设计者考虑到以标题遮住头冠有所不敬，才主张采用将肖像缩小的设计，但我推测这种手法在当时的日本或许算是先驱。

内文还介绍了美智子皇后的东宫暂时御所、新居，以及东宫御所的平面图。

此外，《Sunday每日》在封面上安排了美智子皇后的宝冠照片，以多达七页的特集介绍"美智子小姐的嫁妆"。从身上配件、洋装、和服、家具、到手帕、手套、袜子、内衣，明细和份数全都被巨细靡遗地刊载。由于宫内厅严格要求业者保密，所以《Sunday每日》的工作人员找出"大正十三年（1924）的结婚准备用品"一览表，并到百货公司、承包商、货车搬运现场采访，最后才制作出这份表。

感觉得出其高超的采访能力，并给人充分掌握平民喜好的印象。

《周刊文春》不同于其他报社杂志，以不同观点来加以抗衡。

彩页照片放的不是正田家①及皇太子的相片集，而是以一句"恭喜舅舅"来介绍昭和天皇的长女所嫁入的东久迩宫家，及孩子们日常的生活景致。此外，他们采访市井小民的反应作为特集报道，以世人的看法为中心编写报道，以创刊号之姿，向其他现有的杂志展现高昂斗志。

偶然得到当时的三本周刊，正好纪宫公主的婚礼在即，更让人读得津津有味。

另外，在二楼会场购得的《活益日本新字典》（岛田学堂校阅、竹本主一编辑、共盟馆藏版）是难得一见的珍品。

共379页，日本式装订的汉和辞典，虽然页数不多，但内容相当充实，仔细看过后发现，甚至还可以查到鱼字旁的鱻、（䲜）。

诸桥《大汉和辞典》中也有记载，但大多语焉不详。看过此书不禁令人感慨，从前确实有如此复杂古怪的文字。

想以这个题材参加"杂学之泉"②的人，到时候可别忘了写上《诸君！》的杂志名称哦。

想从地方上前来参加古书特卖展的朋友，可请他们寄送书目清单。请以明信片的方式，寄到南部古书会馆提出申请。

---

① 美智子皇后的本家。
② "杂学之泉"的节目已于2006年9月结束。不过，预定会以特别节目的方式播出。

在五反田展的收获

《冰河的哈欠》，杉山平助，昭和九年（1934）日本评论社 500日元（M）

如今已相当珍贵的60年代寄席杂志（寄席是一种平民化杂耍艺术的总称。落语是其中的一种，类似相声）。左边为 Play Graph社的创刊号。之后出版者异动，右边为新风出版社发行，1500日元

（M）是《落语》杂志

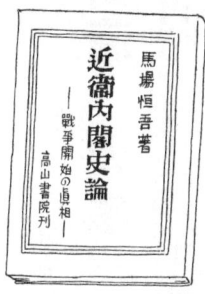

（M）是《诸君！》杂志编辑，（I）是池谷

昭和二十一年（1946）马场恒吾（自由主义记者）著，800日元（M）

也卖这种商品

荷兰船"船头装饰像"。陶制、附外盒，高14厘米，800日元

牢固的康熙装订

活益"日本新字典"明治三十四年（1901）共盟馆，600日元。查旧字相当方便。连"䴕"、"鱻"、"䯂"等字都有（I）

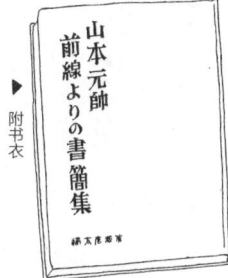

附书衣

广濑彦太编。东北书院，昭和十八年（1943），500日元。名人的书简集（M）

《朝日新闻的自画像》，荒垣秀雄编，鳟书房。记者们的谈话集，200日元（M）

附书衣

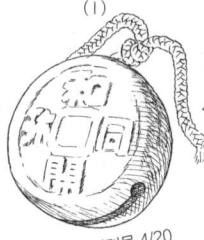

和同开珎的陶铃。山口县的产物。附外盒，300日元（I）

《宝石》昭和二十七年（1952）11月号，300日元。收录有香山滋奇莫拉、渡边启助"冰仓"，300日元（I）

《隐藏式麦克风的美国》

秦丰。春阳堂书店。美国广播界表里两面的故事（M）

《周刊文春》创刊号 4/20　《周刊产经》4/26　《Sunday每日》4/19（I）

这三本杂志都是昭和三十四年（1959）皇太子成婚纪念号。产经采用铃木诚的油画。产经的文字放在头冠上方，相当引人注意！文春是照片剪接，每日则是放上美智子皇后头上的宝冠照片，各100日元

纳凉、大量，京都下鸭神社的大旧书市绘卷

夏天是旧书市最多的季节。

百货公司会在来客稀少的中元节活动中举办旧书市。此外，各种活动现场或广场也时常会举办旧书市。百货公司里人潮拥挤，广场则是得和大太阳对抗，客人们努力淘书。

不过，京都的"下鸭纳凉旧书祭"则是另外一种截然不同的气氛。每年这个时候，会和东京百货公司旧书市的会期重叠，因而无法成行，但这次我终于得以一偿夙愿，造访下鸭神社的旧书市。现场气氛比我出发前所预料的还要舒服，就容我在此介绍一下旧书市的情况吧。

在世界遗产里搜寻旧书

2005年8月11日到16日的这段会期首日，我与编辑M先生朝下鸭神社境内的纠森马场南侧入口出发。长长的马场，当中约有250米长的场地充作旧书祭会场之用。北侧入口在遥远的前方。两侧巨树枝叶蔽日，满地树影，虽艳阳高照，但此地凉爽宜人。

下鸭神社为世界遗产。纠森里巨树耸立，还有潺潺小河流经。何等优雅的旧书市啊。京都人真是幸福。

　　会场里有不少年轻男女，以及带小孩前来的客人，颇叫人意外。因为这已是第18次举行，想必深受市民喜爱。当然了，当中偶尔也会看到几位像是旧书迷的客人。

　　商品据说有80万本之多。M先生立即展开淘书，我则是着手作画。

　　昨天出门前，考虑到它是长形的会场，我在两面的素描本上再补上一张，凑成三面，但还是很担心不够用。

　　会场到处都设有铺设红毛毯的长板凳，所以我能不时地摊开素描本作画，这帮了我个大忙。

　　能听见人们坐在长板凳上交谈的声音。京都腔听起来很悦耳。

书中极品《小黑三宝》

　　我面朝马场素描时，听到两名约20岁的女子交谈的声音。

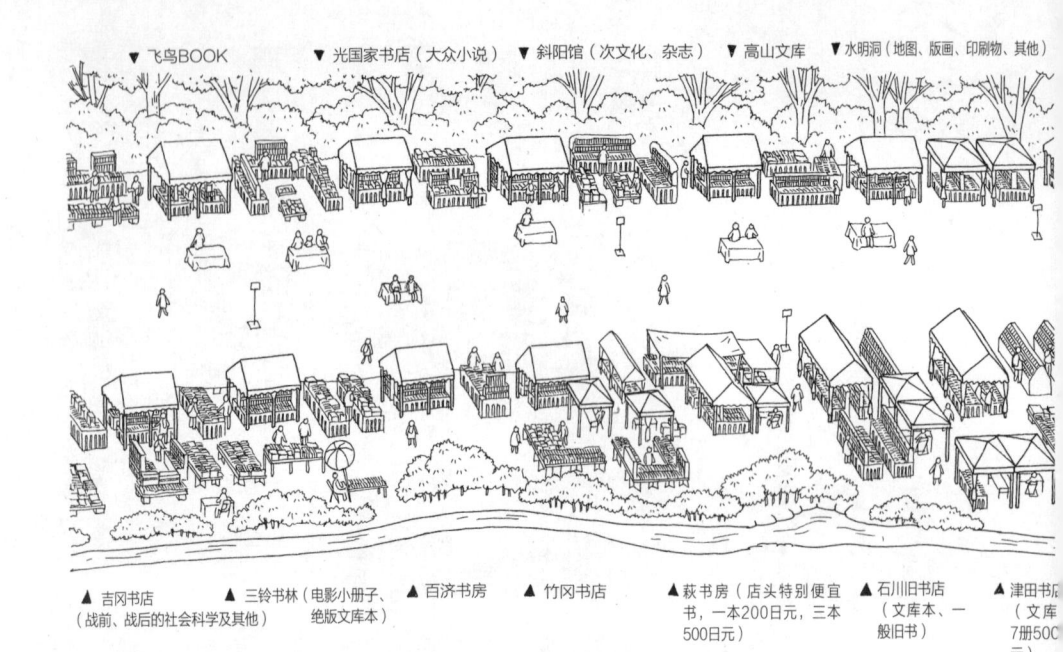

▼飞鸟BOOK　　▼光国家书店（大众小说）　▼斜阳馆（次文化、杂志）　▼高山文库　　▼水明洞（地图、版画、印刷物、其他）

▲吉冈书店　　▲三铃书林（电影小册子、　▲百济书房　▲竹冈书店　▲萩书房（店头特别便宜　▲石川旧书店　▲津田书店
（战前、战后的社会科学及其他）　绝版文库本）　　　　　　　　　　　　　　　　书，一本200日元，三本　（文库本、一　（文库本，
　　　　　　　　　　　　　　　　　　　　　　　　　　　　　　　　　　　　　500日元）　　　　　　般旧书）　　7册500
　　　元）

"这本《小黑三宝》（*Little Black Sambo*），结局和我所知道的不太一样呢。"

"嗯，为什么会这样呢？"

"这是昭和二十八年（1953）写的书……"

我不经意地瞄了一眼，发现她们手中拿的是岩波书店的书。如果是昭和二十八年出版，那便是初版。由于没覆上胶膜，封面有些磨损。从昭和五十五年（1980）起，才开始在书衣包覆胶膜，之前都是包上书衣。不过，就算少了书衣，还是一样珍贵。听说童书区是这次的热门商品。也许是在那里便宜买到的吧。如今就算是包胶膜的书，应该也值5000日元以上。

岩波版的《小黑三宝》因为有种族歧视的问题，在昭和六十三年（1988）绝版。今年，其他出版社推出复刻版，不过岩波版收录了两章，复刻版却只有一章。之前各家出版社都出版过《小黑三宝》，所以她们可能是对其他出版社的书还留有记忆吧。

▼紫阳花屋，海月文库　▼纪文堂书店

100日元均一价区

北侧入口

下鸭纳凉旧书祭

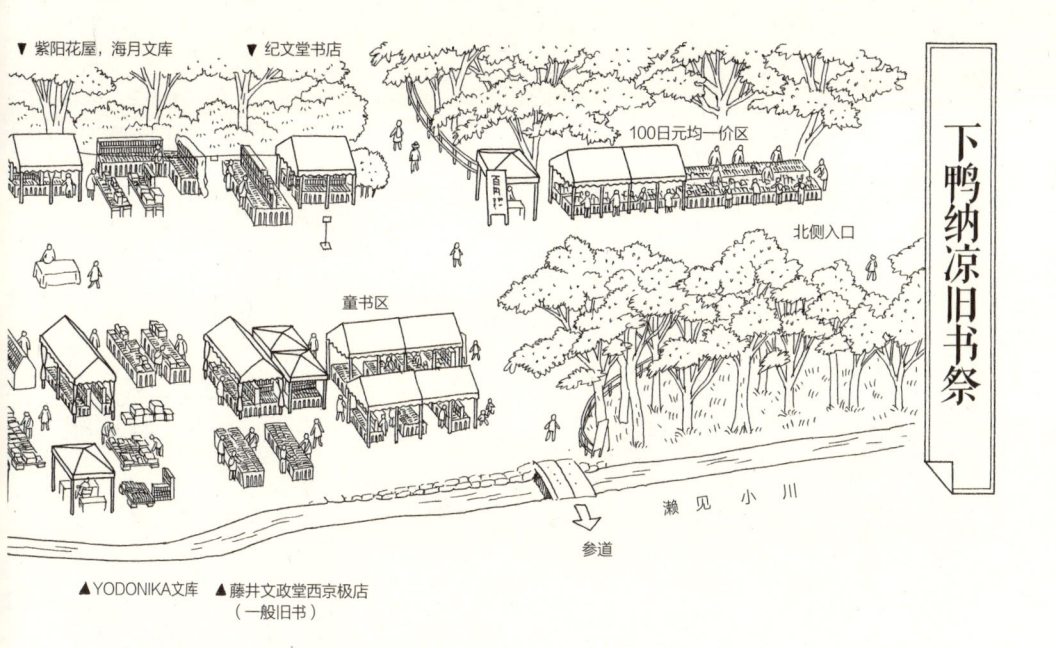

童书区

濑见小川

参道

▲YODONIKA文库　▲藤井文政堂西京极店
　　　　　　　　　（一般旧书）

她手中的是初版。现在应该值1万～2万日元。

"小姐，你买到好东西了呢。"我暗自恭贺她的好运气。

会场太长，无法全画进画中

我从11：30左右开始素描，但我都用目测作画，所以左右店面的位置渐渐偏斜，无法兜拢。帐篷和帐篷间，摆有各种平台和书架，所以开始出现一些差错。我拼命检查、修改，结果只画了一半又多一点的距离，三张素描纸已无空间可用。

不得已，只好向总部借来糨糊，再补上一张，凑成四张。因为颇长，作画极不方便。而且，上午虽然清凉，但现在愈来愈闷热，手臂的汗水沾在纸上，渗进纸中，起了皱痕。我只能举手投降。

吃过午饭后，下午继续挑战。本以为四张应该就够画了，没想到空间再度用尽，我又再借来糨糊，凑成五张，就像从素描本中跑出长长的卷纸般。

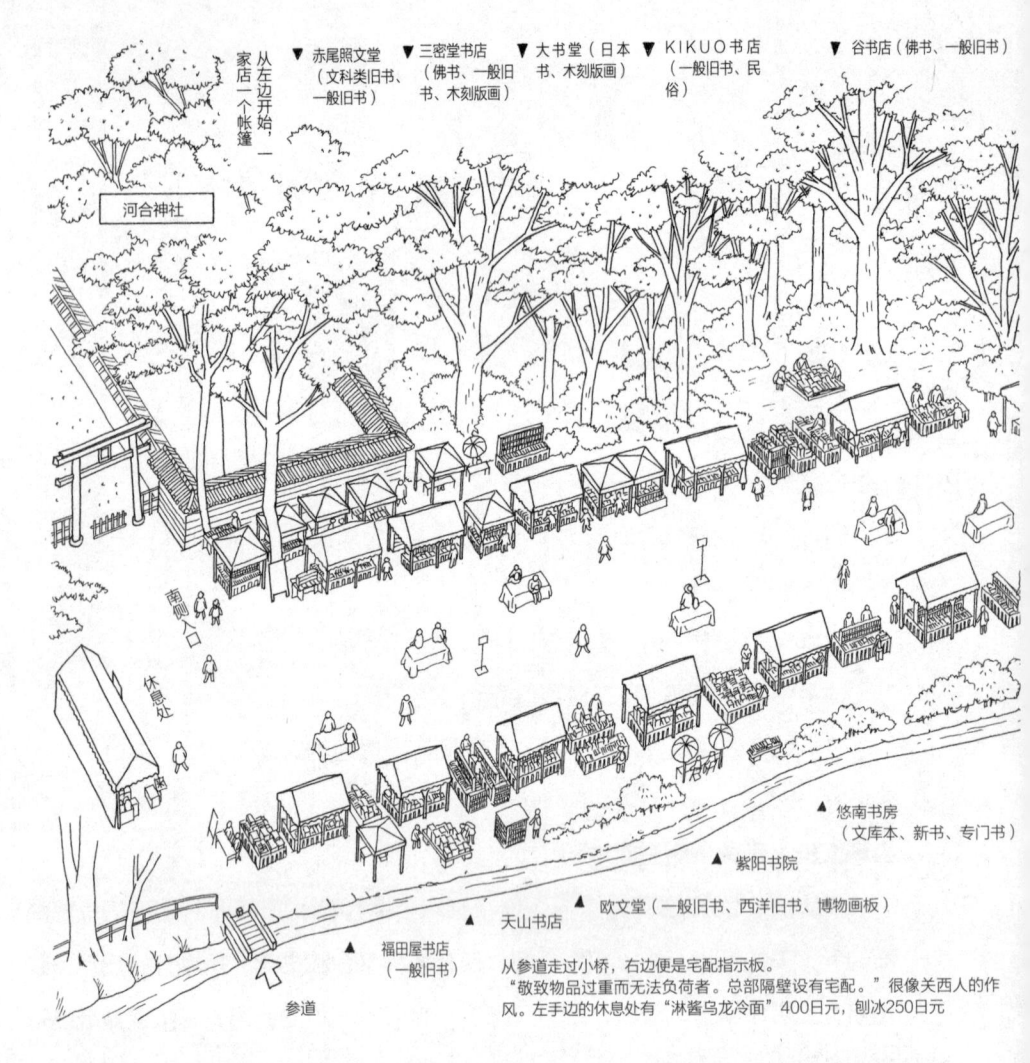

▼赤尾照文堂（文科类旧书、一般旧书）　▼三密堂书店（佛书、一般旧书、木刻版画）　▼大书堂（日本书、木刻版画）　▼KIKUO书店（一般旧书、民俗）　▼谷书店（佛书、一般旧书）

从左边开始，一家店一个帐篷

河合神社

南侧入口

休息处

▲悠南书房（文库本、新书、专门书）

▲紫阳书院

▲天山书店　▲欧文堂（一般旧书、西洋旧书、博物画板）

▲福田屋书店（一般旧书）

参道

从参道走过小桥，右边便是宅配指示板。"敬致物品过重而无法负荷者。总部隔壁设有宅配。"很像关西人的作风。左手边的休息处有"淋酱乌龙冷面"400日元，刨冰250日元

　　终于，一路画到了北侧入口。虽然有点简陋，但似乎能呈现出旧书市会场的概要。我将长111厘米的素描折叠收好。就像五曲的屏风画一般（如果是六曲，就是六面，一双是左右一对，称之为两帖，半双为一帖）。

　　树上蝉声如雨。不久，雨滴打在我脸上，店家们开始四处盖上塑胶布。往年好像每到傍晚总会来一阵西北雨。

　　八年前，我四处画京都的旧书店时，受过不少老板的照顾，而这次在这里

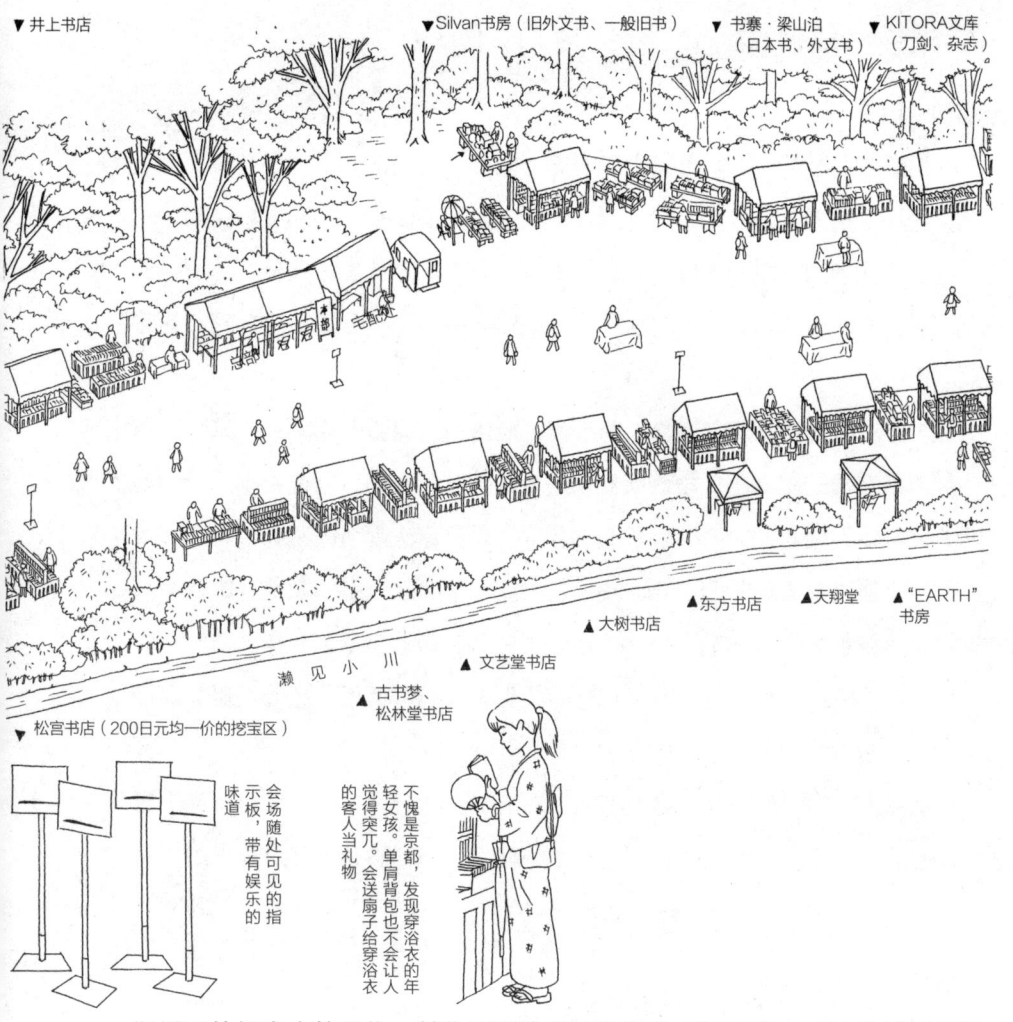

▼井上书店　　　　　　　　　　▼Silvan书房（旧外文书、一般旧书）　　▼书寨·梁山泊　　▼KITORA文库
　　　　　　　　　　　　　　　　　　　　　　　　　　　　　　　　（日本书、外文书）　（刀剑、杂志）

▼松宫书店（200日元均一价的挖宝区）　　　▲濑见小川　　▲文艺堂书店　　▲大树书店　▲东方书店　▲天翔堂　▲"EARTH"书房
　　　　　　　　　　　　　　　　　　古书梦、
　　　　　　　　　　　　　　　　　　松林堂书店

会场随处可见的指示板，带有娱乐的味道。

不愧是京都，发现穿浴衣的年轻女孩。单肩背包也不会让人觉得突兀。会送扇子给穿浴衣的客人当礼物。

　　遇见了他们当中的几位。某位深受偷书贼所苦的老板娘说："被偷的时候很不甘心，但之后发生了一些好事，所以我现在想法也变了。"这是一家专卖佛教书籍的书店。看来，老板已晓悟"如果对方需要，那也没办法"的道理。

　　看大家都还是老样子，甚感欣慰。

　　晚上会以帆布严密地围住帐篷，将车子驶进马场内，整夜在此监视。真是辛苦。

京都与"旧书"

不知道这是谁规定的，日语中所谓的"旧书"，是指战后才发行，比较新的书；至于"古书"，则是明治、大正、战前出版的旧书，有此区别。附带一提，江户时代前的日本书、卷轴书、挂轴等，则称之为"古文典籍"。所以若是到专卖古文典籍的店家，叫老板一声"旧书店老板"，会遭对方白眼。这是东京的事。

书店街的历史远比东京还悠久的京都，贩售古文典籍的店家远比东京来得多。就算是普通的旧书店，角落里也常摆有成捆的日本书。但在京都，他们则是会若无其事地说一句："我们是旧书店。"以前每次我前去采访，总会问对方"您这家店喜欢人家叫旧书店，还是古书店？"而这就是他们给我的答案。在京都，一律称之为"旧书店"。就连专卖古文典籍的店家也一样。

我不禁觉得，京都这地方有其特殊的风土，人们对年代久远的书籍，会怀着一分亲切感，称之为旧书。

业者称古书为"黑书"，称旧书为"白书"。我听说这种说法是源自于日语中的玄人（老手）和素人（新手），但事实上，旧书看起来总是有点黑，而

收获品的一小部分 （二）池谷（M）编辑

《对和平论的质疑》福田恒存 昭和三十年（1955）文艺春秋新社，附书衣，200日元（M）

《日本周报》第303昭和二十九年（1954）日本周报社 过火的社会资讯杂志，买了三本，一本300日元（M）

《Singer儿童洋装流行范本》大正十一年（1922），非卖品。目的在于手工童装的启蒙以及促销缝纫机，500日元（I）

《幽灵绅士》（不是绅士幽灵）昭和三十五年（1960）文艺春秋新社，1000日元（I）

专卖新书的店家则显得白净。

"下鸭纳凉旧书祭"有不少年轻人和一家老小都来光顾，但很少看到会令行家（不是我）高兴的黑书。

各个店家应该也希望能招揽各个层次的客人，而不是只锁定特定领域的客人，况且，若不这么做，要连续六天摆摊做生意，恐怕有困难。

会场内没有嘈杂的广播和音乐，到了第二天，我已完成原先素描的修正，并四处淘书。

M先生淘书，主要以社会、人文科学类为主。我则是专挑小说和插画下手。有家店是我老早便锁定的目标，其实早在旧书祭的首日一开始，我便已偷偷到店里看过了。

在旧书市里的收获

"下鸭纳凉旧书祭"是以京都的店家为中心，不过关西圈的店家也会参加。特别吸引我注意的，是一位大阪业者的帐篷，它以丰富的娱乐小说库存书闻名。

虽然没有令我期待的商品，但我买了一本柴田炼三郎的《幽灵绅士》。

柴田炼三郎是个有名的说故事高手，不论是现代、推理，还是时代小说，他样样精通。《幽灵绅士》也是一部精心杰作。不过，更吸引我注意的，反而是佐野繁次郎的装帧。

与其说佐野是关心美术的人，不如说他是在旧书迷当中无人不晓的画家。

这应该是他承接许多装帧的工作和个人魅力使然。事实上，有不少人曾列出佐野装帧过的书籍名单，但当中有不少遗漏。今年四月，在"东京车站观光艺廊"举行佐野繁次郎展，但是在图录卷末的作品名单中，并未提到《幽灵绅士》（有些名单会提到）。

我对佐野装帧的作品颇感兴趣，这对我来说，算是一项小收获。

此外比较特别的，还有大正十一年（1922），Singer缝纫机免费发给顾客的彩色小册子《Singer儿童洋装流行范本》，上头美丽的图画和夸张的宣传文字，颇引人注意。内文里头写道，日本童装若是看在欧美人眼中，一定觉得太长、难看、很不搭调。而且还提到，近代的日本家庭，一定都需要Singer缝纫机。此种充满自信的歌颂文句相当有趣。只不过，孩子长得快，因此以前的人都不能穿刚好合身的衣服。"衣服宽松的一年级生"这首歌，清楚呈现出当时的家庭现状。

在M先生的战利品中，《日本周报》这本古怪的杂志，标题的句子同样让人很感兴趣。诸如"宣战诏书绝对不假""人在精神病院的吉田首相千金"等等。此外，福田恒存的《对和平论的质疑》，据说是本名著（参照34页插图）。

在宛如图画般的旧书市里，快乐的采访工作就此结束，离去时，我在期盼已久的"猪田（INODA）咖啡"喝了杯咖啡，消除一天的疲劳后，就此踏上归途。

书虫潜入的昆虫迷世界
第49届昆虫博览会

不好意思，提件老掉牙的事，13年前，有出星期五剧场名叫"永远爱着你"。佐野史郎饰演一位名叫"冬彦"的男子，他有恋母情结，同时也是个昆虫迷，害得当时许多正常的昆虫爱好者无故惹来不少白眼。

我当时只看过一次，大为惊讶。有一幕是冬彦情绪激动，将标本箱砸毁。里头摆有来自世界各地、五彩缤纷的蝴蝶。我从这里看出，冬彦绝不是昆虫迷。

这次旧书虫潜入昆虫迷的世界。现场究竟会是什么样的情况呢？

一年一度的昆虫迷庆典

每年9月23日的秋分，以首都圈为主的昆虫迷会朝大手町的"产经会馆"聚集。因为会在此举办"昆虫博览会"。

在博览会中，有来自日本各地的业者、将夏天采集到的昆虫带来这里贩售的一般民众所作的标本、活虫、昆虫相关书籍、昆虫道具的摊位，四个会场合计约有930平方米大，就此举行展览，现场挤满上千名的客人，人山人海。特别是东京的昆虫博览会，与全国各地举办的博览会相比，它不仅规模大出许

昆虫博览会会场

对业者和同好来说，这是一年一度的同乐会

（大手町产经会馆）
4个会场合计占地900平方米以上

长戟大兜虫活虫，公母合卖4万日元

也有忙着到其他摊位寻宝的人

也贩售昆虫食用的植物

尚未展翅或展脚的标本，比较便宜

纸箱里装的是

各自带着标本箱随行，挑选自己喜欢的商品购买，在会场也能买到各种标本箱

摊位也有旧书

多，现场也比较热闹。我从20年前便常来光顾。

当天11点，讨人厌的……不，是不喜欢昆虫的编辑M先生，和我一起来到会场。

因为早上10：00便已开场，所以里头挤满了人。大家都各自带着标本箱，一看到喜欢的标本，便当场付费，从摊位的标本箱中取出标本，放进自己的箱子中。

大部分的蝴蝶都做成展翅标本，但大部分的甲虫都是干燥后，缩成一团，直接包覆起来贩售。M先生说："展脚的昆虫看起来像标本，而直接包起来的昆虫，看起来就像尸体。"看在兴趣缺乏的人眼中，确实是如此。

今年展脚的甲虫很少，唯独长戟大兜虫的展脚标本特别引人注目。大型的甲虫有时也很方便展脚，14厘米的大小，售价达2万~3万日元。

我锁定的目标是北美产的耀金龟。如同它字面的含意，这种拥有金属光泽、恍如白金打造般、像宝石般美丽的金龟子，一只售价高达1万~3万日元。我已拥有三只，但我还想再买一只。

昆虫迷喜欢亚种

前面提到的冬彦，不过只是喜欢昆虫而已，若是真正的昆虫迷，喜欢亚种（介于原种与变种间的位置）更胜于原种（拥有物种原本遗传特性者）。

接下来要谈的，会比较艰涩难懂一些。某品种的蝴蝶会因地区不同，颜色和斑纹也随之不同。而在甲虫的世界，步行虫类从北海道到九州，其翅膀颜色有黑色、绿色、红铜色、青色、紫色等变化，因此成为昆虫迷收集的对象。它们会因应各个地区而有不同名称，而且不同的亚种，很适合深入研究。因此，昆虫迷的标本箱里，乍看之下罗列的都是同样的昆虫。冬彦那出戏的道具组人员，想必是以为只要随便摆几只昆虫充数就行了。虽然这只是无关紧要的小细节。

附带一提，我除了旧书、版画、昆虫外，也以玩票性质收藏了一些物品，不过，"独特、美丽"是我收集的关键字，所以我对分类不会太斤斤计较。我的标本箱，程度和"冬彦"差不多。

深为蚂蚁着迷

在昆虫博览会中，以昆虫做买卖的人们，都是以兴趣当职业。就整体来说，他们都是个性恬淡、热衷研究、喜好自然的善良人士。但某些业者以自虐的口吻说："我们都是无法好好融入社会中的人。"话虽如此，他们当中有不少人对昆虫生态的知识胜过学者，一面充实自己的收藏，一面自费出版包含国内外各种新品种昆虫的图鉴，留下丰功伟业。

在这次博览会中，首次摆摊的"蚂蚁房"老板岛田拓先生，他从小便深为蚂蚁着迷，通过自学，设计出能以趋近自然的方式观察蚂蚁生态的"蚂蚁机"，并加以商品化。

请各位看第42页的图。看起来很像实验器具，但它是配合土中湿度70%～80%的情况，设定为以蚁后为中心的蚂蚁家族，以此加以观察。若细心饲养，蚁后可以存活一二十年。此外，蚁群中诞生的都是雌蚁，约多达1000只的蚁群才会诞生出一只公蚁，这也是我第一次得知的事。为了便于观察蚁群，他从山中采集大型的暗足弓背蚁，移往蚂蚁机中。对长期饲养的方式有详细指导的教科书，也几乎都是他靠自学撰写而成。

另外，"蚂蚁机"还有简易的二号版，以及简单的亚克力饲育盒。他的商店只要输入ANTROOM这个关键字搜寻，便能找到他的网站，能对饲育用品和蚂蚁生态有进一步的了解。

除此之外，会场商品以标本为主，每年都会有各种商品展示贩售。

标本并不是什么罕见的品种，但可以看到我喜欢的亚马逊长臂天牛。如同插画所示，它也曾在"印第安那琼斯魔宫传奇"中登场。也看到了几只前面提到的耀金龟，但很遗憾，价格没谈拢，只好决定下次再来买第四只耀金龟。

这方面的旧书早从多年前便已出现在旧书店和邮购业者中，邂逅了几本在神保町也难得一见的珍品。对战前的昆虫少年而言，地位犹如教祖般的加藤正世，其著作《昆虫的生活研究》相当难得一见。

新出版的昆虫图鉴，其充实的内容令人瞠目。如今在昆虫图鉴方面，日本可说是仗着民间收藏者对收集的热情，才得以位居全球领先的地位。从冢田悦造的《东南亚岛屿的蝴蝶》，到虫社的《世界步行虫大图鉴》等系列、ESI《花金龟》《吉丁虫》《长臂金龟、甲虫》《锹形虫Ⅰ、Ⅱ》《鸟翼蝶》《世界稀有凤蝶全种》等图鉴、虫研的《日本产锹形虫大图鉴》等，不胜枚举。

昆虫迷们本着收藏家精神，完整收集这些原种、亚种，以及变种，制作标本也完全讲究左右对称，摆好脚的形状，让钩爪呈V字形，可说是昆虫迷的热情所呈现的结晶。

介绍今天的战利品

我喜欢甲虫，所以标本中很少有蝴蝶。而且，让甲虫展脚，摆出好看的形状，是我的嗜好。

将干燥缩成一团的昆虫（请参考会场插图），以吸满水的卫生纸包覆，搁置一天，待其关节变软后，伸长其六肢，立起触角，让钩爪呈V字形，以图钉固定，再让它晾干两天，便大功告成。因为有些三流的展脚标本，模样就像在跳阿波舞[①]，所以还是自己亲手制作方为上策。

在第43页的插图中，大拟透翅蛾相当有意思。这并不是什么罕见的品种，但光听这名字，谁也猜不出是什么东西。连同我在内，几乎大部分人都一致认为它是透翅蛾的同类，但摊位里有名年轻人却直说不是，在会场里四处找蛾类专家，最后得到的结论是，它不是透翅蛾，而是拟灯蛾。

这名四处找人询问的年轻人，原来是曾经在电视冠军昆虫王中登场的人物。

---

①日本的一种传统舞蹈，常高举着双手。

会场上有趣的昆虫

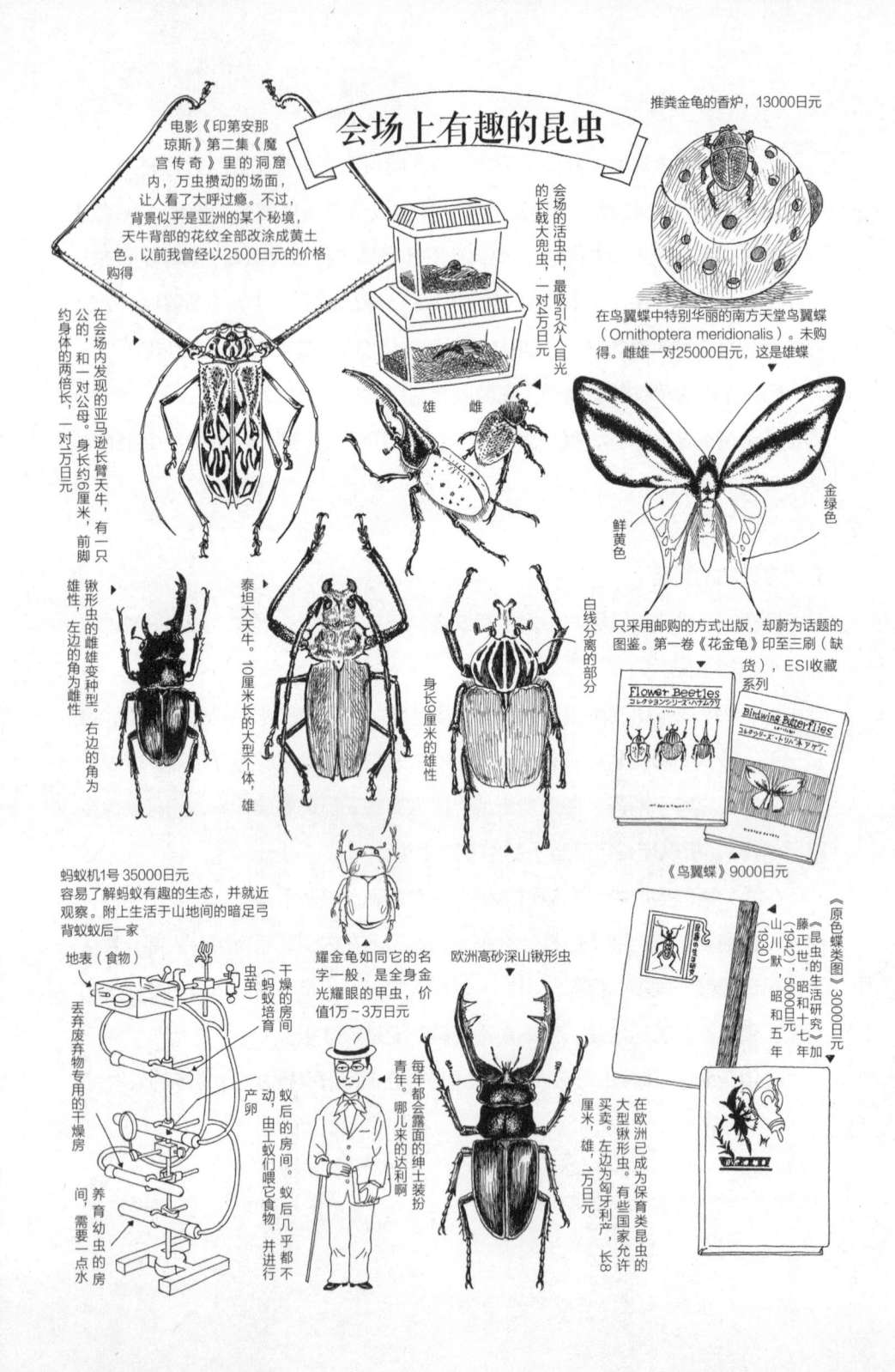

电影《印第安那琼斯》第二集《魔宫传奇》里的洞窟内，万虫攒动的场面，让人看了大呼过瘾。不过，背景似乎是亚洲的某个秘境，天牛背部的花纹全部改涂成黄土色。以前我曾经以2500日元的价格购得

在会场内发现的亚马逊长臂天牛，有一只锹形虫的雌雄变种型。身长约6厘米，前脚约身体的两倍长，一对万日元雄性，左边的角为雌性右边的角为雄公的，和一对公母

会场的活虫中，最吸引众人目光的长戟大兜虫，一对4万日元

雄　雌

泰坦大天牛。10厘米长的大型个体

身长9厘米的雄性

白线分离的部分

推粪金龟的香炉，13000日元

在鸟翼蝶中特别华丽的南方天堂鸟翼蝶（Ornithoptera meridionalis）。未购得。雌雄一对25000日元，这是雄蝶

金绿色
鲜黄色

只采用邮购的方式出版，却蔚为话题的图鉴。第一卷《花金龟》印至三刷（缺货），ESI收藏系列

Flower Beetles
Birdwing Butterflies

《鸟翼蝶》9000日元

蚂蚁机1号 35000日元
容易了解蚂蚁有趣的生态，并就近观察。附上生活于山地间的暗足弓背蚁蚁后一家

地表（食物）
干燥的房间（蚂蚁培育虫茧）
丢弃废弃物专用的干燥房
蚁后的房间。蚁后几乎都不动，由工蚁们喂它食物，并进行产卵
养育幼虫的房间需要一点水

耀金龟如同它的名字一般，是全身金光耀眼的甲虫，价值1万~3万日元

欧洲高砂深山锹形虫

每年都会露面的绅士装扮青年。哪儿来的达利啊

《原色蝶类图》3000日元
加藤正世，昭和十七年（1942）；5000日元山川默，昭和五年（1930）

在欧洲已成为保育类昆虫的大型锹形虫。有些国家允许买卖。左边为匈牙利产，长8厘米，雄，1万日元

各种战利品

6.9厘米

▶展翅品

栎蛱蝶1600日元。喀麦隆产。热带非洲的中型蛱蝶。变化多样，此个体的周围为黑色，中间有朦胧的彩虹颜色，相当美

蜜蜂坠子。黄杨木制，2500日元

土耳其姬长臂金龟，身长4厘米。在亚洲的长臂金龟中算小型，但颜色和形状都带有山原长臂金龟的味道，2000日元

前肢长毛是其特征名称不明，但属于鹿角金龟类。坦桑尼亚产，3.2厘米，2000日元

婆罗洲大兕，雄，身长10厘米，婆罗洲产，1500日元

身长

珍虫図譜 2001 西山保典著

雌雄型、异常型、畸形等等，图示85种奇特的珍奇个体，1260日元

透明▶

大拟透翅蛾 7.2厘米。翅膀透明的美丽飞蛾。全身为亮眼的蓝毛包覆。属于拟灯蛾科，印尼产，1000日元

印尼金锹钥匙圈 500日元

散发米珍珠色光芒的美丽金龟子，婆罗洲产，3000日元

M先生购得的《堤中纳言物语》，400日元，旺文社文库

堤中纳言物语 旺文社文库

    我回家后翻找图鉴后得知，它果真是属于拟灯蛾科的大拟透翅蛾。这是镶着黑边透明翅膀的美丽飞蛾。此外，前脚长着密毛的花金龟，虽然不知道是什么名字，但相当奇特有趣。这个昆虫名称有点笼统，翻找图鉴，却又都不尽相同。

    我最喜欢的甲虫名叫印加鹿角花金龟，又叫印加虎斑花金龟、印加鹿角金龟。哪个才正确，也说不得准。

    M先生买了一本古书《堤中纳言物语》。他果然对昆虫没半点兴趣。封面

上画的昆虫，看得出有参考图鉴，右下方的天牛画得相当准确。

做成标本的天牛，会让其触角往后倒，不过它活着的时候，是像图中所画一样往前伸。

昆虫博览会的主办者，同时也是在这个世界里以虫山蝶太郎的笔名闻名的西山保典先生，他的《珍虫图谱》是一本很特别的图集。他以彩色照片来介绍他个人收藏中的雌雄型、畸形、异常型等珍奇个体。

如今的昆虫世界

最后，我想思考的问题，是如今昆虫世界到底发生了什么事。

之前因为触及"植物防疫法"，所以活的昆虫一律不准进口，但在热心人士的请愿下，只有不被认定为害虫的甲虫类解除了这项限制（蝴蝶需要食用的植物，所以全部没通过许可）。

现在外国产的甲虫有53种、锹形虫有496种通过许可，目前已进入数百万只。

对此，也有昆虫相关团体提出外来品种会带来危险的说法，指出因为昆虫的放生和逃走，造成日本固有品种的生态大乱。

另一方面，也有人提出不同的意见，认为东南亚、南美等地区的昆虫，因为气候环境和日本不同，生存有困难。而且引进外来昆虫，能给孩子们梦想（请参考文艺春秋《日本的论点2003》）。

黑巴斯和蓝鳃扰乱日本淡水鱼的生态，鳄鱼、锦蛇、蝎子、鬣蜥等，也常四处出没，而昆虫的进口才刚开始不久，目前正确的情况报告还很少。

秋日心情乐，乐在神保町
第46届神田旧书祭

　　喜好读书的日本人真是幸福。如果是东京的居民，那又更应该感谢上苍了。因为他们有神保町这个乐园。

　　"旧书这种东西，我连碰都不想碰。"说这种话的人，可说是对书的乐趣毫无半点认识。

　　神保町里多的是写有古今中外各种知识的珍贵书籍、名著、奇书。此外，还有一年一度的"神田旧书祭"。旧书爱好者、旧书迷、读书人，都会前来朝圣的神保町，究竟是个什么样的市街呢？从没去过的旧书爱好者竟然出奇的多。为了这些同好们，就让我来告诉你们旧书祭及神保町的魅力何在吧。希望大家一定要找机会亲自一观究竟。

世界首屈一指的书街活动

　　一年一度"书的祭典"，可分为以古书为主的"青空挖宝市场"、古书会馆举行的"特选古书特卖展"，以及出版社释出的新书特卖会"花车大特卖"

青空挖宝市场（岩波会场）

（铃兰通）、"慈善拍卖会"等活动。

前者称为"神田旧书祭"，后者称作"神保町书市嘉年华"。此外也会有签名会和脱口秀，每个人锁定的场所都不同。

神保町有160多家旧书店聚在这狭小的地区里，是世上独一无二的旧书街。而且可以读到许多世界名著、外国文学的翻译作品，都是便宜的文库本古书。肯特·戴瑞考特（Kent Derricott）也曾说过："像这种市街，不论是美国还是欧洲都看不到。"

自从我18岁上东京后，几乎每年（其实是每周）都会光顾这里。今年也一样，旧书祭首日便赶往神保町。

我先与熟识的编辑M先生约好，10：30在古书会馆的"特选古书特卖展"碰面。

我从事前寄来的书目清单中，看上里头的日夏耿之介诗集《黑衣圣母》（初版，附书盒12000日元），并提出抽选申请。我确信自己会抽中，因而向清单负责人询问。一般来说，要买这本书，少说也得要6万~8万日元。负责人比对书名和我的名字后，对我说"您抽中了"。我心想：太好了。我的签运还是一样好。

然而，等了好久都不见商品出现。接着得到的回答是："不好意思，您没抽中。"这就像前一阵子，高中棒球选手在新人选秀中落选时的沉痛心情般，我很能体会那种感觉。

重新振作精神后，先从旧外文书找起。"特选古书特卖展"不同于平时的特卖展，像崇文庄书店、田村书店、外文书部、大屋书房、日本书房等老店也都会参加，是一年仅只一次，采大众走向的特卖展，有许多珍品。我们能发现不少采用模版印刷插画的优雅法国古书、漂亮的动植物图鉴、锦绘、图集、卷轴书等古文典籍。

逛了约莫一个小时后，我决定买下英国的手工彩色植物画谱《庭园之友》（98000日元）。如果是十年前，它应该价值十五六万日元。

手工彩色画的上色大多很随便，但这本书的彩色技术、鲜艳的用色都相当突出，其画工之讲究，连我这位算是和绘画工作沾得上边的人也为之赞叹。

另外，此次最受瞩目的商品，莫过于藤村操的《烦闷记》。从旧书祭开办前一个月便已蔚为话题，因为目前世上仅只这么一本。

藤村操应该不需要我在这里多做说明了吧。他年仅十七，便飞身投入华严瀑布自杀，相当早熟的天才高一生。

《烦闷记》原本是谷泽永一先生所珍藏，但过去没人知道，由于此书重新装帧，所以无法看出当时出版的原貌。

新闻各大报也都在谈论这个话题，几乎都断定《烦闷记》为"伪书"，但却没有详细的陈述。此外，关于书的外观也没任何资料。《烦闷记》当时被列为禁书，无法推断究竟有几本书在世上流通。

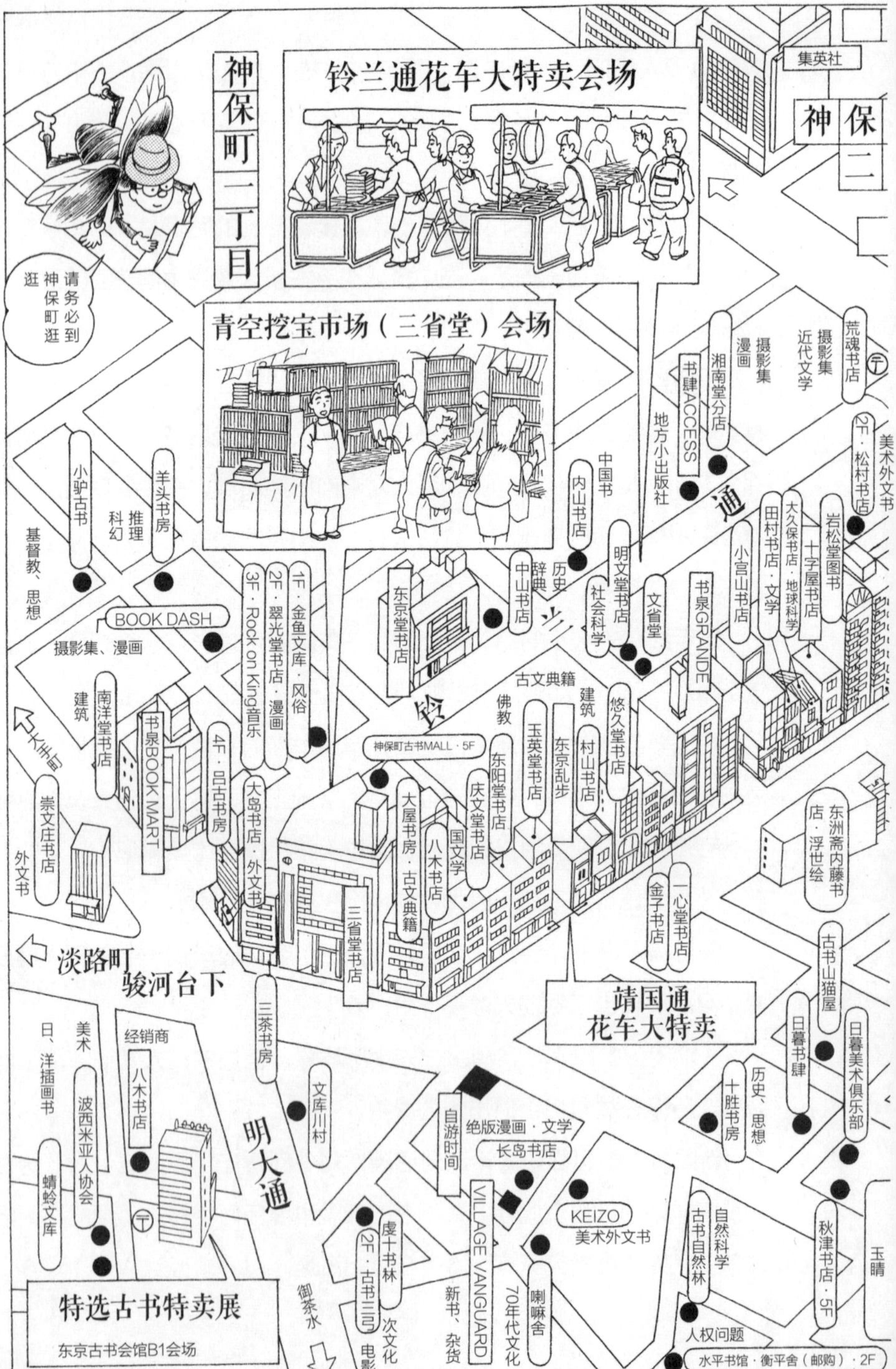

神保町一丁目
铃兰通花车大特卖会场
集英社
神保二
请务必到神保町逛逛
青空挖宝市场（三省堂）会场
荒魂书店
摄影集
近代文学
湘南堂分店
摄影集
漫画
书肆ACCESS
地方小出版社
2F·松村书店
美术外文书
内山书店
中国书
通
岩松堂图书
大久保书店·地球科学
田村书店·文学
十字屋书店
小宫山书店
明文堂书店
社会科学
文省堂
书泉GRANDE
中山书店
辞典
历史
东京堂书店
小驴古书
基督教、思想
羊头书房
推理
科幻
BOOK DASH
摄影集、漫画
1F·金鱼文库·风俗
2F·翠光堂书店·漫画
3F·Rock on King音乐
铃
古文典籍
佛教
建筑
神保町古书MALL·5F
悠久堂书店
村山书店
东京乱步
玉英堂书店
东阳堂书店
庆文堂书店
国文学
八木书店
大屋书房·古文典籍
三省堂书店
大岛书店·外文书
4F·吕古书房
书泉BOOK MART
南洋堂书店
建筑
大手町
崇文庄书店
外文书
东洲斋内藤书店·浮世绘
金子书店
一心堂书店
靖国通
花车大特卖
古书山猫屋
日暮书肆
日暮美术俱乐部
十胜书房
历史、思想
淡路町
骏河台下
三茶书房
经销商
八木书店
美术
日、洋插画书
波西米亚人协会
蜻蛉文库
文库川村
明大通
自游时间
绝版漫画·文学
长岛书店
VILLAGE VANGUARD
新书、杂货
KEIZO
美术外文书
喇嘛舍
70年代文化
虔十书林
2F·古书三弓
次文化
电影
御茶水
古书自然林
自然科学
人权问题
秋津书店·5F
玉睛
水平书馆·衡平舍（邮购）·2F
特选古书特卖展
东京古书会馆B1会场

神田 神保町古书店地图

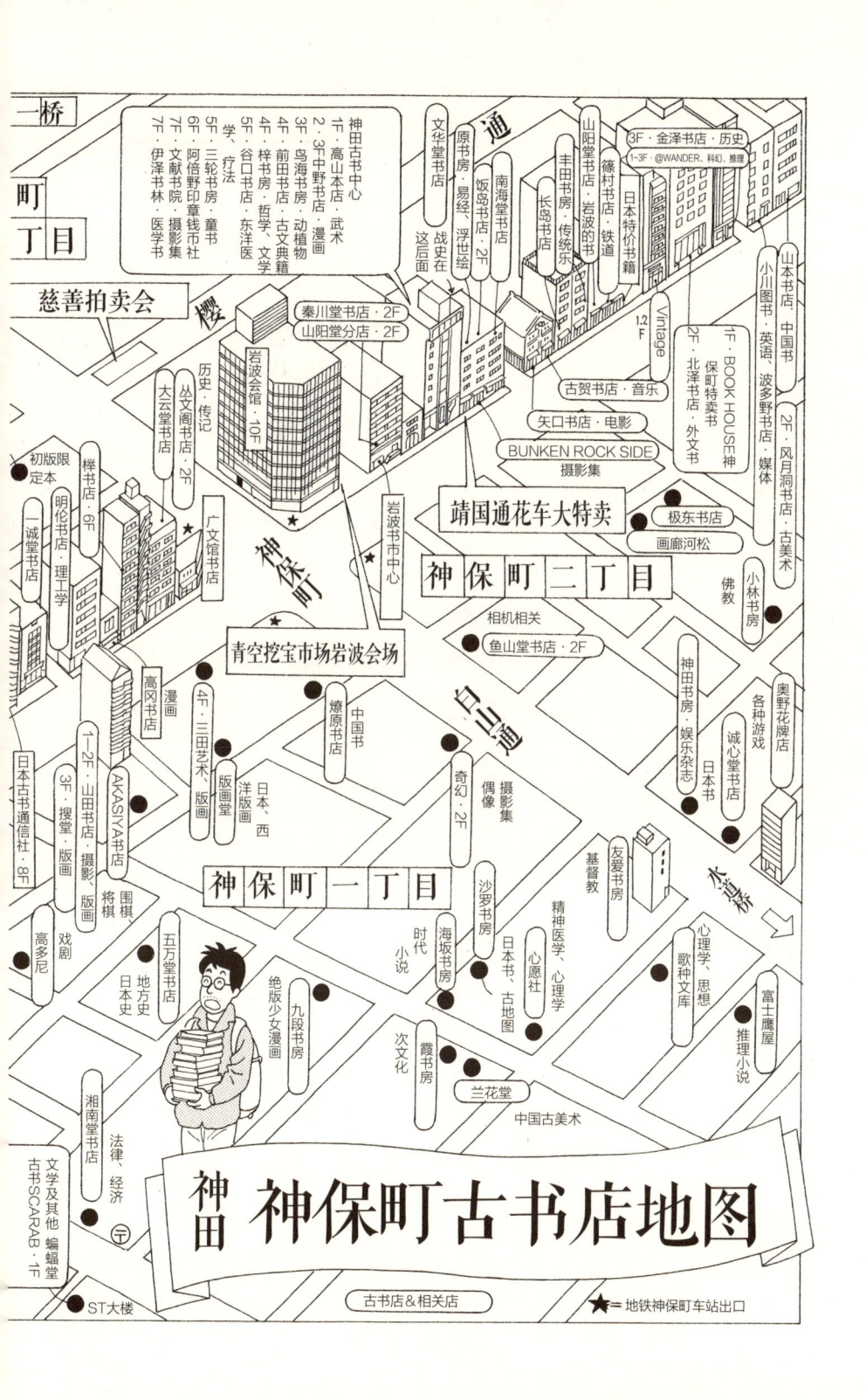

神田古书中心
- 1F・高山本店・武术
- 2・3F中野书店・漫画
- 3F・鸟海书房・动植物
- 4F・前田书店・古文典籍
- 5F・梓书房・哲学、文学
- 5F・谷口书店・东洋医学、疗法
- 6F・三轮书店・童书
- 7F・阿倍野印章钱币社
- 7F・文献书院・摄影集
- 7F・伊泽书林・医学书

一桥町丁目

慈善拍卖会

樱通

文华堂书店 战史在这后面

原书房・易经、浮世绘
南海书店
易岛书店・2F

山阳堂书店・岩波的书
篠村书店・岩波・铁道
丰田书店・传统乐
长岛书店

日本特价书籍

3F・金泽书店・历史
1-3F・WANDER、科幻、推理

山本书店・中国书
小川图书・英语、波多野书店・媒体
2F・风月洞书店・古美术

秦川堂书店・2F
山阳堂分店・2F

岩波会馆・10F

历史、传记
丛文阁书店・2F
大云堂书店

Vintage 1.2F
古贺书店・音乐
矢口书店・电影
BUNKEN ROCK SIDE 摄影集

BOOK HOUSE 神保町特价店 2F・外文书

神保町

岩波书市中心

靖国通花车大特卖

神保町二丁目

极东书店
画廊河松

佛教
小林书房

初版限定本
榉书房・6F
明伦书店
一诚书店 理工学

广文馆书店

青空挖宝市场岩波会场

相机相关
鱼山堂书店・2F

白山通

高冈书店
漫画

4F・三田艺术、版画
燎原书店
中国书

奇幻・2F
日本、西洋版画

神田书房・娱乐杂志

奥野花牌店
各种游戏
诚心堂书店
日本书

1-2F・AKASIYA书店、摄影、版画
3F・搜堂・版画

神保町一丁目

摄影集 偶像

友爱书房 基督教

水道桥

日本古书通信社・8F

围棋、将棋

五万堂书店
地方史、日本史

绝版少女漫画

九段书房
次文化

沙罗书房

时代小说

海坂书房

日本书・古地图

精神医学、心理学

日本书・心愿社

心理学、思想
歌种文库

富士鹰屋
推理小说

高多尼
戏剧

湘南堂书店
法律、经济

霞书房
兰花堂
中国古美术

文学及其他 蝙蝠堂
古书SCARAB・1F

ST大楼

古书店&相关店

★地铁神保町车站出口

藤村生前并无著作，有的只是他在华严瀑布附近的树干上以毛笔字写下的《岩上之感》，以及一些书信文章。此书的书名，可能是取《岩上之感》中的"烦闷"二字所命名。此外，我曾听人说，编纂者岩本无缝才是真正的执笔者，或是借藤村之名，作出类似他风格的文章。

书目清单上没有书的外观，只在角落上写着书名、作者、明治四十年（1907）、147万日元，但似乎有不少人提出申请，参与抽选。当然不知最后是由何方人士购得，但可以确定的是，这为低迷的古书业界吹来一阵强风，令人振奋。然而，最后还是没能在会场里透过玻璃柜一窥《烦闷记》的风采。

编辑M先生在古书会馆淘得三本书，接着就前往"青空挖宝市场"的会场。

记得以前我刚上东京时，是以猿乐町的锦华公园当会场，但店内采年轮蛋糕状的配置，人潮拥挤时，进出极不方便。在公园举办活动，引来附近国小一再抱怨，而且离靖国通相当遥远，所以现在才会分成岩波与三省堂会场这两处会场。

"青空挖宝市场"从10月28日一直到11月3日，会期时期颇长，而且有不少杂书，很受欢迎。

我去年在那里买到东京创元社世界推理小说全集当中的《消失的伊丽莎白》《鹦鹉的复仇》《关不住的墓地》等，都是很难买到的作品，还有附书盒、月报、书卡的精美书籍，每本只要400日元，我一口气买了八本，欣喜若狂，但今年却没什么收获。

M先生的战利品比插图中画得还多，在此介

《烦闷记》藤村操
明治四十年（1907），147万日元

神田旧书祭中的战利品 第46回

(I)池谷　　　(M)编辑

(特)=旧书会馆"特选旧书特卖展"，(青)=青空挖宝市场，(花)=花车大特卖。铃兰通、靖国通中购得

《东日时局情报》
昭和十三年（1938）一月，东京日日新闻社。时局读本。(特)=鱼山堂书店，300日元(M)

《特集文艺春秋》
昭和三十二年（1957）四月。除了政界人士的手札外，还有暗杀吉田茂的计划。(特)=鱼山堂书店，200日元(M)

《支那论》内藤湖南
昭和十三年（1938），创元社［再版，昭和十五年（1940）第十六版］。近代支那政治、社会论。(特)=日暮书肆，1000日元(M)

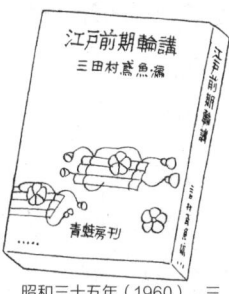

《江户前期轮讲》附书盒
昭和三十五年（1960），三田村鸢鱼编，青蛙房。林若树、山中共古等人的座谈语录。(青)300日元。这本真是赚到了，先生硬是要得(M)

《柳家小三艺谈、食谈、粹谈》
昭和五十年（1975），大和书房，兴津要编，(青)1000日元(M)

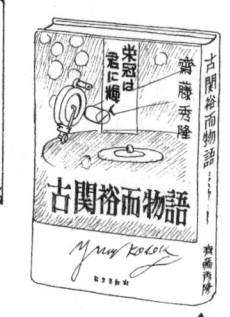

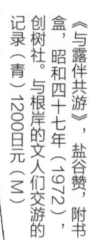

《与露伴共游》，盐谷赞"，附书盒，创树社，昭和四十七年（1972），"与根岸的文人们交游的记录(青)1200日元(M)

《耶稣画物语》昭和二十三年（1948）凸版画 
连内文也设计成装饰抄本风格，感觉得出其细心和善心的绘本。贺川丰彦的名诗，加上仿效宗教画的石川夏男全页彩色图画。21.5厘米×20.5厘米，24页。(特)=日本书房，1000日元(I)

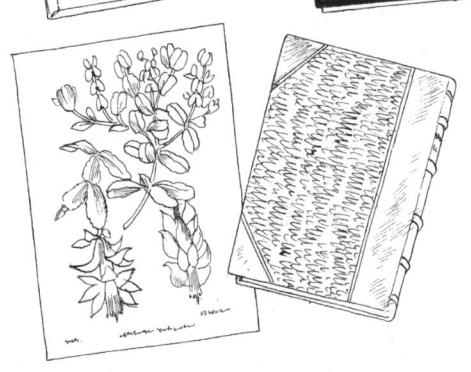

《古关裕而物语》平成十二年（2000）历史春秋社。"露营之歌"（拿出勇气，一定要赢~）、"你的名字"、阪神队《六甲落山风》、巨人队《拿出斗魂》，留下许多名曲的知名作曲家传记。斋藤秀隆著，在地方小出版社的摊位上购得。(花) 900日元（半价）(I)

《庭园之友》1852年伦敦。
当中有二十张石版手工彩色画，在出版许多知名植物图鉴的英国当中，仍算是制作特别精美的一本书。用心的彩色与鲜艳的图画，令人不自主地赞叹。(特)=崇文庄书店，98000日元(I)

《人生邮票》(I)
武井武雄的印刷作品65号，昭和四十一年（1966）。贴有十六种彩色铜版邮票。武井纤细的画作充满魅力。15厘米×12厘米。在小宫山书店购得，12000日元(I)

绍其中一部分。里头特别是三田村鸢鱼编的《江户前期轮讲》，内容似乎相当有趣。最特别的是，它还附青蛙房的书盒，只花300日元便购得，真不简单！

此外，各出版社的库存书当中，有点脏污或是没卖出的书籍，也都大幅降价抛售，我在铃兰通的"花车大特卖"中找到地方出版社发行的作曲家传记《古关裕而物语》。古关裕而曾创作过许多运动名曲，例如NHK《运动表演进行曲》、早稻田大学加油歌《绀碧天空》、庆应大学的《吾乃霸者》、高中棒球的《光荣因你而闪耀》、《奥林匹克进行曲》、阪神队《六甲落山风》、巨人队《拿出斗魂》等。请别说我没坚持立场。真的每一首都是好歌。

请务必要到神保町一游

当初我因为想逛神保町，才到东京来。由于当时过着极度贫穷的生活（现在则是普通贫穷），所以只买得起便宜的旧书，便宜的书和昂贵的书一同摆在客人面前，这正是神保町充满包容力的一面。

有时也能在展示间里目睹难得一见的奇书、珍本、古文典籍等等。当然了，就算是锁定均一价书籍或是杂书而来，这里也会有不少店家能符合各位的期待。

街上每家店都摆有免费索取的古书店地图，但遗憾的是，未加入旧书工会的店家则没列在上头。我前面那张地图考量到这点，在尽可能的范围内，也涵盖了那些未加入工会的古书店。希望各位在造访时能供作参考之用。

书的世界比大海更为深邃，书店也比海边小屋更宽阔。请到神保町一游，亲自感受。

古都镰仓配古书店，相得益彰

这次有两个「古」字

好的古书店所在地，有其特别的要素，例如附近有知名大学、市街历史悠久、有文人雅士居住等等。

能举神田神保町、早稻田、京都，以及这次介绍的镰仓为例。镰仓没有什么特别的大学，古书店的数量也不多，没有贩售漫画、情色书刊的店家，但却有完备的近代文学书籍，展现出镰仓的高格调。当中也有几家店兼营古董、古美术的生意，颇有古都的味道。这次我和编辑M先生，特地前往拜访正由晚秋转往初冬的镰仓。

说起镰仓，便想到江岛电铁

我们在将近11：00时，于镰仓车站下车。江岛电铁抵达、发车，都是在车站西口，这令人怀念的三〇〇系列车厢，如今可说是硕果仅存。说到江岛电

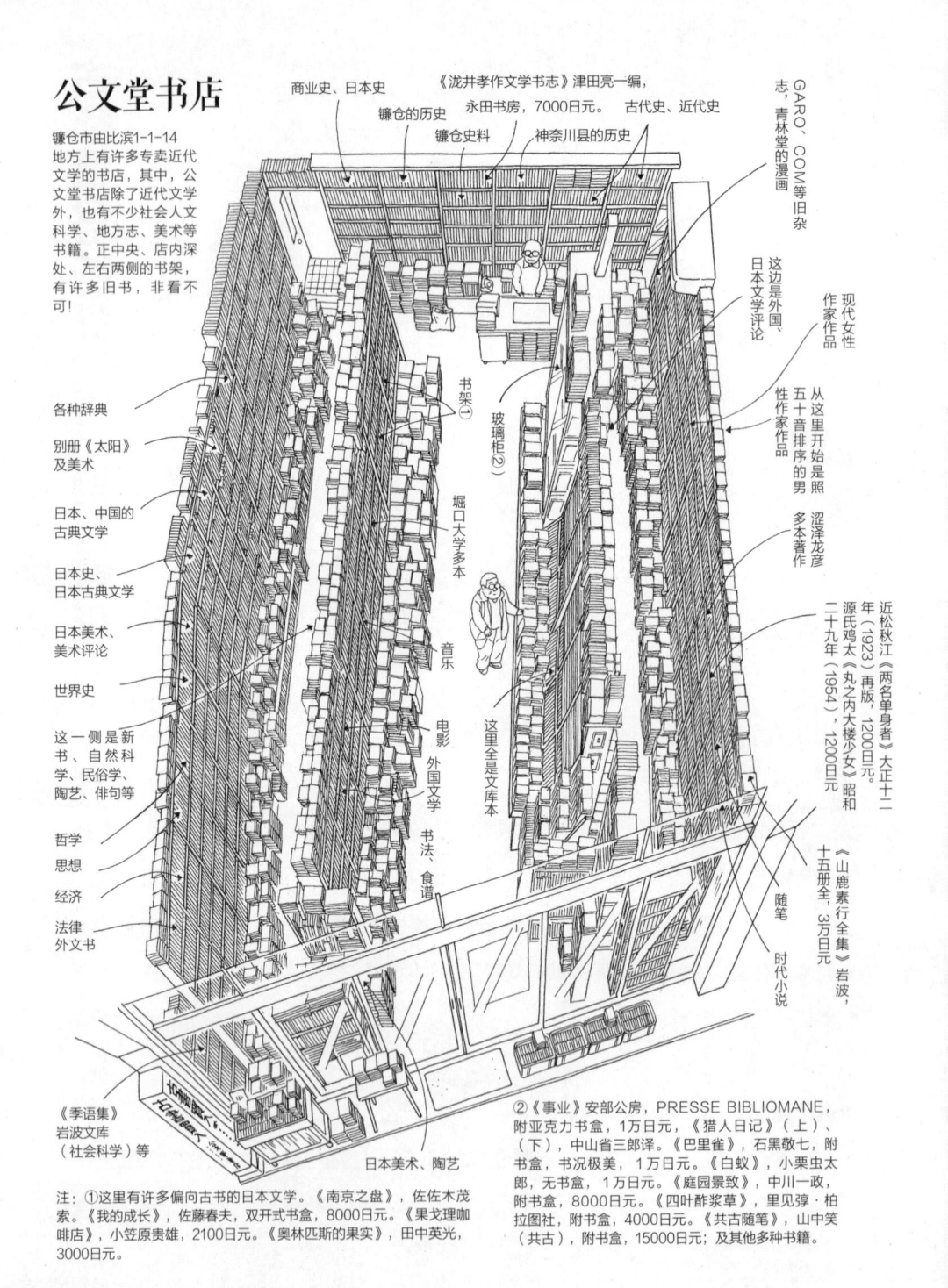

公文堂书店

镰仓市由比滨1-1-14
地方上有许多专卖近代文学的书店,其中,公文堂书店除了近代文学外,也有不少社会人文科学、地方志、美术等书籍。正中央、店内深处,左右两侧的书架,有许多旧书,非看不可!

- 商业史、日本史
- 镰仓的历史
- 镰仓史料
- 《泷井孝作文学书志》津田亮一编,永田书房,7000日元。
- 神奈川县的历史
- 古代史、近代史
- GARO、COM等旧杂志、青林堂的漫画
- 这边是外国、日本文学评论
- 现代女性作家作品
- 从这里开始是照五十音排序的男性作家作品
- 涩泽龙彦多本著作
- 近松秋江《两名单身者》大正十二年(1923)再版,1200日元。源氏鸡太《丸之内大楼少女》昭和二十九年(1954)。1200日元
- 《山鹿素行全集》岩波,十五册全,3万日元
- 随笔
- 时代小说
- 各种辞典
- 别册《太阳》及美术
- 日本、中国的古典文学
- 日本史、日本古典文学
- 日本美术、美术评论
- 世界史
- 这一侧是新书、自然科学、民俗学、陶艺、俳句等
- 哲学思想
- 经济
- 法律外文书
- 书架①
- 玻璃柜②
- 堀口大学多本
- 音乐
- 电影
- 外国文学
- 书法、食谱
- 这里全是文库本
- 《季语集》岩波文库(社会科学)等
- 日本美术、陶艺

注:①这里有许多偏向古书的日本文学。《南京之盘》,佐佐木茂索。《我的成长》,佐藤春夫,双开式书盒,8000日元。《果戈理咖啡店》,小笠原贵雄,2100日元。《奥林匹斯的果实》,田中英光,3000日元。

②《事业》安部公房,PRESSE BIBLIOMANE,附亚克力书盒,1万日元,《猎人日记》(上)、(下),中山省三郎译。《巴里雀》,石黑敬七,附书盒,书况极美,1万日元。《白蚁》,小栗虫太郎,无书盒,1万日元。《庭园景致》,中川一政,附书盒,8000日元。《四叶酢浆草》,里见淳·柏拉图社,附书盒,4000日元。《共古随笔》,山中笑(共古),附书盒,15000日元;及其他多种书籍。

铁，我不禁想到黑泽明导演的《天国与地狱》。泽村伊喜雄接到恐吓电话时，听到电话中传来江岛电铁的触轮杆与铁轨短短的接缝处传来的"咔哒咔哒叩咚"声，以此进行推断的那一幕，令人印象特别深刻。

最近虽已改为怀旧式的新型车厢，但远比贴满广告的市内电车要好得多。

我一面望着左手边的江岛电铁行进路线，一面朝由比滨大通的"公文堂书店"而去。途中看到几家古董店、古美术店。这些店看起来相当有意思，所以我向M先生恳求道："我想去看看。"他也回答我："好啊。我也很喜欢逛杂货店。"真开心。我们还是天生的绝配呢。这时候，应该是有什么东西在呼唤着我。

我一面如此暗忖，一面环视店内，看到横滨开港纪念会馆的石版画。这好像是知名的江岛电铁画家田口雅巳的作品。我买了一幅以三〇二型江岛电铁为题材所画的彩色石版画。那是以奔驰在田园地带的触轮杆式车厢构成的悠闲图案。我马上买下一幅，价格3000日元。

走进由比滨大通，马上便发现我们的目的地公文堂书店。看板建筑式的仿古建筑。店内颇深，有三条通道，塞满了古书。我很开心，心里觉得"画起来应该很有感觉"，马上振奋精神。

这是我第一次造访公文堂书店。镰仓文人的著作果然不少。

不过，这家店也有不少黑书。店内的角落或玻璃柜中，有相当珍贵的书籍。

M先生马上展开淘书。听说最近他只要采访的日子将近，便尽量不买书。玻璃柜内石黑敬七的著作《巴里雀》（又称作《巴黎人》），1万日元。书况相当好，让人以为是复刻版，卖这么便宜的价格真的好吗？

这么多的商品，据说全是靠挨家挨户到客人家里收购而来。不愧是镰仓。似乎很多人家里都藏有好书。

我在作画时，老板还问我要不要和他一起去客人家里收购旧书。

艺林庄

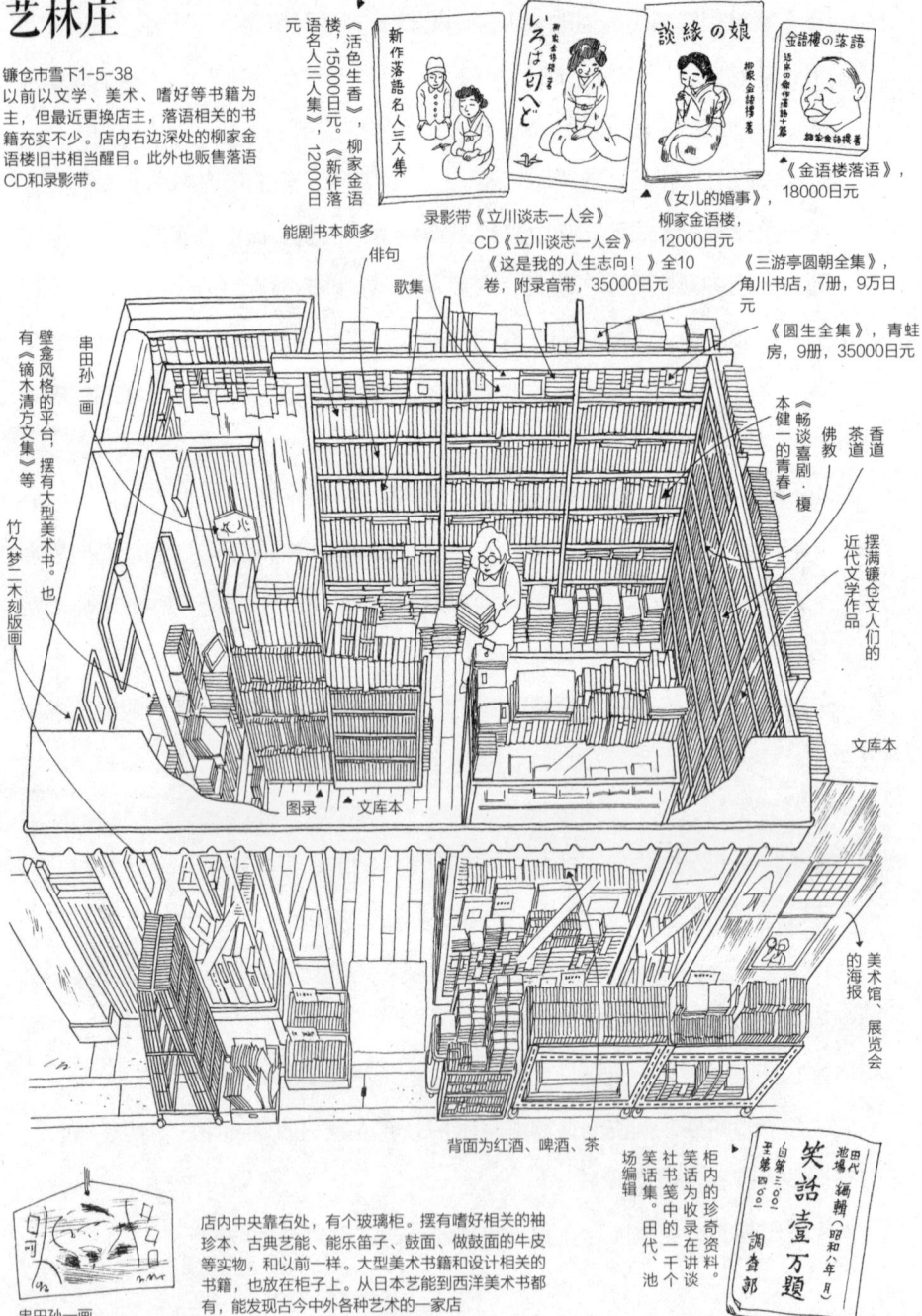

镰仓市雪下1-5-38
以前以文学、美术、嗜好等书籍为主,但最近更换店主,落语相关的书籍充实不少。店内右边深处的柳家金语楼旧书相当醒目。此外也贩售落语CD和录影带。

▶《活色生香》,柳家金语楼,15000日元。《新作落语名人三人集》,12000日元

▶《新作落语名人三人集》

▶《谈缘の娘》

▶《金语楼落语》,18000日元

▶《女儿的婚事》柳家金语楼,12000日元

录影带《立川谈志一人会》

CD《立川谈志一人会》《这是我的人生志向!》全10卷,附录音带,35000日元

《三游亭圆朝全集》,角川书店,7册,9万日元

《圆生全集》,青蛙房,9册,35000日元

能剧书本颇多
俳句
歌集

串田孙一画
壁龛风格的平台,摆有大型美术书。也有《镝木清方文集》等
竹久梦二木刻版画

《畅谈喜剧·榎本健一的青春》
佛教
香道
茶道
摆满镰仓文人们的近代文学作品

文库本

图录　文库本

美术馆、展览会的海报

背面为红酒、啤酒、茶

田代、池场编辑(昭和八年)至第二〇〇期《笑话壹万题》调查部

柜内的珍奇资料。笑话是以收录在讲谈社书笺中的一千个笑话集为主。田代、池场编辑

店内中央靠右处,有个玻璃柜。摆有嗜好相关的袖珍本、古典艺能、能乐笛子、鼓面、做鼓面的牛皮等实物,和以前一样。大型美术书籍和设计相关的书籍,也放在柜子上。从日本艺能到西洋美术书都有,能发现古今中外各种艺术的一家店

串田孙一画

这种机会少之又少，但我工作连一半都没做完，虽然只能很不甘心地放弃，但若能跟去，想必一定收获良多。委实可惜。

文人的镰仓

说到文士的居住地，在东京以田端、马达等地最广为人知。现今镰仓也有作家居住，但住有不少文人雅士的印象，已成为过去式。

曾住在镰仓的大佛次郎、川端康成、久米正雄、小岛政二郎、小林秀雄、里见弴、高见顺、永井龙男、中村光夫、中山义秀等人，很适合以文人来加以称呼。相较于东京的文人，他们给人一种大文豪、悠然闲适、归隐山林的感觉。而小津安二郎的电影，也给人一种黑白的印象。

昭和二十一年（1946），因时局不靖，文人们感到收入不稳，于是便聚在一起创立了"租书店镰仓文库"。川端、久米、高见、中山等人提供自己手中的书本，展开营业。

当时似乎生意相当兴隆，由川端康成等人坐镇顾店。之后镰仓文库也涉足出版业，持续了约莫四年后，经营不善。

现在我手中就有几本镰仓文库。此外，住在鹄沼的长谷川巳之吉，为第一书房的社长，也许是至今仍保有其名气的缘故，在公文堂书店里有不少他的书。我喜欢第一书房的装帧和制书，所以每次看到书都会购买。堀口大学的《月下一群》《萩原朔太郎诗集》《上田敏诗集》《木下杢太郎诗集》《爱伦坡小说全集》及其他诗集、译本，都以豪华的装帧留传于世。这些书价格不菲，但《近代剧全集》零散本只要300日元，所以我马上买下。

此外，镰仓周边有不少美术馆和纪念馆，能发现不少画集、展览图录。他们似乎不缺题材，有时甚至会举行"萝蜜迪奥丝·法萝（Remedios Varo）展""斯凡克梅耶（Jan Svankmajer）展"（神奈川县立近代美术馆、叶山馆）等独一无二的展览。

这次的收获

　　结束公文堂的采访后，我逛了四季书林、游古洞等地。果然很有镰仓的风格，发现几家贩售古美术品的古书店。游古洞也是其中之一。画有金莳绘的漂亮印笼①，收放在近代文学书对面的柜子里，好在背面有标价，帮了我个大忙。要是我钱包里有足够的资金，应该会因一时冲动而买下。得感谢游古洞老板！

　　我们来到小町通，前往另一处采访地点"艺林庄"。每次我来镰仓都会顺道来这家店逛逛。它店里的气氛绝佳，难以形容。

　　以前我曾在这家店里买到我找寻已久的木村毅《珍藏本物语》（日本古书通信社）。永井荷风的书迷租下荷风曾住过的房子，四处翻找，看他可有遗留些什么，结果在地板下的竹篮中找到他未曾公开的情书日记，此事传为佳话。

镰仓有几家兼卖古董的古书店，这家是"游古洞"

---

①收纳印章及印泥的容器，从江户时代改为存放随身药物之用。

在镰仓的收获

(I) 池谷　(M) 编辑

《原三溪》，竹田道太郎，有邻新书，昭和五十二年（1977）[昭和五十九年（1984）四刷]。以横滨的大生丝商、日本画、古美术品收藏家闻名于世的企业家评传，400日元（M）

《古书小路》，艺林庄前代店主村尾一郎的古书店故事。昭和六十年（1985），800日元（M）

《未刊随笔百种》全十二卷，中央公论社，昭和五十一年（1976）

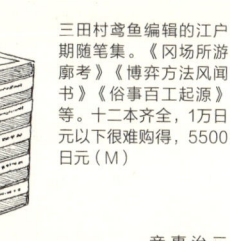

三田村鸢鱼编辑的江户期随笔集。《冈场所游廓考》《博弈方法风闻书》《俗事百工起源》等。十二本齐全，1万日元以下很难购得，5500日元（M）

三游亭元朝，《业平文治》。留下许多圆朝人情故事的古今亭志生知名表演录音带，1000日元（I）

住在神奈川县，以江岛电铁画家闻名的田口雅巳先生的彩色石版画，于横滨"开港纪念会馆"古董店购得，3000日元（I）

江岛电铁303形

《少年自卫队》，安田武。东书房，昭和三十一年（1956）。对志愿加入自卫队的少年们所做的采访，1000日元（M）

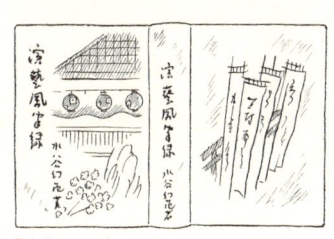

《演艺风闻录》，水谷幻花，朝日新闻社，昭和五年（1930）。明治末年时的演艺时评。有落语、歌舞伎等，2500日元（M）

《世界最棒的冷硬派小说杂志》。田中小实昌、植草甚一、片冈义男等人执笔，阵容坚强。右边是昭和三十五年（1960）四月号、昭和三十八年（1963）四月号，久保书店（M）各840日元

出版过许多花鸟画杰作的幸野楳岭之《楳岭画谱》虫类部，明治十九年（1886）发行。虽是淡彩木版，但花鸟画的构图仍相当传统的一本图谱。采折本设计，所以连中线的部分也看得很清楚，3000日元（I）

《我的物心帖》永田耕衣。文化出版局，昭和五十五年（1980），俳人的书画古董谈，1050日元（M）

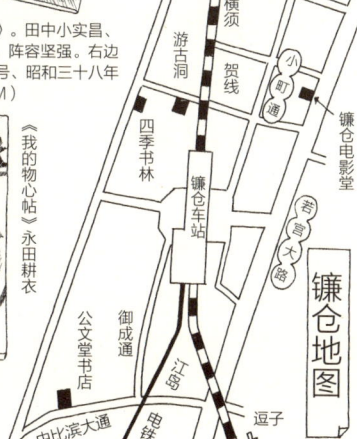

镰仓地图

这件事也曾刊登在《读卖新闻》中，在战后首次的古书展中，由木村以25000日元买下。这些情书收录在岩波版的《荷风文集》中。

艺林庄换了店主。落语相关的藏书比以前更加醒目。

我和M先生都很喜欢落语，所以在古书店内相谈甚欢。不过，M先生淘书的范围相当广，并不只局限于落语，像人物志、时势、随笔等，也都是他的锁定目标，从这里可以看出他高度的向学心。

到了这里，我清楚感受到一种因版画、花鸟画集、落语录音带而得到心灵疗愈的感觉。

此次得到志生的《业平文治》，是元朝的人情故事。这是他口齿清晰时的口说表演，值得一听。

此外，京都的画家幸野楳岭，留有许多花鸟画的木刻版画，是我喜欢的画家之一。他空间的运用绝佳，虽说是图谱，却不同于西洋的作品，重视风情更胜于科学。《楳岭画谱》也是有疗愈功效的一本书。话虽如此，我可没有精神的疾病哦。

这次最划算的战利品，不管谁怎么说（虽然没人有意见），我都认为是M先生以5500日元买到的三田村鸢鱼编《未刊随笔百种》。

说到三田村鸢鱼，是前一阵子刚过世的杉浦日向子女士（江户文化研究家）很欣赏的历史学家，年轻时都以他的书当范本拜读。能以1万日元不到的价格发现这套十二本丛书，委实不易。厉害！

但每次大量买书，真有地方摆吗？

从古书书目清单中窥探旧书的世界

十多年前，在某个百货公司旧书市里，某家店刊登在书目清单里的，全是我感兴趣的书。那家书店虽位于其他县市，但我向店内的人询问，告知自己想前往拜访的意愿后，对方告诉我："我们店里都是很普通的书哦。"我便马上明白是怎么回事。如果书目清单上放的都是专业书籍或偏向嗜好类的书籍，以地方人士作为客源的旧书店将无法经营。反之，不同于在街上信步走进一般旧书店，书目清单上甚至感受得出店家的精髓和店主的理念，有时还会因罗列的奇书和珍贵书籍的魅力，而被迷得失去判断力。

同样是书目清单，却有天壤之别

同样是书目清单，却形形色色皆有。像百货公司和活动的联合书目清单、

扶桑书房

162-0837东京都新宿区纳户町7LM纳户町104，店主东原武文先生曾在电视节目"稀世珍宝开运鉴定团"中，以古书鉴定人的身份登场，小有名气。营业方式只有书目清单和古书特卖展。扶桑书房参加东京古书会馆的"和洋会"和"嗜好展"，由于价格便宜、藏书品质佳，有不少客人会锁定扶桑书房购买（我也是其中之一）。

《扶桑书房古书书目清单》去年11月发行的第78号。内文三十页，就书目清单来说，量算是少了些。有些店家一年内会多次发行数百页的书目清单。不过这些书目清单并非库存的书目，上头只会列出新进的书目，卖剩的书绝不会摆进下次的书目清单中，可说是标榜"一生仅只一次邂逅"的进货清单，此乃其特色。上头也有小说、诗歌、俳句、杂志等近代文学书和作家草稿。从知名作家的作品，到默默无闻的作家作品及杂志，一应俱全，刊登了1213件。一年发行四次

东原武文先生

← 移动式书架有七列

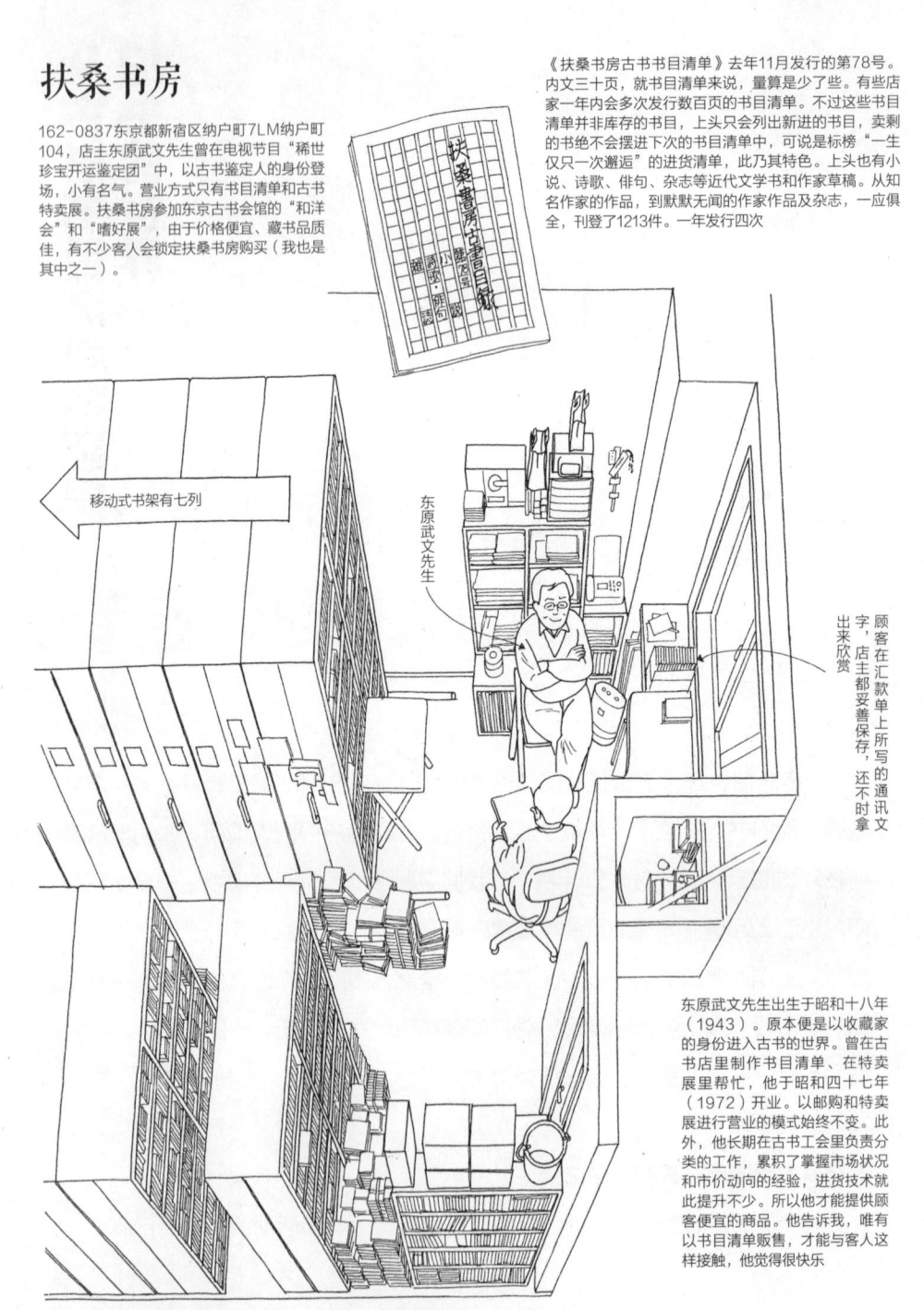

顾客在汇款单上所写的通讯文字，店主都妥善保存，还不时拿出来欣赏

东原武文先生出生于昭和十八年（1943）。原本便是以收藏家的身份进入古书的世界。曾在古书店里制作书目清单、在特卖展里帮忙，他于昭和四十七年（1972）开业。以邮购和特卖展进行营业的模式始终不变。此外，他长期在古书工会里负责分类的工作，累积了掌握市场状况和市价动向的经验，进货技术就此提升不少。所以他才能提供顾客便宜的商品。他告诉我，唯有以书目清单贩售，才能与客人这样接触，他觉得很快乐

← 这边的移动式书架有五列。尽头处也摆有书架。通道两侧有层层相叠的书本以及成捆的纸箱

特卖展的联合书目清单、邮购的联合书目清单、拍卖会书目清单、自家的书目清单，诸如此类。从内含彩色照片，以艺术纸作成的豪华书目清单到对折放进信封内寄来的简朴书目清单，可说是五花八门。贩售方式也很多样，有依照先到的顺序抽选、随意挑选（以抽选的名义）、投标式等等。

因为都是一本书算一个物件，人气高的书总是有多人下定，你争我夺。我也许是签运不错，就算有许多客人下定，我还是能以高达五成以上的概率抽中。去年我的战绩为十五胜七败。其他也有不少是依先到顺序而购得，所以尽管商品在书目清单中颇受瞩目，却仍时常落入我这位穷人手中。

这次将介绍在书目清单贩售中特别希望各位注意的两家店。期待各位也能前往一观，感受一下不同于店面贩售和特卖展的另一番乐趣。

也期待读者当中能有旧书虫亚种的出现。

稀世珍宝开运鉴定团的扶桑书房

在某个寒风肆虐的日子，我在地铁牛达神乐坂车站下车。虽然与我无关，不过，最近常有为了车站名称的地盘之争而调停的例子。牛达神乐坂往下连接牛达柳町、若松河田，另外还有落合南长崎、清澄白河、上野御徒町。它们全都是都营大江户线。

在这寒风刺骨的日子，正当我不知道该往哪儿走，为此大感光火时，已抵达扶桑书房。店主是东京电视台的当红节目《稀世珍宝开运鉴定团》的古书鉴定人，小有名气。

东原武文先生出生于昭和十八年（1943）。他于昭和四十七年（1972）开业，所以是在这一行待了三十四年的老手。在开业前，他以收藏家的身份四处逛古书店，也曾经历过一段打工、学习的时期，累积了丰富的资历。

东原先生说："我姓东原，所以用东国这种轻松的态度取了这个店名。"没想到他个性如此豪迈，但做起事来却相当缜密。

扶桑书房主要以近代文学书、杂志为主，但东原先生在鉴定团里也负责旧日本书的鉴定。当初电视台向古书工会提议要找人演出时，他们便一致推选东原先生担任鉴定人。

这想必是他在工会担任分类的工作，长达二十多年的资历受到肯定。

或许因为在工会里可以看清楚卖方和买方，所以对于了解市场状况和氛围、价格的动向，他累积了不少经验。

"扶桑兄，你卖的书真便宜。为什么你能开出这么便宜的价格？"我向他如此问道。他回答我："我之所以能便宜地买进商品，也许是过去的经验发挥了功用。另外，如果我能将售价压得比别人低一些而带来生意的话，就能将赚得的资金投入进货中。市场上买来的商品中，不适合放在书目清单上的便宜书，我会大幅降价，在特卖展中出售。"原来如此，难怪我在特卖展买到扶桑书房的书，标价常是300日元、500日元上下。

扶桑书房的书目清单，平均一年四次，至于古书特卖展，"和洋会①"和"嗜好展"，一年举办十二次。东原先生告诉我："这样我已经忙不过来了。"

他的主力还是摆在书目清单贩售上。"书是靠交流来贩售。"这是他的论点。于是我反问他："既然这样，那店头贩售不是比较好吗？"他笑着回答道："店头贩售是以地方上的客人为对象，所以有其困难面，而且我不喜欢在固定的时间开店。"

---

①现在已是平成二十年（2008），扶桑书房已不再参加"和洋会"，而是只参加"嗜好展"，一年六次。

在扶桑书房的收获

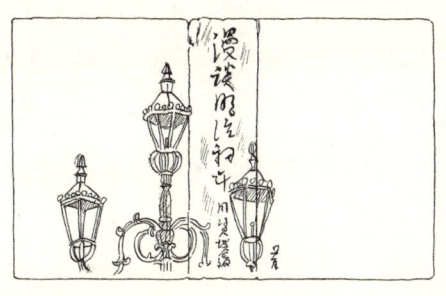

《漫谈明治初年》，同好史谈会编，昭和二年（1927），春阳堂。从江户到明治年间的人世百态听闻集。有大隈重信、高村光云、前岛密、第三代柳家小三等多位说故事高手的多项逸闻。也有不少市岛谦吉（春城）的谈话内容。在特卖展和洋会中购得，2000日元（M）

《生成的形而上学序论》（第一部），土井虎贺寿，昭和十七年（1942），筑摩书房。三高哲学教授的尼采论。是青山光二《我们是疯狂之人》中作为范本的人物。西田几多郎的门人。于和洋会中购得，附书盒500日元（M）

(I) 池谷　(M) 编辑

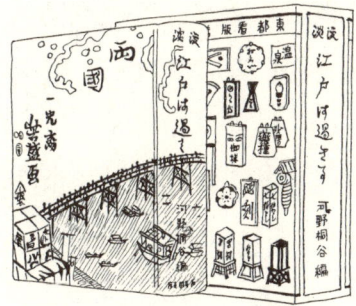

《江户已逝》，河野桐谷编，昭和四年（1929），万里阁书房。江户文化研究会成员的谈话集。有寒川鼠骨、山中笑（共古）等多名人物。收录有高村光云的落语（小故事）。一光斋芳盛的木刻版画装帧，在店内购得，2500日元（I）

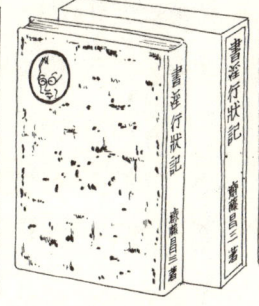

《书淫行状记》，斋藤昌三，昭和十年（1935），书物展望社。作者的书籍随笔七部作当中的第三部。涂布的装帧相当精美。加上这本，七部作品全凑齐了。在店内购得，15000日元（I）

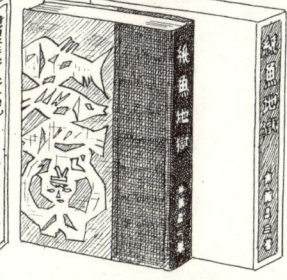

《纸鱼地狱》，斋藤昌三，昭和三十四年（1959），书痴往来社（很酷的公司名）。书籍随笔七部作当中的第七部。采用田泽茂的版画与法衣的用心装帧。从和洋会书目清单购得，12000日元（I）

对于顾客在汇款单上所写的通讯文字，东原先生都会妥善保存，还不时拿出来欣赏。"终于找到我寻找已久的书了，是本好书。"能看到客人这样的回复，比什么都快乐。看到自己预料中的客人对书目清单里的书下订单，或是为了顾客订购无名作家的书籍而想办法张罗，也是一种乐趣。

"就算没在汇款单上写回复信也没关系。"虽然东原先生这么说，但看得出来，他心里很期待这样的交流。

我虽然无法大量采购，但自认是名好顾客。因为只要书一寄达，我马上便

65

会付款。不过，听说扶桑书房的顾客，有八九成都是隔天才付款。嗯！有点占人家便宜哦。

东原先生极力主张书况一定要写仔细，以免造成顾客抱怨，这是书目清单贩售的重点。

在此先聊聊书目清单的看法。

除了书名外，什么也没写的情况下，其前提是没有书盒、书衣、书腰的裸书。一般都会写有再版、无书盒、缺书衣、无书腰等文字；若是有盖印、略微脏污、破损、破裂、褪色、鼓起、在书上写字、有画线等状态，当然得写清楚才行。此外，初版、绝版、附书盒、有书衣、附原本的石蜡纸（原本就附在书上的石蜡纸）、附外书盒、上方有金箔、书背牛皮装订等，有什么优点，都会优先写下。

整体状态都是以极美、美、一般等方式来呈现，但这也会受店主的个性左右。以前曾有一本写着书况极美的外文书，我拿到手一看，书背都被晒成白褐色了。

此外，以糨糊黏合、铁丝装订的再生纸本与书背所作成的简易书本，有些店家会充作法式装订。法式装订是以线来装订折本，可摊开180°。就让我们一面因应店家的不用功，一面小心谨慎地进入书目清单的世界吧。

朝气蓬勃的书目清单负责人，港口书店

"您知道哪家店会推出有意思的书目清单吗？"我向业者询问后，他们回答我："港口书店不错。"好像是家建筑专卖书店。我也很喜欢建筑，于是马上和编辑M先生依循旧有的模式前往拜访。店主以小石川大楼里的两间房间充当事务所。

港口书店

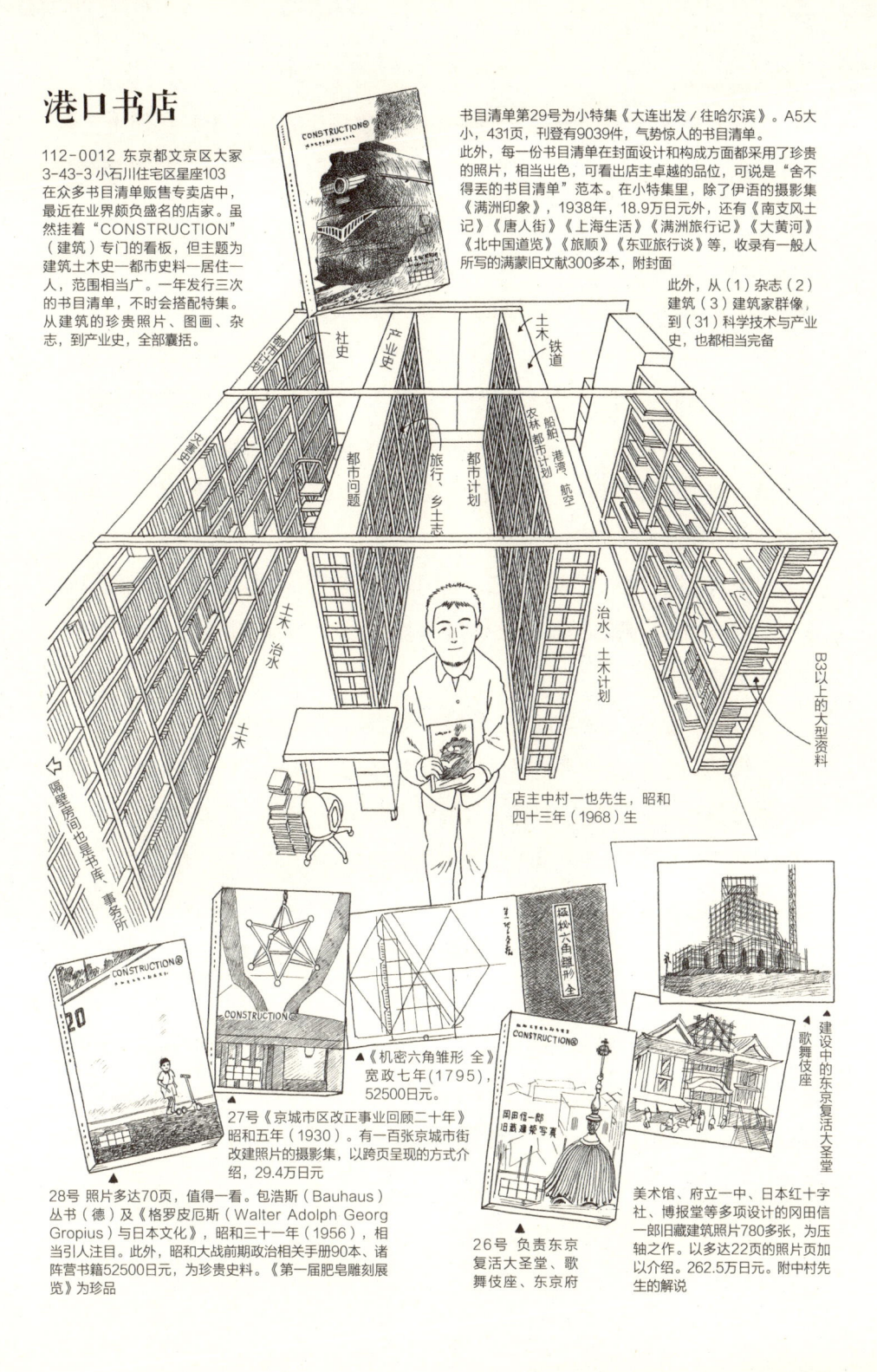

112-0012 东京都文京区大家
3-43-3 小石川住宅区星座103

在众多书目清单贩售专卖店中，最近在业界颇负盛名的店家。虽然挂着"CONSTRUCTION"（建筑）专门的看板，但主题为建筑土木史—都市史料—居住—人，范围相当广。一年发行三次的书目清单，不时会搭配特集。从建筑的珍贵照片、图画、杂志，到产业史，全部囊括。

书目清单第29号为小特集《大连出发／往哈尔滨》。A5大小，431页，刊登有9039件，气势惊人的书目清单。此外，每一份书目清单在封面设计和构成方面都采用了珍贵的照片，相当出色，可看出店主卓越的品位，可说是"舍不得丢的书目清单"范本。在小特集里，除了伊语的摄影集《满洲印象》，1938年，18.9万日元外，还有《南支风土记》《唐人街》《上海生活》《满洲旅行记》《大黄河》《北中国游览》《旅顺》《东亚旅行谈》等，收录有一般人所写的满蒙旧文献300多本，附封面。

此外，从（1）杂志（2）建筑（3）建筑家群像，到（31）科学技术与产业史，也都相当完备。

店主中村一也先生，昭和四十三年（1968）生

27号《京城市区改正事业回顾二十年》昭和五年（1930）。有一百张京城市街改建照片的摄影集，以跨页呈现的方式介绍，29.4万日元。

《机密六角锥形 全》宽政七年（1795），52500日元。

28号 照片多达70页，值得一看。包浩斯（Bauhaus）丛书（德）及《格罗皮厄斯（Walter Adolph Georg Gropius）与日本文化》，昭和三十一年（1956），相当引人注目。此外，昭和大战前期政治相关手册90本、诸阵营书籍52500日元，为珍贵史料。《第一届肥皂雕刻展览》为珍品。

26号 负责东京复活大圣堂、歌舞伎座、东京府美术馆、府立一中、日本红十字社、博报堂等多项设计的冈田信一郎旧藏建筑照片780多张，为压轴之作。以多达22页的照片页加以介绍。262.5万日元。附中村先生的解说。

▶建设中的东京复活大圣堂 歌舞伎座

横滨出身的"港口书店"店主中村一也先生，出生于昭和四十三年（1968），今年才38岁，仍相当年轻，已在古书店里见习了七年，开店至今长达十年。

他认为当人家伙计的那段时间算不上资历，这十年来他都是独自一人经营，委实不简单。不过，光是他的资历就已经够傲人了，但看过他的书目清单后更是吃惊。不论是内容的扎实、商品独特性，还是数量，都令人惊叹。

扶桑书房的书目清单上只有新进货的商品。港口书店的书目清单则是新进货商品外加库存商品，但记载了约莫9000多件商品的书目清单，一年出刊三次，可不是件轻松的工作。而且每次都会有数十页的照片页，各个都不是可以轻松取得的珍贵文献和资料。

一说到建筑，想必有人会说自己是门外汉，敬而远之，不过，人们住在建筑里，形成都市、风俗、历史。这都不是爱书人可以视而不见的。"文化"就在这书目清单中。

港口书店光靠书目清单贩售。连特卖展也没参加。

"我21岁时，从新书书店转到湘南堂书店这家旧书店工作。那是法律、经济、会计相关的专门书店，但因为我很早便参与书市运作，所以从中了解建筑相关书籍的乐趣何在。面对建筑、土木、都市史料等，我都是从零开始。"

他以月轮书林、石神井书林的书目清单，作为参考范本。另外，当时还有专卖美术书籍的海老名书店的书目清单，各个都是风格独具、自成一派的。有机会的话，我也想好好介绍一番。

扶桑书房的书目清单，据说从发行到下定、寄送商品，仅短短一周便搞定。对此，港口书店则认为"就算是旧的书目清单，只要顾客感兴趣，库存商品还是随时有可能卖出，所以还是值得一做。"

诚如中村先生所言，书目清单上刊登的都是珍贵的商品。特别是《大连出发／往哈尔滨》和《冈田信一郎旧藏建筑照片》（参照插图）的特集文献，会令人眼睛为之一亮。冈田信一郎的照片有780多张，只要262.5万日元。去年蔚为话题的《五条御誓文》草稿，以2400万日元买下的自治团体，算是买到了好东西，这也是很棒的商品。各地的公共机关都不把它当一回事，真是可悲。希望他们能好好思考这个问题。

　　此外，港口书店最近发行了第30号的书目清单。连过去的书目清单，也会以一本300日元邮票的价格寄送。有意者请务必一试。

乱步也开旧书店，团子坂、根津、千驮木散步

江户川乱步年轻时，曾在团子坂与两名弟弟一起合开一家名为"三人书房"的旧书店。这是大正八年（1919）到大正九年（1920）间的事。他以当时的情况作为《D坂杀人事件》书中的背景，与作品相结合。

"D坂"一词听来颇为新奇。这样的书名相当贴切，让人感觉到一本全新的侦探小说就此诞生。若是将书取名为《团子坂杀人事件》，则感觉像是一般的社会新闻。就采用英文字母的书名来说，它比阿嘉莎·克莉丝蒂（Dame Agatha Mary Clarissa Christie）的《ABC谋杀案》、艾勒里·昆恩（Ellery Queen）的《X的悲剧》都来得早。这文京一带可说是侦探小说名作的摇篮，我决定前往拜访。

根津、千驮木、D坂

台东区的东京艺术大学，经言问通走约600米，便来到根津。接着再走出谷中，来到千驮木，就此一路直走，便能抵达团子坂。这一带有几家老店和古

【图说部分】

东京市本乡区驹込林町六番地

江户川乱步 三人书房

大正八年（1919）十一月，乱步结婚。住在二楼一间六张榻榻米大的房间里

四张半榻榻米大的房间，住着两位弟弟，后来母亲也一起同住

资金额1000日元。平井太郎（乱步）、通（二弟）、敏男（幺弟）三名兄弟合开旧书店『三人书房』。两名弟弟曾在神田旧书店见习了三个月之久。①

乱步 24～26岁

从大正八年（1919）二月经营到大正九年（1920）十月，房租14.5日元

店内所卖的书主要为文艺作品。店内中央摆有桌椅，也设有留声机，相当有情趣的一家店

团子坂 ↓

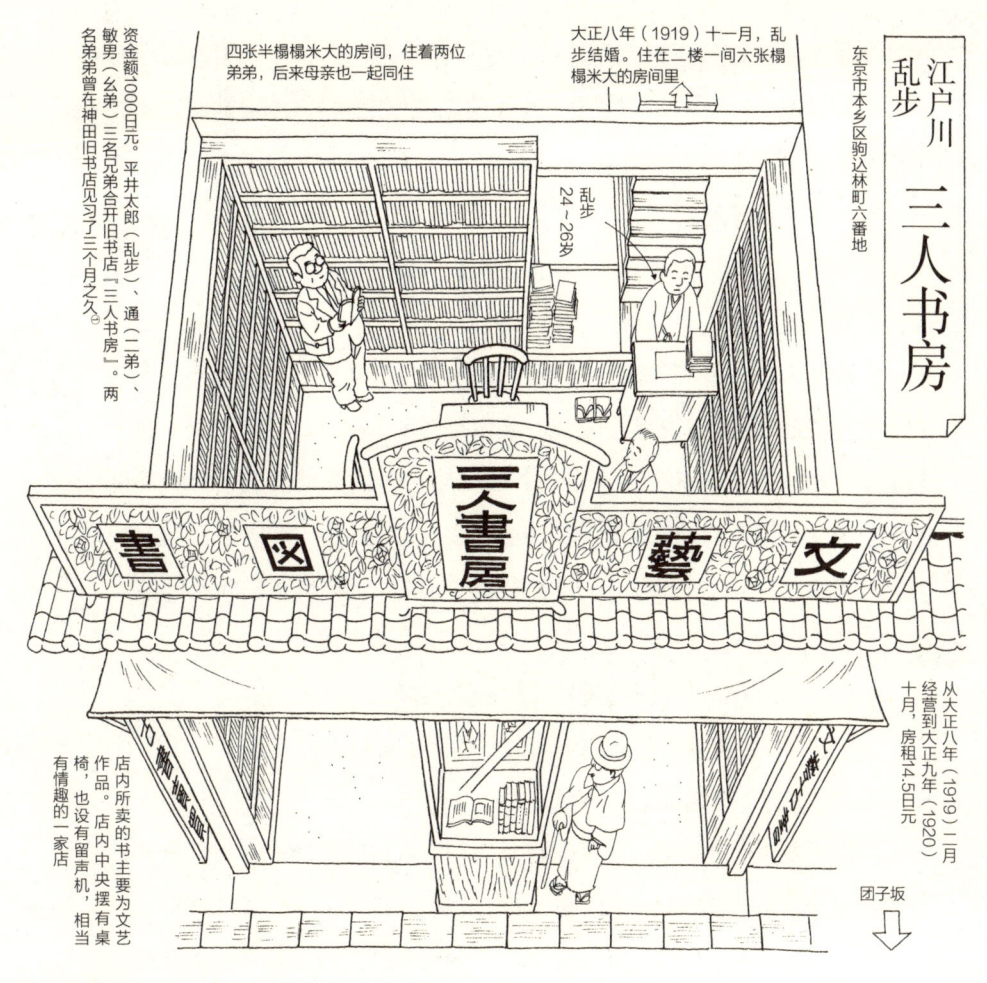

刹，在神社、大学、闲静的住宅街包围下，很适合在此散步。

团子坂这名称的由来，有各种说法，有人说是源自于团子店②，也有人说走在这坡道上，会像丸子一样往下滚。

乱步与二弟通、幺弟敏男一起合开旧书店，才一年零八个月，便因经营不善而歇业。

谈个题外话，他的二弟通后来经营一家名为壶中庵的古书店，并创设一家名为真

---

①本图为参考乱步在《贴杂年谱》中所画的平面布置和外观素描所绘制而成。
②日文的团子为丸子的意思。

珠社的袖珍本出版社，聘用年轻时的池田满寿夫为其制作采用铜版画的袖珍本。当时与池田同住的富冈多惠子也曾帮忙制作书盒[1]。出自池田之手的《屋顶里的散步者》，现在相当值钱，高达20万日元以上。我这个人动不动就谈到价钱，实在很无趣。

五年后，乱步在杂志《新青年》上发表《D坂杀人事件》。这是明智小五郎首次登场的作品。

小说讲述了一起以旧书店当舞台的杀人事件。事件发生时，一名人在店内的学生，说他隔着拉门的格子看见一名像是凶手的男子，穿着一袭黑衣，另一名学生则说他看到的凶手身穿白衣。乱步对这矛盾的证词设下前所未有的陷阱，后半又引用密斯坦贝尔的《犯罪心理学》，道出另一个截然不同的结论，就此破解案情。虽是短篇作品，但奇特的陷阱、充满真实性的逻辑推理、情欲、浓厚呈现的大正时代背景，是我最钟爱的乱步作品。

乱步是否一边顾店，一边构思侦探小说呢？

我常看《D坂杀人事件》的电影录影带（实相寺昭雄道演），听朗读卡带（寺田农朗读），想象昔日团子坂一带的光景。

根津到千驮木这一带，自古便有文人和艺术家居住此地。东京大学、艺术大学也离这里不远，看来，古书的水准相当令人期待。

欧哟哟与琺瑯

我与编辑M先生约在地铁根津车站附近的"欧哟哟书林"碰面。

欧哟哟真是个奇怪（失礼了）店名。M先生说："可能是受到小林信彦[2]的影响吧。"我则是推测"不，也许是因为喜欢大河内传次郎[3]……（真老

---

[1]当时的故事，请参照《壶中庵逸闻》。
[2]小林信彦有一部著作名叫《欧哟哟总统》。
[3]演员大河内传次郎常以"欧哟哟"当口头禅。

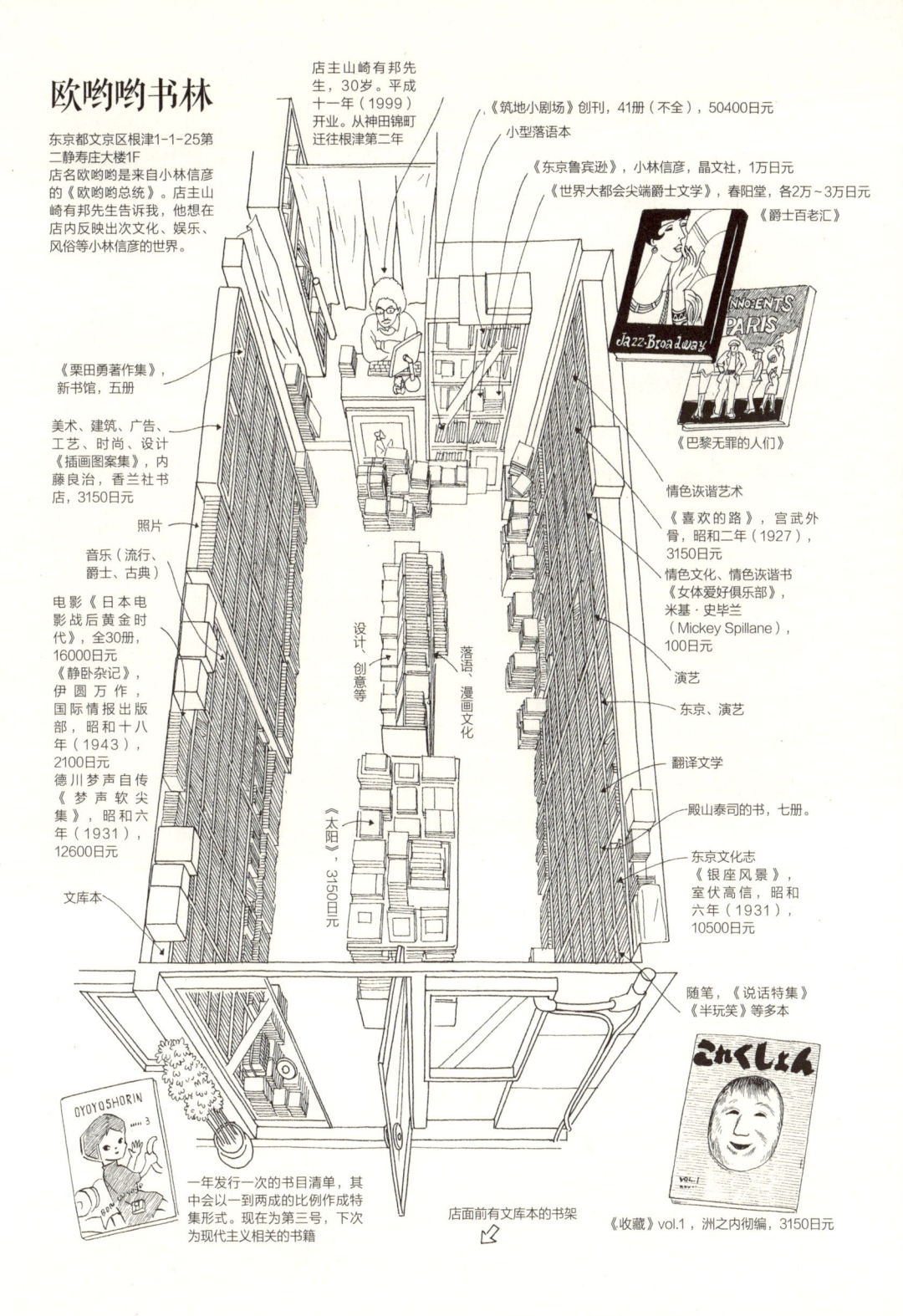

欧哟哟书林

东京都文京区根津1-1-25第二静寿庄大楼1F

店名欧哟哟是来自小林信彦的《欧哟哟总统》。店主山崎有邦先生告诉我，他想在店内反映出次文化、娱乐、风俗等小林信彦的世界。

店主山崎有邦先生，30岁。平成十一年（1999）开业。从神田锦町迁往根津第二年

《筑地小剧场》创刊，41册（不全），50400日元

小型落语本

《东京鲁宾逊》，小林信彦，晶文社，1万日元

《世界大都会尖端爵士文学》，春阳堂，各2万~3万日元

《爵士百老汇》

《栗田勇著作集》，新书馆，五册

美术、建筑、广告、工艺、时尚、设计《插画图案集》，内藤良治，香兰社书店，3150日元

照片

音乐（流行、爵士、古典）

电影《日本电影战后黄金时代》，全30册，16000日元

《静卧杂记》，伊园万作，国际情报出版部，昭和十八年（1943），2100日元

德川梦声自传《梦声软尖集》，昭和六年（1931），12600日元

文库本

《巴黎无罪的人们》

情色诙谐艺术

《喜欢的路》，宫武外骨，昭和二年（1927），3150日元

情色文化、情色诙谐书《女体爱好俱乐部》，米基·史毕兰（Mickey Spillane），100日元

演艺

东京、演艺

翻译文学

殿山泰司的书，七册。

东京文化志《银座风景》，室伏高信，昭和六年（1931），10500日元

随笔，《说话特集》《半玩笑》等多本

设计、创意等

落语、漫画文化

《太阳》，3150日元

一年发行一次的书目清单，其中会以一到两成的比例作成特集形式。现在为第三号，下次为现代主义相关的书籍

店面前有文库本的书架

《收藏》vol.1，洲之内彻编，3150日元

梗，谁叫我上了年纪呢）"结果是M先生猜对了。

神田的特卖展、爱书会，以及高圆寺的中央线古书展，欧哟哟书林都有参加。同业之间一般都是以店名相互称呼，所以有时会有"欧哟哟，电话"这样的情形发生。相当有趣。

我在采访时，一定会询问店名的由来，而这家店的故事特别有趣。

欧哟哟书林的山崎有邦先生才30岁，相当年轻。深为小林信彦着迷的欧哟哟书林店内，就像呈现出小林信彦的次文化世界般，应有尽有。还有难得一见的春阳堂《世界大都会尖端爵士文学》、赤濑川原平的《零圆钞》等书。

虽然商品颇具独特风格，但地方上的顾客也常到店里光顾。附带一提，在前不久举办的中央线古书展中，欧哟哟书林的书目清单上写有：《南游茶话》，三竹胜造，大正十三年，1500日元；《青春回顾》初版，辰野隆，酣灯社，昭和二十二年（1947），1000日元；《麻药战争》，楳本舍三，学风书院，昭和三十一年（1956），1500日元；以及正冈容、石川三四郎的著作，不但让人兴趣浓厚，而且价格又便宜。此外，它还有网络贩售，书目清单也大约一年发行一次，相当令人期待。

我们从千驮木车站花数分钟的时间前往"古书琅琊"采访。店内颇深，八面书架包夹着四条通道，前后贯通，店内空间相当大。开店已有八年，由宫地先生夫妇、山崎先生、神原先生四人共同经营。

这四人从学生时代便认识，一起开设古书店。四人各自有负责的领域，以此筹措商品。虽是贩售一般古书的旧书店，但随着领域的不同，当中也有难得一见的珍品，就算长时间逛这家店，也不会觉得腻。

虽然他们没加入工会，但光靠店家四处收购旧书，便已备有许多高品质的好书。可见地方上的居民藏书水平相当高。

宫地先生告诉我："如果加入工会，可以对古书的世界有更进一步的认

古书琳琅

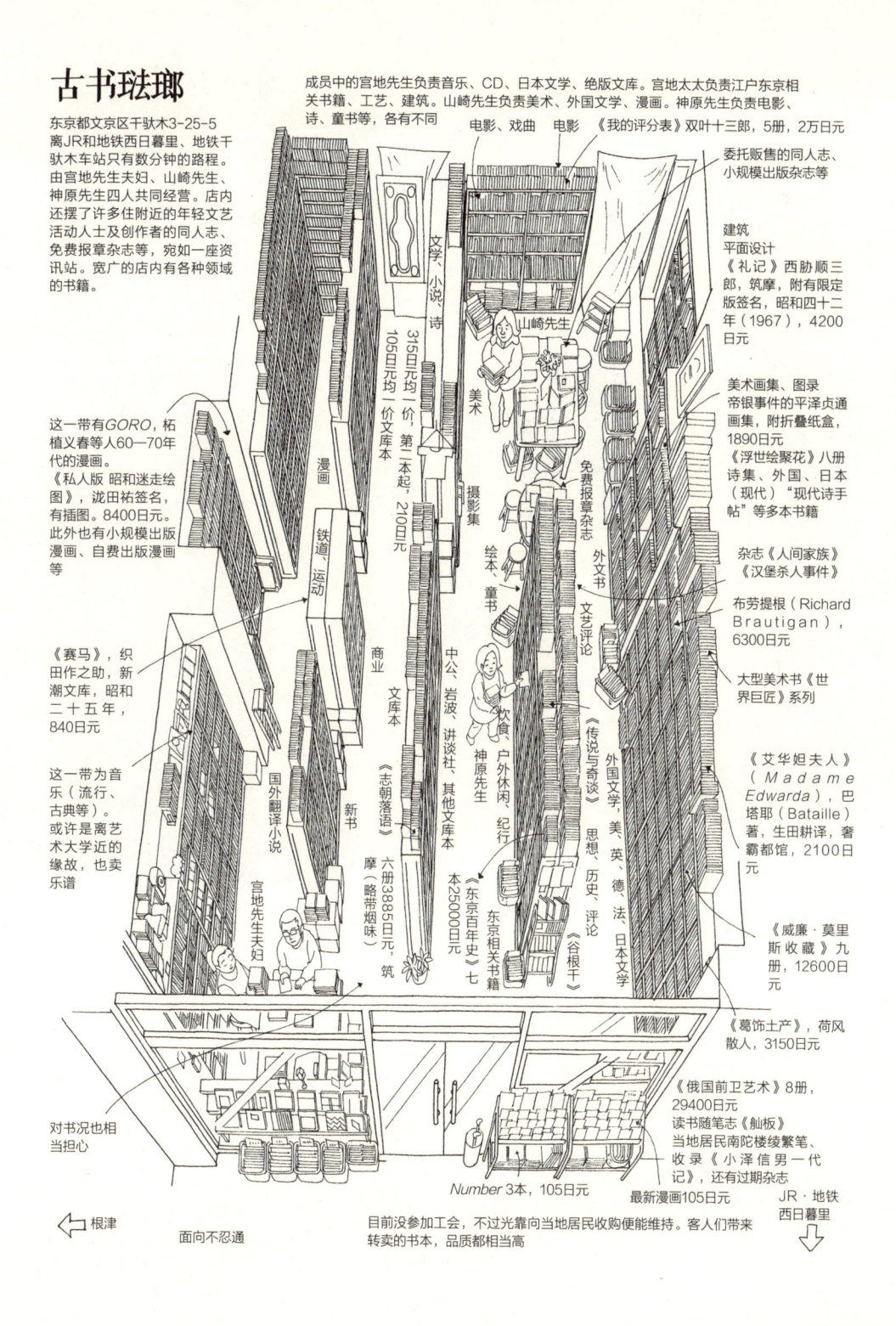

东京都文京区千驮木3-25-5
离JR和地铁西日暮里、地铁千驮木车站只有数分钟的路程。由宫地先生夫妇、山崎先生、神原先生四人共同经营。店内还摆了许多住附近的年轻文艺活动人士及创作者的同人志、免费报章杂志等,宛如一座资讯站。宽广的店内有各种领域的书籍。

成员中的宫地先生负责音乐、CD、日本文学、绝版文库。宫地太太负责江户东京相关书籍、工艺、建筑。山崎先生负责美术、外国文学、漫画。神原先生负责电影、诗、童书等,各有不同

电影、戏曲
电影
《我的评分表》双叶十三郎,5册,2万日元

委托贩售的同人志、小规模出版杂志等

建筑
平面设计
《礼记》西胁顺三郎,筑摩,附有限定版签名,昭和四十二年(1967),4200日元

美术画集、图录
帝银事件的平泽贞通画集,附折叠纸盒,1890日元
《浮世绘聚花》八册
诗集、外国、日本（现代）"现代诗手帖"等多本书籍

杂志《人间家族》
《汉堡杀人事件》

布劳提根（Richard Brautigan）,6300日元

大型美术书《世界巨匠》系列

《艾华妲夫人》(Madame Edwarda),巴塔耶（Bataille）著,生田耕译,奢霸纸馆,2100日元

《威廉·莫里斯收藏》九册,12600日元

《葛饰土产》,荷风散人,3150日元

《俄国前卫艺术》8册,29400日元
读书随笔志《舢板》
当地居民南陀楼绫繁笔、收录《小泽信男一代记》,还有过期杂志
最新漫画105日元

文学、小说、诗
山崎先生
美术
摄影集
绘本、童书
免费报章杂志
外文书
文艺评论
漫画
铁道、运动
中公、岩波、讲谈社、其他文库本
饮食、户外休闲、纪行
《传说与奇谈》
思想、美、英、德、法、日本文学
外国文学
商业
文库本
神原先生
《志朝落语》
《东京百年史》七本25000日元
《谷根千》
新书
国外翻译小说
六册38385日元,筑摩(略带烟味)
东京相关书籍
宫地先生夫妇

315日元均一价,第二本起,105日元均一价文库本 210日元

这一带有GORO,柘植义春等人60~70年代的漫画。
《私人版 昭和迷走绘图》,泷田祐签名,有插图。8400日元
此外也有小规模出版漫画、自费出版漫画等

《赛马》,织田作之助,新潮文库,昭和二十五年,840日元

这一带为音乐（流行、古典等）。或许是离艺术大学近的缘故,也卖乐谱

对书况也相当担心

← 根津　面向不忍通

目前没参加工会,不过光靠向当地居民收购便能维持。客人们带来转卖的书本,品质都相当高

Number 3本,105日元

JR·地铁西日暮里 ↓

在千驮木、根津 的收获

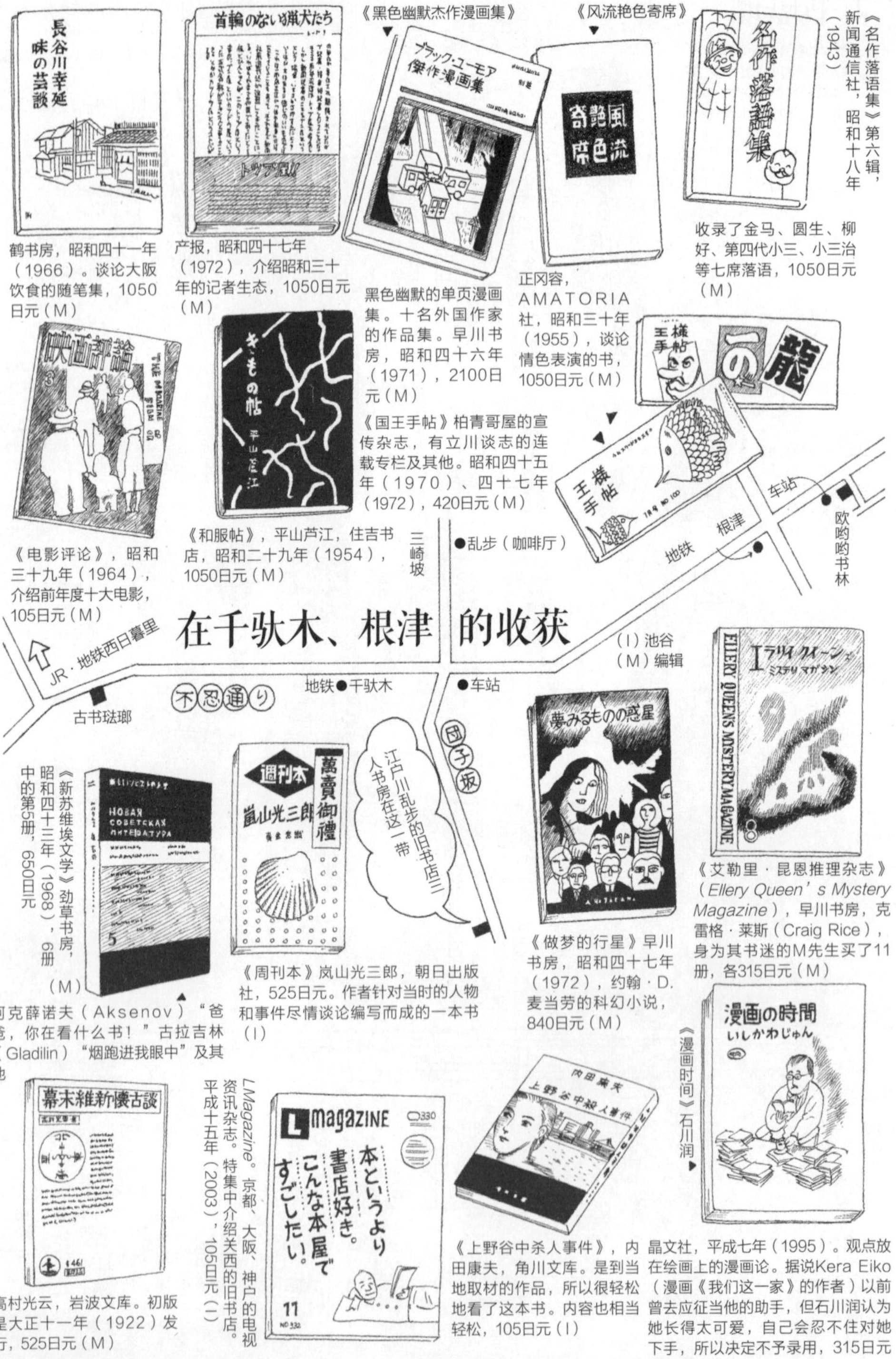

长谷川幸延《味の芸谈》鹤书房，昭和四十一年（1966）。谈论大阪饮食的随笔集，1050日元（M）

《首轮のない猎犬たち》产报，昭和四十七年（1972），介绍昭和三十年的记者生态，1050日元（M）

《黑色幽默杰作漫画集》黑色幽默的单页漫画集。十名外国作家的作品集。早川书房，昭和四十六年（1971），2100日元（M）

《风流艳色寄席》正冈容，AMATORIA社，昭和三十年（1955），谈论情色表演的书，1050日元（M）

《名作落语集》第六辑，新闻通信社，昭和十八年（1943）。收录了金马、圆生、柳好、第四代小三、小三治等七席落语，1050日元（M）

《电影评论》，昭和三十九年（1964），介绍前年度十大电影，105日元（M）

《和服帖》，平山芦江，住吉书店，昭和二十九年（1954），1050日元（M）

《国王手帖》柏青哥屋的宣传杂志，有立川谈志的连载专栏及其他。昭和四十五年（1970）、四十七年（1972），420日元（M）

三崎坡　乱步（咖啡厅）　地铁　根津　车站　欧哟哟书林

JR·地铁西日暮里　古书琥珀　不忍通り　地铁·千驮木　车站　团子坂

江户川乱步的旧书店在这一带

（I）池谷（M）编辑

《新苏维埃文学》劲草书房，昭和四十三年（1968），6册中的第5册，650日元（M）
阿克薛诺夫（Aksenov）"爸爸，你在看什么书！"古拉吉林（Gladilin）"烟跑进我眼中"及其他

《周刊本》岚山光三郎，朝日出版社，525日元。作者针对当时的人物和事件尽情谈论编写而成的一本书（I）

《做梦的行星》早川书房，昭和四十七年（1972），约翰·D.麦当劳的科幻小说，840日元（M）

《艾勒里·昆恩推理杂志》（Ellery Queen's Mystery Magazine），早川书房，克雷格·莱斯（Craig Rice），身为其书迷的M先生买了11册，各315日元（M）

高村光云，岩波文库。初版是大正十一年（1922）发行，525日元（M）

L magazine 资讯杂志。京都、大阪、神户的旧书店。平成十五年（2003），105日元（I）。是当地取材的作品，所以很轻松地看了这本书。内容也相当轻松，105日元（I）

《上野谷中杀人事件》，内田康夫，角川文库。

《漫画时间》石川润
晶文社，平成七年（1995）。观点放在绘画上的漫画论。据说Kera Eiko（漫画《我们这一家》的作者）以前曾去应征当他的助手，但石川润认为她长得太可爱，自己会忍不住对她下手，所以决定不予采用，315日元（I）

识，但我们还是选择将主力放在提供好书给地方上想要找书的客人们。"顾客带到店内卖的书，若是无法以一般古书的领域来判断，他们会要求多给些时间来判断其价格。相当有良心。

古书琅琊对来店的客人都会喊一声"欢迎光临"。这也是以往的旧书店所没有的待客态度，让人颇有好感（与Book Off那种连声吆喝的方式不同）。

不过，这种客气的待客方式，同时也表示店员的眼睛一直注意着客人，有"防止小偷"的意味。因为不论走到哪儿，小偷一直是店家所面临的重大问题。

3月6日，法国文学学者，同时也是昆虫爱好者的奥本大三郎先生，他梦想多年的昆虫馆"昆虫诗人馆"，终于在附近开幕。而4月29日，则是举办"不忍Book Story一箱旧书市"。塞满旧书的上百个纸箱，排成一列，相当独特的活动。希望各位有机会能前往一观。详细请上网查阅。

人生百态，旧书市百样

冬末旧本书一游

"咦，在卖什么福袋？"有位妇人从旁走过时，如此说道。9：20，在池袋西武百货店前，约莫20名中年、年近半百的男性排成一列。我也是其中之一。"是啊，福袋里头有名牌老花眼镜、喀什米尔羊毛卫生裤、中国珍藏四千年的神秘生发药。"虽然我没这么说，但就算我告诉她，这些人是排队等旧书市开幕，也不知道她能否理解。

旧书市也是形形色色

编辑M先生是第一次排队。我这次则算是第三次。平常我几乎都不会在开场前排队，但这次的书目清单里有我想要的书。价格不菲，而且是得亲眼见过现物才能决定的商品，所以我猜应该是没人会下定才对。如果有人下定，那就没希望了，只能乖乖死心。

10：00准时进入会场。我先朝锁定的店家摊位冲去，提出想看书目清单上所列的那幅木刻版画。

可是对方竟然回答我"没带来"。看来，果然没人下定。我没时间咂舌，

9∶20，已有二十多名客人。池袋西武"春天旧书祭"

急忙赶往下一家店，我告诉店家，想看书目清单上打星号的近代文学书。我看这本书因为有些破损、日晒变色，应该没人下定，但店家却又告诉我他们没带来，而且没人下定。这次我就有充分的时间咂舌了。我向他们抱怨，请负责人出面后，旧书市场负责人板起脸孔，向店家警告道："怎么会没带来呢。书目清单上的商品都该带来才对啊……"结果对方应道："好几百件商品，怎么可能全部带来。"一点歉疚的表情也没有。

　　书目清单上列的商品没带来，已不是什么新鲜事了。以常客居多的特卖展常有这种事，倘若顾客抱怨，他们便会说："下次抽选，不让你抽中。"或是"因为特卖展都是一些很有个性的古书店。"而不去正视问题。

　　不过，百货公司的特卖展就不同了。既然冠上百货公司的名义进行买卖，就得顾及商业道德，不能完全照各个店家自己的做法去走。因此，店家不是在举办前都得接受讲习，系上领带站在卖场吗？一位我熟识的古书店老板也参加过同样的活动，他说："我家的书目清单上所列的商品，当然全都会带去，很辛苦呢。尽管有时像一些全集之类的书，因为很占空间而无法带去，但这种情况要先在书目清单上注明，或是请想亲眼见识商品的人事先联络一声才对。"

旧书市虽然摆有许多好书，但我为此特地准备的8万日元，最后只花了4000日元左右。

"没浪费钱不是很好吗？"传来一阵天之声。

下次是在新宿Subnade举办为期一个月的"旧书浪漫洲"。

这里具有当地的特色，锁定的目标不是古书迷，而是一般读者大众，是以大众书为主的旧书市。

尽管空间并不宽敞，但十家古书店，每6～7天便会更换，依照主题变换商品，看得出他们努力不想让顾客逛腻，想让顾客回流的用心。

首日采访时，除了冲绳相关书籍、漫画外，还准备了一整个书架的签名书，令我颇为惊讶。从吉村昭、连城三纪彦、椎名诚、小林信彦、藤田宜永等人气作家，到小川国夫、辻邦生、冢本邦雄、永六辅都有，比较特别的是，连中曾根康弘的《自省录》、市川右太卫门的《旗本无聊男路过》等书也在列。当中有些书甚至还盖章、写有序跋。

价格也不会太贵，因为它并非标榜这里是签名书专区，所以或许是特别企划，让人自己来挖宝。

在会期进行到一半时，会采取两天全品均一价300日元的做法，从这点看得出他们的企图，想跳脱以往旧书市集客量后继无力的旧有模式。

插句题外话，"旧书浪漫洲"的浪漫两个字，听说是夏目漱石所想出。在井上厦的《日语日记②》（文春文库）中有介绍。

收获也是形形色色

文艺春秋有许多旧书迷。这本杂志的S总编也是个超级旧书迷，比我还常逛古书店、古书市。

我也请这位S总编公开他在"阳光大旧书祭"中的收获。

阳光大旧书祭今年是第15届。锁定广大的顾客层，从珍奇书到一般古书、食谱、园艺、童书等领域皆有。他们企图将来自其他会场、专门参加活动的客人也一网打尽，宽广的会场上有不少年轻女性，相当显眼。如今像这种大规模的旧书市已愈来愈少。正因为价格便宜，所以我希望它能长久持续下去。

S总编的战利品中，麦克斯·伊斯特门（Max Eastman）的《列宁死后》，是描写斯大林其权力斗争的作品。很像是S总编会选的书，而忘却书的价格，也很像他的作风。真是个粗枝大叶的人。另外，M先生每次都会双手捧着满满的战利品。他喜欢落语相关的书籍，因此每次都会买上几本，但无法一一向各位介绍。不过，他找到了一本日本出版协会编的《出版社、执笔者一览》[昭和二十六年（1951）]。作家、画家、演出家等所属团体及住址，全部得以一览。此外，当时的杂志栏里，能以综合杂志、时势、妇女、大众、娱乐、家庭、运动等不同领域来加以总览。这种资料书刊并不贵，但可不是出1万日元叫人去找，就能轻易寻获。我也有类似的资料，虽然只有简单的描述，却能得知一些替杂志画封面、默默无闻的画家经历。每年都会增加许多创作者，后人要加以调查并不容易。

至于我嘛，这次并没有得到什么特别的战利品。不过，我在插画中所画的食品附赠玩具（人偶），是在《爱丽丝镜中奇遇》中登场的角色，它忠实呈现出约翰·丹尼尔（John Tenniel）为路易斯·卡罗（Lewis Carroll）的《爱丽丝梦游仙境》（1865年）所作的插画。要谈《爱丽丝梦游仙境》这本书，绝对少不了丹尼尔。这项玩具可说是英国儿童文学的资料，要探寻插画家的想象力，它是再好不过的材料了。

爱丽丝系列的食品附赠玩具，当初有两家制果公司贩售，但如今连在秋叶原（我不是宅男，所以不会将秋叶原说成AKIBA）也很难找到。

于《爱丽丝镜中奇遇》中登场的"白骑士"

解救被红骑士抓住的爱丽丝，工相当精良。高76毫米×横60毫米

"海洋堂"制作，做工相当精良的白骑士

《内藤湖南とその時代》千叶三郎，国书刊行会。于《秋田魁新报》上连载。东洋史学泰斗的传记。昭和六十一年（1986），1050日元（M）

《壶中庵异闻》，富冈多惠子

文艺春秋。富冈以同居的池田满寿夫、江户川乱步的弟弟等人当原型所写的小说（参照前号）。昭和四十九年（1974），300日元（M）

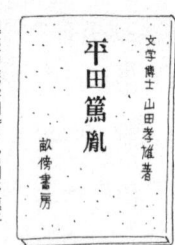

《平田笃胤》

山田孝雄，亩傍书房。针对平田笃胤所做的演讲集。昭和十七年（1942），500日元（M）

忠实重现约翰·丹尼尔的插画，210日元

《马场辰猪》，萩原延寿，中央公论社。自由民权运动家的评传。昭和四十二年（1967），300日元（M）

《厌世》，鲇川信夫，青土社。战后代表诗人的随笔集。昭和四十八年（1973），840日元（M）

《犯罪文化》

岩井弘融，讲谈社。连罪犯的观点也一并采用的独特研究。昭和三十三年（1958），500日元（M）

这次的

《纷乱》，狮子文六

新潮社。昭和二十七年（1952）原版。初版、附书衣、书腰、胶膜。500日元买到真不容易（M）

《大正会夜话》，带谷瑛之介，KONNO书房。森繁久弥、高峰三枝子、林家三平、水上勉、池田弥三郎、佐治敬三等大正年间出生的会员之间的逸闻。昭和四十五年（1970），1050日元（M）

这次除了那场以三座会场会主，为期一个月的旧书市外，也包括在其他会场的收获，几乎都在此为各位大公开。这次编辑M先生大肆采购。S总编则是大方公开他的战利品中上得了台面的13本书。我的收获很少

《爱吹牛的金先生》，国土社。难得之先生也会有如此珍奇的收获。他好像很喜欢阪田宽夫。金先生是以幕末的土佐剧场屏风画师"绘金"（亦即弘濑金藏）为原型。童书，平成元年（1989），100日元（M）

《幼儿书》，剪舌麻雀，福禄贝尔（Froebel）馆。武井武雄的绘本价格近来水涨船高。昭和四十六年（1971）（I）1890日元。这本

《出版社、执笔者一览》

杂志、出版社、各界的执笔者等，全都得以一览的有用史料。昭和二十六年（1951），1050日元（M）

彩色木刻版画《日田筑后川的黄昏》，吉田博。在古书会馆特卖展的书目清单中抽选购得的商品。昭和二年（1927）（重印），25000日元（I）

在无聊诗（Jabberwocky）中登场的怪物。同样出自《爱丽丝镜中奇遇》。高80毫米×横90毫米

315日元

《财界大哥与小弟》

铃木松夫，实业之日本社。小林一三、藤原银次郎、五岛庆太等14位企业家的报道。昭和三十年（1955）（M）

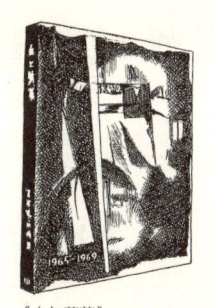

《血与蔬菜》

天泽退二郎，思潮社。插画：加纳光于。诗集，昭和四十五年（1970），1050日元（M）

(1)

连同这个，我已有23个爱丽丝玩具。北陆制果，210日元

《收获》 五花八门

(I) 池谷 （M）编辑

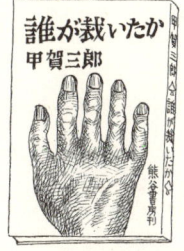

熊谷书房。战后的再生纸本侦探小说。《血型杀人事件》也收录在内。负责装帧的是资生堂设计师山名文夫。昭和二十一年（1946），3150日元（I）

法国卡通集

《黑色企图》，摩斯（Mose）；《芝麻小事》，波士克（Bosc）。充满法式机智的两部作品。波士克在《笨拙》杂志中也相当活跃，以军中漫画闻名。都是1956年出版，500日元（I）

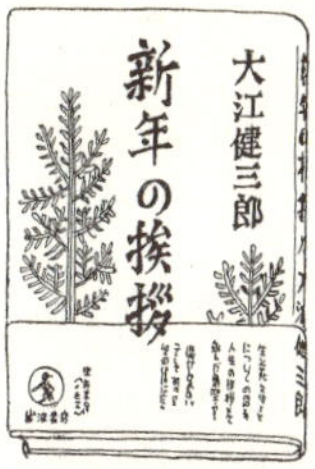

《贺年》，大江健三郎，岩波书店。于《图书》上连载的随笔集。针对文学、艺术、家人、死亡等主题，交杂个人的回想，展开思索。平成六年（1994）（五刷），450日元（I）

前《国家地理杂志》记者的英国纪行。平成十年（1998），315日元（S）

艾瑞克·安伯勒（Eric Ambler），斋藤数卫译，早川书房。经济悬疑小说，昭和五十五年（1980），300日元（S）

麦克斯·伊斯特门，茂田东子译。风媒社。描写斯大林的权力斗争。昭和四十五年（1970），忘了价格

《列宁死后》

彩色木刻版画《妙义村》，奥山仪八郎。藏青色的天空村托出妙义山的奇胜美景。也是在书目清单上下定。昭和二十八年（1953），15000日元（I）

《外海的闪电》，内田百闲（闲），新潮社，昭和十八年（1943），再版，随笔集。去年神保町的古书店发行百闲的书志，推动古书的研究，2100日元（I）

作为马克思经济学者，展现洒脱文笔所写的随笔集。吉行淳之介推荐。昭和五十八年（1983），315日元（M）

《出发点的崩坏》日高普，创树社

旧书浪漫洲

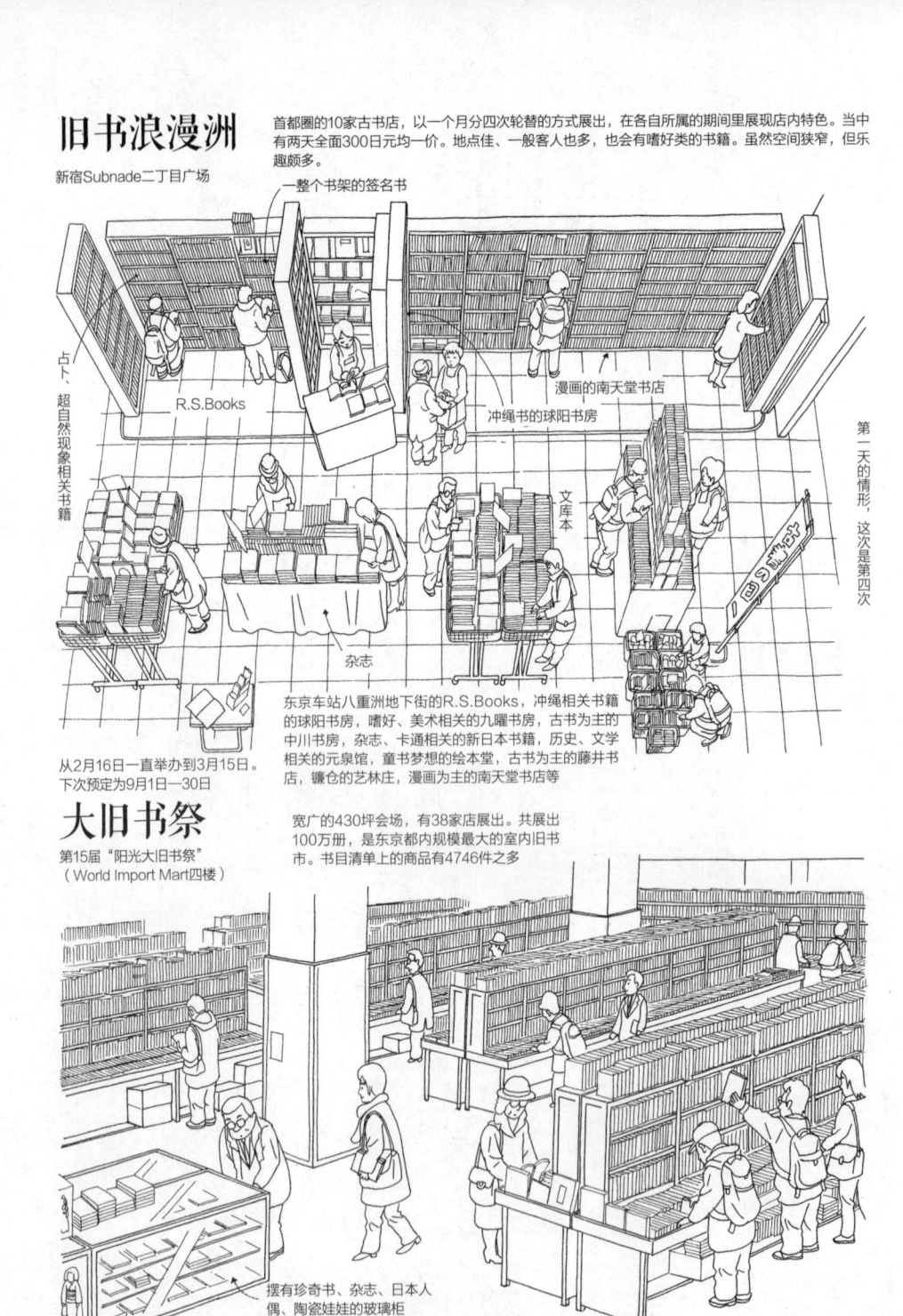

新宿Subnade二丁目广场

首都圈的10家古书店，以一个月分四次轮替的方式展出，在各自所属的期间里展现店内特色。当中有两天全面300日元均一价。地点佳，一般客人也多，也会有嗜好类的书籍。虽然空间狭窄，但乐趣颇多。

一整个书架的签名书

占卜、超自然现象相关书籍

R.S.Books

漫画的南天堂书店

冲绳书的球阳书房

文库本

杂志

第二天的情形，这次是第四次

从2月16日一直举办到3月15日。下次预定为9月1日—30日

东京车站八重洲地下街的R.S.Books，冲绳相关书籍的球阳书房，嗜好、美术相关的九曜书房，古书为主的中川书房，杂志、卡通相关的新日本书籍，历史、文学相关的元泉馆，童书梦想的绘本堂，古书为主的藤井书店，镰仓的艺林庄，漫画为主的南天堂书店等

大旧书祭

第15届"阳光大旧书祭"
（World Import Mart四楼）

宽广的430坪会场，有38家店展出。共展出100万册，是东京都内规模最大的室内书市。书目清单上的商品有4746件之多

摆有珍奇书、杂志、日本人偶、陶瓷娃娃的玻璃柜

举办日期为2月21日—27日。一年一次

前方还有二手CD、唱片祭会场 ⇨

除了这次的三个会场外，我向神田古书会馆的书目清单下定的三项商品，也全部得手。插画中提到的吉田博彩色木刻版画《日田筑后川的黄昏》与奥川仪八郎的《妙义村》，也许是价格便宜的缘故，有不少人下定。以前在抽中的商品上会附上下定者的名单，但最近则是在交付商品时将名单取下，所以不得而知，不过，这两项商品似乎都有五六人下定。

另一项商品是东京、神田的摄影集，我在截止的前一天下定时，已有好几人下定，所以原本没抱太大希望，但结果竟然雀屏中选。

"哇哈哈哈，我的签运真强。"正当我喜不自胜时，前一天的天之声再度响起。

"你常用这种好运，小心日后走霉运哦。"

找寻店头均一价书，超便宜的『宝物』

对于摆在旧书店店头的均一价书，我向来都不屑一顾。因为我要是为了贪便宜而买，或是认为日后或许用得着而下手，很快家里便会没地方摆书。依我的计算，要是将一本100日元的书摆在身边一辈子，土地费、空间的租借费、收纳家具的费用，将会超过千元。

话虽如此，现在不同以往，店头的均一价便宜书，品质和魅力都大幅提升不少。我认为这和古书价格下滑、Book Off的150日元均一价贩售方式登场有关。

店头书有宝可挖吗？

旧书店店头贩售的便宜书，俗称均一价书。但事实上，当中也有不在均一价格内的超便宜书。此外，摆书的容器也相当多样，有均一书架、均一平台、均一花车等。有时也用纸箱装。以前有人称之为"丢置台"，认为这是利用一些没有价值、形同丢弃的书来吸引顾客的方式。

似乎有人认为店头的超便宜书中，有时也会掺杂着"宝物"，但事实上，真有这种事吗？说到挖宝，往往会让人联想到以超便宜价格买到昂贵物品，但我个人从没遇过这种事。因为那是古书专家们剔除不要的商品。就算以100日元买到价值100日元的商品，我也不认为那样算挖到宝，如果能以10万日元买到上百万日元的商品，那样才称得上是挖到宝吧。不过话说回来，价值10万日元的商品绝不会摆在店头。

那么，绝不可能挖到宝吗？其实不然，正因为这样才有趣。

我有位朋友是名杂志编辑，他每天都会上神保町。他最近在神保町的古书店店头，以700日元买到稻垣足穗的《第三半球物语》[昭和二年（1927），金星堂]，捡了个便宜。这是市价5万~9万日元的古书。不过它没有书衣，所以这位编辑推测，应该因为它是"裸书"，所以才会便宜卖。他还告诉我，这也可能是因为那家店经手的是完全不同领域的古书。

这样的幸运，一年可能只会遇上一次。而勤逛古书店街、娴熟古书，也是能挖到宝的关键。

不过，对于挖到宝，每个人的看法都不一样，有时好不容易遇上寻找多年的书，尽管看在别人眼中毫无价值，但是对得到书的人来说，却大有帮助。这样也可视为挖到宝。我那位编辑朋友说，就是因为这样，才会有古书店街的店头书，才有寻找的乐趣。

就让我们从古书店街神保町开始，展开店头均一价书、超便宜书的挖宝之旅吧。

我还是依惯例，与编辑M先生一起从田村书店展开"旅程"。

宝物啊，快现身吧!

田村书店在神保町里是赫赫有名的近代文学书店。店头摆的便宜书虽然不多，但都是好书，所以吸引不少书迷。

店内堆满了贴有黄色价格标签的全集本。

我曾问过店主，为何是黄色的价格标签。

"黄色容易褪色，看过之后可以猜出商品摆了多久没卖出去。"店主说。嗯，有学问！简直就像古书界的福尔摩斯嘛。

教训一：凡事要多问。

在田村书店里，我买到三岛由纪夫的《镜子之家》（参照插图）初版。附书盒和书腰才300日元。"三岛的初版！"我喜不自胜地掏钱买下。后来才知道，这本书的初版最常在市面流通。而且是两部作品中的第一部。就算这样，至少也值2000日元。听坐镇店内的店主说："如果两本齐备，应该值5000日元左右。因为只有一本，所以才便宜卖。"

"这一带会有下半本吗？"

"如果有，我早就整组合卖了。"

（说得也是。）

"要是我连这个也没发现的话，就不配吃这行饭了。"（我真傻）

教训二：不是什么都能问。

在田村书店，我还买了《龟脚散记》《野口米次郎第三表象抒情诗》。《龟脚散记》是法文学者渡边一夫的随笔集。渡边翻译过拉伯雷（Francois Rabelais）的《巨人传》（*Gargantua and Pantagruel*），以此闻名。此外，有不少书的装帧也出自他之手，本书也是他以六隅许六[①]的名义装帧。他在自己的著作中还会介绍六隅许六的消息，展现出他稚气的一面。

M先生购得《战后疑云》《今日的图腾崇拜》。酷啊。

田村书店不光只有店头书，有时还会在店门前摆出塞满纸箱的免费书。书籍、杂志等，各种都有，有时甚至还会释出岩波文库的书，店头总是聚满了

[①]日语的念法为MUSUMIKOROKU，是microcosm"小宇宙"这个英文字重新排列后组成的字。

人。我称之为"屯聚书店"①。

我在开头也曾提及，Book Off 展开150日元均一价的便宜书经营策略后，整体来说，有愈来愈多古书店也开始以便宜的价格贩售新书和文库本了。不过，Book Off 规模虽大，但只有极少部分的岩波、中公文库书。这方面，神保町的店头倒是相当丰富。在M先生的战利品中，《芭蕉临终记花屋日记》是绝版书。虽然古书价格不会太高，但他以50日元捡了个便宜。本书是僧人文晓根据芭蕉的门人和亲人的资料，以后世门人日记的形式来呈现芭蕉晚年生活的伪书。因为芥川龙之介依据此书写成《枯野抄》，它才因而闻名。

在神保町四处逛，收获不尽如人意。不是那么轻松就能挖到宝。我以100日元买了一本岩波文库的小泉八云《怪谈》裸本，当工作上的资料之用。这并不是特别珍贵的书，但我在其他书店的店头看到同样的书，附书衣，卖300日元。我不禁心想"虽然比较贵，但应该是这个比较好吧"。看来，我果然不适合在店头淘书啊。

我二十多岁时，曾在神保町隔壁的锦町一家广告公司上班。当时我每天午休时间都会到古书店街逛逛，找寻喜欢的均一价便宜书。

当时我都以新出版的小说、早川口袋推理小说为主。如今已不在二丁目上的东京泰文社，当时店头会摆出许多过期杂志、侦探小说、科幻小说，一直深受侦探小说爱好者和研究家的关注。我也常去那里走走逛逛，听说植草甚一、片冈义男、濑户川猛资等知名作家和评论家也是老主顾。

我曾在店头以200日元购得一本没附书盒的桃乐丝·谢尔丝（Dorothy L. Sayers）作品《九曲丧钟》（*The Nine Tailors*）。这本不朽的英国侦探小说，在平成十年（1998）重新翻译，于创元推理文库登场之前，只能透过古书《世界推理小说全集》来阅读此书，一度曾开出附书盒售价8000日元以上

---

①田村的日文たむら与屯聚的日文たむろ音相近。

番外篇

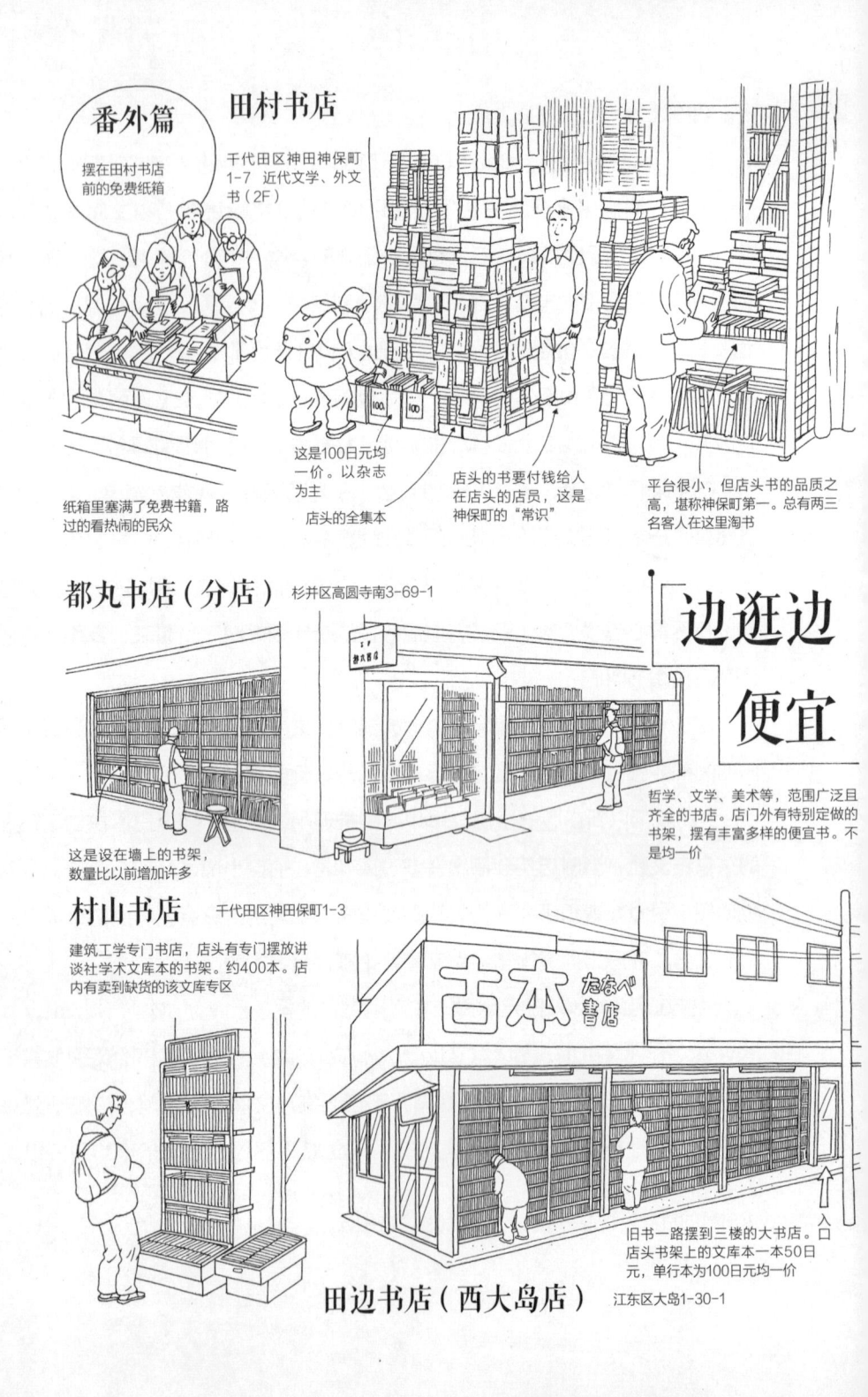

摆在田村书店前的免费纸箱

田村书店

千代田区神田神保町1-7 近代文学、外文书（2F）

纸箱里塞满了免费书籍，路过的看热闹的民众

这是100日元均一价。以杂志为主

店头的全集本

店头的书要付钱给人在店头的店员，这是神保町的"常识"

平台很小，但店头书的品质之高，堪称神保町第一。总有两三名客人在这里淘书

都丸书店（分店） 杉井区高圆寺南3-69-1

这是设在墙上的书架，数量比以前增加许多

边逛边便宜

哲学、文学、美术等，范围广泛且齐全的书店。店门外有特别定做的书架，摆有丰富多样的便宜书。不是均一价

村山书店 千代田区神田保町1-3

建筑工学专门书店，店头有专门摆放讲谈社学术文库本的书架。约400本。店内有卖到缺货的该文库专区

旧书一路摆到三楼的大书店。店头书架上的文库本一本50日元，单行本为100日元均一价

田边书店（西大岛店） 江东区大岛1-30-1

BUNKEN ROCK SIDE

千代田区神田神保町2-3

店内以摇滚、偶像相关、卡通、铁道等次文化的古书为主,但这个花车是好地方,能发现不少好书和黑书。每本均一价210日元

小宫山书店

千代田区神田神保町1-7

每周星期五、星期六、星期日与节庆日举办的车库大特卖

除了全集外皆为均一价书,1~3册500日元均一价。包括文库本、单行本等,相当广泛。每周都人山人海,成为人气景点

挑均一价书

有不少一早便等着开店的狂热古书迷以及专挑均一价书下手的客人

文省堂书店

千代田区神田神保町1-5

从靖国通上的小宫山书店与书泉GRANDE间的小路转进后,位于右手边。店内主要为偶像写真集和漫画,但墙壁的书架上放满了旧书。除了漫画外,全部一本100日元

不是位于道路两侧

杂志《新剧》、Teater等过期杂志

@WONDER

千代田区神田神保町2-5

以推理、科幻、文学闻名的书店。外面的书架除了杂志、单行本外,还摆满了旺文社文库的书

矢口书店

千代田区神田神保町2-5-1

以电影、戏剧方面闻名。外面的书架摆满了100号之后的新口袋推理小说,一本500日元

《黑幕研究3》，新国民社

战后相当活跃的"黑幕"之相关新闻报道。昭和五十四年（1979），300日元（M）

《方言的研究》，新潟大学

左边是新潟大学方言研究会编的誊写版刷本。昭和四十八年（1973），500日元。右边是日本放送协会编的辞典。昭和四十三年（1968）四刷，300日元（I）

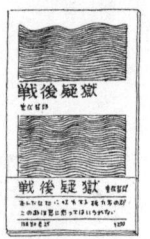

《日语发音重音辞典》

《战后疑狱》

室伏哲郎，潮新书
分析战后的贪污案事件。附贪污案史年表。昭和四十三年（1968），100日元（M）

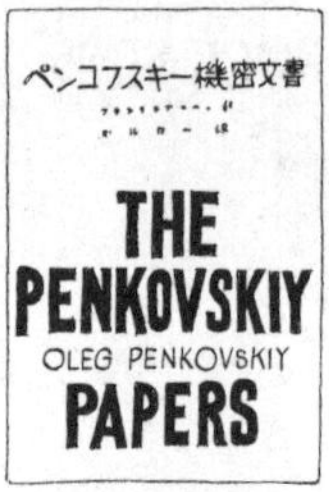

《潘可夫斯基机密文件》

法兰克·吉布尼（Frank Gibney）编，集英社。让赫鲁晓夫失势的一位双重间谍的笔记。昭和四十一年（1966），630日元（M）

《第三表象抒情诗》野口米次郎

书背皮革、金泥、滚金书口、附书盒（不过缺书盒盒背）。第一书房，昭和二年（1927），600日元（I）

《骏台杂话》室鸠巢

江户中期的儒学者随笔。森铁三校订。岩波文库，平成一年（1989），六刷，绝版书，520日元（I）

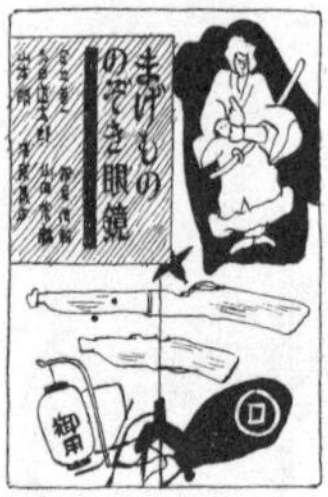

《时代小说窥望眼镜》

鹤见俊辅等人。旺文社文库。各种时代大众小说论考。昭和五十六年（1981），350日元（I）

这次的收获
（I）池谷（M）编辑

《芭蕉临终记花屋日记》

后世僧人文晓发表的伪书，以门人日记的形式，记录芭蕉临终前的情景。岩波文库，昭和三十一年（1956）十刷，50日元（M）

《龟脚散记》，渡边一夫，朝日新闻社。法文学者的随笔集。昭和二十二年（1947），300日元（I）

《今日的图腾崇拜》

克劳德·李维史陀（Claude Lévi-Strauss），MISUZU书房。人类学者所写的澳洲原住民图腾文化论。昭和四十五年（1970），300日元（M）

《中国的女人们》

克莉丝蒂娃（Julia Kristeva），SERIKA书房。昭和五十六年（1981），210日元（M）

《机密泄露事件》

约翰·梅杰（John Major），平凡社。历史学者验证原子弹之父奥本海默（J. Robert Oppenheimer）的事件。昭和四十九年（1974），105日元（M）

舟崎克彦，旺文社。一名留在家中看家的男孩，接到一通神秘电话……。昭和五十二年（1977），105日元（M）

《镜子之家》

三岛由纪夫，新潮社。三岛的作品我几乎都不看，但因为这是初版，而且又附书盒，书况极佳，所以我便买下了。昭和三十四年（1959），300日元（I）

《「笨拙」素描集》

松村昌家编，岩波文库，1841年创刊杂志的讽刺漫画集。图版104张，平成十一年（1999），七刷，300日元（I）

的高价。我甚至觉得店家是少放了一个零，才会只卖200日元。

不同于新译文库，全集中收录了平井呈一知名的翻译，有不少人都感到怀念，现在一样价格不菲。装帧为《生活手帖》的总编花森安治。

这次的收获中，我购得一本《日语发音重音辞典》（日本放送协会编），想在此特别提及。若有人问我，昭和三十四年（1959）的旧辞典有何用处，确实是不太派得上用场。

关于日语的纷乱，从很早以前便可看出重音的改变。我在意的是，现在年轻人的"平板重音"。

像ショップ（商店）、グッズ（商品）、モチベーション（动机）、ビデオ（影带）、试写会（试映会）、学园祭、委员会、防腐剂、年贺状（贺年卡）等，不胜枚举。甚至也有博物馆职员和评论家将（河锅）晓斋说成"恐妻"，（尾形）光琳说成"后轮"①。如果连专家也这样，那可就头疼了。

足球守门员川口能活，他的名"能活"（YOSHIKATSU）若是连着叫，恐怕会叫成"串烧"（KUSHIKATSU）。

据说NHK都是以这本辞典来对新进播报员进行研修，但还是可以发现不少发音奇怪的人。附带一提，这本辞典的标记方式与现今的发音差异颇大。重音辞典也随着时代而不断改订。它可说是昔日发音的见证。

这种书不会摆在店内的书架上。

虽然没宝可挖，但可以得到不少有趣的东西。只要逛得勤，总有一天会真正挖到宝……

（插图中的文省堂，迁往附近。田边书店的西大岛店歇业。）

---

① "晓斋"与"恐妻"的日文同为"きょうさい"，"光琳"与"后轮"同为"こうりん"，但重音不同。河锅晓斋是19世纪画家；尾形光琳是江户时期画家。

有神佛的撮合，四天王寺大旧书祭｜大阪

前一阵子我罹患了神经性肠炎。这是许多压力累积而成，但其中一项与这次采访有关。

去年夏天，我到京都下鸭神社的旧书市采访时，为了将会场上设摊的40家店帐篷（总长250米）全画进素描本里，我急需五页画纸来接续。那为期两天的奋战，如今想起仍心有余悸。然而，这次似乎规模更大。S总编告诉我："一整天都看不完。可能是全日本最大的。"

"唔，我肠子翻绞，便意狂涌啊。"

穿过西大门，前赴决战地

我和那位如果生在三国时代，肯定会被称作魁梧壮汉，感觉相当可靠的编辑M先生，一起搭新干线前往大阪。穿过四天王寺的西大门后，映入眼中的，是院内井然排列的旧书店帐篷。天气普通。我马上向之前请求接受我们采访的

稻野书店、青山书店展开采访。令人意外的是，帐篷并没想象中来得多。

"因为上次五天当中有四天都在下雨，所以这次只有一半的店家参加。"稻野书店的老板说。我不禁暗自窃喜：那可帮了我一个大忙呢。但我旋即提醒自己不能喜形于色，我们两人都露出惊讶的神情。尽管如此，还是有21家店参加，规模不小。如果像往年一样的话，据说帐篷会包围中央的寺院，一路绵延。由于占地辽阔，要是参加的店家多出一倍，当然会呈现出日本第一大规模的景象。

M先生负责采访，我马上着手作画。我事先备好四页画纸相接，折叠收好，不过照这个情况来看，只要两页便可搞定。

帐篷间摆有露天的均一价平台和书架，书量不少。此外也会摆出古董品，相当有意思。当中还有几片鬼瓦，不知道谁会买。

此次是春季举办的第4届。特别引人注目的，是每家店备齐了交通相关杂志、时刻表、地图、旧车票等资料，展现出不同的特色。

连僧侣也趁工作间的空当，到日本书的书摊上淘书

95

四天王寺似乎是圣德太子所建。望着遍布四周的建筑和大佛，一面找寻喜欢的旧书，这也是一种乐趣。因为圣德太子、弘法大师[①]、释迦、阿弥陀、四天王，加上不动尊、地藏王菩萨、大黑天、布袋、庚申尊，神明们全部到齐。此外还有五重塔、金堂、撞钟堂等尊贵的建筑环绕。明明是寺院，却设有鸟居[②]，相当罕见。附带一提，四天王寺长期归属于天台宗，但战后独立，取圣德太子十七条宪法中的语意，改名为和宗总本山。

　　索取得来的道览手册中，有以前参拜方式的解说，可以一面逛院内的园艺店、摊贩，一面踏上归途。

　　经这么一提才想到，一些来参拜的太太，对旧书市完全不屑一顾。就算是随便逛逛也好，好歹也过来看看嘛。

　　待我完成素描的概略后，觉得心情轻松许多，下午便开始找寻旧书，顺便采访。怀念的清泉堂仓地书店（⑧）从甲子园赶来参加。我听年轻的新店主说，以前它位于"SANPARU古书街"，现在已搬迁。大海滩伞底下的书架塞满了推理小说，也摆了长长一排早川口袋推理小说较新的旧书。我在这里发现克蕾格·莱斯（Craig Rice）的《错误谋杀》（*The Wrong Murder*）[昭和三十一年（1956）]初版。400日元。M先生也以500日元买到《第四邮局》[昭和二十五年（1950）]。一见莱斯，我们俩抛下工作，展开激烈的争夺战。

　　此外，我还发现情色杂志《COLOR小说》[昭和四十五年（1970）]，于是我说："加入这种东西，杂志版面会热闹许多。"硬将它塞给M先生。它里头有丰富的照片彩页和插图，而且总编应该也很喜欢泰迪片冈[③]的小说才对，M先生决定以它当伴手礼。

──────────

①空海。
②鸟居原本是从印度传来，为圣地结界的四门，所以寺院似乎也可以设鸟居。
③片冈义男成为作家之前的笔名。

每家店都价格便宜。本以为都是杂书，但仔细淘寻，还从中发现像北原白秋《啼唱的黄莺》［书物展望社，昭和十年（1935），附书盒］这类的书。25000日元（价格普通）。为木刻版画外装，相当精美。我的藏书则没有书盒。

会场有一区参拜者免费休息室，里头既新又宽敞，除了能吃点心、喝饮料放松一下，还能在宽敞的桌子上修正我画的素描。真是帮了我个大忙。

嗜好得不到菩萨的救赎

编辑M先生每次都大量买书。他狂买的模样，不禁令人怀疑他是否打算日后要开一家社会、人文科学、落语相关的古书店。有时甚至觉得，他该不会是在进货吧？……这次也一样，每次他买书都会用宅配运送回家中，所以我无法用插画一一介绍。

我因为素描采访优先，所以都得晚点才能去淘书。总有不少遗珠之憾。

第二天，M先生对我说："有本很适合池谷先生的书哦。"原来他帮我找到一本插画集《寿多袋》。

那是薄薄二十页，B6大小，誊写版印刷的杂志。编辑为酒井德男，自称水曜庄主人。他是名爱书家，服务于东京新闻，同时也委托朋友写稿，集结成册，这可说是爱书家通讯的一种嗜好书。

创刊号的投稿人有诗人岩佐东一郎、爱书家，同时也是日本CARBON重要人物的坂本一敏、日本古书通信社社长八木福次郎、画家宫本匡四郎等等。根据以专门收集禁书闻名的城市郎所整理的水曜庄著作书志《爱书家的哀愁》（限定100本）所述，《寿多袋》发行到三十号，各发行了300多本，有手折木刻版画、藏书票、展览票等实物，以及作者近照（贴上黑白照片）等，充满自己动手作的乐趣，相当快乐的一本杂志。读者能从嗜好中寻求同好以及表现场所。

大阪 四天王寺 春季大旧书祭

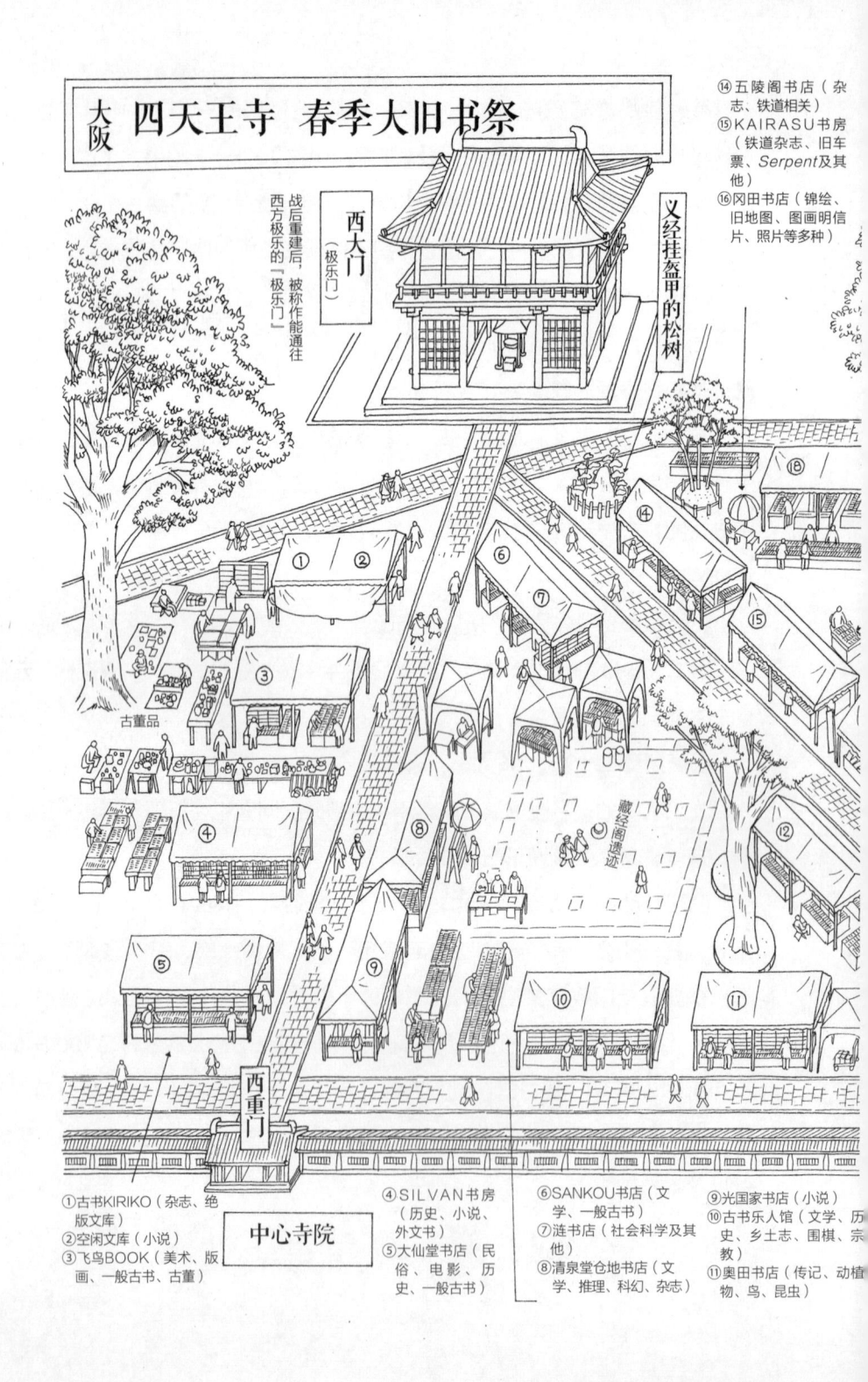

西大门（极乐门）：战后重建后，被称作能通往西方极乐的"极乐门"

义经挂盔甲的松树

⑭ 五陵阁书店（杂志、铁道相关）
⑮ KAIRASU书房（铁道杂志、旧车票、Serpent及其他）
⑯ 冈田书店（锦绘、旧地图、图画明信片、照片等多种）

古董品

藏经阁遗址

西重门

中心寺院

① 古书KIRIKO（杂志、绝版文库）
② 空闲文库（小说）
③ 飞鸟BOOK（美术、版画、一般古书、古董）
④ SILVAN书房（历史、小说、外文书）
⑤ 大仙堂书店（民俗、电影、历史、一般古书）
⑥ SANKOU书店（文学、一般古书）
⑦ 涟书店（社会科学及其他）
⑧ 清泉堂仓地书店（文学、推理、科幻、杂志）
⑨ 光国家书店（小说）
⑩ 古书乐人馆（文学、历史、乡土志、围棋、宗教）
⑪ 奥田书店（传记、动植物、鸟、昆虫）

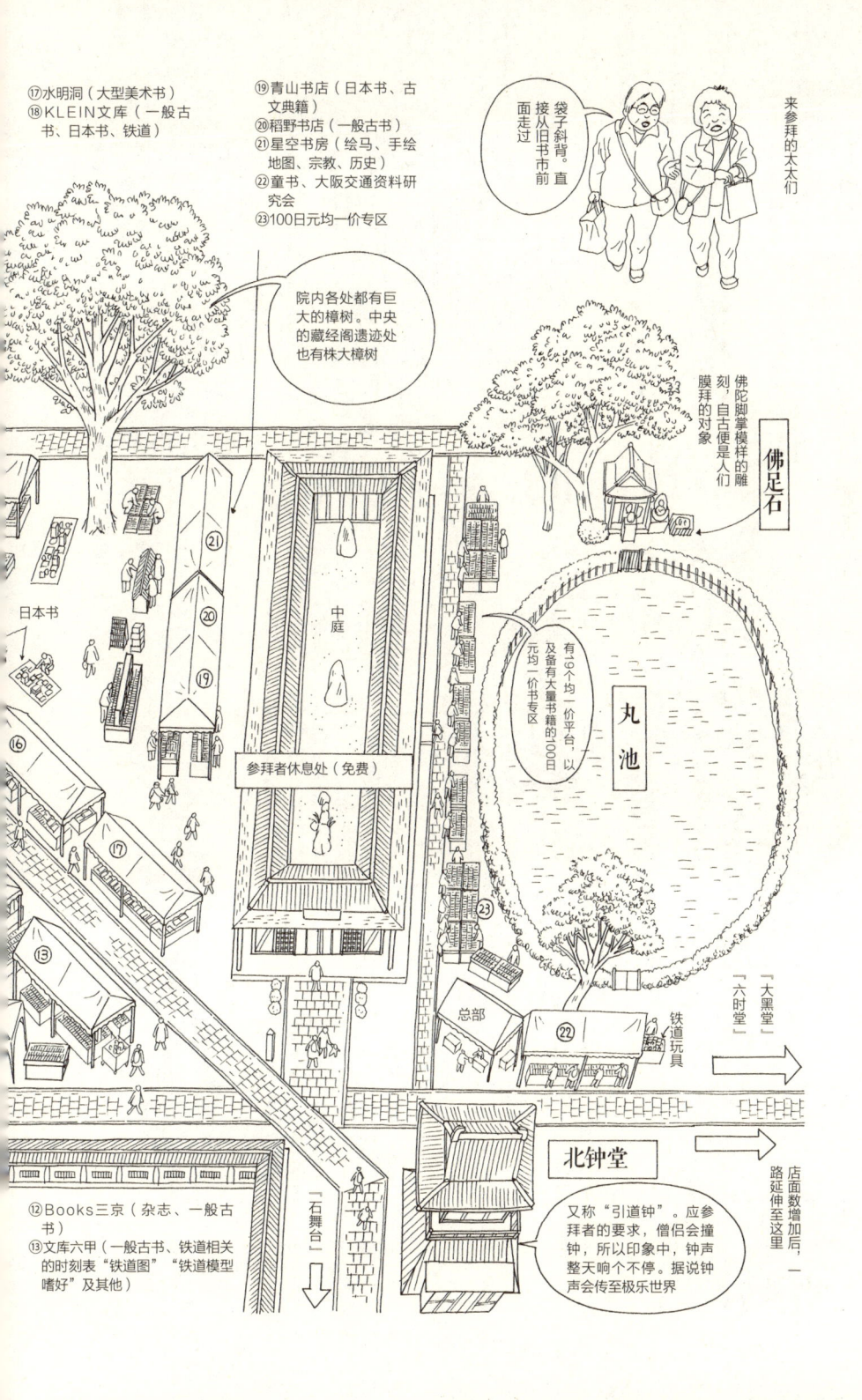

⑰水明洞（大型美术书）
⑱KLEIN文库（一般古书、日本书、铁道）

⑲青山书店（日本书、古文典籍）
⑳稻野书店（一般古书）
㉑星空书房（绘马、手绘地图、宗教、历史）
㉒童书、大阪交通资料研究会
㉓100日元均一价专区

来参拜的太太们

袋子斜背。直接从旧书市前面走过

院内各处都有巨大的樟树。中央的藏经阁遗迹处也有株大樟树

佛陀脚掌模样的雕刻，自古便是人们膜拜的对象

佛足石

中庭

日本书

参拜者休息处（免费）

丸池

有19个均一价平台，以及备有大量书籍的100日元均一价专区

总部
铁道玩具

「大黑堂」
「六时堂」

北钟堂

又称"引道钟"。应参拜者的要求，僧侣会撞钟，所以印象中，钟声整天响个不停。据说钟声会传至极乐世界

店面数增加后，一路延伸至这里

「石舞台」

⑫Books三京（杂志、一般古书）
⑬文库六甲（一般古书、铁道相关的时刻表"铁道图""铁道模型嗜好"及其他）

这次的收获

（I）池谷
（M）编辑

《遥远的道顿堀》
三田纯市，九艺出版，以作者从小生长的道顿堀为主，描写明治到昭和时期的演员实川延若。昭和五十三年（1978），1000日元（M）

《舶来杂货店》，狮子文六
白水社。与西洋有关的随笔。收集读物的随笔。以作者身在法国的见闻和书籍介绍为主。昭和十四年（1939），第五版，500日元（M）

《人类毁灭的选择》
安田喜宪，学研。从事长江文明发掘工作的环境考古学者，解开古文明盛衰的原因。平成二年（1990），500日元（M）

《COLOR小说》
芳文社。送给总编的伴手礼。出版社写道"以图来阅读的小说志"。由川上宗薰、藤本义一、泰迪片冈等人执笔。昭和四十五年（1970）二月号，300日元（M）

《寿多袋》创刊号
酒井德男，私家版杂志。誊写版，20页。身为爱书家的新闻记者，向诗人、杂志社社长邀稿发行。昭和四十二年（1967），2500日元（I）

《源平之盛衰》，松林伯圆
文事堂，明治讲谈界高手所作的源平盛衰记速记本。明治三十年（1897），2000日元（M）

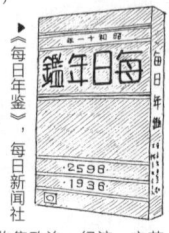

《每日年鉴》，每日新闻社
收集政治、经济、文艺、运动等主题的年鉴。昭和十年（1935），500日元（M）

克蕾格·莱斯，新树社（黑色选书），左边为《第四邮局》，妹尾韶夫译，500日元。右边为《愤怒的审判》，长谷川幸雄译。醉鬼律师马龙有活跃表现的推理小说。都是昭和二十五年（1950）出版。右边是在光国家书店的梅田店购得。1000日元（M）

《河童会议》，火野苇平，文艺春秋新社。关注的对象从火野苇平身边的事物，乃至于国内外的随笔集。《粪尿谭》闻名的作家，其电影化的故事也非常有意思。昭和三十三年（1958），初版，300日元（I）

《绿色车厢内的孩子》
户板康二，讲谈社文库。老经验的侦探中村雅乐的推理短篇集。以意外的观点解开身边出现的谜团，此种作风为其特色。昭和五十七年（1982），1200日元（M）

《错误谋杀》
克蕾格·莱斯，早川口袋推理小说。我与M先生展开激烈争夺战的作家。昭和三十一年（1956）初版，400日元（I）

《没人写过的台湾》
铃木明，产经新闻社。从台湾棒球、欧阳菲菲、北投温泉来看台湾。昭和四十九年（1974），200日元（M）

京谷大助，自由国民社。Ladies' Home Journal总编的传记。昭和三十一年（1956），再版，100日元（M）

《服部之总著作集·6》
收录有理论社《明治之思想》。昭和三十年（1955），500日元（M）

幼儿书《蜜蜂的国度》，武井武雄绘、文。福禄贝尔馆。昭和二十七年（1952），1000日元（I）

宫本三郎，《水崎町旅馆，社会运动家群像回想》。手写稿影印而成的私家版。三部作。昭和五十六年（1981），各1000日元（M）

此外，不仅旧书，各种书籍也都收集的作者，在他的《搜集物语》中说道："我收集物品，就像在黄泉河边堆石塔。愈堆愈寂寞。就算堆得再高也只是白费力气。嗜好得不到菩萨的救赎。"我很能了解他的心情。能在四天王寺的一隅巧遇此书，也算是一种缘分吧。

这是我第一次得到水曜庄杂志。要是我不买的话，它可能会就此被埋没在书海中。M先生，发现得好啊。2500日元。不过，悄悄在关东某个角落发行的这本书，竟是在大阪购得。古书还真是流通天下呢。

我趁上午进行素描的修正，并确认各家店的藏书状况。之后，我集中火力，在贩售大量日本书的青山书店（⑲）淘书。

M先生购得松林伯圆的讲谈速记本《源平之盛衰》。这是明治三十年（1897）的古书，但卷头画彩色木刻版画相当抢眼。此外，他还买了一本明治七年（1874）文部省发行的《小学读本》。因为他连这种书也买，可见M先生买旧书的嗜好已病入膏肓。

同一家店内还有京都、和泉、摄津、河内这几处畿内名胜图集，也全都便宜卖。都是我喜欢的领域。此外，芜村的两本彩色木刻版画集，也相当出色。虽然虫咬的痕迹有点显眼，但3500日元的确划算。当时要是能买下就好了，现在有点后悔。

另外，插图中介绍的宫本三郎私家版三部作的《三郎少年备忘帖》系列，是只有在旧书市才买得到的战利品，在一般店里难得一见。作者的父亲与哥哥在大阪从事劳工运动，从大正到昭和年间，一直提供自己的住处给社会主义人士居住。这系列是了解大阪劳工运动的珍贵资料，各只出了30套左右。

下午我拜访了旧书市中的梅田店铺，又追加了一些收获。

我的心情也就此平稳不少。真拿自己没办法。

拜访九州的珍贵书籍

福冈篇之一

到客人住家去收购不需要的书籍，此称之为"到府收购"。是古书店的重要进货方式之一。

以前曾在电视上见过某位古书店老板到府收购的画面。

古书店老板朝房里的书瞄过一遍后，估价道："值数十万日元吧。"这样真的就能估价吗？当中可能有初版书，也可能有画满线的书。也可能有完好无缺、书况绝佳的好书。多年的经验，真能练就如此高超的估价神技吗？当时我感到不可思议，但经由这次的采访，我明白了个中秘诀。

古书店这生意，一言以蔽之，就是"进货"

大阪的某家古书店看板上写着"让客户认识我排第一，让客户卖我书排第二，让客户买我书排第三"。而在其他古书店里，尽管有整仓库的库存书，谈论的却还都是"进货"的事。我问老板："你明明已有这么多库存书，为什么还是非得每天进货不可呢？"老板回答我："放在仓库里的，都是卖剩的货。"嗯，这生意可不轻松啊。我一定做不来。

福冈的"苇书房"老板宫彻男先生，出生于昭和十九年（1944），今年62岁。包含当店员的期间，其旧书店资历长达46年，是个中老手。总之，宫先生极力强调进货的重要性。

"旧书店最辛苦的，就只有进货。如果进货顺利的话，贩售就没什么大问题了。进货占七成，其他占三成。"的确，只要好书齐备，看是要店头贩售、书目清单贩售、网络贩售，还是要书市贩售，贩售的方法多的是。

如今店头贩售的方式，到处都不太顺利，但拥有宽敞的店面，有另一个原因也是为了取信于客户，让人认为"这家店或许会把我的书全部买下"。因为到府收购对古书店而言，是有利可图的一种进货方式。在收购时，宫先生会亲自前去，约莫花两个小时的时间审查。这时，我脑中出现标题所写的疑问。

"我会先看房间，挑出当中比较特别的书，看看其书况。若有盖印章或是破损，便大致可了解持有者的藏书观。"

原来如此，经这么一提才想到，我的藏书大多是盖过章、没有书盒，或是再版书，古书价值并不高。就算没看遍所有书的书况，还是能靠经验来审查。话虽如此，他还是花了两个小时，可见进货还是要审慎进行。

老板还告诉我："九州有福冈的黑田、熊本的细川、鹿儿岛的岛津等俸禄50万石以上的大名。所以古文书也不少。除了九州的乡土志外，也会全力收购古文典籍。"

的确，九州相关的领域，从古文书到近代文学，相当广泛且齐备。但由于鲜少出现在地方上的书市中，所以他平均每两个月便会上一次东京书市。得标率约五成。在珍品齐聚的"大市"里，要得标似乎没那么顺利。

福冈有一家同样名叫"苇书房"的出版社，以出版作家石牟礼道子的著作而闻名。我和编辑M先生一开始也以为这是那家出版社的古书部门，后来才知道是完全不同的公司。宫先生当初开店时，就决定命名为苇书房，当时他带着糕饼礼盒前去拜访前任社长，对方还鼓励他"好好干"。他能大摇大摆地前往拜会对方，令人钦佩，而对方爽快地鼓励他，也颇有豪气。确实是很有九州风味的逸闻。如果是我，可能就会多管闲事地建议他"不如改成苇纸书房算了"。附带一提，之所以取名苇字，是来自于苇纸以及当地的小说家火野苇平。

购得《旧书福冈》

我很讨厌坐飞机。这次采访不得已得坐飞机，但我一听说航空公司是曾经保留机体凹陷而不处理的S航空时，我的内心顿时凹了一个比机体还要大的洞。

以前我曾搭乘一架小飞机前往北海道的上涌别町，当时在大雪山上空剧烈摇晃，吓得我魂飞天外。前来迎接我的人对我打气道："小飞机不会引发大事故的。"但他又补上一句"就算坠机，顶多也只有二十个人。"这令我心情跌入谷底。关于飞机事故的玩笑话，我可一点都不觉得好笑。

在这方面，同行的M先生可就显得轻松自在多了。虽然他一再告诉我："我会带你平安抵达目的地。"但又不是他在开飞机。

M先生给人的感觉就像怎样也杀不死。我心想："跟这种人在一起，应该不会有问题才对。"心情就此平静不少。

福冈是个大都市，但并没有多少大型古书店。不过，有特色的古书店倒是随处可见。

也许是看准古书业界日渐活络，以及顾客挖宝的心态，从前年开始发行《旧书福冈》。以福冈周边的古书店书目清单为主，一并收录了旧书店地图、作家、古书店老板等人的随笔。在造访地方的古书店时，正确的地图不可少。此外也会介绍福冈周边地方出版社的新书，不仅只有古书，用来找书也相当方便。

《旧书福冈》创刊号—3号

结束对苇书房老板的采访后，

我在市内四处信步而行，想看看其他店家的情形。一开始映入眼中的，是三和书房。那是一家很有乡下味道，现今难得一见的旧书店。店内摆设零乱，旧书堆积如山，找起书来相当辛苦。不过，这种店还能安好地存在，很令人高兴。M先生在这里购得九州相关的小册子以及一本与《诸君！》的特色相当吻合的书。这很像是编辑会做的选择（我平时夸他的部分都被删除了，所以在此不再多说）。

看过三和书房后，我们又造访了另一家离这里有点距离的幻邑堂。这家店正面并不宽敞，但店内颇深，摆满了社会、人文科学、艺术、思想等比较艰涩的书。几乎没有小说，也没漫画。

这是一家走专门领域的好书店，位于神保町一点都不奇怪。店内还摆有两本我的著作。真是一家很棒的店。

M先生在这里买了《无冠的群像》（上、下）、《俄国、中国、西方》等书。我没有特别想要的书，但我发现一本书，外面以印有"积文馆书店"的漂亮书套包覆，我相当中意。随兴画成的插画、深绿搭黑色的配色感，都相当杰出。

里头是文库本的《变身》，但我并不会特别想要。问过价格后，老板开价50日元。我递钱给老板，向他说道："这本书我不需要，请给我它的书套。它很漂亮……"老板听了之后应道："那送你吧。"慷慨地送我。听说幻邑堂老板会为了顾客保存之用，而备有不少书套，免费替客人包上。我也会收集书店的书套，所以也算是有收藏家的习性。我这可不是精打细算哦。

幻邑堂是家意想不到的好书店，我在那里待了不少时间。如果是《诸君！》的读者，想必会有人和它波长吻合。如果您有机会前往福冈，希望也能到这家店逛逛。

我在机场的商店发现一尊"白衣观音"（参照插图），被它所吸引，就此将它加入我的战利品中。

次篇也是福冈的续篇。

苇书房

福冈市中央区草香江2-5-19 九州首屈一指的古书店。说到苇书房，福冈有家知名的出版社，但两者没有关联。社长宫彻男先生出生于昭和十九年（1944），今年62岁。他在古书店当了12年店员后，于昭和四十六年（1971）独立开业。从文库本到乡土志、古文典籍都有，范围相当广泛。

苇书房发行的书目清单，有许多九州相关的古文典籍。西南战争的锦绘和地图当然也在它的藏书领域内。《西乡南洲史料》实物相片版，52500日元；《荷兰语译撰》（中津藩主奥平昌高在江户出版的日荷对译辞典），1300万日元

火野苇平画的暖帘

九州的乡土史料及九州各地的地方志

九州的考古学

九州、琉球相关史料

九州的史料《西国武士团相关史料集》三十册

九州地方志 有许多MATSUNO书店出版的书

历史

后面有书架 历史

这一带为外国文学、外国文学评论，有两个书架的量

朝鲜、中国

欧洲文化

戏剧

思想、哲学

新书

岩波文库

各种文库

现代作家研究（三岛、太宰、其他）

电影、俳句

2本100日元

文库1本100日元

注①

注①：布幕后面的玻璃柜为《福冈县史资料》名著出版的《福冈县史资料》、《中村平左卫门日记》十卷、《长崎市史》九卷、《三国名胜图集》萨摩、大隅、日向的地方志、《修猷馆二百年史》、《长崎印刷百年史》、《柳川史话》全、《柳川藩史料集》、《甘木市史资料》等乡土志。

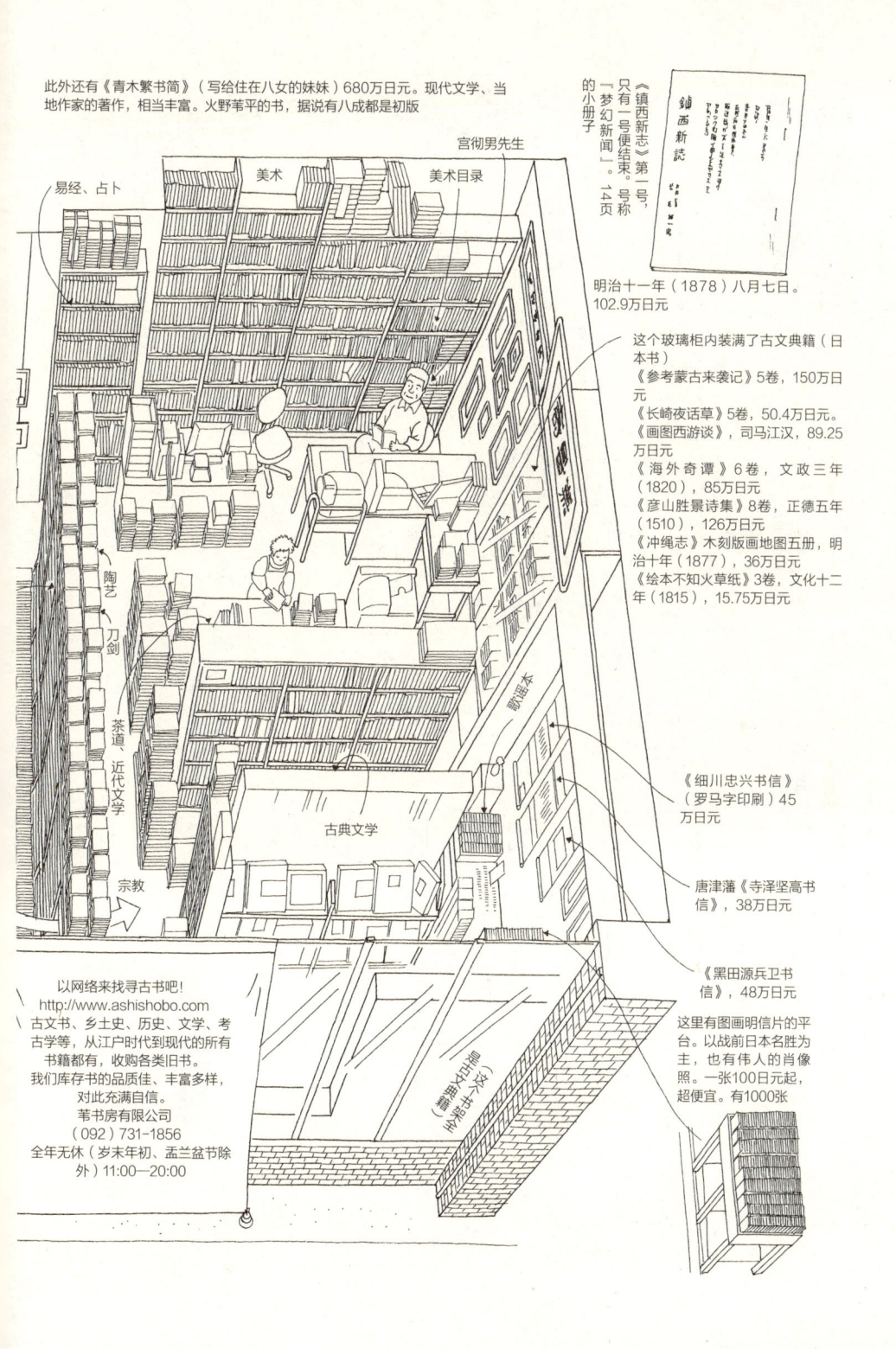

此外还有《青木繁书简》（写给住在八女的妹妹）680万日元。现代文学、当地作家的著作，相当丰富。火野苇平的书，据说有八成都是初版

宫彻男先生

美术

美术目录

易经、占卜

陶艺

刀剑

茶道、近代文学

宗教

古典文学

歌舞本

《镇西新志》第一号。只有一号便结束。号称「梦幻新闻」。14页的小册子

明治十一年（1878）八月七日。102.9万日元

这个玻璃柜内装满了古文典籍（日本书）
《参考蒙古来袭记》5卷，150万日元
《长崎夜话草》5卷，50.4万日元。
《画图西游谈》，司马江汉，89.25万日元
《海外奇谭》6卷，文政三年（1820），85万日元
《彦山胜景诗集》8卷，正德五年（1510），126万日元
《冲绳志》木刻版画地图五册，明治十年（1877），36万日元
《绘本不知火草纸》3卷，文化十二年（1815），15.75万日元

《细川忠兴书信》（罗马字印刷）45万日元

唐津藩《寺泽坚高书信》，38万日元

《黑田源兵卫书信》，48万日元

这里有图画明信片的平台。以战前日本名胜为主，也有伟人的肖像照。一张100日元起，超便宜。有1000张

以网络来找寻古书吧！
http://www.ashishobo.com
古文书、乡土史、历史、文学、考古学等，从江户时代到现代的所有书籍都有，收购各类旧书。
我们库存书的品质佳、丰富多样，对此充满自信。
苇书房有限公司
（092）731-1856
全年无休（岁末年初、盂兰盆节除外）11:00—20:00

《无冠的群像》（上、下），花田卫等人。西日本新闻社。从多种角度来谈论伊东满所、上野彦马、机关仪右卫门、川上彦斋等出身九州的人物，集结而成的一本评论传记集。昭和五十一年（1976），上、下共2000日元（M）

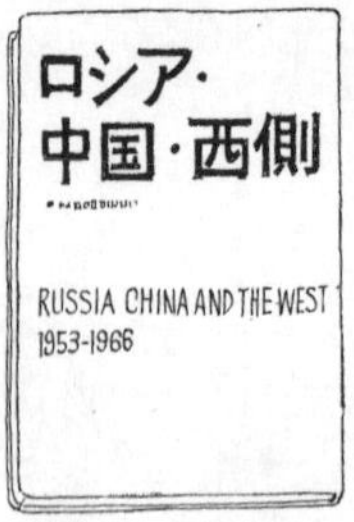

艾萨克·多伊彻（Isaac Deutscher），TBS Britannica。昭和五十三年（1978），1500日元（M）

担任过火野苇平私人秘书的诗人小田雅彦的个人志。六册合订本。昭和五十六年（1981）起，500日元（M）

朝日新闻山口分局编，苇书房。料理老店第五代店主斋藤清子女士的回忆录。岸信介、佐藤荣作等人都在书中登场。平成二年（1990），500日元（M）

在机场购得的博多人偶

《zondag》山笠、放生会

井上精三，苇书房。介绍博多三大祭典的历史、祭礼仪式等。"zondag"是荷兰语的休假日。昭和五十九年（1984），850日元（M）

《松永耳庵收藏》，福冈市美术馆。松永是出生于壹岐的电力王。这是美术收藏品的展览目录。平成十三年（2001），1000日元（M）

白衣观音

白衣观音，三十三观音之一。富态的模样，感觉不太像观音，反倒有几分像老板娘。内心得到疗愈。2100日元（I）

福冈 **这次的收获（1）**

（I）池谷　（M）编辑

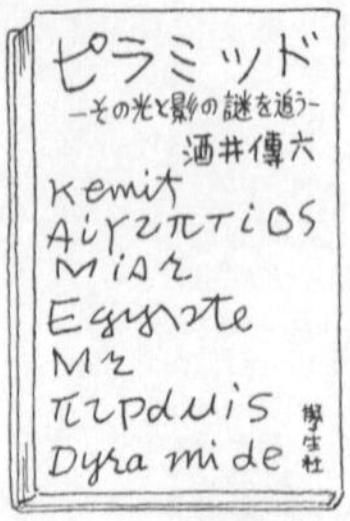

酒井传六，学生社。这本埃及故事，充分活用作者担任朝日新闻中东特派员时代的见闻。佐野繁次郎装帧。昭和五十四年（1979）（七版），1500日元（I）

《革命前后》，火野苇平 中央公论社。透过火野的观点，以辻昌介的身份来描述太平洋战争开始到战后的出版界、文学界情势。《小麦与军队》《粪尿谭》也在书中登场。本作品是他最后的作品，昭和三十五年（1960），3800日元（I）

《准确的谋杀》，克蕾格·莱斯

早川口袋推理小说。上一期我购得的那本书续集。封面插图相当棒。昭和三十一年（1956），500日元（M）

《大规模杀人》

米基·史毕兰（Mickey Spillane），早川口袋推理小说。私家侦探迈克·汉默令人熟悉的活跃表现。我被封面吸引，就此买下。昭和二十八年（1953）（七版），400日元（I）

有『爱』、有『痛快』，也有『感动』

福冈篇之二

　　松本清张的成名作《点与线》的事件开端，就是以我们接下来要采访的香椎町作为舞台。身为清张迷的我，拥有这本书的多种版本，此次我想得到单行本的初版。我家中的收藏本都是再版。

　　在福冈买书或是在东京买书，其实都一样，不过，在当地购得，有其特别的意义。知名的糕点"小鸡（ひょ子）"并非东京特产，它原本来自福冈。既然这样，我想直接从福冈买回家。书也一样。抱持着这样的执着，病得不轻的旧书虫才有其存在的意义。

"I书林"的气氛

上午10：30左右，我和编辑M先生在JR香椎车站下车。

在《点与线》中，被视为殉情者的女人曾说："这地方真落寞。"不过，事隔50年后的今天，它已成为繁华的土地。

西铁香椎名店街

我和M先生从香椎车站前的大路走过，找寻那家作为水果店原型，曾在作品中登场的店家。但据说它早已不在。不过话说回来，要期待它仍保留至今，或许才是缘木求鱼吧。

插个题外话，小说中的鸟饲刑警对于殉情的海岸满是坚硬的岩壁提出疑问。"要是选择柔软的草地，感觉应该比较舒服"这个问题委实奇怪。难道是担心受伤之后该怎么办吗？

到达I书林拜访时，石原宜子女士亲自接待。光是往店内瞄过一眼，便觉得有不少好书。我一面描绘整理书本的宜子小姐，一面向她问话，从中得知，香椎海岸似乎已被掩埋，在《点与线》中发现殉情者尸体时的画面已不复存。

进入古书店时，都会感觉到一种气氛。在I书林里，这种气氛尤为强烈。店内的书全都用透明PP书套包覆。

常可看到有些店家用蜡纸（其实是玻璃纸），但蜡纸遮掩了装帧和书况的好坏，所以这种做法不见得好。但I书林的书就像我在插图页所画那样，采用透明书套，所以装帧精美的书可以让人享受其设计，遇上脏污的书，也能在有心理准备的情况下购买。完全没有欺瞒蒙混。而且封面折页内贴上双面胶，不会在对面页留下胶带的胶痕。

走进店内，感觉到一股"良心"的气氛。

I书林似乎是已故的店主所开设。如果客人拿起仍未包书套的书，据说店主会警告客人："那本是还没包PP书套的重要书籍，请勿碰触！"

另外，他还会大声吼道："旧书要是不以书背平放在手掌上，会整个散开的！"

这种人我常见。因为发自内心喜欢书，所以对于善待书的客人，会亲切地招呼。话虽如此，要替每一本书都包上书套，是很辛苦的工作。连文库本也包上书套，此举令同业皆大感吃惊。

I书林也许是店主也喜欢读书的缘故，店内摆满许多现代文学的旧书。特别是丹羽文雄、石川报三、井上靖、舟桥圣一等。其他也有不少旧书，颇有淘书的乐趣。它便宜的价格，也很令人开心。身为市街的一家古书店，这实属难得。

如今由店主的儿子继承家业，除了店头贩售外，也举行特卖展和网络贩售。

我在这里购得一本珍奇书，名叫《铁轮轰隆处》（请参照插图）。

虽然我不知道长崎惣之助这号人物，但装帧者是我喜欢的佐野繁次郎。佐野的装帧本颇多，但这本书并未列在他的装帧书目中。它本来放在整理中的书架上，是我央求店主将它卖给我。原本打算冷静地工作，但收藏和工作的分界往往动不动就变得模糊不明，真是糟糕。

正当我画完素描，准备离去时，得到石原女士的自传《没跟着一起死》。石原女士的父母、姐妹、弟弟六人，因拖吊船的意外事故而丧命，只有她和哥

I 书林

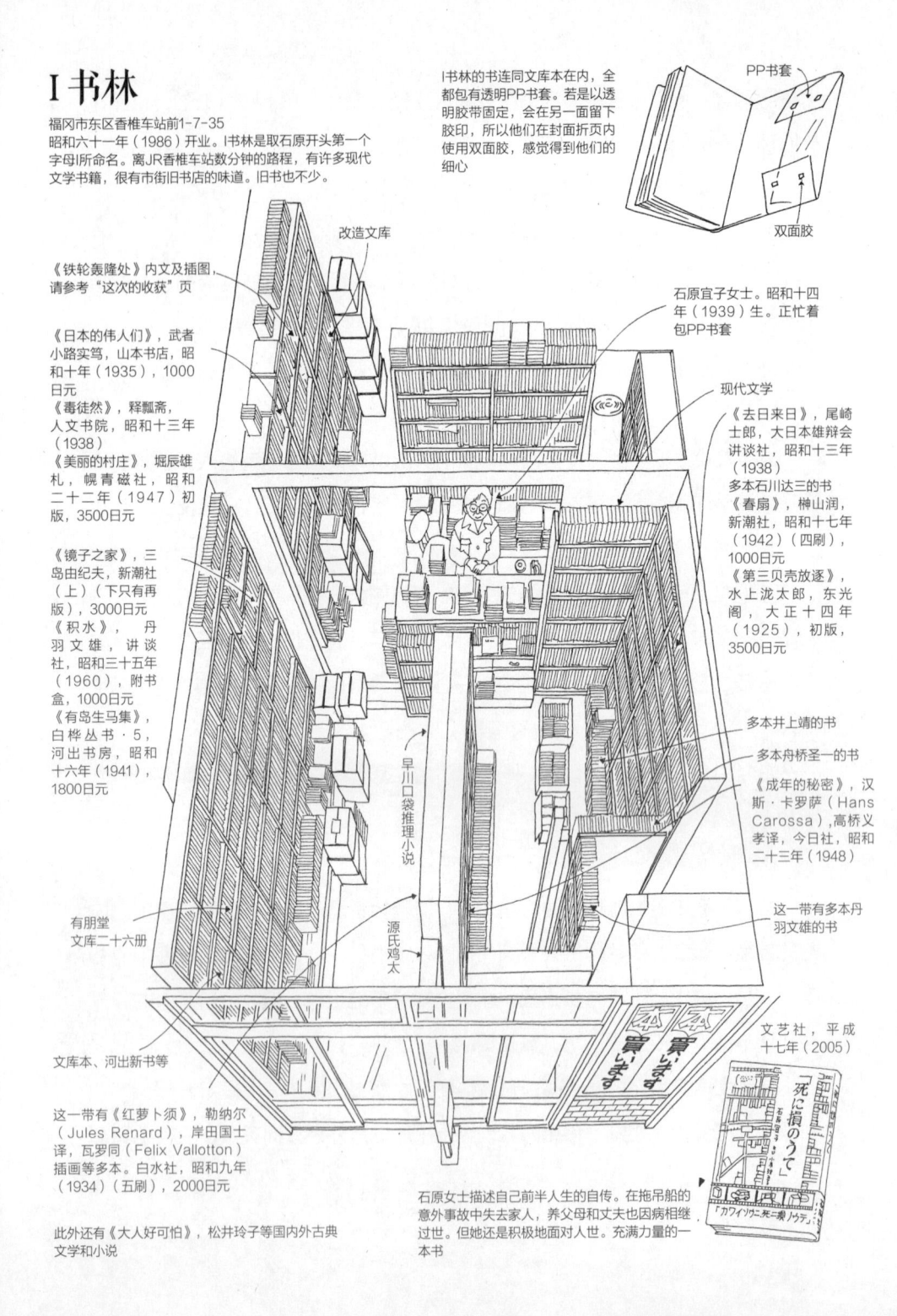

福冈市东区香椎车站前1-7-35

昭和六十一年（1986）开业。I书林是取石原开头第一个字母所命名。离JR香椎车站数分钟的路程，有许多现代文学书籍，很有市街旧书店的味道。旧书也不少。

I书林的书连同文库本在内，全都包有透明PP书套。若是以透明胶带固定，会在另一面留下胶印，所以他们在封面折页内使用双面胶，感觉得到他们的细心。

PP书套

双面胶

改造文库

《铁轮轰隆处》内文及插图，请参考"这次的收获"页

《日本的伟人们》，武者小路实笃，山本书店，昭和十年（1935），1000日元

《毒徒然》，释瓢斋，人文书院，昭和十三年（1938）

《美丽的村庄》，堀辰雄札，幌青磁社，昭和二十二年（1947）初版，3500日元

《镜子之家》，三岛由纪夫，新潮社（上）（下只有再版），3000日元

《积水》，丹羽文雄，讲谈社，昭和三十五年（1960），附书盒，1000日元

《有岛生马集》，白桦丛书・5，河出书房，昭和十六年（1941），1800日元

有朋堂文库二十六册

文库本、河出新书等

这一带有《红萝卜须》，勒纳尔（Jules Renard），岸田国士译，瓦罗同（Felix Vallotton）插画等多本。白水社，昭和九年（1934）（五刷），2000日元

此外还有《大人好可怕》，松井玲子等国内外古典文学和小说

石原宜子女士。昭和十四年（1939）生。正忙着包PP书套

现代文学

《去日来日》，尾崎士郎，大日本雄辩会讲谈社，昭和十三年（1938）

多本石川达三的书

《春扇》，榊山润，新潮社，昭和十七年（1942）（四刷），1000日元

《第三贝壳放逐》，水上泷太郎，东光阁，大正十四年（1925），初版，3500日元

多本井上靖的书

多本舟桥圣一的书

《成年的秘密》，汉斯・卡罗萨（Hans Carossa），高桥义孝译，今日社，昭和二十三年（1948）

这一带有多本丹羽文雄的书

早川口袋推理小说

源氏鸡太

文艺社，平成十七年（2005）

石原女士描述自己前半人生的自传。在拖吊船的意外事故中失去家人，养父母和丈夫也因病相继过世。但她还是积极地面对人世。充满力量的一本书

痛快洞

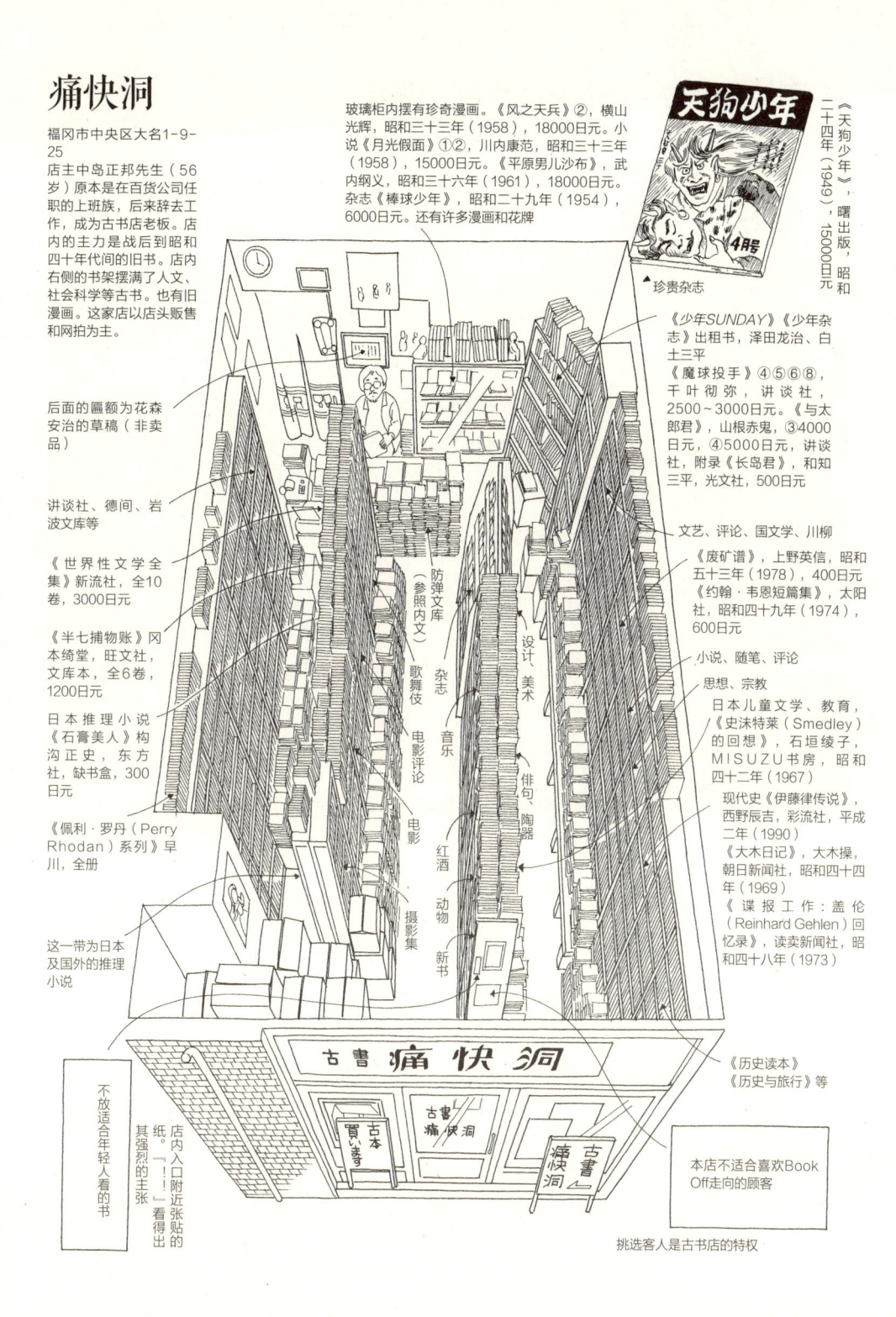

福冈市中央区大名1-9-25

店主中岛正邦先生（56岁）原本是在百货公司任职的上班族，后来辞去工作，成为古书店老板。店内的主力是战后到昭和四十年代间的旧书。店内右侧的书架摆满了人文、社会科学等古书。也有旧漫画。这家店以店头贩售和网拍为主。

玻璃柜内摆有珍奇漫画。《风之天兵》②，横山光辉，昭和三十三年（1958），18000日元。小说《月光假面》①②，川内康范，昭和三十三年（1958），15000日元。《平原男儿沙布》，武内纲义，昭和三十六年（1961），18000日元。杂志《棒球少年》，昭和二十九年（1954），6000日元。还有许多漫画和花牌。

《天狗少年》，曙出版，昭和二十四年（1949），15000日元

▲珍贵杂志

《少年SUNDAY》《少年杂志》出租书，泽田龙治、白土三平

《魔球投手》④⑤⑥⑧，千叶彻弥，讲谈社，2500～3000日元。《与太郎君》，山根赤鬼，③4000日元，④5000日元，讲谈社，附录《长岛君》，和知三平，光文社，500日元

文艺、评论、国文学、川柳

《废矿谱》，上野英信，昭和五十三年（1978），400日元
《约翰·韦恩短篇集》，太阳社，昭和四十九年（1974），600日元

小说、随笔、评论

思想、宗教

日本儿童文学、教育，《史沫特莱（Smedley）的回想》，石垣绫子，MISUZU书房，昭和四十二年（1967）

现代史《伊藤律传说》，西野辰吉，彩流社，平成二年（1990）

《大木日记》，大木操，朝日新闻社，昭和四十四年（1969）

《谍报工作：盖伦（Reinhard Gehlen）回忆录》，读卖新闻社，昭和四十八年（1973）

后面的匾额为花森安治的草稿（非卖品）

讲谈社、德间、岩波文库等

《世界性文学全集》，新流社，全10卷，3000日元

《半七捕物账》冈本绮堂，旺文社，文库本，全6卷，1200日元

日本推理小说《石膏美人》构沟正史，东方社，缺书盒，300日元

《佩利·罗丹（Perry Rhodan）系列》早川，全册

这一带为日本及国外的推理小说

防弹文库（参照内文）

歌舞伎

杂志

电影评论

电影

音乐

设计、美术

俳句、陶器

红酒

动物

新书

摄影集

古书 痛快洞

古本 买い寿?

古书 痛快洞

古书 痛快洞

《历史读本》《历史与旅行》等

本店不适合喜欢Book Off走向的顾客

不放适合年轻人看的书

店内入口附近张贴的纸。「！」看得出其强烈的主张

挑选客人是古书店的特权

哥两人幸存。邻居一位叔叔哭着安慰她："真可怜，没跟着一起死。"这句话成了此书的标题。这本书可以感受出宜子女士的力量。

有"防弹文库"的书店

　　福冈有许多风格独具的古书店。

　　从地铁一号线赤坂车站走一小段路，便可抵达"古书痛快洞"。店内深处可看到以前熟悉的出租漫画、杂志、单行本，而右侧的书架上则摆满了昭和四十年（1965）前的社会、人文科学类旧书。店主中岛正邦先生在百货公司工作五年后，自己独立开业。一开始是借高利贷，过得相当艰苦。他原本立志当一名漫画家，他在店内摆漫画时，东京的"全是漫画"[①]还没开始营业。

　　我对店内齐全的书目也很感兴趣，但更令我在意的，是柜台前堆积如山的文库本。虽然像这种店颇为常见，但这家店的气氛略显不同。看起像一座炮台。

　　"哦，你说这个啊。这是防弹用的。以前楼上是一家黑道的事务所，所以要是黑道火拼时被流弹射中，那可不妙，所以我用它来挡子弹。"

　　因此称之为"防弹文库"。

　　我曾看过有店家将文库本垫在均一价平台下，用来保持稳固，但这还是第一次看到有人拿它当防弹用。

　　也许是福冈的火拼事件较多的缘故吧，换个地方，也能看到这种情形。

　　"黑道的组员买了我不少书。听说是要送进监狱用的，卖了不少文库本和法律书籍。"

　　我一面听一面作画，不知何时，M先生买了克蕾格·莱斯的《准确的谋杀》。由于早期的早川口袋推理小说，其封面图画是具象画，正合我的口味。

[①]专门经营漫画旧书买卖的一家公司。

《真打志向》，泽田一矢，弘文出版。以落语世界为题材的小说集。实际存在的落语家、寄席家也在书中登场。昭和五十三年（1978），800日元（M）

《咖啡道》，狮子文六，新潮社。以43岁的女演员坂井萌子为主，一群喜爱咖啡的同好，要像茶道一样，建立咖啡道，一部特别的喜剧。昭和三十八年（1963）（二刷），1000日元（M）

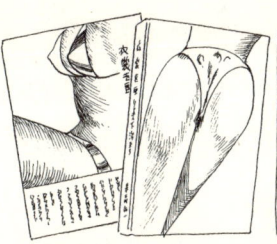

《衣衫褪而天下治》，草森绅一，骎骎堂出版，山口春美插画装帧。大肆谈论时尚、女性、爱欲。昭和四十九年（1974），1500日元（M）

《黑麦满口袋》（A Pocket Full of Rye），阿嘉莎·克莉丝蒂（Agatha Christie）的名著。早川口袋推理小说。"黑麦"真不错！昭和二十九年（1954），1000日元（I）

这次的收获（2） 续福冈篇

（I）池谷　（M）编辑

福观音也加入收藏行列中

莲花的花蕾很可爱

衣服外缘的金箔相当鲜艳

由于上次的博多人偶"白衣观音"相当精美，所以我又买了。10500日元（I）

《推翻》，吉安碧天，人文书院。一位活跃于战前的记者所写的时事、历史随笔集。昭和十一年（1936），800日元（M）

《犹大之窗》，狄克森·卡尔，早川口袋推理小说。我打算过了年纪后再来看。昭和三十一年（1956），500日元（I）

《明治十年与今日》，木村秀明编，福冈地方史谈话集。回顾明治十年（1877）以后的西日本。昭和四十二年（1967），800日元（M）

《力象山》，大日本雄辩会讲谈社。搭力道山热潮所画的绘本。濑尾太郎、濑越健等人执笔。昭和三十年（1955），800日元（I）

《铁轮轰隆处》，长崎物之助，交通研究所。曾担任过铁路局次长的作者所提的铁路论。佐野繁次郎装帧，文库本大小。昭和十八年（1943），800日元（I）

《感官之夜》，龙胆寺雄，AMATORIA社。现代主义作家所写的"耽美派异色作品集"。昭和三十二年（1957），700日元（M）

我如果发现也会买下，但却被M先生捷足先登。

"这应该是我买的书才对。"我把工作丢向一旁，朝他发火。不妙！我又展现出收藏者的斗志了。不过，我也发现了一本500日元的口袋推理小说《犹大之窗》。我还没读过狄克森·卡尔（John Dickson Carr）的这部作品。我决定上了年纪之后再来看就快了。

中岛先生56岁，属于最后的团块世代①。乍看之下给人洒脱之感，但仍感觉得到他这个世代特有的力量。店内入口有张贴纸写着"本店不适合喜欢Book Off走向的顾客"。我能明白他的想法。此外还贴有"不放适合年轻人看的书！"它是写"不放"，而不是"没放"，看得出店主坚定的决心，想必今后也会继续拒绝客户的要求。可能周遭变成年轻人的市街，他心里不太高兴吧。经这么一提才想到，附近有另一家古书店"乐团花车（Band Wagon）"，它贴的告示更为激进。"没有在Book Off杀价的斗志，就别在这里杀价！"这里也用了"！"在Book Off不杀价，到古书店就杀价，这种客人的斗志似乎很不讨店主喜欢。要是手中拿着想要的书，犹豫要不要买，有时心地善良的店主会主动算你便宜一点。当然了，这也得看价格而定。

福冈的古书店老板带有侠气，但性子也比较急躁，不过，算是相当有男子气概。来店的客人要特别注意。因为古书店内的书都是店主的藏书，所以店方有挑选顾客的权利，这点最好事先有所了解。

到头来，我想购买《点与线》初版的愿望还是没能达成。憾甚！

---

①于1947年到1951年之间，第二次大战后婴儿潮的人口。

继『剧场』之后为『按摩』当中到底有何名堂

邂逅一家好古书店时的喜悦，该如何表现好呢？这是个难题，但若是以数字来表示，那就像捡到千元钞一样开心。不过话说回来，我是个老实人，捡到钱都会送交警局，但我曾经捡过一个装有1500日元的钱包，送交警局后，后续的处理相当繁杂，所以现在我都会放弃这项权利。

这次要介绍的"往来座"，其商品的齐全度、便宜度、库存书量、待客的亲切度、地理条件等，都像是捡到5000日元一样，是相当有价值的一家店。更重要的是店主年纪轻轻，便全力投入这项生意中。我想好好替他加油打气。

在艺术中心地开店

池袋一带以前住有不少艺术家。在西武池袋线的椎名町、南长町一带，年轻画家们组成一个工房村，熊谷守一、长谷川利行、寺田政明、松本竣介、野见山晓治等人时时举行创作活动。小熊秀雄将此村庄唤作"池袋蒙帕纳斯（Montparnasse）"。那是大正时代到战前时的事。

昭和三十年（1955），椎名町的"常盘庄"曾聚集许多年轻漫画家，闻名一时。最早在此居住的，是手冢治虫、寺田博雄、藤子不二雄、石森章太郎、赤冢不二夫等人，都是打下今日世界漫画基础的杰出人士。

此外，此次登场的往来座附近，有东京音乐大学。昔日这里有位创作《交响幻想诗》（哥吉拉主题曲）的学长，名叫伊福部昭。

从店里徒步走十分钟左右，来到杂司谷灵园，漱石、镜花、荷风、梦二等人就长眠于此。往来座可算是坐落于古今艺术中心吧？

走进店内，首先映入眼帘的，是介绍池袋一带遗产的完善导览手册及资料，看得出其重视地方文化的态度。此外还有丰富的古书，令人为之瞠目。

店主濑户雄史先生今年才31岁，相当年轻。在古书店历练过一段时间后，才独立开业。他开设往来座至今才两年，但能维持如此大规模的古书店相当不简单。他总是面带微笑，充满阳光，给人好感。不会老坐在柜台前不动。

还有，店内四处都有独特的收纳道具，看得出他在设计制作上下了一番功夫。店外备有等候公车用的长椅，细心周到。店主很喜欢做木工，彻底发挥了他的手艺。

我好像净是在写他好话，但这是真有其事，我也没办

都电杂司谷车站

往来座

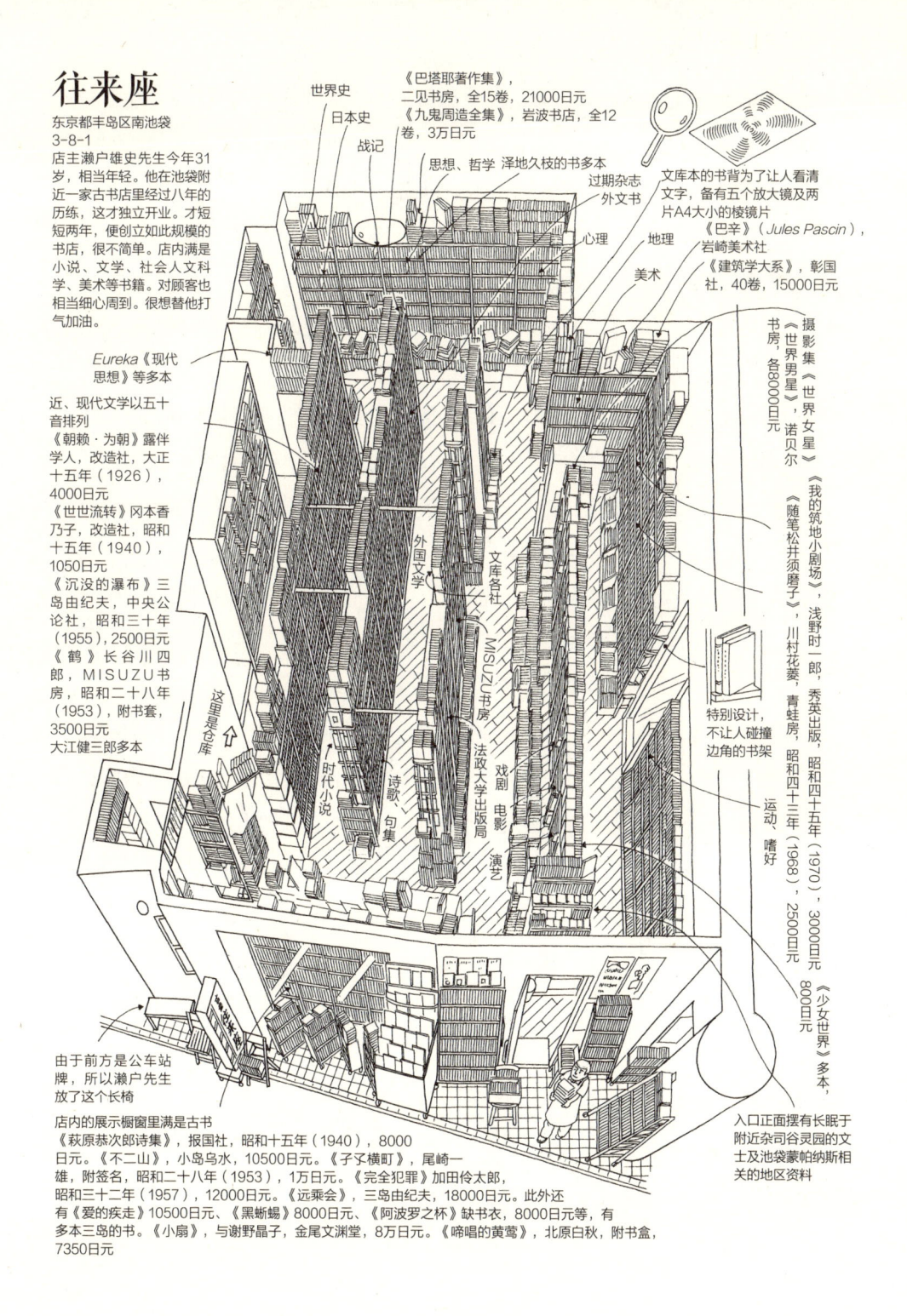

东京都丰岛区南池袋
3-8-1

店主濑户雄史先生今年31岁，相当年轻。他在池袋附近一家古书店里经过八年的历练，这才独立开业。才短短两年，便创立如此规模的书店，很不简单。店内满是小说、文学、社会人文科学、美术等书籍。对顾客也相当细心周到。很想替他打气加油。

Eureka《现代思想》等多本

近、现代文学以五十音排列
《朝赖·为朝》露伴学人，改造社，大正十五年（1926），4000日元
《世世流转》冈本香乃子，改造社，昭和十五年（1940），1050日元
《沉没的瀑布》三岛由纪夫，中央公论社，昭和三十年（1955），2500日元
《鹤》长谷川四郎，MISUZU书房，昭和二十八年（1953），附书套，3500日元
大江健三郎多本

这里是仓库

由于前方是公车站牌，所以濑户先生放了这个长椅

店内的展示橱窗里满是古书
《萩原恭次郎诗集》，报国社，昭和十五年（1940），8000日元。《不二山》，小岛乌水，10500日元。《子夕横町》，尾崎一雄，附签名，昭和二十八年（1953），1万日元。《完全犯罪》加偷伶太郎，昭和三十二年（1957），12000日元。《远乘会》，三岛由纪夫，18000日元。此外还有《爱的疾走》10500日元、《黑蜥蜴》8000日元、《阿波罗之杯》缺书衣，8000日元等，有多本三岛的书。《小扇》，与谢野晶子，金尾文渊堂，8万日元。《啼唱的黄莺》，北原白秋，附书盒，7350日元

世界史
日本史
战记
思想、哲学
《巴塔耶著作集》，二见书房，全15卷，21000日元
《九鬼周造全集》，岩波书店，全12卷，3万日元
泽地久枝的书多本
过期杂志
外文书
心理
地理
美术

文库本的书背为了让人看清文字，备有五个放大镜及两片A4大小的棱镜片

《巴辛》（Jules Pascin），岩崎美术社
《建筑学大系》，彰国社，40卷，15000日元

外国文学
文库各社
MISUZU书房
法政大学出版局
诗歌、句集
时代小说
戏剧 电影 演艺

摄影集《世界男星》《世界女星》，诺贝尔书房，各8000日元
《我的筑地小剧场》，浅野时一郎，秀英出版，昭和四十五年（1970），3000日元
《随笔松井须磨子》，川村花菱，青蛙房，昭和四十三年（1968），2500日元
《少女世界》多本，800日元

特别设计，不让人碰撞边角的书架

运动、嗜好

入口正面摆有长眠于附近杂司谷灵园的文士及池袋蒙帕纳斯相关的地区资料

法。与我31岁的时候相比，他更加光辉耀眼。最重要的是他投入这项生意中的模样相当迷人。

我问店主："往来座听起来不像古书店，反而比较像剧场。"他回答道："因为以前我在附近一家东京艺术剧场内的旧书店工作了八年……"

剧场的气氛似乎相当好。

店内的传单写道："书是书架的延伸，书架是书店的延伸，书店是往来的延伸。"嗯！文句接得漂亮！

如同我之前造访这家店一样，作画时相当有趣，但也觉得很辛苦，因为店内有各种书架、自己做的台架、横梁和各种凹凸起伏，难以掌握店内全貌。

同行的编辑M先生又忙着淘书了。有时我很想对他说一句："换手一下好吗？"

午休后，我再度展开素描。等忙完后，我也非得有一番收获才行。M先生已迅速将战利品堆在柜台上。

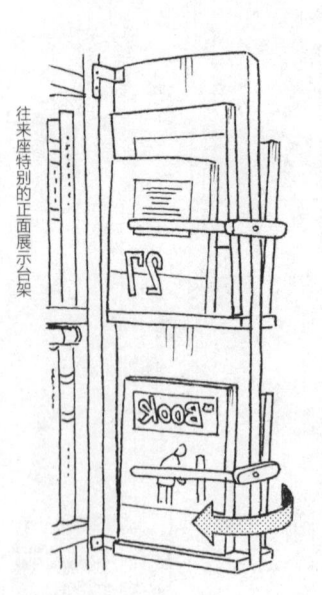

"喂，留点给我好不好。"

往来座有新书也有旧书，店头的展示橱窗里摆了古书、古文典籍。北原白秋《啼唱的黄莺》，附书盒，7350日元，便宜到爆。森本东阁的《虫类画谱》25000元，我当初可是花了4万日元才买到的呢……这时候，我的血压蹿升了20毫米汞柱。除此之外，三岛由纪夫和涩泽龙彦的书也相当多，但真正令我在意的是店内的近代文学和美术书。M先生购得石黑敬七的《老爷的奇谈》。店内的独到之处一样没错过。

我在昭和三十年（1955）到昭和四十年

往来座特别的正面展示台架

媒体按摩

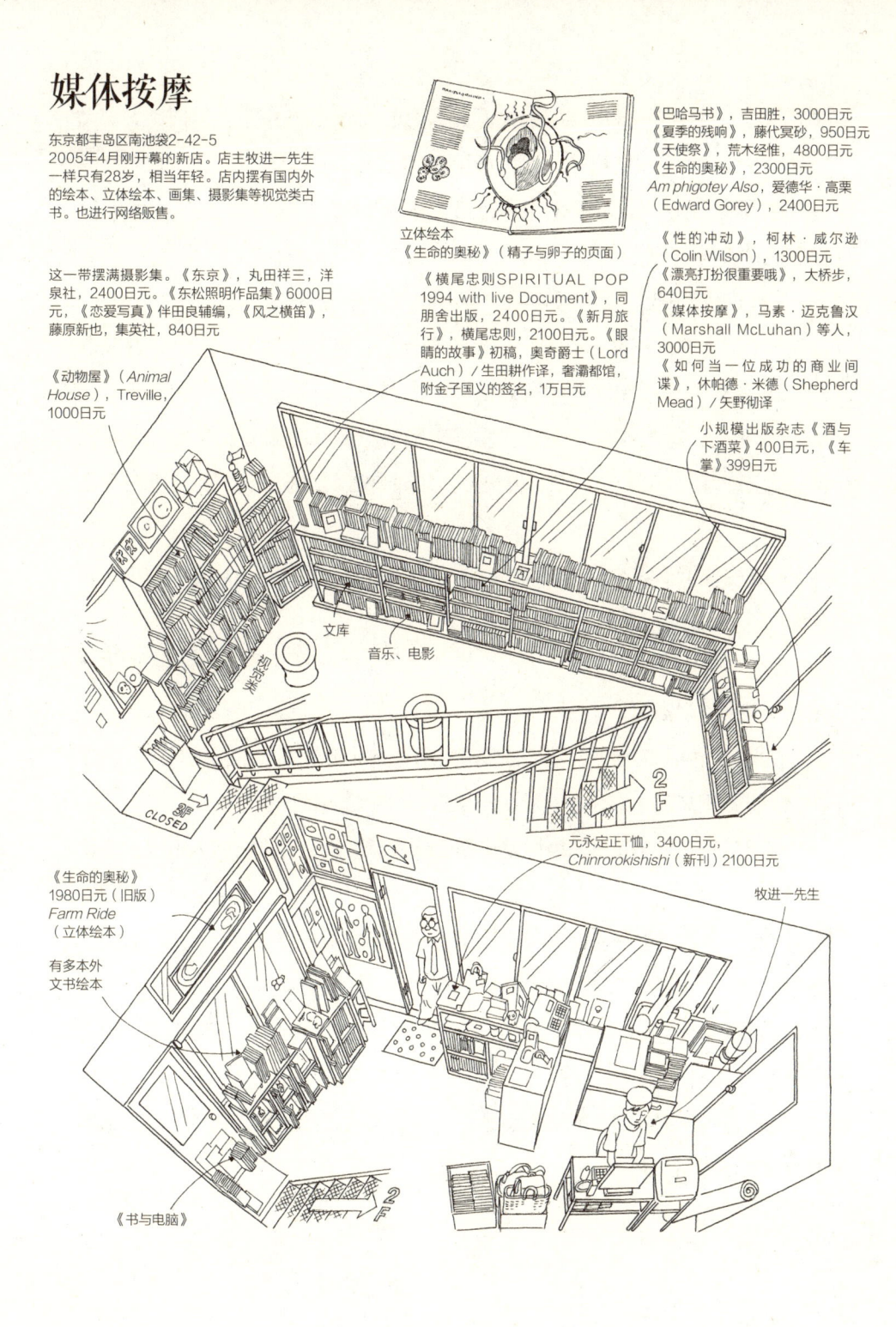

东京都丰岛区南池袋2-42-5
2005年4月刚开幕的新店。店主牧进一先生一样只有28岁,相当年轻。店内摆有国内外的绘本、立体绘本、画集、摄影集等视觉类古书。也进行网络贩售。

立体绘本
《生命的奥秘》(精子与卵子的页面)

这一带摆满摄影集。《东京》,丸田祥三,洋泉社,2400日元。《东松照明作品集》6000日元,《恋爱写真》伴田良辅编,《风之横笛》,藤原新也,集英社,840日元。

《动物屋》(Animal House),Treville,1000日元

《横尾忠则SPIRITUAL POP 1994 with live Document》,同朋舍出版,2400日元。《新月旅行》,横尾忠则,2100日元。《眼睛的故事》初稿,奥奇爵士(Lord Auch)/生田耕作译,奢灞都馆,附金子国义的签名,1万日元

《巴哈马书》,吉田胜,3000日元
《夏季的残响》,藤代冥砂,950日元
《天使祭》,荒木经惟,4800日元
《生命的奥秘》,2300日元
Am phigotey Also,爱德华·高栗(Edward Gorey),2400日元

《性的冲动》,柯林·威尔逊(Colin Wilson),1300日元
《漂亮打扮很重要哦》,大桥步,640日元
《媒体按摩》,马素·迈克鲁汉(Marshall McLuhan)等人,3000日元
《如何当一位成功的商业间谍》,休帕德·米德(Shepherd Mead)/矢野彻译

小规模出版杂志《酒与下酒菜》400日元,《车掌》399日元

文库

音乐、电影

元永定正T恤,3400日元,Chinrorokishishi(新刊)2100日元

牧进一先生

《生命的奥秘》1980日元(旧版)
Farm Ride
(立体绘本)

有多本外文书绘本

《书与电脑》

（1965），都有听NHK"机智教室"的习惯。当时是广播的全盛时期，那是当红节目之一。记得当时我虽然心里想它老说些无聊的事，但还是很乐在其中。播报员青木一雄那知名的说话口吻——"点名。石黑敬七同学、春风亭柳桥同学、长崎拔天同学……"真叫人怀念。

时间已将近三点，我终于画好全貌，也写好书名。

下个采访时间已将近，我大致看过书架后，选了四本书。日后，我又以1800日元购得狮子文六的《彩虹工厂》[东方社，附书盒，昭和三十八年（1963）]。第一次拜访时，我发现有冈绮堂的戏曲集《龙女集》[春阳堂，大正十年（1921），3800日元]。知道有店家摆放这种书籍，我心里高兴不已。

M先生买了十多本书，无法在插画中一一介绍。他还是一样狂买，令人看得瞠目结舌。

从杂司谷前往视觉馆

在濑户先生的指引下，我们前往离往来座约十分钟路程的采访地点"媒体按摩"。这里离都电杂司谷以及东池袋四丁目，距离都一样远。

这家店为三角形建筑，模样就像水果酥饼般。走进店内，映入眼帘的是让人以为是年轻女性走向的绘本及T恤。我一面心想：嗯，这和《诸君！》的读者层不太一样呢，一面走上二楼。正想说店内竟然有木村伊兵卫、东松照明、藤原新也、荒木经惟等人的摄影集时，便发现它还摆有横尾忠则的画集、桑贝（Jean Jacques Sempe）的漫画、最近颇受欢迎的爱德华·高栗画集（外文书）等。

此外也有几本外文书的妖精画集、立体绘本。以我的嗜好来说，这感觉就像捡到3000日元一样。

《世界的秘密警察》

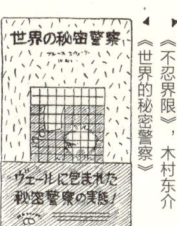

布鲁斯·阔力，现代教养文库。报道CIA、KGB及其他世界各地的秘密警察。平成三年（1991），310日元（M）

《不忍界限》，木村东介

大西书店。打破传统的美术商随笔集。也有版芭蕉和白隐的作品给约翰·蓝侬的一段故事。昭和五十三年（1978），940日元（M）

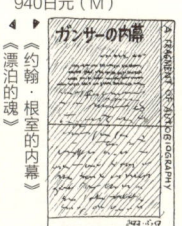

《现代史的目击者》

大卫·布朗、理查·布鲁纳编，读卖新闻社。见证历史发生瞬间的新闻记者独家新闻集。昭和四十三年（1968），300日元（M）

《少女世界》（M）

《少年世界》（I）

这两本杂志都是博文馆发行，岩谷小波主笔。少年杂志里有时代小说等文艺，以及科学文章、读者咨询室等。左边为明治四十二年（1909），右边为明治四十一年（1908），各800日元

《漂泊的魂》

玛莉·麦卡锡（Mary McCarthy），角川文库。《这一群》（The Group）的作者，将自己结婚的破绽写成小说。昭和四十六年（1971），630日元（M）

《约翰·根室的内幕》

约翰·根室（John Gunther），MISUZU BOOKS。以《内幕》系列闻名的记者自传。昭和三十八年（1963），400日元（M）

《乔治·麦克斯，南云堂。匈牙利出身的知名幽默文学作家写的日本论。昭和四十七年（1972），100日元（M）

这次的收获

特地不让图面被书本中线遮住的装帧书。《佛兰斯蒂德（Flamsteed）天球图谱》恒星社版。有三十张跨页图。昭和二十六年（1951）（三版），2000日元（I）

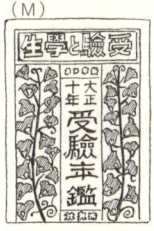

《考试年鉴》，研究社杂志《考试与学生》的大正十年（1921）新年号附录。刊登学校的招生要项、考试科目等。840日元（M）

《老爷的奇谈》

石黑敬七，住吉书店。作者是柔道师傅，珍品收藏家，在《机智教室》中演出而闻名。昭和三十一年（1956），1000日元（M）

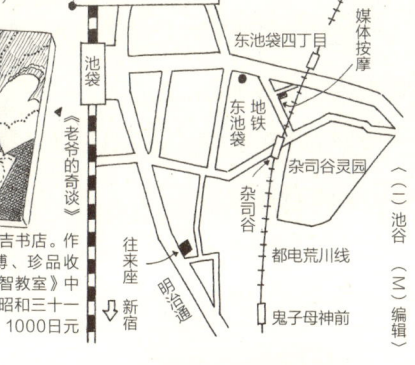

〈（I）池谷（M）编辑〉

《圆周之羊》望月通阳作品集，新潮社。个性派美术家的立体、版画、特别装帧本作品集。平成八年（1996），3000日元（I）

《文艺春秋随笔选》

创刊六十周年纪念的随笔精选。吉行淳之介、森繁久弥、松本清张、向田邦子、盛田昭夫等人执笔。昭和五十七年（1982），非卖品，300日元（M）

《圣托佩斯》（Saint-Tropez），桑贝/荻野安娜译，太平社。桑贝线条流畅的度假区讽刺漫画集。平成十一年（1999），1500日元（I）

《日本摄影师 木村伊兵卫》

岩波书店。串连"人"与"街"的高手，木村作品集。他战后作品的名作《神谷酒吧》《本乡森川町》《月岛》等，不采取摄影师的观点，崇尚自然的作风，相当出色（I）平成十年，1500日元

《席梦》，谷川俊太郎·作，圆池茂·绘

CBS SONY出版。以住在画中的少女席梦所看到的城市与人们为主题，所画成的绘本。圆池茂的卢梭风格画风绝佳。是我一直渴望获得的书。昭和五十四年（1979），1500日元（I）

我还瞄到几本70年代文化相关的古书，有迈克鲁汉的《媒体按摩》。这家店的店名似乎就是从这本书得到灵感。

当初开店时，似乎还有人询问："有没有卖心电图的机器？""可以帮我按摩吗？"

"这本书在学者间的评价似乎不高。"店主牧进一先生如此说道，但因为他喜欢这本书，所以便借用书名当作店名。他今年才28岁呢。

最近的年轻人真有一套。

他似乎没有古书店的资历，但之前他一直在新书书店工作，直到去年四月才独立开业，才刚开幕一年半。

他的进货方式，据说是与国外交易，直接进口。这家店的绘本和画集以外文书居多，就是这个缘故。此外，打开书后，立即呈现出立体画的"立体绘本"，也是这家店的"卖点"之一。从受精到怀孕的过程，全部以立体画呈现的《生命的奥秘》（*THE FACTS OF LIFE*），店内摆了好几本。除了科学之外，还给人一种超现实感，很神奇的一本书。

我在这里买了《席梦》（参照插图）。这是我寻找多年的书。以卢梭的画风画插画的人相当少，圆池茂便是其中之一。谷川俊太郎的故事也很不错。

我还买了三本木村伊兵卫和桑贝的书，合计4500日元。之前那仿佛像捡到3000日元的感觉，这下子一口气提升为4500日元。

M先生买了几本均一价的书。

媒体按摩也从事网络贩售。当中还加入图片，方便观看。各位务必要上网瞧瞧哦。

找寻咖啡与旧书，关键都在『认真』

旧书与咖啡，不知为何，有许多相似之处。像啤酒和柠檬水，若不在短时间内喝完，等它变温可就难喝了。另外，红茶不论是大吉岭还是格雷伯爵茶，都有其格调，也许很适合搭配外文书或英国文学，但若是配上柘植义春或江户川乱步，总觉得很不搭调。购得旧书后，还是适合在咖啡厅里悠哉地喝杯咖啡，消磨时光。近年来，在古书店里设咖啡区的店家愈来愈多。这次我造访了东京的几家店，素描、旧书、咖啡等。

喝咖啡时，小心别喷出哦

采访时，我都会想问一件事。那就是"您会不会担心重要商品被饮料弄脏呢"。有些新书书店会备有桌椅，提供顾客服务。有些店则是让亲子享受阅读绘本的乐趣。我很反对这么做。店内的童书有一半都已"旧书化"了。有些书甚至因为被用力翻开而破损。书店可不是图书馆。

就这点来说，虽然旧书很少有近乎全新的书况，但要是沾上污渍，那可就麻烦了。

Flying Books

东京都涉谷区道玄坂1-6-3 涉谷古书中心二楼

地下一楼和一楼是"古书SANEI"。二楼的Flying Books也是古书SANEI的一员。店主山路和广先生为昭和五十年（1975）生，31岁。曾在大型连锁租书店工作，累积不少经营店铺的经验，在古书SANEI工作一年半后，于2003年开业。书籍有强烈反映出美国文化的外文书，以及思想、神秘学、宗教等书，配合不同世代感兴趣的内容来收购旧书。此外，音乐、美术、娱乐、西洋绘本、西洋杂志也相当完备。饮料也很多样，咖啡280日元、浓缩咖啡200日元，口味很道地，但价格却很便宜。有11种非酒精饮料，也有红酒和啤酒，能在店内放松品酒。拉大中间两个书架的距离，有时也会举办朗读会和音乐活动，相当有趣的一家古书店。

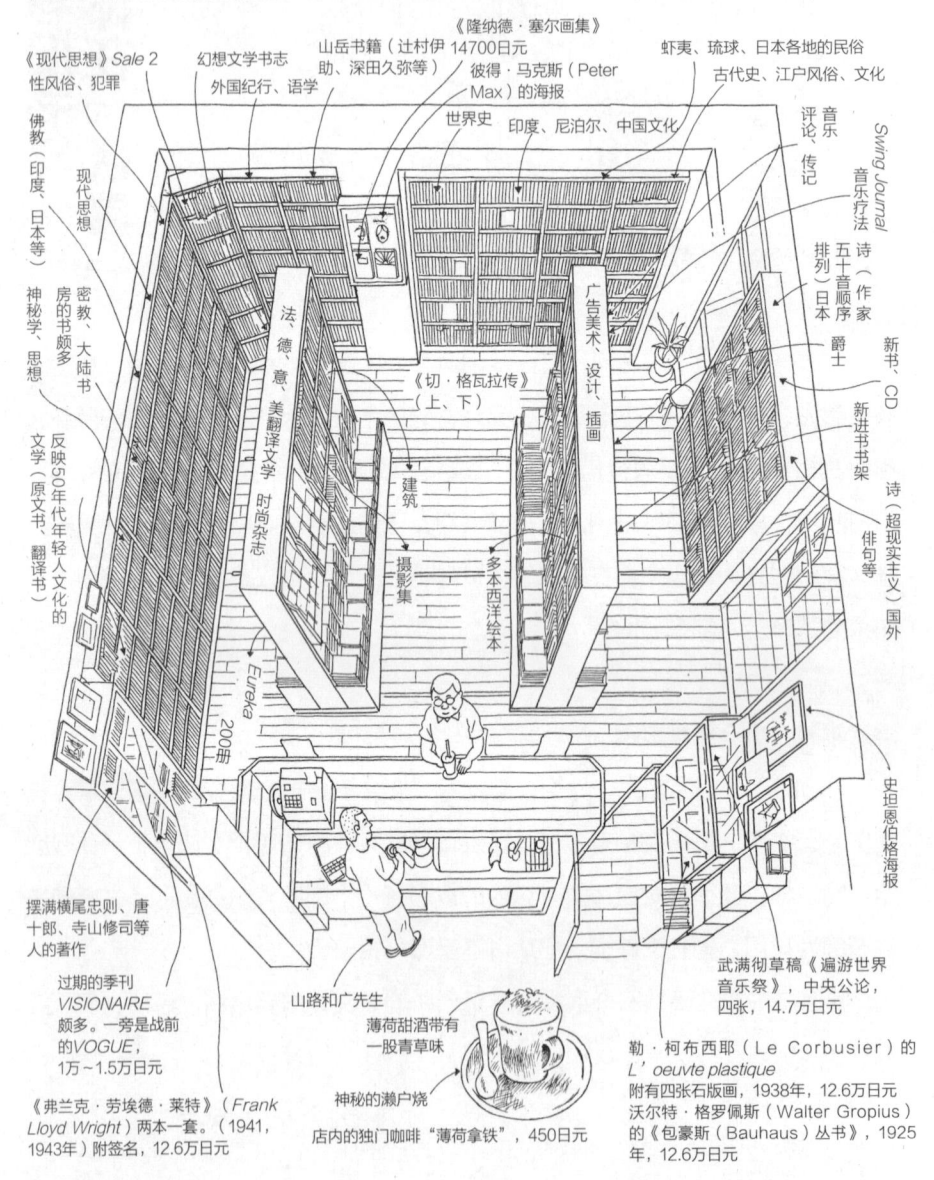

《现代思想》Sale 2 性风俗、犯罪

佛教（印度、日本等）

现代思想

密教、大陆书房的书颇多

神秘学、思想

反映50年代年轻人文化的文学（原文书、翻译书）

幻想文学书志

外国纪行、语学

Eureka 200册

摆满横尾忠则、唐十郎、寺山修司等人的著作

过期的季刊VISIONAIRE颇多。一旁是战前的VOGUE，1万～1.5万日元

《弗兰克·劳埃德·莱特》（Frank Lloyd Wright）两本一套。（1941，1943年）附签名，12.6万日元

山岳书籍（辻村伊助、深田久弥等）

法、德、意、美翻译文学 时尚杂志

摄影集

山路和广先生

薄荷甜酒带有一股青草味

神秘的濑户烧

店内的独门咖啡"薄荷拿铁"，450日元

《隆纳德·塞尔画集》

彼得·马克斯（Peter Max）的海报

世界史

印度、尼泊尔、中国文化

《切·格瓦拉传》（上、下）

广告美术、设计、插画

建筑

多本西洋绘本

虾夷、琉球、日本各地的民俗

古代史、江户风俗、文化

Swing Journal 音乐疗法

音乐评论、传记

诗（作家五十音顺序排列）日本

爵士

诗（超现实主义）国外

俳句等

新书、CD

新进书书架

史坦恩伯格海报

武满彻草稿《遍游世界音乐祭》，中央公论，四张，14.7万日元

勒·柯布西耶（Le Corbusier）的 L'oeuvte plastique 附有四张石版画，1938年，12.6万日元

沃尔特·格罗佩斯（Walter Gropius）的《包豪斯（Bauhaus）丛书》，1925年，12.6万日元

位于涩谷的"Flying Books"老板山路和广先生说："我们店内的书，也可自由地在咖啡区阅读。因为我们希望顾客能多花点时间挑选。"我向他提出疑惑已久的问题后，他回答道："到目前为止，我们还没发生过因饮料弄脏书本的问题。因为大家都是很有规矩的人。"听到这样的回答，我姑且放心不少。

Flying Books有11种非酒精性饮料，也有红酒和啤酒，一点都不马虎。而且一杯咖啡才280日元，浓缩咖啡200日元，超便宜。

我瞄了一下菜单，发现有一种名叫"薄荷拿铁"的咖啡。450日元。我马上点了一杯，尝尝看是什么滋味。这是在拿铁咖啡中加进薄荷甜酒，散发出一股淡淡的甜味和薄荷的香气。听说咖啡杯也是在濑户挑选。编辑M先生点了冰咖啡。没想到还能坐在柜台前和古书店老板讨论旧书。这样就能悠哉地挑书了。

除去采访的时间不算，待在古书店里的时间还真短。只有我一位客人的情形，顶多只有5分钟。只要待上15分钟，便会开始引起老板的注意。要是觉得没什么好买的，便会在意什么时候离开才恰当。就这方面来说，在旧书店咖啡厅喝饮料，当然得付钱，所以也就成了咖啡厅的顾客。能和书店保有另一种不同的关系。

要贩售饮料，得要有卫生局的营业许可证。而要贩售酒精类饮料，则需要餐饮店的营业许可证。不过，申请好像不会太困难。今后像这种同时贩售咖啡和杂货的复合式古书店，应该会愈来愈多才是。

Flying Books也会举办朗读会或是小型音乐会。

已不再是传统的古书店

我与M先生约在三鹰碰面，前往古书与咖啡厅的复合商店

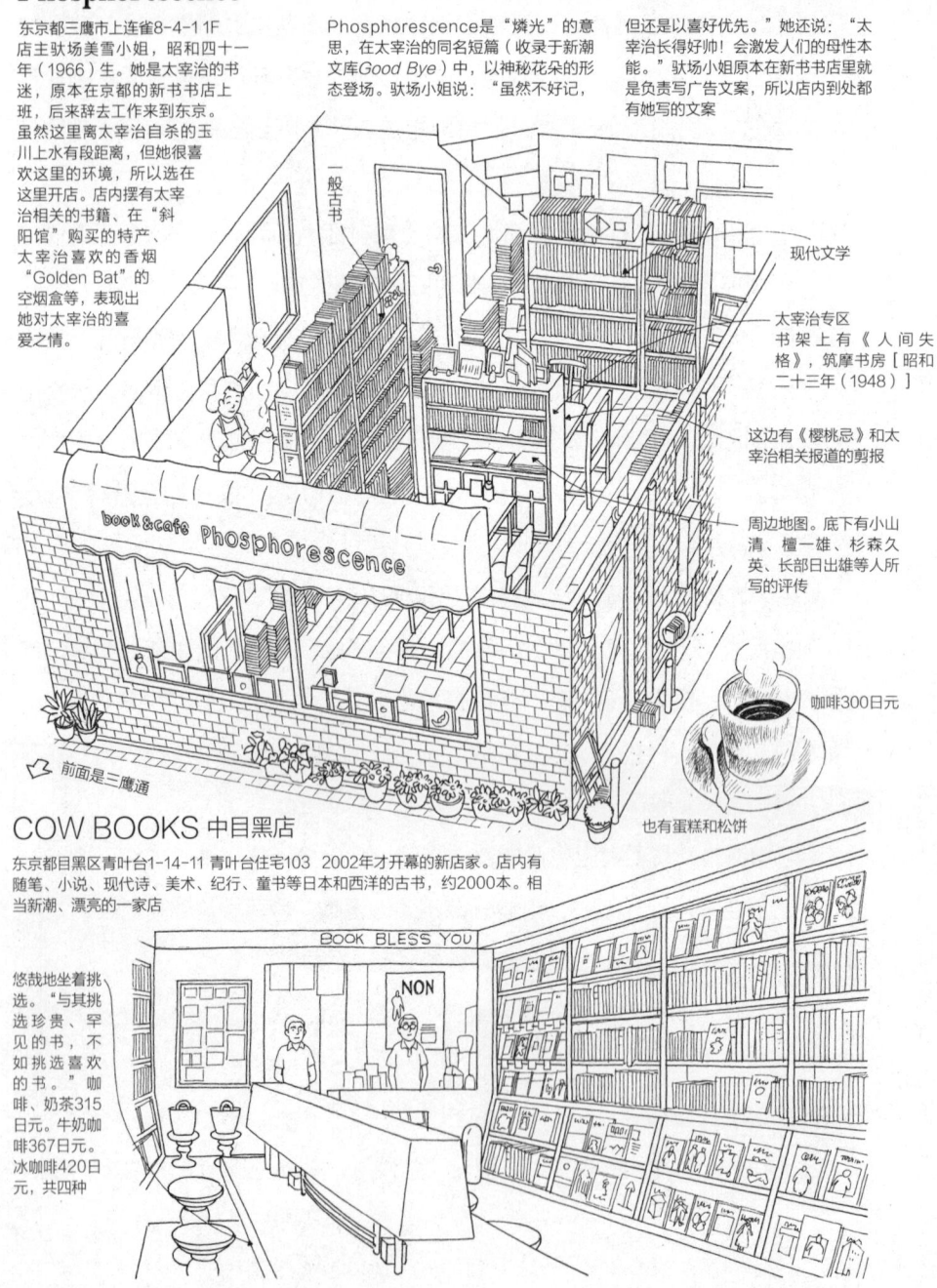

Phosphorescence

东京都三鹰市上连雀8-4-1 1F 店主驮场美雪小姐,昭和四十一年(1966)生。她是太宰治的书迷,原本在京都的新书书店上班,后来辞去工作来到东京。虽然这里离太宰治自杀的玉川上水有段距离,但她很喜欢这里的环境,所以选在这里开店。店内摆有太宰治相关的书籍、在"斜阳馆"购买的特产、太宰治喜欢的香烟"Golden Bat"的空烟盒等,表现出她对太宰治的喜爱之情。

Phosphorescence是"燐光"的意思,在太宰治的同名短篇(收录于新潮文库Good Bye)中,以神秘花朵的形态登场。驮场小姐说:"虽然不好记,但还是以喜好优先。"她还说:"太宰治长得好帅!会激发人们的母性本能。"驮场小姐原本在新书书店里就是负责写广告文案,所以店内到处都有她写的文案

一般古书

现代文学

太宰治专区
书架上有《人间失格》,筑摩书房[昭和二十三年(1948)]

这边有《樱桃忌》和太宰治相关报道的剪报

周边地图。底下有小山清、檀一雄、杉森久英、长部日出雄等人所写的评传

← 前面是三鹰通

咖啡300日元

也有蛋糕和松饼

COW BOOKS 中目黑店

东京都目黑区青叶台1-14-11 青叶台住宅103 2002年才开幕的新店家。店内有随笔、小说、现代诗、美术、纪行、童书等日本和西洋的古书,约2000本。相当新潮、漂亮的一家店

悠哉地坐着挑选。"与其挑选珍贵、罕见的书,不如挑选喜欢的书。"咖啡、奶茶315日元。牛奶咖啡367日元。冰咖啡420日元,共四种

"Phosphorescence"（我花了一整晚的时间才记住）。

之后又接着拜访"COMBINE""COW BOOKS"。已不再有"××堂书店"这种传统的店名，这也是时代趋势。像"卧游堂""伽蓝堂""霭霭书房"这种日语派的店名，也算是一种新倾向。

说到"Phosphorescence"，听店主驮场美雪小姐说，她是因为喜欢太宰治的同名短篇小说，才借用这个标题当店名。店内如同插画所示，到处都是太宰治相关书籍、商品、资讯报道的剪报，这里似乎也成了太宰治迷的交流场所。

她说太宰治"长得好帅"。虽然多少带有一点我个人的偏见，但我觉得他不过是个"长发盖住额头的中年男子"。不过，这当然是屏除他文学方面的才能才这么说……

我在Phosphorescence画好素描，喝了今天第一杯咖啡。300日元。有三张桌子、六张椅子，规模虽小，却有十足的咖啡厅情趣。饮料除了红茶、绿茶、果汁外，菜单上还有今日蛋糕、松饼、法式吐司，很像女性店主的作风。

我在这里提出心中疑惑许久的问题。她回答我："目前从未发生过客人将咖啡洒出弄脏书的情形。"难道是客人因应店里的情况，而遵守规矩吗？或许该说这是"不破窗理论"。姑且感到放心。这家店外观铺设瓷砖，相当美观。

太宰治作品主要以文库本为主，相当完备，但为了营造出特别的气氛，如果可以，希望尽可能摆上战后时期的初版旧书。太宰治的书大多为再生纸版，价格也不会太贵。

下午3：00，我们抵达采访地点"COMBINE"。这也是很不像古书店的店名。因为是餐厅与古书店的组合，所以才取名为"COMBINE"。店主也同样是两人合伙。

其中一位店主不知是否突然有急事，始终不见他现身。

这次的收获

（二）池谷 （M）编辑

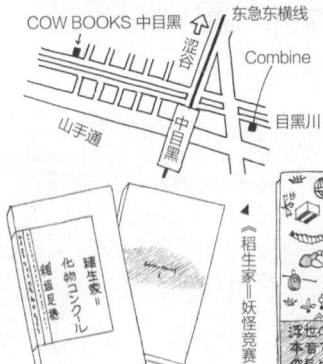

Phosphorescence

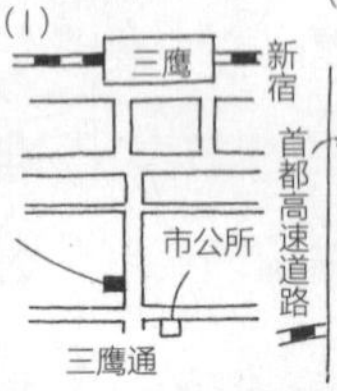

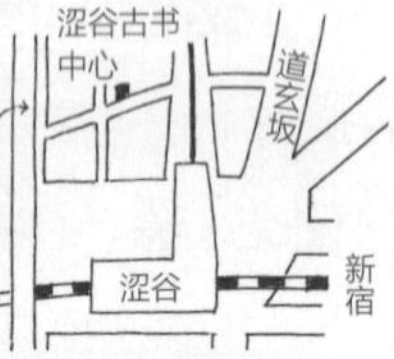

《『ニューズウィーク』の世界》奥斯朋·艾略特（Osbourne Eliot）。时事通信社。曾访问、晋见过五位总统、两位罗马教宗、昭和天皇等人的知名总编回忆录。昭和五十九年（1984），800日元（M）

《DEUTSCHER LASTENAUSGLEICH》（Günter Wilhelm Grass）中央公论社。曾待过纳粹亲卫队的诺贝尔奖作家，毕生反对德国统一。书中有他的演讲实录。平成二年（1990），1000日元（I）

《死亡游戏》北川透。弓立社。集结新闻连载的讽刺诗、时事诗，标榜"看过就丢的诗集"。久内道夫装帧。昭和五十八年（1983），1000日元（M）

《作家のシルエット》研究社出版。由点缀英国文学的逸闻、传言、笑话集结而成的书。昭和五十四年（1979），800日元（M）

詹姆斯·萨瑟兰（James E. Sutherland）编

《木田安彦展》图录，每日新闻社。京都出身的版画家图录。附书盒，精装版文库本大小。画风精细的木刻版画，也曾当作电视剧的标题画面。平成八年（1996），800日元（I）

《日本精神改造计划》大岛渚，产报，四处参加欧洲电影展，并针对女星、痔疮、尚卢·高达（Jean-Luc Godard）道演、天皇等抒发感想的随笔集。昭和四十七年（1972），1500日元（M）

《青春的赌注 小说织田作之助》青山光二，现代新书。将织田作与青春融合在一起的作者实名小说集。昭和三十年（1955），500日元（M）

The Square Egg 隆纳德·塞尔（Ronald Searle），英国。讽刺的构想与充满个性的线条，极具魅力的单格漫画集。1968年，1000日元（I）

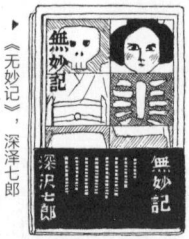

《无妙记》，深泽七郎。河出书房新社。耗时七年才发表的七篇短篇小说中，也收录了《戏曲楢山节考》。昭和五十年（1975），1000日元（M）

COW BOOKS 中目黑　东急东横线　涩谷　Combine　目黑川　山手通　中目黑

三鹰　新宿　市公所　首都高速道路　三鹰通　涩谷古书中心　道玄坂　涩谷　新宿

《稻生家=妖怪竞赛》稻垣足穗，人间与历史社。以平田笃胤所写的江户时代怪谈《稻生逸闻录》为题材，以此集结而成的三部短篇小说。平成二年（1990），1200日元（M）

《江户好地方》，星川清司，平凡社。直木赏作家所写的江户风俗随笔集。三谷一马插画。平成九年（1997），700日元（M）

All Butterflies，玛西亚·布朗（Marcia Brown），美国。三次获得凯迪克大奖（The Randolph Caldecott Medal）的巨匠。运用木刻版画技术的绘本。1974年，2100日元（I）

THE GREAT BIG FIRE ENGINE BOOK，提伯·乔治里（Tibor Gergely）。美国。34厘米×27厘米的大型绘本。传统式的消防车气势十足。1950年，1890日元（I）

据说这家店只要顾客带古书前来，估价后可更换饮料，所以我也准备了两本书。

分别是横光利一的《机械》昭和六年（1931）初版，无书盒，以及幸田文的《番茶果子》昭和三十三年（1958）初版，无书盒。不过，我还是先着手进行素描。人文科学、奇幻文学、美术等高价的书籍满满一排，这幕景象相当壮观。此外，隔着面向入口的整面玻璃窗，映照出目黑川沿岸的油亮绿意，风景如画。

画完素描，买完战利品，还喝了冰咖啡（500日元），虽然与旧书老板缘悭一面，有点遗憾，但我还是决定就此告辞。

目黑川沿岸还有另一家旧书咖啡店，所以我也顺道去逛逛。这是一家清爽、新潮的店家，店名叫"COWBOOKS"。我还看到牛的LOGO图案。

在店内逛了一圈后，我带来的两本书重重压在我背后，所以我取出转卖给店主。附带一提，店主以1250日元收购，差不多是四杯咖啡的价钱……

Books & Foods Combine

东京都目黑区中目黑 1-10-23-103

咖啡餐厅的老板与古书店老板合伙经营,很特别的一家店。古书店老板顾店时,会替顾客带来的古书估价,可交换饮料。

走进店内,左边墙壁满是古书。有种村季弘、涩泽龙彦、中井英夫、小栗虫太郎、萨德侯爵(Marquis de Sade)、尚·考克多(Jean Cocteau)等幻想文学、科幻、翻译小说。也有MISUZU书房、法政大学出版局等人文科学书。美术、设计、广告、摄影集、画集、古典音乐、摇滚等音乐、其他,摆放了许多定价高的书籍,颇为壮观。如果是专为挑古书而来,当然没问题!

外面是目黑川沿岸的绿意

冰咖啡500日元

店去店来，轻井泽、追分『起风』

　　世上好像有许多人一面在公司上班，一面在心里盘算着日后要开古书店。据说报名参加古书店开业讲习会的人数多得超乎预期。也有人对辞去上班族的工作，改坐在柜台前的店主说："真羡慕，我也好想当旧书店老板。"

　　这次我前往采访的"追分COLONY"老板，也是打算跳脱上班族的人。如今只有周末，他们夫妻俩才会从东京搭车来到店里。店主今年仍继续在东京的银行上班，打算从明年春天开始搬家，加入古书工会，正式展开活动。两人今年都即将满50岁。

店内有幅"五十雀（茶腹䴓）"的图……

　　我与编辑M先生约在东京车站碰面，一同搭长野新干线前往轻井泽。一个多小时便抵达，真是一眨眼就到了。我已有十多年没来过轻井泽。站前的模样已今非昔比，令人吃惊。

这里离信浓追分还有两站的距离。我们搭计程车前去，路上看到一栋崭新的旅馆式建筑。这就是追分COLONY。

我们马上登门拜访，环视店内，发现一幅鸟的图画。不知是石版画还是平版印刷，我颇感兴趣。询问后得知，这是"五十雀图"，似乎是店主夫妇目前心境的象征。

在论语的时代，总说"五十而知天命"，幸若舞的"敦盛"当中也有一节唱道："人生五十载……"在以前的年代，总说50岁是人生晚年。

斋藤夫妇决定在男主人退休后开一家古书店。两位都是爱书人。但两人并不是一开始就对古书感兴趣，造成他们对古书感兴趣的主要原因，是他们所住的东京西荻洼一带，有家颇具特色的古书店。

以50岁为转机，踏出崭新的一步，真令人羡慕。"想开旧书店，展开我的第二人生"，听说世上有很多男性抱持这种理想，但很少有这样的女性。也许是因为女性会以直觉来判断古书店的未来走向。至于以自己喜欢的事当工作，则向来都是男性的梦想。

之所以将50岁以后的生活寄托在追分，是因为妻子的祖先曾在追分经营中型旅馆，基于这个缘分，亲戚重建旧日风貌的旅馆，并要他们保证挂出昔日屋号的看板，这才同意租借。此外，老板的妻子大学时代专攻堀辰雄，深爱这块土地，这也是很重要的因素。

追分COLONY位在"堀辰雄文学纪念馆"前面。此次的轻井泽之行，我一直幻想着或许能便宜买到堀辰雄的旧书《鲁本斯的伪画》。据说前一阵子，

追分 COLONY

长野县北佐久郡轻井泽町追分612
重现昔日位于中山道与北国街道驿站町的中型旅馆"柳屋"外观。这家刚完成的古书店，名叫"追分COLONY"。COLONY这个名字，是特别考量到ecology（生态学）与economy（经济）所命名的结果。这对夫妇在50岁之后才开始经营古书店，算是跳脱上班族的一群。话虽如此，男主人今年仍在东京上班，只有周末，夫妻俩才搭车前往追开开店，很与众不同的经营方式。我前往采访时，他们才刚开店一个月左右。明年起，他们将正式加入古书工会，想经营成店内有咖啡区的古书店。另外，他们想将二楼当成会员制的图书馆，经济相关书籍和手工艺的库存书，都可在此阅览，梦想不断扩张。

厨房

老板娘祐子女士

老板斋藤先生

鱼、自然、野鸟

旅行、纪行文

历史、政治

小说

除了立原道造、堀辰雄、福永武彦外，还有儿童文学翻译

除了灵学、思想、心理学外，也有多本猫的相关书籍

堀辰雄、福永武彦评传

绘本、童书、信州、轻井泽、中山道

柳屋看板

前面是大路

往二楼

温泉

音乐、艺能

料理

饮食

美术

森林、自然

山岳手工艺

赌博

国外推理小说、读书

屋主（老板娘的亲戚）建造这座建筑，开出的条件是必须挂上旅馆的看板

推理小说

看板也再度重现

柳屋帝兵衛

随笔

文库92册

讲谈社文艺

《街道行》全册

翻译文库

老板娘的祖母土屋滋子女士，开放世田谷的自家住宅，开办家庭文库时的照片（昭和三十年代）

神田有一家古书店以550万日元的价格卖给店里的客人，而且还附有古贺春江亲笔所画的玫瑰画，为"梦幻逸本"。世界真是辽阔啊！附有亲笔画的书，还有另外一本，据说是东乡青儿的玫瑰画，但至今从未有人见过"真品"，一直是梦幻逸本。

我所找寻的，当然不是那种遥不可及的书，但我仍心存幻想，或许能以便宜的价格买到没附亲笔画的《鲁本斯的伪画》（江川书房版）。不过，真要买的话，少说也得要20万日元。

追分COLONY的商品，目前大多是老板个人的藏书，以文库本居多。不过，经营古书店，大多会摆出店主的藏书，成为同业间仲介买卖的对象。虽然目前以文库本居多，但都是一手书，所以像初期的讲谈社文库本这类的书，全都书况良好。此外还有像《街道行》这类内容充实的书籍，相当不简单。

我还在书志、读书的书架上发现我的拙作。

初版时，我将仍健在的人物列为已故，严重误记，但现在那位人士已成故人。在对方生前，我曾写信前去对我的误记道歉，对方回信道："在下于八年前罹患脑梗死，与死无异，请您放心。"如今想起，仍会吓出一身冷汗。听我说完此事后，斋藤先生

堀辰雄山庄

便收起我这本著作。他认为这是一本带有逸闻的著作，还是认为这个故事不吉利，我不得而知。据说他开设这家古书店时，曾参考我所画的插图。深感荣幸。

感觉就像沿着肠子来到胃部

结束追分COLONY的采访时，已太阳西下，一天就这么结束。明天将采访"林道文库"。

这里下午两点才开店，所以整个上午我都在"轻井泽高原文库"参观"复活的远藤周作与狐狸庵"展。堀辰雄山庄及野上弥生子的书斋也迁往此地重建。堀辰雄山庄所呈现的气氛，与轻井泽森林非常搭调。

吃完午餐后，也该前往林道文库了。听说店内相当复杂，我不禁为之手痒。

我提早到达林道文库，店门已开。简单寒暄几句后，我马上踏进店内。从一楼开始是一道斜坡，九弯十八拐的道路一路绵延。两侧的书架，有的直立，有的倾斜。脚下堆放的书本直逼而来。这样的构造相当有趣，但我愈来愈担心自己是否画得成。

从入口开始转了四个弯，终于抵达二楼。眼前开阔的空间，到处可见大大小小的书柜，还会走进死胡同。有书架包围而成的区块、斜向配置的柜子，以及一路通往阁楼的阶梯。虽然觉得手痒，但也感到心跳零乱。

在插图中，书本已经过整理，通道也画得略为宽敞些，所以看起来简单明了，但实际走进店内时，宛如在电影《玫瑰之名》（*Le Nom de la Rose*）中登场的迷宫图书馆一般，感觉就像沿着体内的肠子抵达胃部。

古书林道文库

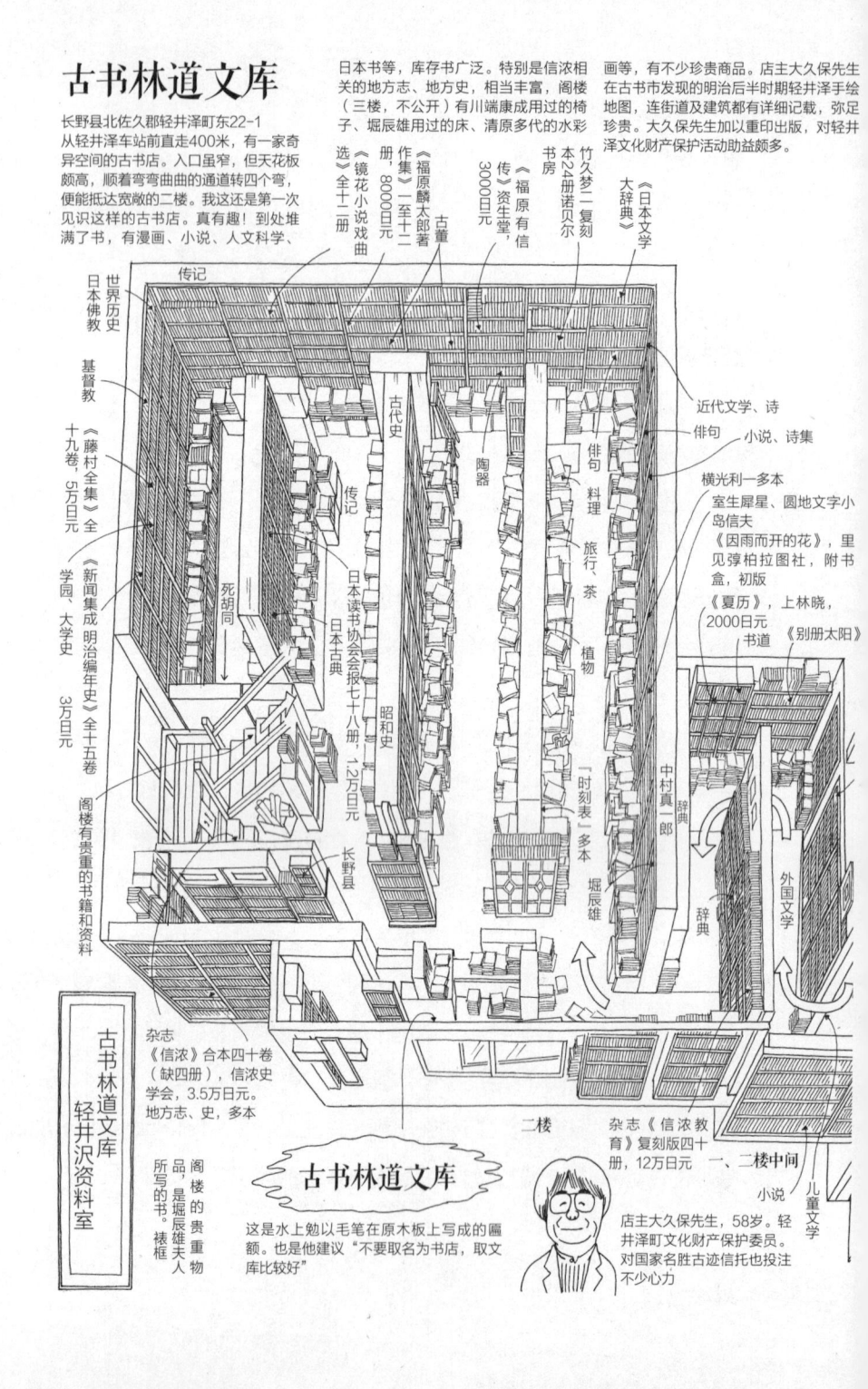

长野县北佐久郡轻井泽町东22-1

从轻井泽车站前直走400米，有一家奇异空间的古书店。入口虽窄，但天花板颇高，顺着弯弯曲曲的通道转四个弯，便能抵达宽敞的二楼。我还是第一次见识这样的古书店。真有趣！到处堆满了书，有漫画、小说、人文科学、日本书等，库存书广泛。特别是信浓相关的地方志、地方史，相当丰富，阁楼（三楼，不公开）有川端康成用过的椅子、堀辰雄用过的床、清原多代的水彩画等，有不少珍贵商品。店主大久保先生在古书市发现的明治后半时期轻井泽手绘地图，连街道及建筑都有详细记载，弥足珍贵。大久保先生加以重印出版，对轻井泽文化财产保护活动助益颇多。

- 竹久梦二复刻本24册诺贝尔书房
- 《福原麟太郎著作集》一至十二册，8000日元
- 《福原有信传》资生堂，3000日元
- 古童
- 《镜花小说戏曲选》全十二册
- 《日本文学》大辞典
- 世界历史
- 日本佛教
- 基督教
- 《藤村全集》十九卷，5万日元 全
- 《新闻集成 明治编年史》全十五卷 学园、大学史 3万日元
- 传记
- 古代史
- 传记
- 死胡同
- 日本读书协会会报七十八册，12万日元 日本古典
- 昭和史
- 陶器
- 俳句
- 料理 旅行、茶 植物
- 「时刻表」多本 堀辰雄
- 长野县
- 近代文学、诗
- 俳句
- 小说、诗集
- 横光利一多本
- 室生犀星、圆地文字、小岛信夫
- 《因雨而开的花》，里见弴柏拉图社，附书盒，初版
- 《夏历》，上林晓，2000日元
- 书道
- 《别册太阳》
- 中村真一郎
- 辞典
- 辞典
- 外国文学
- 阁楼有贵重的书籍和资料
- 杂志《信浓》合本四十卷（缺四册），信浓史学会，3.5万日元。地方志、史，多本
- 二楼
- 杂志《信浓教育》复刻版四十册，12万日元
- 一、二楼中间
- 小说
- 儿童文学

古书林道文库 轻井泽资料室

阁楼的贵重物品，是堀辰雄夫人所写的书。裱框

古书林道文库

这是水上勉以毛笔在原木板上写成的匾额。也是他建议"不要取名为书店，取文库比较好"

店主大久保先生，58岁。轻井泽町文化财产保护委员。对国家名胜古迹信托也投注不少心力

店内除了小说、历史等一般书籍外，就属长野县、轻井泽等完备的地方资料较为显眼。店内有不少"林道文库"的匾额，就像在展示店主与轻井泽相关文人之间的交谊。

店主大久保先生担任轻井泽的文化财产专门委员，所以对保护文化财产和促进市镇繁荣投注不少心力。

店主看起来是位个性大大咧咧的人，店内没有柜台，要付钱时，得向一楼里头大声叫唤才行。卖场占地广，库存书量也多。难道不担心小偷光顾吗？

老板对我说："客人会来的时间，就只有夏天那一个多月以及黄金周。所以我打算今年要关闭这家店。因为相交多年的作家和学者老师们都相继过世了……"今后他打算迁往小诸，全年开店。换言之，要看这座迷宫古书店，今年是最后的机会了。没去过的人，至少利用我的插图享受一下在这奇特的店内散步的滋味吧。

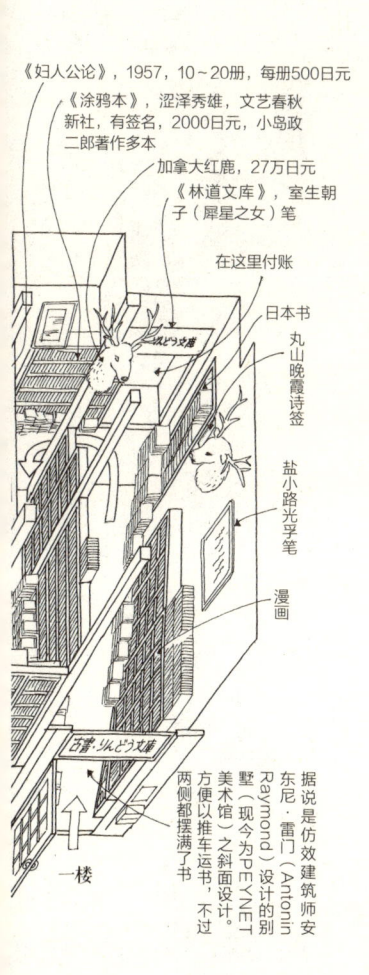

《鬼之诗》，藤本义一

讲谈社文库。以关西寄席艺人当题材的短篇集。更以标题作品赢得直木赏。昭和五十五年（1980）（五刷），300日元（M）

《肖邦》

河上彻太郎，音乐之友社。《大音乐家·人与作品》系列中的一册。深爱肖邦作品"纯真"的河上，探寻肖邦的一生。昭和五十五年（1980）（十七刷），450日元（M）

《高井鸿山》

小布施町教育委员会。介绍"将北斋带来小布施的男子"之足迹。平成三年（1991）（七刷），1000日元（M）

《农村学》，橘孝三郎

建设社。在献辞中提到"要特别献给风见章先生"，提到近卫文麿亲信的名字。昭和六年（1931），500日元（M）

《残照》

石川桂郎，角川书店。以《剃刀日记》等小说而闻名的俳人随笔集。昭和五十一年（1976），300日元（M）

《御宝色帖》

折本设计。从昭和十一年（1936）到昭和十三年（1938），由朝鲜半岛一路前往满洲各处名胜旅行时，所作的印章簿。这位旅人是服务于丸之内的金井满先生。印章共有100个。500日元（I）

《新诗人诗集》1951年版

新诗人社，刊登有江间章子、深尾须磨子、岩佐东一郎、金子光晴、川路柳虹、田中冬二、高桥新吉、小野十三郎等111人的诗。1000日元（I）

《黑鸟》，户板康二

集英社文库。提到户板的推理小说，当属歌舞伎演员中村雅乐的小说最为有名，但本书是由一名刑警解开谜题的八篇短篇所构成。昭和五十七年（1982），初版，500日元（I）

这次的收获

（I）池谷 （M）编辑

在追分的旧道具店买到的竹坠子。上头刻有仙人。3000日元

追分COLONY

林道文库 400m

信浓追分 — 中轻井泽 — 轻井泽 — 东京

这里也有仙人

《万圣节》，爱德华·安伯利（Edward Emberley），以简单、奇异、幽默的笔触闻名的插画家之绘画范本。1906年8月，700日元（I）

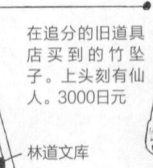

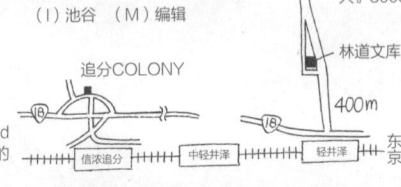

《鸣泷日记》

冈部伊都子，新潮社。居住于京都鸣泷的作者随笔集。在《艺术新潮》中连载。昭和四十七年（1972）（二刷），400日元（M）

《职棒22季与问题之历史》，大井广介，棒球杂志社，昭和三十一年（1956），1500日元（M）

《Magdalena》

池谷信三郎，ATHENS文库。这位作家以前假名写作"いけのや"，现在写作"いけたに"。他是我父亲——才怪。昭和二十三年（1948），500日元（I）

《梵云庵杂话》

淡岛寒月，岩波文库。西鹤研究家、文人、玩具收藏家，为嗜好而活的寒月翁杂记。平成十一年（1999），500日元（I）

《日产Concern读本》

和田日出吉。访问对嗜好的图画也有涉猎的鲇川义介，令人颇感兴趣。昭和十二年（1937），2000日元（M）

田园调布、成城学园
得以看见诺贝尔奖作家和都知事的身影

"在田园调布盖房子"这是以前的一句流行语。当初发明这句话的漫才师已过世，但高级住宅地仍在。有大田区的田园调布、世田谷区的成城学园、涩谷区的松涛。住在港区白金的妇人，似乎叫作"白金女"。这样说的话，住在墨田区钟渊的妇人，难道要叫"钟金女"吗？小津安二郎的名作《东京物语》，就是以这一带当舞台。这同时也是与永井荷风相当搭调的市街。

如今仍有作家住在田园调布。成城学园建有柳田国男的洋馆，采仿半木建筑样式，相当漂亮。

成城学园的市街

成城学园有诺贝尔奖作家……

　　11：00，我和编辑M先生约在成城学园的"砧文库"碰面。M先生今天穿一件骆驼色的短大衣，模样潇洒。与这个市街相当搭调。

　　我也配合采访地点，戴上我在银座新买的圆顶礼帽。凡事都先从外形下手，这是我的惯用手法。

　　已有好几年没来过成城学园了。砧文库离车站很近，只有约5分钟的路程。街上盖满了豪宅。有些人家甚至让人觉得"里头可能会走出一位公主……"

　　砧文库与之前我拜访时相比，有很大的变化。店内有一半开放为画廊。摆有绘画、版画、美术书籍等，圆桌和老旧的行李箱也很有气氛。

　　原本这家店在美术书籍和外文书方面就有不少好书，现在更加充实了。

　　之前拜访时，我以3800日元购得爱德曼·都拉克（Edmund Dulac）的《妖精书》（*Fairy Book*）（1916年，伦敦）。书背和背后封面的布面曾经泡水，但内文和图片底纸（剪下印在附录上的插画贴上）还是保存良好。如果书况好，应该值7万日元左右。

　　跨页有伦敦三菱公司1921年的印章，以及多人的手写英文字。也许是因

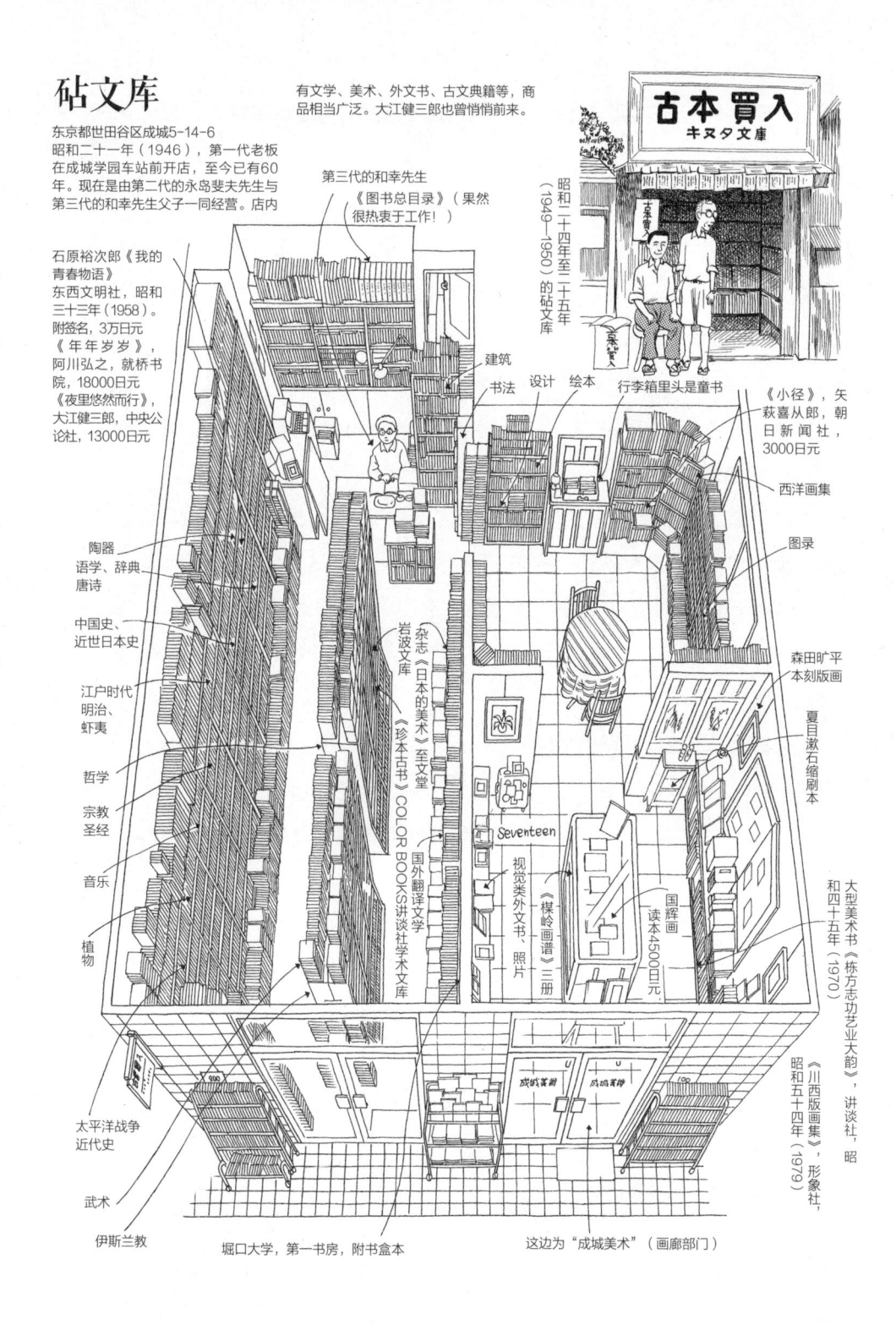

砧文库

东京都世田谷区成城5-14-6
昭和二十一年（1946），第一代老板在成城学园车站前开店，至今已有60年。现在是由第二代的永岛斐夫先生与第三代的和幸先生父子一同经营。店内

有文学、美术、外文书、古文典籍等，商品相当广泛。大江健三郎也曾悄悄前来。

昭和二十四年至二十五年（1949—1950）的砧文库

石原裕次郎《我的青春物语》
东西文明社，昭和三十三年（1958）。附签名，3万日元
《年年岁岁》，阿川弘之，就桥书院，18000日元
《夜里悠然而行》，大江健三郎，中央公论社，13000日元

第三代的和幸先生
《图书总目录》（果然很热衷于工作！）

陶器
语学、辞典、唐诗
中国史、近世日本史
江户时代、明治、虾夷
哲学
宗教
圣经
音乐
植物

太平洋战争
近代史
武术
伊斯兰教

建筑
书法
设计
绘本
行李箱里头是童书

岩波文库
《珍本古书》至文堂
杂志《日本的美术》
COLOR BOOKS讲谈社学术文库
国外翻译文学

视觉类外文书、照片
《楳岭画谱》三册
国辉画
读本4500日元

《小径》，矢萩喜从郎，朝日新闻社，3000日元
西洋画集
图录
森田旷平本刻版画
夏目漱石缩刷本

大型美术书《栋方志功艺业大韵》，讲谈社，昭和四十五年（1970）
《川西版画集》，形象社，昭和五十四年（1979）

堀口大学，第一书房，附书盒本
这边为"成城美术"（画廊部门）

为换工作或是归国等原因，伙伴们才送他这项赠品。可能就是这个市街出身的人。看得出这里居民的生活品质。

走进店内，第三代店主永岛和幸先生前来迎接。他是昭和四十年（1965）出生，41岁。在神保町诚进堂书店当了三年的店员后，才回到这家店里。果然有不少日本书，柜台后面摆有《图书总目录》。这是贩售古文典籍的店家不可或缺的资料。

"这三四年，成城也改变不少。因为世代交替，有很多年轻人来此居住。好像是IT产业相关工作的人。总觉得整个市街变得愈来愈高级。"和幸先生谈起近来市街的情况。

店主还说："这些新居民与旧书无缘。店内的客人也都是来自成城周边。而我们收购的对象，也大多是世田谷一带的客人。"难道这就是时代的变迁吗？

砧文库里有旧书迷们熟知的照片。我在前页便以插画复制了一张。这是昭和二十一年（1946），第一代老板永岛富士雄先生在成城学园车站前开店三年后的照片。

这简陋的店面，呈现出绝佳的气氛。之后四度搬迁，才在现今的场所安定下来。

柜台附近能看到附石原裕次郎签名的《我的青春物语》以及大江健三郎的《夜里悠然而行》初版。很有成城学园的风格。

隔壁的画廊"成城美术"，陈列画集、版画、西洋童书、视觉相关、读本（《南总里见八犬传》）、幸埜椣岭的花鸟画本、摄影集等。其中，交杂贴有奈良绘本场景的半面屏风格外显眼。朝圆桌前坐下，能沉浸在悠闲的美术空间中。听说这里以前是仓库。

成城学园的大路两旁有高大的樱花树，赏花时节以及嫩叶油绿时，散步在这闲静的住宅地中，想必是人生一大乐事。

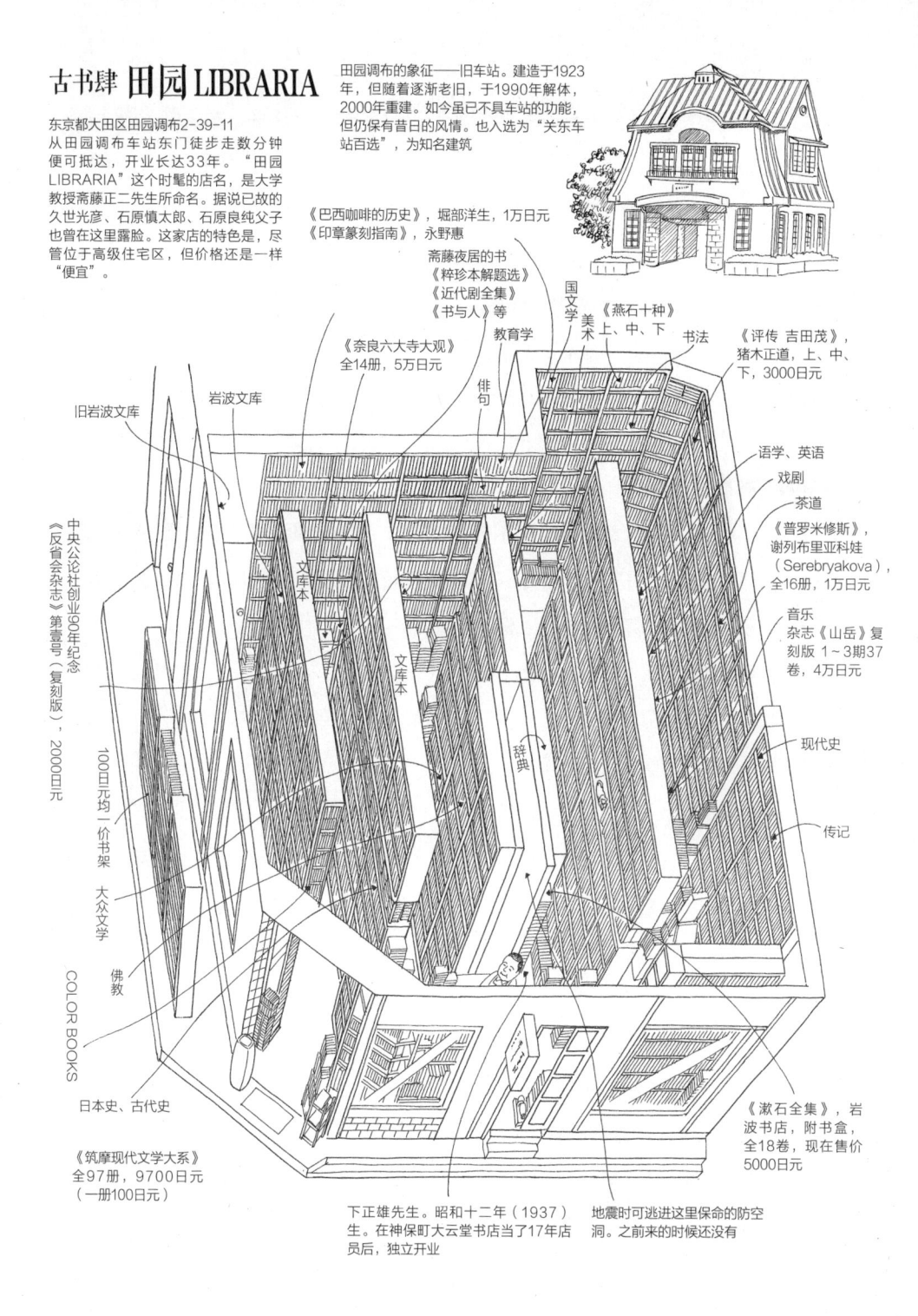

古书肆 田园 LIBRARIA

东京都大田区田园调布2-39-11

从田园调布车站东门徒步走数分钟便可抵达。开业长达33年。"田园LIBRARIA"这个时髦的店名，是大学教授斋藤正二先生所命名。据说已故的久世光彦、石原慎太郎、石原良纯父子也曾在这里露脸。这家店的特色是，尽管位于高级住宅区，但价格还是一样"便宜"。

田园调布的象征——旧车站。建造于1923年，但随着逐渐老旧，于1990年解体，2000年重建。如今虽已不具车站的功能，但仍保有昔日的风情。也入选为"关东车站百选"，为知名建筑

《巴西咖啡的历史》，堀部洋生，1万日元
《印章篆刻指南》，永野惠

斋藤夜居的书
《粹珍本解题选》
《近代剧全集》
《书与人》等

教育学

国文学

美术

书法

《奈良六大寺大观》全14册，5万日元

俳句

《燕石十种》上、中、下

《评传 吉田茂》，猪木正道，上、中、下，3000日元

语学、英语

戏剧

茶道

《普罗米修斯》，谢列布里亚科娃（Serebryakova），全16册，1万日元

音乐
杂志《山岳》复刻版 1~3期37卷，4万日元

现代史

传记

旧岩波文库

岩波文库

文库本

文库本

辞典

中央公论社创业90年纪念
《反省会杂志》第壹号（复刻版），2000日元

100日元均一价书架

大众文学

佛教

COLOR BOOKS

日本史、古代史

《筑摩现代文学大系》全97册，9700日元（一册100日元）

下正雄先生。昭和十二年（1937）生。在神保町大云堂书店当了17年店员后，独立开业

地震时可逃进这里保命的防空洞。之前来的时候还没有

《漱石全集》，岩波书店，附书盒，全18卷，现在售价5000日元

这座市街除了开头提到的柳田国男外，已故的大冈升平、水上勉、野上弥生子也曾在此居住。据说诺贝尔奖作家大江健三郎最近也曾光顾。真希望有机会和他见面。虽然他的著作我只看过一本……

也曾有不少电影工作相关人士在此居住，诸如黑泽明导演，以及三船敏郎、志村乔、加东大介等黑泽组的演员，但如今都已不在人世。

我从年轻时代便一直是三船的影迷，真想见识一下三船敏郎喝醉酒，一面咆哮，一面走在成城宁静街道上的模样。

田园调布有旧书店？

我初次造访田园调布时，还不像现在这样，到处都是可轻松兴建的外墙建材，有不少使用传统工法兴建的住宅，别具情趣。街道祥和闲静。所以当时我不认为田园调布会有旧书店。

后来我拜访了"田园LIBRARIA"，这好听的名字令我感动。"是我最喜欢的××之一"虽然有这种说法，但我这个人不爱说这种含糊话。田园LIBRARIA是我最喜欢的店名。

命名者是担任过东京电机大学教授，后来改到创价大学任教的斋藤正二先生。

"LIBRARIA"是图书馆的拉丁语，不过，若是直接用"library"，则显得过于平凡。由于它写成平假名"りぶらりあ"，少了原本的学术味，多了一点柔和。

这家店最大的特色就是价格便宜。

店主下正雄先生在神保町大云堂书店当了17年的店员后，自己独立开业。他在田园调布开店，将近33年。

"昂贵的书我不熟悉，所以都以便宜的价格贩售。"这应该是谦逊之词吧。

《杂谈》白鸥社,1~7(缺4号)。高田保编辑的随笔杂志。卷头插图——梅原龙三郎、安井曾太郎等人。是久保田万太郎、德川梦声、水原秋樱子、涩泽秀雄等人的同人杂志。昭和二十一年(1946),合订本,3000日元(M)

《学镫》,丸善创业一百年纪念号。《外文书与我》由大佛次郎、吉田健一、小汀利得等人执笔,昭和四十四年(1969),400日元(M)

《林布兰的世纪》约翰·赫伊津哈(Johan Huizinga),创文社。以《游戏者》(Homo Ludens)一书闻名的历史学家所陈述的祖国荷兰文化史。昭和四十五年(1970)(二刷),350日元(M)

尚·考克多(Jean Cocteau),讲谈社。20世纪最伟大的诗人(这是封面称颂的文句)生平唯一的奇幻作品。考克多的画也相当棒。平成六年(1994),600日元(I)

神吉拓郎,新艺能研究室。作者死后集结成的随笔集。平成六年(1994),200日元(M)

《探访民众的智慧》宫本堂一,未来社。作者是位民俗学者,将他在旅行中所发现的人类智慧集结成书。昭和三十八年(1963),300日元(M)

《画家的后裔》福田兰童、石桥英太郎,讲谈社文库。是儿子和孙子对画家青木繁的描写。昭和五十五年(1980)(二刷),300日元(I)

《酒书》,山本千代喜,龙星阁。讲洋酒的名著。昭和十六年(1941)发行的新版。昭和三十年(1955),3800日元(I)

《鹰·久坂叶子传》富士正晴,讲谈社文库。19岁时,作品入选芥川奖,两年后自杀的作家评传。昭和五十五年(1980),600日元(M)

这次的收获

(M)编辑 (I)池谷

渡边幸次郎,东京LIFE社。作者在华北、华中担任过特别高等警察课长、宪兵分队长。昭和三十一年(1956),100日元(M)

阿部青鞋。现代俳句协会。所谓的"火珠",是聚集日光点火用的古代凸透镜。风格异的俳人俳句集。昭和五十八年(1983),300日元(M)

《维多利亚时代的杰出人士》史特雷奇(Lytton Strachey),福村书店。作者是英国的代表传记作家。译出南丁格尔、戈登(Charles George Gordon)将军这两篇。昭和二十五年(1950),100日元(M)

《红门绮谭》式场隆三郎,山雅房。珍奇领域医学小说集当中的一本书。式场是精神病理学家。他捧红了山下清,与梵谷有关的著作达50本以上。调查怪建筑的《二笑亭绮谭》相当有名。昭和十四年(1939),2000日元(I)

因为不方便道出书名，请恕我隐而不表，但在南部古书会馆特卖展的书目清单上，田园LIBRARIA列出的某本古书，价格曾经便宜得令人跌破眼镜。一般值5万～6万日元的商品，竟然只卖2000日元。当然有不少客人下定。

抽选的结果，由我幸运抽中。还记得在会场领书时，负责人迟迟不肯把书给我。也许他心里认为"下正雄先生不会是少算了一位数吧"。之后我也从该店的书目清单中，以5000日元购得某套价值2.5万日元的人气全集。

"虽然常有人对我说，我可以卖贵一点，但我并不在乎。既然卖出去就算了。客人也觉得赚到，这样不是很好吗？"他若无其事地说道。

"之前住在田园调布的学者和藏书家的宅邸，正值世代交替的时期，有不少屋子都清出家中的藏书。所以之前我不愁没书可以收购。但最近这种情况也愈来愈少了。"

这一带的情况与成城学园有类似的倾向。不论田园调布还是成城学园，过去那些作家、学者、企业家受这里的环境吸引，开始在此居住时，这里还不算是什么高级住宅区，但如今老街的历史随着旧书一起面临世代交替的到来。

"会常看到哪位作家吗？"

"有啊，已故的久世光彦先生常卖书给我。石原慎太郎先生在选举时也会来。他儿子良纯先生也会来哦。"石原良纯先生在富士电台播报气象，所以相当熟悉。此外，三浦朱门、曾野绫子夫妇也住在这条街上。

其实我这是第二次画田园LIBRARIA。第一次画纯粹是为了兴趣，所以当然没素描和摄影。走进店内，记下它的构造后，在附近的咖啡厅素描。有不清楚的地方，便重复同样的动作，加以完成。

和以前不一样的部分，是店主将柜台前的书架镂空，做成地震时的防空洞。不过，以前画的插图虽然有点拙劣，但感觉专注力犹胜现在。一切都在改变中。

这次我也参与其中

我自己的『神田旧书祭』

"全部交由你去办，爱怎么做就怎么做。"这是今年（2006年）6月21日的事，我们在讨论工作时，有人对我这么说，地点在东京古书会馆。那是我第一次制作秋天的"神田旧书祭"手绘地图。不论大小、用色、呈现方式，都随我高兴，就连背面要怎么运用，也由我全权做主。

像这种毫无限制的工作，可遇不可求啊。不过，责任相对也沉重许多。而且一次就要印3万份。

"嗯，会不会印太多了？"

"不，我们打算全部发送完。"N书店的神田分部副分部长说。

今年的立场是迎接客人前来

负责宣传的O书房老板和G书房老板也一同出席。他们是老店的接班人。

由于我不用电脑，所以除了原画外，一律使用稿纸，印刷公司的负责人也

第47届"神田旧书祭"会场 10月27日—11月1日

"特选古书特卖展" 东京古书会馆B1

老店也会参加的特卖展。特别是日本书、外文书的珍品,相当完备

东京古书会馆

铃兰通

三省堂

神保町一丁目 (Book Festival会场)

靖国通

神保町二丁目

岩波大厅

楼通(拍卖会场)

白山通

去年只到这里

从这次开始延长了约180米

神保町三丁目

青空挖宝市场

从靖国通一丁目到二丁目的柏油路上,摆满了上百个摊位

(注)蓝色胶带是显示摊位设置位置的标志

(注)

明白这点。现场决定地图的大小,确认过要加进图中的要素,画好草图,以此掌握整体的大致风格。这是我的做法。

神保町古书店街的插图,除了本杂志外,我已画过很多次,所以对我来说不算是什么难事。大小长257厘米,宽514厘米。以手绘地图来说,这样的大小已相当足够,但重点在于背面要如何运用。

我将它折成四面,一面当封面,二、三面写享受旧书市乐趣之类的随笔,封底为了添加一些乐趣,我决定加入名为"神田人物志"的人物画,来介绍各位古书店老板。说书师傅田边一鹤先生（古书店店主）、在神保町常令客人敬而远之（其实为人很和善）的T书店老板、日本古书通信社Y社长、缺颗门牙，总会大笑的K书林先生，不知道他们会不会生气。

在讨论席上，N书店老板另外提出一个要求。他希望我在会期期间，能在古书会馆的二楼活动会场举办原画展之类的展览。

这我可就有点为难了。其实早在四年前，为了纪念漫画画集的发行，我有时也会配合旧书祭举办个人展，地点同样在神保町，至今记忆犹新。

本以为会来不少人，没想到根本就没客人上门。由于我没什么名气，而且来的都是淘寻旧书的客人，个人展的事完全被晾在一旁。有时一整个上午连个客人也没有。到最后，于会期中前来看展的客人，大半都是工作相关人士、朋友，以及我妻子的朋友。

"嗯，现在办画展，我没这个意愿耶……"尽管我感到犹豫，但盛情难却，所以我也希望能帮得上忙。于是我接下这份工作。可是，我的画都是古书店的黑白原画，没有彩色。因此，我决定展出画集里一些和书有关的彩色原画，以及神保町周边的杂货、玩具、标本等。不过，在会期间累积没处理的工作又该怎么办？

今年已是第47届的"神田旧书祭"，是摊贩形态的"青空挖宝市场"以及在东京古书会馆举办的"特选古书特卖展""慈善拍卖会"之总称。个个都是由东京古书工会神田分部（神田古书店联盟）主办。而且早从数年前便得到东京都的援助。说起来，算是与"东京国际女子马拉松"同格。可能是因为"神田旧书祭"虽是营利事业，但也算是文化事业吧。经这么一提才想到，高桥尚子曾死命地紧追在土佐礼子[①]身后，冲过神保町的十字路口（和

[①] 两位都是马拉松选手。

这没关系是吧）。

由于三省堂书店的活动场地成了杂志卖场，所以从这次开始，旧书祭就不能再使用三省堂会场了。因此，青空挖宝市场的场地，从岩波会场一路延长至二丁目边，长180米，摊位的台座（花车）也大幅增加为125个。包括特选会场在内，参加的店家有78家，摆出的商品数量有100万册之多。连同特选会场摆出的珍奇书也考虑在内的话，它可说是质与量皆属日本之冠的旧书市。

我的手绘地图从9月开始进行颜色校正。为群青色与黄土色的双色印刷。各个颜色的浓淡，其分开或是合并使用，都是靠"直觉"来指定。由于颜色校正指定的墨水颜色有点奇特，所以与我印象中的颜色有些出入，不过大致上还可以。

10月一到，手绘地图便马上印制。风评好像还不错。

各地纷纷展开

10月26日，展览就此展开。到29日结束的这段会期中，我不是神保町的客人，而是站在迎接客人前来的立场。

展览前一天，我带来200张古书店原画以及插画，但无法全部摆出展览。但我还是完成展示，在桌上摆出COM，上头刊登了我高二时第一部漫画，共14页。关于COM，我前年在神保町的漫画专卖店发现刊登它的那一期杂志。算是睽违多年的重逢。我决定影印刊登的那几张页面，另外再摆放两份。因为我心想，要是有很多人想看，到时候恐怕不够用（真傻啊我）。

结果却不如预期，别说有人看了，根本就没客人上门。"今天是平日，旧书市从明天才正式开始，这也是没办法的事。"我向担任柜台小姐的N书店Y小姐发牢骚，她倒是反过来安慰我："不过，上午来了三个人呢。"我叹了口气，这时，店内走进两名年轻客人。我正暗自窃喜，但他们却待没多久就走

"书街插画"展

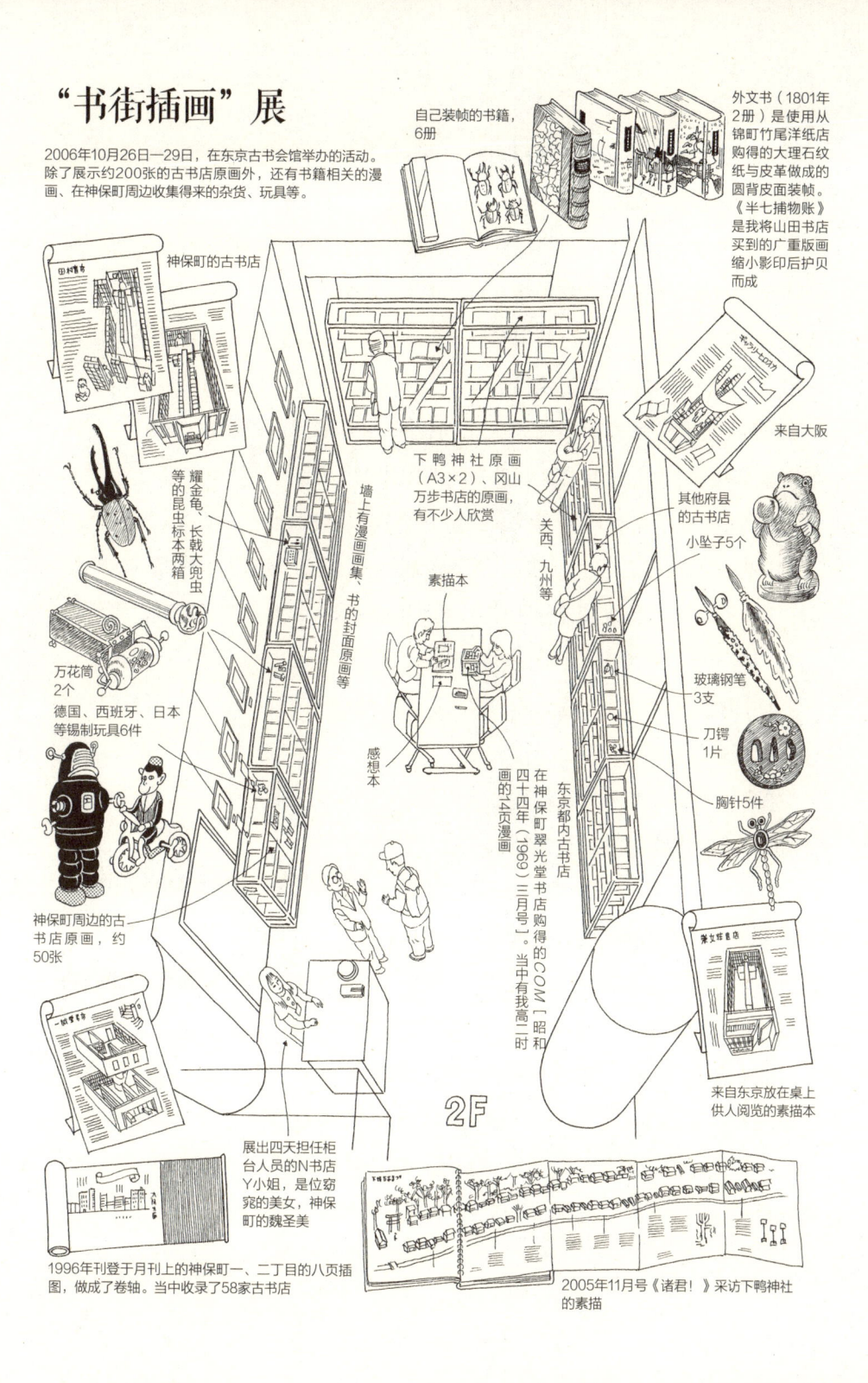

2006年10月26日—29日，在东京古书会馆举办的活动。除了展示约200张的古书店原画外，还有书籍相关的漫画、在神保町周边收集得来的杂货、玩具等。

自己装帧的书籍，6册

外文书（1801年2册）是使用从锦町竹尾洋纸店购得的大理石纹纸与皮革做成的圆背皮面装帧。《半七捕物账》是我将山田书店买到的广重版画缩小影印后护贝而成

神保町的古书店

耀金龟、长戟大兜虫等的昆虫标本两箱

万花筒2个

德国、西班牙、日本等锡制玩具6件

神保町周边的古书店原画，约50张

墙上有漫画画集、书的封面原画等

下鸭神社原画（A3×2）、冈山万步书店的原画，有不少人欣赏

素描本

感想本

关西、九州等

其他府县的古书店

小坠子5个

玻璃钢笔3支

刀锷1片

胸针5件

在神保町翠光堂书店购得的 COM [昭和四十四年（1969）三月号]。当中有我高二时画的14页漫画

东京都内古书店

来自大阪

来自东京放在桌上供人阅览的素描本

2F

展出四天担任柜台人员的N书店Y小姐，是位窈窕的美女，神保町的魏圣美

1996年刊登于月刊上的神保町一、二丁目的八页插图，做成了卷轴。当中收录了58家古书店

2005年11月号《诸君！》采访下鸭神社的素描

了。"难道就不能好好多看几眼吗？"我转头望向桌子，才发现有一份影印不翼而飞。原来是被他们带走了。

最近的年轻人似乎把什么都看成是免费杂志。不得已，我只好在剩下的那份影印纸封面上写下"请勿带走"这几个字，但我心想，他们或许是想看才拿走，以此安慰自己。"最好能再多一些展览品。"我如此暗忖，于是便多摆了一些我在神保町周边买到的杂货玩具。

我喜欢独特及美丽的事物，不只是古书，我也收集昆虫标本、胸针、玩具等。植草甚一先生好像也很喜欢杂货，有收集的习惯。

"我散步时，如果不买点什么回家，感觉就不像散步。"他说。我也认为"到神保町如果不买点什么回家，感觉就像没去过"。植草先生收藏的蜘蛛胸针、万花筒，与我的收藏品很相似，令我大感惊讶。我这么说的用意，可不是说我们是同样的人种哦。

旧书祭从隔天开始，涌入不少客人。人人都拎着战利品而来。果然还是下午人比较多。

在原画方面，像去年在本杂志上刊登的"下鸭纳凉旧书祭"、冈山的"万步书店"等大规模的作品，最能吸引众人的目光。

我站在会场上，总不时有人会和我聊天，甚至有少年问我"像你这里的玻璃钢笔，现在还买得到吗？"或是"这长戟大兜虫是在哪儿买的？"也有人在笔记本上写道："我收藏的心得到了刺激。"虽然高兴，但我还是希望他们能多将心思放在原画上。

当中有人问我："有没有哪幅画能卖我？"但我并不卖画。我告诉他："你要是真那么喜欢的话……"拿出我以前受《书的故事》（文艺春秋）"秘密书"特集委托所画的封面原画，送给了他。所谓的秘密书，讲明白一点，就是古代的情色小说，当时承接这份工作时，正好是由本杂志S总编负责。S总

第47届"神田旧书祭"中的收获

渡边几治郎,东洋经济新报社。从事《明治天皇纪》编纂的著作,在战时撰写的大众历史书。昭和十七年(1942),400日元(M)

中村武罗夫,留女书店。明治四十一年(1908)进新潮社工作,事实上也担任过《新潮》总编辑的作家之回忆文学史。昭和二十四年(1949),500日元(M)

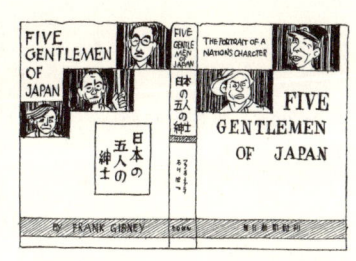

《日本五绅士》,法兰克·吉布尼(Frank Gibney),每日新闻社。作者在海军服役时,奉命研究日语,战后加入时代杂志社,以知日派记者的身份活跃一时,曾担任过海军中将、铸铁所工人、农夫、新闻记者,此书透过昭和天皇来描写日本。昭和二十八年(1953),300日元(M)

《圣经与阿多鲁姆》上林晓,目黑书店。自选作品集。阿多鲁姆是战后流行的安眠药。卷末还有作者自己的解说。昭和二十六年(1951),以400日元便宜购得(M)

《相生桥烟雨》野口富士男,文艺春秋。画下全长60米的隅田川绘卷之藤牧义夫,此书一探其生平。昭和五十七年(1982),400日元(M)

《小气财神》,查尔斯·狄更斯(Charles John Huffam Dickens),伦敦。虽是熟悉的故事,但是它将照片制版引进铜版画中,这种凹版印刷法的插画既珍贵又出色。1940年,5500日元(I)

《长谷川伸集》,筑摩书房。收录有伊藤整颇获激赏的"真说"荒木又右卫门及其他、蝮蛇阿政。昭和五十四年(1979),500日元(I)

《惜别》,太宰治讲谈社。初版为昭和二十年(1945)。描写在鲁迅回想记中也会登场的野野严九郎医生。装帧三岸节子。昭和二十二年(1947),1500日元(I)

"神田旧书祭"中的收获 第47届

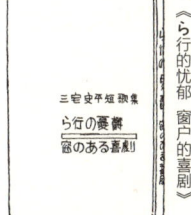

(I)池谷 (M)编辑

《ら行的忧郁 窗户的喜剧》三宅史平,表现社。作者是世界语研究者,同时也是与前川佐美雄等人交流密切的歌人。昭和十年(1935),600日元(M)

《东海道五十三次》,水岛尔保布,金尾文渊堂。画家水岛漫步于东海道上,在写日记的同时,也画下大正时代的各地风景。19张彩色木刻版画极美。合并收录的10张濑户内各地木刻版画也很出色,日记更是有趣。大正九年(1920),12000日元(I)

彩色「赤阪」

《日本报仇异相》,长谷川伸中央公论社。从370件报仇资料中选出13件特异者所完成的作品。当中我只知道"枪之权左"。昭和四十三年(1968),480日元(I)

编似乎特别擅长这个领域（听编辑M先生所说）。

27日是"特选古书特卖展"首日。我与M先生约在地下会场碰面。M先生马上手里已捧了好几本书。今年不像去年，推出像《烦闷记》（147万日元）这样的梦幻逸品，但崇文庄和田村书店有不少外文书都很出色。

威廉·布雷克（William Blake）的《纯真与经验之歌》（1955年，伦敦）有54张手绘彩色画，全书皮革装订，7万日元。小汉斯·荷尔拜因（Hans Holbein der Jüngere）的《死神之舞》（1830年，伦敦），里头有28张手绘彩色铜版画，全书皮革装订，18万日元。《手绘彩色细密本》（1887年，英国），羊皮纸加上鲜艳彩色画，极为出色，15.75万日元。

我一直找寻的广重《绘本江户土产》售价6.8万日元，但只是10集当中的一集，没想到现在已变得如此昂贵。

面对许多逸品，我买了狄更斯的《圣诞颂歌》5500日元、水岛尔保布的《东海道五十三次》12000日元，以及其他书本（参照插图）。

我请Y小姐代为看顾展览会场，自己则是前往靖国通的"青空挖宝市场"。里头人山人海，没时间好好淘书。

店内一早便有名中年男子行窃被逮。古书店还真是辛苦啊。

我往总部窥望，看不到"手绘地图"。他们告诉我："才一摆出就没了，已经一份都不剩。"照这样看来，这3万份已全部发送完毕。虽然很开心，但我的著作从没卖出过3万本，心里真是五味杂陈啊。

今年也许是老天爷眷顾的关系，听说客人比往年还多。这全都因为我是世上少有的"阳光之男"。以前那些担心天气来搅局的采访，我全都顺利完成，不受下雨干扰。多年前的那场个人展，整个会期也一直是阳光普照的好日子。

我几乎都待在活动楼层里，所以Book Festival我也只是路过，慈善拍卖会则是没机会一观。听说例年来都会从营业额中取30万日元捐赠给千代田区。

市公所人员在会期期间也都会协助营运，或是亲自站在摊位前，忙进忙出。

辛苦各位了。

旧书迷未曾履及之地
日本最北端的HAMANASU书房

　　终于要前往北海道最北端的古书店采访了。之所以说"终于",是因为打从连载一开始,S总编便一直深切期盼能到边陲之地的古书店采访。

　　"刻意在天寒地冻的日子前去拜访旧书店,不是很有旧书虫的气概吗?"他从很久以前就用这套说辞。

　　"我告诉你,北海道可是冷得吓人呢。你知道吗?一尿完尿,它便结冰,得一边尿,一边用棒子敲才行。要是遇上风雪,在宗谷岬或市内采访可是很辛苦的。而且离俄国又近……"

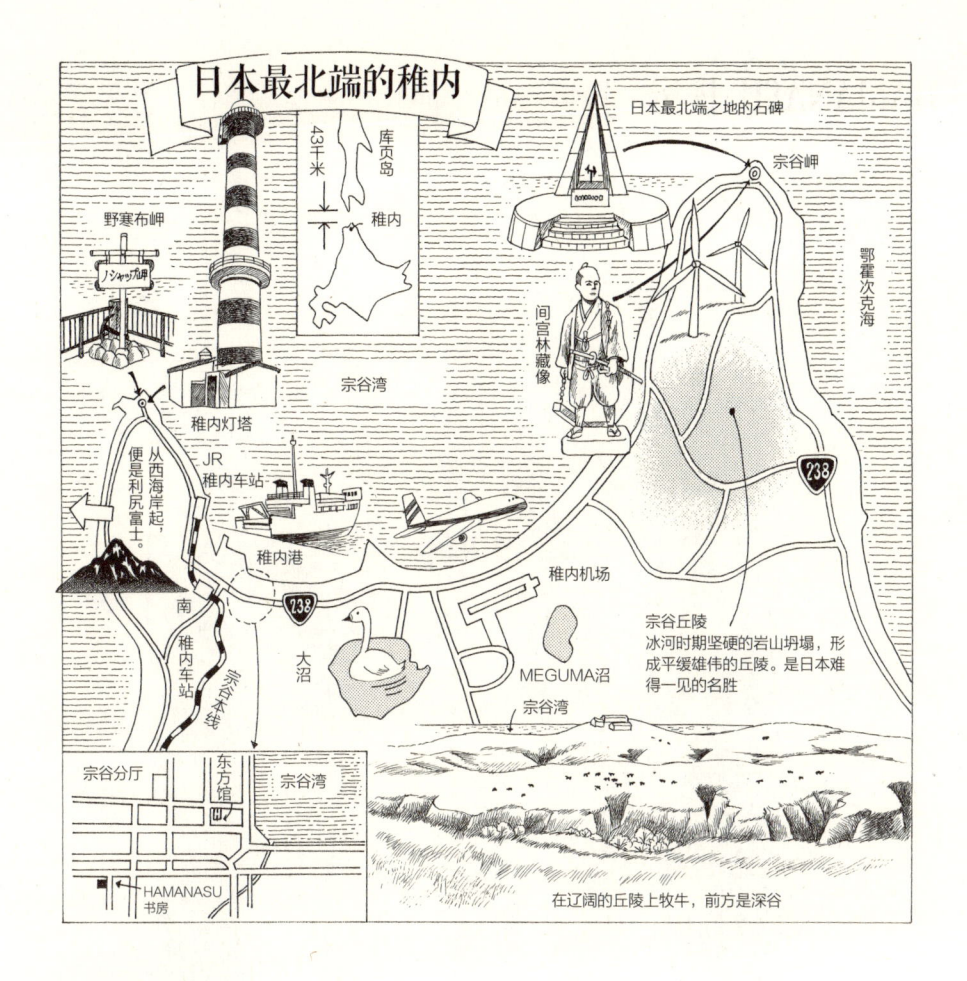

稚内以强风闻名

　　在真正开始变冷前的11月，我和编辑M先生约在羽田机场碰面，一起前往稚内。夏天观光季时一天两班的班机，如今只剩一班。机内座无虚席。

　　北海道我以前曾去过一次，只记得当时飞机剧烈摇晃，我差点活活吓死。不知道是否飞机会在固定地点摇晃，只听见广播说："接下来飞机将会摇晃。"之后就真的剧烈摇晃了起来。难道就像铁路一样，飞机也有"航路"吗？要是事先知道这点，我就能放心搭乘了。

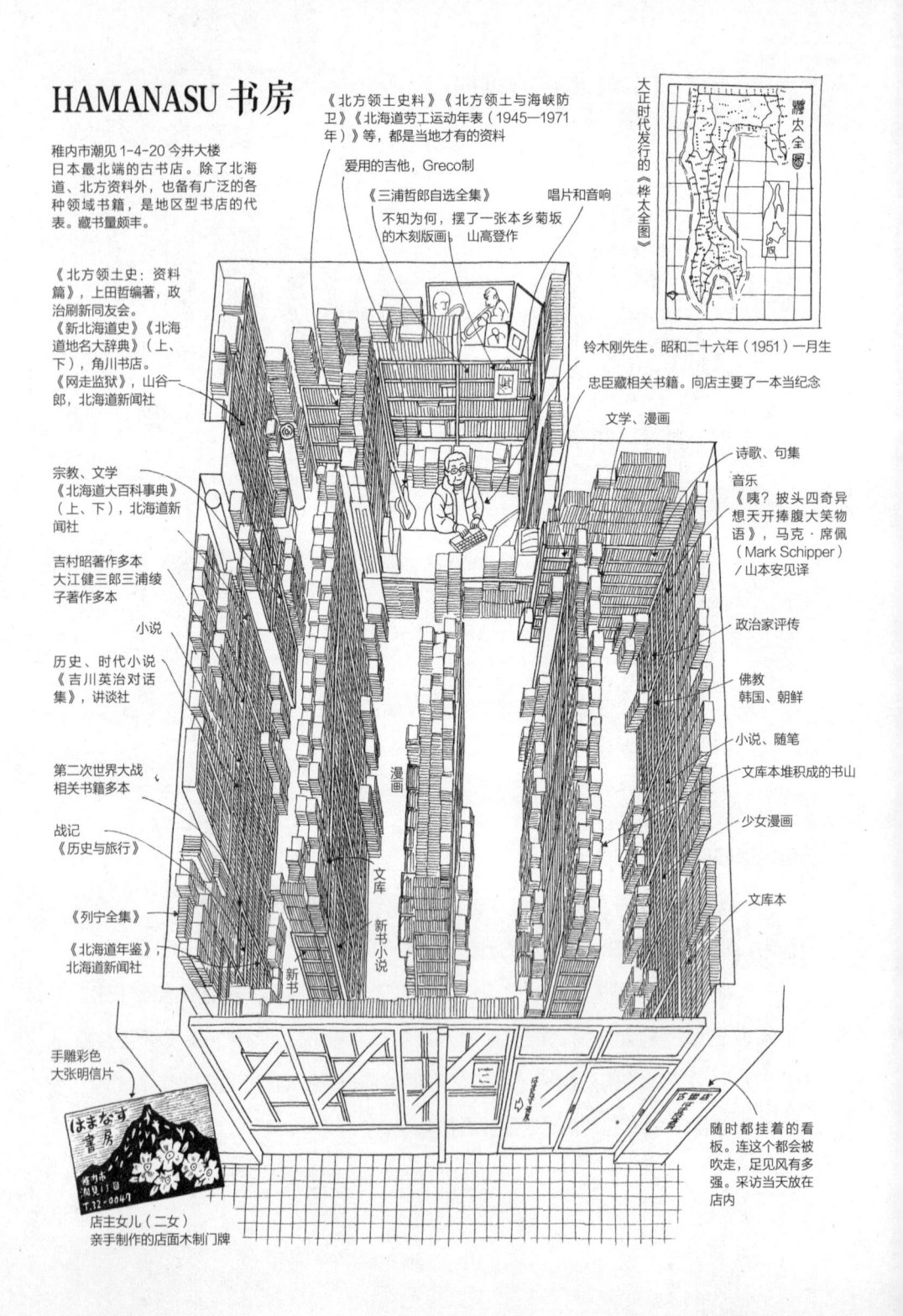

HAMANASU 书房

稚内市潮见 1-4-20 今井大楼
日本最北端的古书店。除了北海道、北方资料外，也备有广泛的各种领域书籍，是地区型书店的代表。藏书量颇丰。

《北方领土史：资料篇》，上田哲编著，政治刷新同友会。
《新北海道史》《北海道地名大辞典》（上、下），角川书店。
《网走监狱》，山谷一郎，北海道新闻社

宗教、文学
《北海道大百科事典》（上、下），北海道新闻社

吉村昭著作多本
大江健三郎三浦绫子著作多本

小说

历史、时代小说
《吉川英治对话集》，讲谈社

第二次世界大战相关书籍多本

战记
《历史与旅行》

《列宁全集》
《北海道年鉴》，北海道新闻社

手雕彩色大张明信片

店主女儿（二女）亲手制作的店面木制门牌

《北方领土史料》《北方领土与海峡防卫》《北海道劳工运动年表（1945—1971年）》等，都是当地才有的资料

爱用的吉他，Greco制

《三浦哲郎自选全集》
不知为何，摆了一张本乡菊坂的木刻版画。山高登作

唱片和音响

铃木刚先生。昭和二十六年（1951）一月生

忠臣藏相关书籍。向店主要了一本当纪念

文学、漫画

漫画

文库、新书、小说

新书

大正时代发行的《桦太全图》

诗歌、句集

音乐
《咦？披头四奇异想天开捧腹大笑物语》，马克·席佩（Mark Schipper）/ 山本安见译

政治家评传

佛教

韩国、朝鲜

小说、随笔

文库本堆积成的书山

少女漫画

文库本

随时都挂着的看板。连这个都会被吹走，足见风有多强。采访当天放在店内

下午一点还不到两点，我们已抵达稚内机场。之后似乎已无其他班机，所以餐厅和名产店都已关门。

我们从机场直奔"HAMANASU书房"。搭计程车约莫十多分钟的路程。市内没什么行人，但比想象中还来得繁华。附近有类似Book Off的书店，但古书店仅只一家。HAMANASU书房肯定是位于日本最北端的古书店。而且店内相当宽敞。

我们马上前去向店主铃木刚先生问候。他和我一样是昭和二十六年（1951）生。

"一个礼拜前，强风吹跑了看板。现在是立在店内。"

稚内风强，而且又四面环海，所以铁皮、脚踏车、汽车等，很快便会因海风而生锈。

在着手进行素描前，我大致朝店内看过一遍。50平方米大的店内，从文学、历史等人文类书籍，到漫画、杂志、唱片，一应俱全。有些北方资料只有当地才有，弥足珍贵。甚至还有昭和二十五年（1950）的稚内都市计划设计图、写满各种土地名称的大正时代桦太全图。虽说是全图，但只有日俄战争时割让的南桦太。

铃木先生三十九岁时，辞去上班族的工作，开始经营古书店。

"我辞去工作前，是在旭川上班。旭川有许多旧书店。我原本就想开一家中古唱片行或是旧书店，所以当我听到人在稚内市的哥哥说有家店铺空出时，我就马上搬了过去。"

旭川有古书工会。他平均一个月一次，会到旭川进货，但这里到旭川有250公里远。"不但路途远，而且高价买进的书又卖不出去。现在已买不到什

161

么好书，所以我就不参加了。每年春天，我都会从顾客那里收购不少书。在收购方面，不管什么书我都收。若不这么做，下次顾客就不肯卖我了。肯卖我书的顾客，我都很珍惜。这家店就是为了这样而开。"铃木先生如此告诉我。

我一如平时，从店门开始素描，当我进入店内时，M先生手中已捧了几本书。他已和铃木先聊了开来，好像在讨论电吉他。据说他曾经拥有十几把。柜台旁放着一台音响，至今仍一样享受着他的爵士唱片。

他和我同年，所以是寺内武和SHARP FIVE的世代。我告诉他，我也很喜欢查特亚金斯（Chet Atkins），没想到他竟然就送我一片LP唱片。我说我有寺内的《Let's Go'运命'》，他听了之后告诉我："这个有签名哦。"然后他一次给了我两张（参照插图）。现在我仍享受着寺内的《越后狮子》《少女道成寺》，重温我的初、高中时代。

唱片是HAMANASU书房的卖点之一，都在网拍中贩售。中岛美雪当业余歌手的时代，代表北海道参加的乡村音乐祭LP唱片，他以92000日元售出。

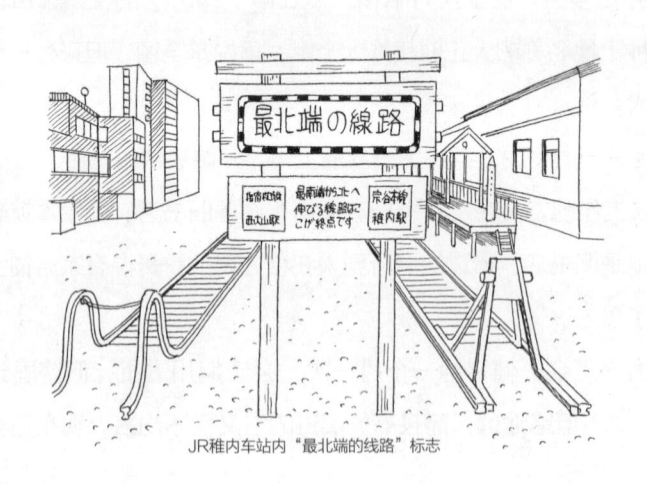

JR稚内车站内"最北端的线路"标志

"这就是网拍的乐趣。"铃木先生说。想必这也是地方上古书店的一种生存之道。

宗谷丘陵令人无比赞叹

采访隔天，HAMANASU书房老板铃木先生热情地开车载我们在市内到处游逛。

早上九点，他便来旅馆接我们。稚内市有野寒布岬和宗谷岬这两座面向萨哈林的海岬。宗谷本线行经西侧。HAMANASU书房位于野寒布岬这一侧。人们很容易将它与纳沙布岬搞混，不过，纳沙布岬位于根室半岛。

他首先带我们到野寒布岬。据说晴天时，能从这里远眺萨哈林，但很不巧，今天阴天，无缘一观。也许是位处强风之地的缘故，山丘上到处可见风力发电用的风车。

途中有几家渔夫的平房住宅。由于此地风强，所以屋顶的坡度平缓。隔着海边平原的芒草，可以望见老旧腐朽，几欲倒塌的小屋。我喜欢这样的景致。

我们往回走，顺道绕往JR稚内车站。这是日本最北端的车站，所以我猜这里应该会有最北端的止冲挡。

我从外面绕过车站，发现确实有这样东西。

"最北端的线路"的标志上写着"从最南端（指宿枕崎线·西大山车站）一路往北延伸的铁路，此为终点"。规模真大。如果我在稚内市问路，他们会告诉我"从这里往鹿儿岛方向走约300米，位于右侧"（或许吧）。

我在稚内车站买了张入场券当纪念。160日元。接着，我们从野寒布岬朝远方的宗谷岬前进。约30公里远。虽然已经过了开店时间，但铃木先生直说

添田知道，雄山阁。作者是演歌师添田哑蝉坊的长男。曾为"PAINOPAINOPAI（东京节）""SUTOTON节"等歌作词。昭和四十二年（1967），800日元（M）

《天皇机关说事件》（上、下），宫泽俊义，有斐阁。领岛战后宪法学界的作者，为老师美浓部达吉的笔祸事件做验证。卷末的座谈会，有鸠山一郎、绪方竹虎等人参加。昭和四十五年（1970），1000日元（M）

稚内文库。介绍间宫林藏的虾夷地调查、萨哈林现况、稚内的史迹等。昭和五十六年（1981），800日元（M）

川嶋康男，MIYAMA书房。在北海道表演活跃的街头艺人、巡回艺人、虾夷表演团等报道。昭和五十五年（1980），1500日元（M）

《告诉洋子，我爱她》，矢作俊彦，光文社。以夏威夷当舞台的"大舞台剧"。昭和六十二年（1987）（三刷），500日元（M）

中岛康夫，青春出版社。作者为中央义士会的成员。堀部安兵卫不念作"やすべえ"，而是念作"やすびょうえ"。平成十一年（1999），900日元（I）

《北方建筑散步》，越野武等人编，北海道新闻社。以彩页照片介绍札幌为主的北海道各地知名建筑。平成五年（1993），1700日元（I）

《风貌》（左），土门拳，讲谈社文库。《作家的风貌》（右），田沼武能，筑摩文库。两本都有摄影师所写的文章。土门写下摄影时的小插曲，田沼则是记录作家的人品。土门的笔触充满临场感。（左）昭和五十二年（1977），（右）平成二年（1990），各250日元（I）

（I）池谷　（M）编辑

在HAMANASU书房的**收获**

在JR稚内车站购买的入场券

店主铃木先生与我（池谷）同年。对唱片的嗜好也相同。我当礼物，他送

在宗谷岬的名产店买到的地方邮票。海岬风景，共10张，800日元（I）。五种

伯纳迪特·代弗林（Bernadette Devlin），SAIMARU出版会。外号"穿迷你裙的卡斯楚"，21岁便成为英国下议院议员。昭和四十六年（1971）（7刷），400日元（M）

法国电影社＋创造社。《意大利斗争》《枪兵》上映时的宣传手册。昭和四十五年（1970），200日元（M）

阿嘉莎·克莉丝蒂（Agatha Christie），早川书房。以圣经作题材的短篇集。里头有一名像是克莉丝蒂分身的妇人相关的故事。平成五年（1993）（6刷），300日元（I）

附寺内武的签名

吉他之神，查特·亚金斯

"没关系"。对他真是不好意思。

本以为会直接前往宗谷岬，没想到他还带我们顺道前往途中的名胜。其中，有一处风景绝佳的场所，令我和M先生不自主地发出赞叹之声，那就是"宗谷丘陵"。冰河时期，这里的岩山崩塌，形成平缓宽广的丘陵。我们在行经丘陵中央的道路上，不时下车看得入迷。成群的黑牛映照在绿野上。由于这里风势强劲，草木都长不高。感觉宛如置身苏格兰的大草原上（虽然我还没去过……）。

宗谷丘陵于平成十六年（2004）被指定为"北海道遗产"。此处号称是国内规模最大的牧场。

这里离宗谷岬尖端已经不远。不久便看到"日本最北端之地"的石碑。途中的丘陵有叠石造成的"旧海军望楼"。建筑物虽然别有风味，但只有两层楼高。这里原本就是视野辽阔的丘陵，所以猜测这只能供作士兵休息之用。导览手册上提到，这是明治三十五年（1902），俄罗斯帝国与日本邦交开始恶化时，特地建设用来作为国境防守之用。

我们就快站上日本最北端之地了。如果是晴天，应该能望见前方43公里远的萨哈林，但很遗憾，无缘一观。一旁立有间宫林藏的人像。他是从宗谷远渡桦太，发现桦太是一座岛的探险家。频频有年轻人在间宫像前拍照。在来这里之前，没看到什么行人和车辆，不过，现在虽然已不是旅游旺季，还是有观光客会来这里。但遗憾的是，鄂霍次克海沿岸并无铁路，虽有宽阔的道路，但是往宗谷岬的定期巴士却不行驶。一般都是从稚内市搭乘一天四班的定期巴士。前方不远处，有天鹅的栖息地"大沼"。观光资源丰富，但可惜交通不便。

HAMANASU书房的铃木先生花了大半天的时间开车当我们的向导，真是无限感激。托他的福，我们才得以看遍稚内的各处名胜。好在飞机并未因为可怕的强风而停飞，我们才得以顺利地完成采访。

不过，当我们回到东京时，北海道北部却发生了龙卷风灾情。在岁末年初时节，有时也会因地震或爆发性气旋而造成大雪或强风的灾害。所幸HAMANASU书房平安无事。

结束店内的采访后，本应请铃木先生弹奏他喜欢的吉他和电吉他才对，但我却压根忘了这件事。

铃木先生送我的寺内武唱片，放进唱机里无法转动。检查后才得知，是因为唱片中央略微凹陷，转盘无法正常运作。后来我在转盘处贴上一块厚纸，问题便迎刃而解。寺内活泼的曲调，令人大呼痛快。

阿荻西吉　中央线的旧书店

西荻洼

38年前我上东京时，一直很想住在中央线沿线一带。不过，早我一步先上东京的昔日高中学长却对我说："中央线沿线的房子又小又贵。"因而介绍我在大森租屋。

当时在阿佐谷、荻洼、西荻洼有很多古书店，我上东京时携带的《古书店地图帖》，里头便介绍了十家位于西荻洼的古书店。此外，我所景仰的漫画家永岛慎二老师，就住在附近的阿佐谷。

不过，大森也有很多古书店。

"你来东京做什么？"学长问。

"当然是想来逛旧书店啰。"

风格独特的古书店推手

还是以前的古书店好。几乎没有店家摆放漫画，大部分都是贩售一般古

古书 鸡文库

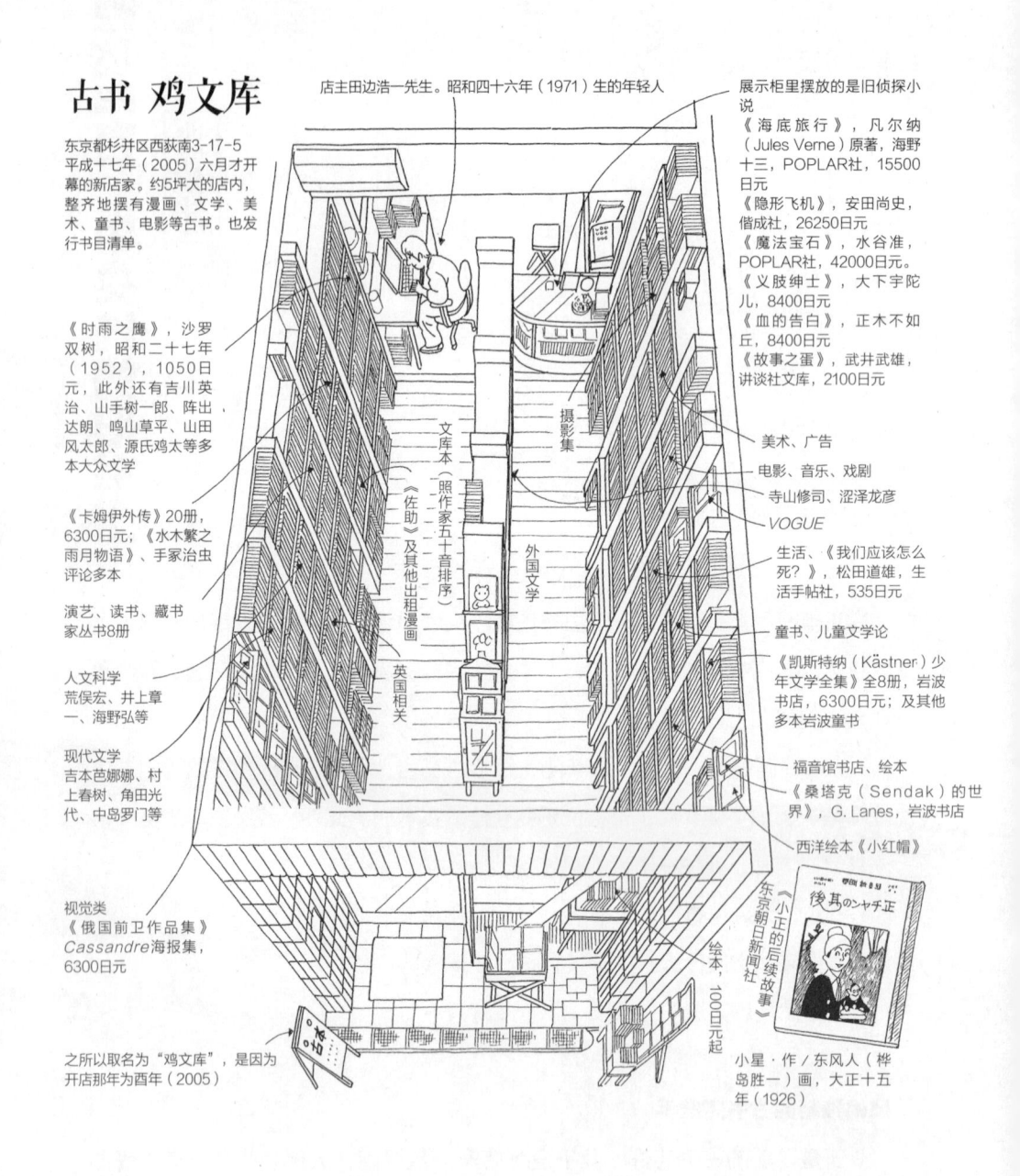

东京都杉井区西荻南3-17-5
平成十七年（2005）六月才开幕的新店家。约5坪大的店内，整齐地摆有漫画、文学、美术、童书、电影等古书。也发行书目清单。

店主田边浩一先生。昭和四十六年（1971）生的年轻人

展示柜里摆放的是旧侦探小说
《海底旅行》，凡尔纳（Jules Verne）原著，海野十三，POPLAR社，15500日元
《隐形飞机》，安田尚史，偕成社，26250日元
《魔法宝石》，水谷准，POPLAR社，42000日元。
《义肢绅士》，大下宇陀儿，8400日元
《血的告白》，正木不如丘，8400日元
《故事之蛋》，武井武雄，讲谈社文库，2100日元

《时雨之鹰》，沙罗双树，昭和二十七年（1952），1050日元，此外还有吉川英治、山手树一郎、阵出达朗、鸣山草平、山田风太郎、源氏鸡太等多本大众文学

《卡姆伊外传》20册，6300日元；《水木繁之雨月物语》、手冢治虫评论多本

演艺、读书、藏书家丛书8册

人文科学
荒俣宏、井上章一、海野弘等

现代文学
吉本芭娜娜、村上春树、角田光代、中岛罗门等

摄影集

文库本（照作家五十音排序）
《佐助》及其他出租漫画

外国文学

英国相关

美术、广告

电影、音乐、戏剧

寺山修司、涩泽龙彦

VOGUE

生活、《我们应该怎么死？》，松田道雄，生活手帖社，535日元

童书、儿童文学论

《凯斯特纳（Kästner）少年文学全集》全8册，岩波书店，6300日元；及其他多本岩波童书

福音馆书店、绘本
《桑塔克（Sendak）的世界》，G. Lanes，岩波书店

西洋绘本《小红帽》

视觉类
《俄国前卫作品集》
Cassandre海报集，6300日元

绘本，100日元起

《小正的后续故事》东京朝日新闻社

小星·作／东风人（桦岛胜一）画，大正十五年（1926）

之所以取名为"鸡文库"，是因为开店那年为酉年（2005）

168

书的店家。如今则成了漫画四分之一、文库本四分之一、一般古书二分之一的局面。

不过，中央线沿线仍有不少贩售一般古书的店家，具有独特的风格，可以轻松地顺道前往逛逛，像阿佐谷、荻洼、西荻洼、吉祥寺，简称阿荻西吉。其中，西荻洼有很多新的店家，不论是商品还是店内的气氛，都具有独特的风格。另外还有64家古董、美术店，相当有意思的地区。

特别是近年来，西荻洼陆续有古书店开张，光是车站附近就有12家之多。而消长的情形也相当激烈，从我上东京时一直延续到现在的古书店，只有3家。

此次介绍的3家，都是新店。每位店主也都曾在古书店历练过，贩售的商品有其独特风格，颇耐人寻味。这个业界有句话"当人家的伙计，算不上资历"，不过，他们都还年轻，未来值得期待。我最早拜访的是"鸡文库"。是否天一亮，就闻鸡开店呢？

"因为是在酉年［平成十七年（2005）］开业，所以取名为鸡文库。我不希望店名有什么多深远的含义。"店主田边浩一先生如此说道，他今年36岁，是一位充满干劲的年轻人。

因为隔一条街，有家名为"待晨堂"的基督教专门书店，所以我原本心想，他们该不会是在比早开店吧？相较之下，现在的年轻人可就没他们这么认真了。

店内设有统一样式的书架，井然有序地收放着古书。店内的地板完全没有接缝。我发现这个奇特之处，询问之下得知，是店主请从事室内装潢的友人特别施工而成。当初开店时，我便看过他们的书目清单，对这家店也有很高的期待。

古书 比良木屋

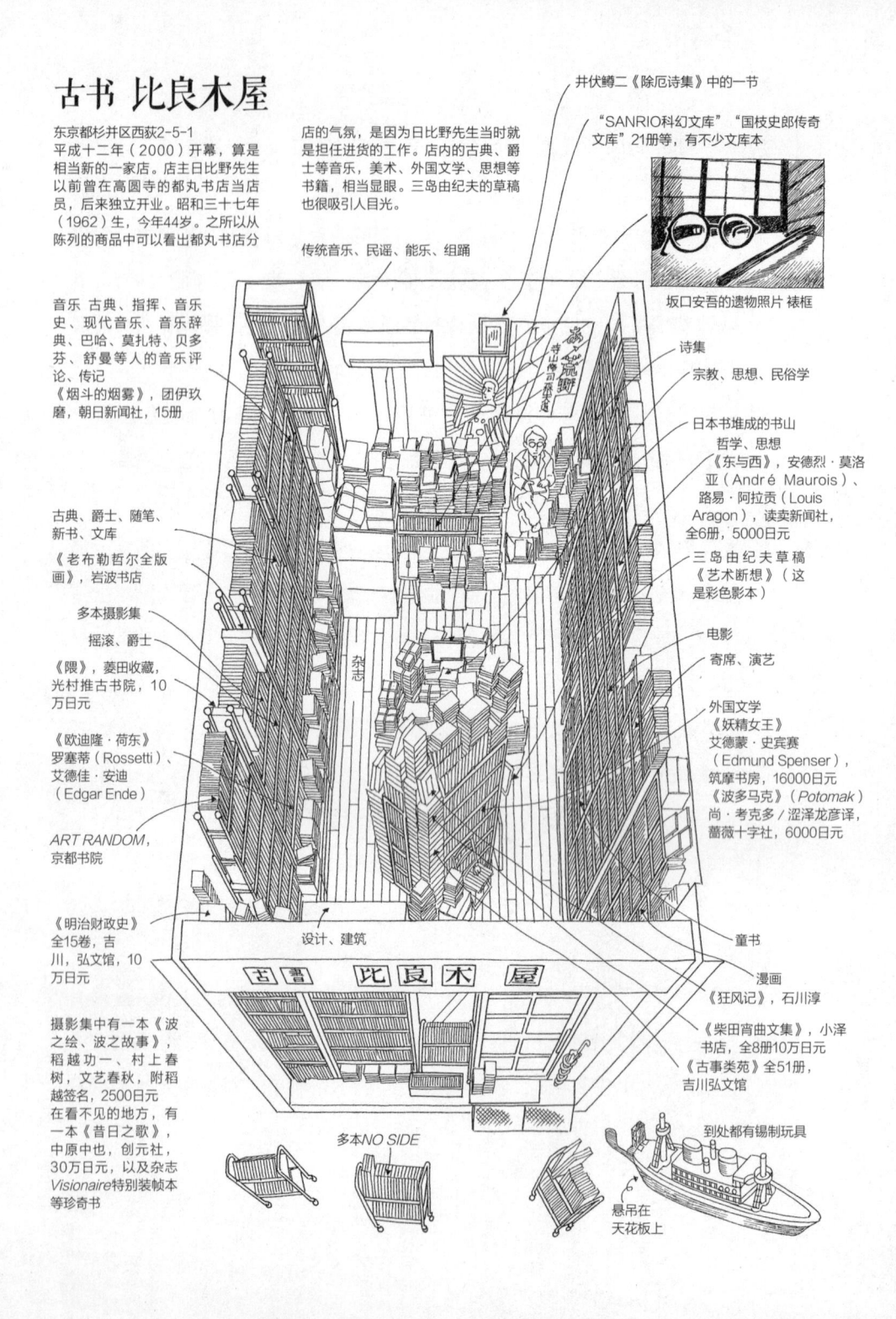

东京都杉井区西荻2-5-1
平成十二年（2000）开幕，算是相当新的一家店。店主日比野先生以前曾在高圆寺的都丸书店当店员，后来独立开业。昭和三十七年（1962）生，今年44岁。之所以从陈列的商品中可以看出都丸书店分

店的气氛，是因为日比野先生当时就是担任进货的工作。店内的古典、爵士等音乐，美术、外国文学、思想等书籍，相当显眼。三岛由纪夫的草稿也很吸引人目光。

传统音乐、民谣、能乐、组踊

井伏鳟二《除厄诗集》中的一节

"SANRIO科幻文库""国枝史郎传奇文库"21册等，有不少文库本

坂口安吾的遗物照片 裱框

音乐 古典、指挥、音乐史、现代音乐、音乐辞典、巴哈、莫扎特、贝多芬、舒曼等人的音乐评论、传记
《烟斗的烟雾》，团伊玖磨，朝日新闻社，15册

诗集

宗教、思想、民俗学

日本书堆成的书山
哲学、思想
《东与西》，安德烈·莫洛亚（André Maurois）、路易·阿拉贡（Louis Aragon），读卖新闻社，全6册，5000日元

古典、爵士、随笔、新书、文库
《老布勒哲尔全版画》，岩波书店

三岛由纪夫草稿《艺术断想》（这是彩色影本）

多本摄影集
摇滚、爵士

电影
寄席、演艺

《隈》，菱田收藏，光村推古书院，10万日元

外国文学
《妖精女王》艾德蒙·史宾赛（Edmund Spenser），筑摩书房，16000日元
《波多马克》（Potomak）尚·考克多／涩泽龙彦译，蔷薇十字社，6000日元

《欧迪隆·荷东》罗塞蒂（Rossetti）、艾德佳·安迪（Edgar Ende）

ART RANDOM，京都书院

杂志

设计、建筑

童书

《明治财政史》全15卷，吉川，弘文馆，10万日元

漫画
《狂风记》，石川淳

《柴田宵曲文集》，小泽书店，全8册10万日元
《古事类苑》全51册，吉川弘文馆

摄影集中有一本《波之绘、波之故事》，稻越功一、村上春树，文艺春秋，附稻越签名，2500日元
在看不见的地方，有一本《昔日之歌》，中原中也，创元社，30万日元，以及杂志Visionaire特别装帧本等珍奇书

多本NO SIDE

到处都有锡制玩具

悬吊在天花板上

古书店虽多，却不会互相竞争

虽然大老远专程前去拜访，店家却时常有店门没开，或是突然公休的情形。像这种时候，若有其他店家，便不会白跑一趟。古书店就是要多，才有聚客力。

鸡文库的强项，就是我喜欢的少年小说和侦探小说。真的很多。

江户川乱步、横沟正史、野村胡堂、高垣眸、南洋一郎、吉川英治等，都是主要于昭和三十年代发行的作品。

"市场的价格也是居高不下，买不下手。"田边先生说。就我而言，那些团块世代的人，是厉害的竞争对手。时代小说比较便宜，但侦探小说的价格却几乎都在1万日元以上。我缩衣节食，好不容易才收集了100本左右。田边先生还问我一句："可不可以卖我？"我死后，这些书或许会抛售，不过，到时候和我同属团块世代的那些人，他们的藏书肯定也会大量流入市场。我得再多活些时日才行。

午餐后，我绕往附近的"比良木屋"。这里是另外一番风貌，零乱许多。店内中央以书籍堆叠成菱形，是极少见的摆设。

让人感觉里头似乎有什么特别之处。果然有。三岛由纪夫的草稿《艺术断想·英雄病理学》15张。

店内的是彩色影本。真品另外存放他处。此外，古典音乐、爵士、民谣、能乐等音乐书也相当丰富，也算是其特色之一。到处都摆有锡制玩具，很有西荻洼的特色。我买了像是西班牙PAYA公司制造的汽船和飞机。店主日比野先生对我说："来采访又顺便买书的人，我还是第一次看到呢。"哎呀，其实是来买书，顺便采访（这是指编辑M先生）。

隔天，配合中午12：00的开门时间，我与M先生约好一同到"音羽馆"

旧书 音羽馆

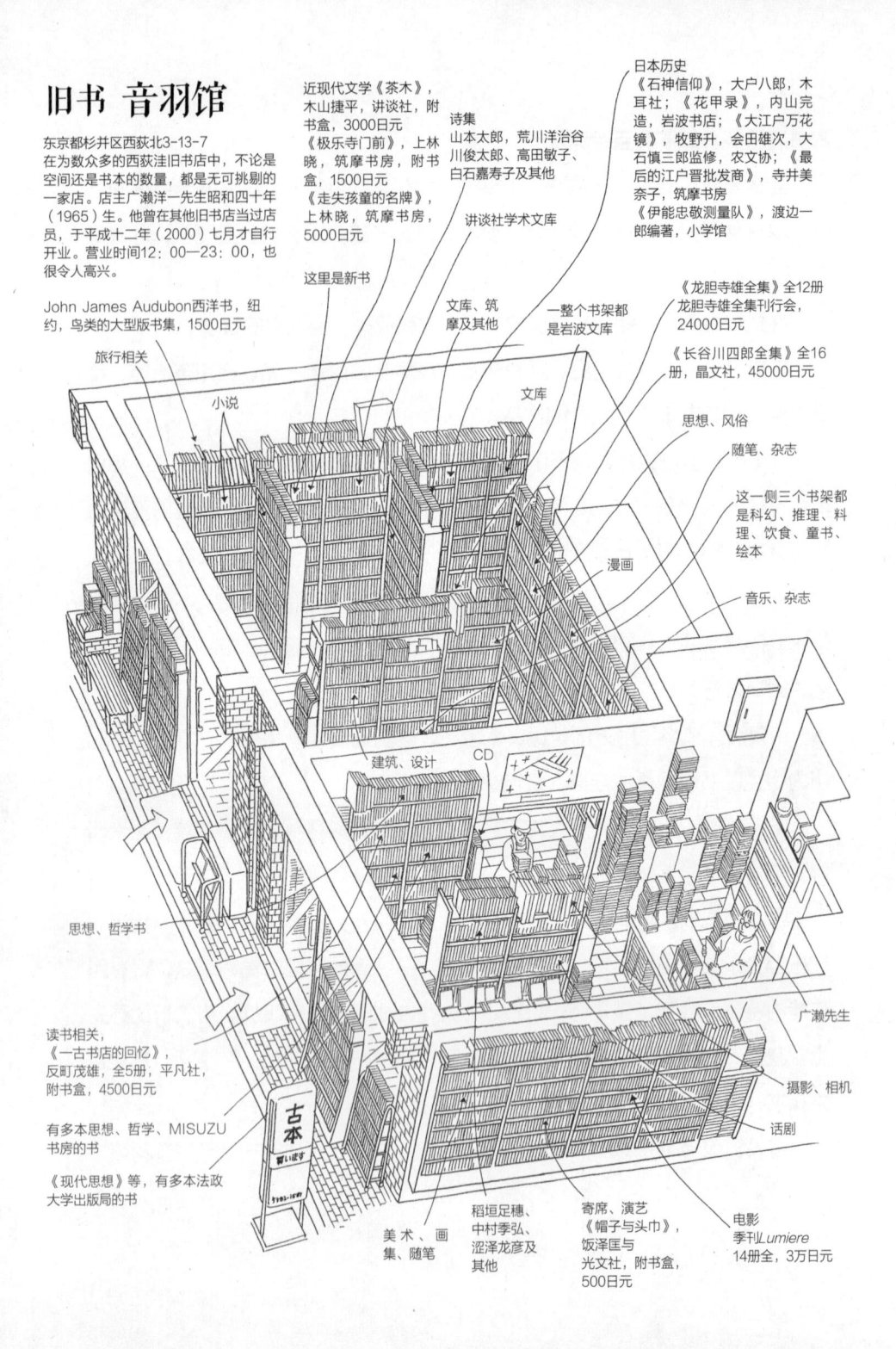

东京都杉井区西荻北3-13-7
在为数众多的西荻洼旧书店中，不论是空间还是书本的数量，都是无可挑剔的一家店。店主广濑洋一先生昭和四十年（1965）生。他曾在其他旧书店当过店员，于平成十二年（2000）七月才自行开业。营业时间12：00—23：00，也很令人高兴。

John James Audubon西洋书，纽约，鸟类的大型版书集，1500日元

旅行相关

小说

近现代文学《茶木》，木山捷平，讲谈社，附书盒，3000日元
《极乐寺门前》，上林晓，筑摩书房，附书盒，1500日元
《走失孩童的名牌》，上林晓，筑摩书房，5000日元

这里是新书

诗集
山本太郎，荒川洋治谷川俊太郎、高田敏子、白石嘉寿子及其他

讲谈社学术文库

文库、筑摩及其他

一整个书架都是岩波文库

文库

日本历史
《石神信仰》，大户八郎，木耳社；《花甲录》，内山完造，岩波书店；《大江户万花镜》，牧野升，会田雄次、大石慎三郎监修，农文协；《最后的江户晋批发商》，寺井美奈子，筑摩书房
《伊能忠敬测量队》，渡边一郎编著，小学馆

《龙胆寺雄全集》全12册 龙胆寺雄全集刊行会，24000日元

《长谷川四郎全集》全16册，晶文社，45000日元

思想、风俗

随笔、杂志

这一侧三个书架都是科幻、推理、料理、饮食、童书、绘本

漫画

音乐、杂志

建筑、设计   CD

思想、哲学书

读书相关，
《一古书店的回忆》，反町茂雄，全5册；平凡社，附书盒，4500日元

有多本思想、哲学、MISUZU书房的书

《现代思想》等，有多本法政大学出版局的书

古本

美术、画集、随笔

稻垣足穗、中村季弘、涩泽龙彦及其他

寄席、演艺
《帽子与头巾》，饭泽匡与光文社，附书盒，500日元

广濑先生

摄影、相机

话剧

电影
季刊Lumiere 14册全，3万日元

《某负一号 平井功译诗集》，Editions Puhipuhi。正冈容的弟弟，英才早逝的平井功译诗集，平成十八年（2006），1500日元（M）

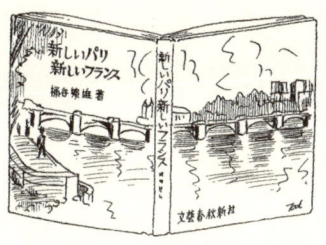

《新巴黎、新法国》，桶谷繁雄，文艺春秋新社。从昭和二十四年（1949）六月起，为期两年半的时间旅居法国，向日本寄送时势评论的随笔集。作者日后创立《月曜评论》。昭和二十七年（1952），800日元（M）

《玩粪之交》川本久，现代企划室。粪尿游戏蚀刻版画文学集134件，另外附上赤濑川原平、森山大道，及其他随笔。昭和五十七年（1982），1000日元（M）

《昭和史与新兴财阀》宇田川胜，教育社历史新书。描写进出满洲的日产、日窒、理研等昭和战前的新兴财阀历史。昭和五十七年（1982），500日元（M）

《现代家系论》本田靖春，文艺春秋。旧皇族、德川家、汤川秀树、美浓部亮吉、羽仁五郎、美空云雀等十个家族的人物论。昭和四十八年（1973），1050日元（M）

《田中小实昌之书》音羽馆，小实昌先生68册的著作，以彩色照片加以介绍的宣传手册，免费取得。平成十五年（2003）（M）

《诺亚、方舟、动物们》安德鲁·艾尔邦（Andrew Elborn）文，伊凡·刚契夫（Ivan Gantschev）图，田中小实昌译，日本基督教会出版局。保加利亚的水彩魔术师刚契夫的绘本。昭和六十三年（1988），500日元（I）

《明治文坛的人们》马场孤蝶，三田文学出版部。作者与鸥外、一叶、《文学界》的伙伴们平日相处的点点滴滴，集结成此书。昭和十七年（1942），500日元（M）

这次的收获

于西荻洼

（I）池谷　（M）编辑

西荻洼除了古书店外，还有古道具店、古董店、古美术店等，共64家。前往造访也别有乐趣。左边的玻璃钢笔是我在西荻发现的一支极细笔。写起来很不方便。长133毫米，1000日元

黄色的水

会移动的气泡

2.5厘米细

前端像针一般细

←吉祥寺　前方有很多古董店　花鸟风月　Heart Land　音羽馆　兴居岛屋　森田书店　比良木屋　JR西荻洼车站　Book Super 伊藤　前方也有古书店　待晨堂　鸡文库

《町野好昭画集（margarites）》自费出版。忙立于奇特背景中的少女画集。未装帧本，平成十八年（2006），2100日元（I）

《增补 谷文晁本朝画纂大全》上、下共4册，其中的2册。画家谷文晁重现古今日本画家的作品，当中也包括了彩色木刻版画。介绍雪舟、元信、玉堂、空海、其角等人的画，共100件。明治二十七年（1894），博文馆（再版），5000日元（I）

《ふゆのはなし》文、图，恩斯特·克莱多鲁夫（Ernst Kreidolf），大家勇三译，福音馆书店。七名小矮人与冰之精灵的故事。在他的画功下，这个主题或许有点勉强，但他仍旧勇于挑战，很不简单。平成四年（1992）（14刷），1500日元（I）

采访。

这是家大书店。本想用跨页来画，但我换个角度，勉强画在同一页里。才开店没多久，便有热衷此道的顾客上门。店内藏书量多，也有不少年代久远的古书。店门外的均一价书柜也有不少书，有不少客人前往挑书。有名中年男性带着整套山口瞳的《男性自身系列》来店内卖书。店主以不错的价格收购，于是我问他："这种书也卖得出去吗？"他回答我："均一价书柜也需要补书，所以我会买。"真糟糕。我以为那种书卖不出去，已在资源回收日当天全部拿去丢了。

进货当中有六成是向顾客收购，四成是从书市购得。店主广濑先生为昭和四十年（1965）生，今年42岁，同样很年轻。听说曾在町田的大型古书店高原书店当过10年的店员。不论什么样的旧书，都会当作商品好好珍惜，这是高原书店的特色。广濑先生可说是活用了当时的经验。

M先生在音羽馆大肆采购。连广濑先生也吓了一跳。

"M先生一直都是这样。"听我这么说，他还是一脸惊讶。在这里用完午餐后，我再度开始素描。投注时间和金钱来采访，是本杂志的做法。

哈哈，不小心说溜嘴了。下一章是当初连载至今都未曾介绍的收获大结算。

珍本、烂本 去年的收获大结算

（未公开）

如果你以市民跑者的身份参加马拉松大赛，使出全力抵达终点，本以为自己已跑完全程，结果却有人告诉你："不好意思，我们算错了。还有10公里。"你会怎么做？会燃起斗志，再度挑战吗？

我曾有过类似的经验。自从我22岁时在町田的古书店发现几本KAPPA NOVELS的《松本清张短篇全集》，掏钱买下后，以后每次看到，我便会买下收藏。去年10月，我终于在神保町的小宫山书店店头买到最后2册，凑齐了11册全套。

愈贵的书，愈容易找到

在这长达35年的岁月里，我并没有执着于收集清张短篇集。因为文库本随时都看得到。我只是深受伊藤宪治的封面设计所吸引。要收集到六七册倒还简单，但之后便很难找到。因为是价格便宜的古书，所以没列在书目清单上。唯有勤逛店头才是收集的好办法。那段时间，我曾发现11册齐，只卖5000日元的例子，但当时我只差最后2册。我心想，或许有机会凑齐吧，就这样又等了几年，最后终于全部凑齐。

说来奇怪，这些书我向来不看。因为都是我已读过的作品。但那天晚上，我无限感慨地打开新买到的第2册和第4册时，书中掉出出版介绍的书签。我看了之后目瞪口呆。11册后面竟然还有"续集"。我怀疑自己的眼睛。竟然还有……前面提到的"还有10公里"，指的便是这件事。难怪古书店写着"11册齐"，而不是"全"。

没办法，我只好继续跑剩下的10公里。但这35年来，我从没见过第13册或第15册。于是我向KAPPA NOVELS编辑部询问，到底终点在哪里？

"11册应该就是最后了吧。虽然没人知道当时的情况，但可能是那时候想多出几册吧。"编辑说，"不好意思。虽然先前对你说还有10公里，但其实并没算错。"

附带一提，我的收藏本当中，有10册是初版，只有第五册的《声》是第12版。昭和三十九年（1964）三月二十五日初版，11天后的四月五日则改为第12版。可以想见极为畅销。既然这样，我非得找寻第5册的初版才行。所谓的跑完全程，便是凑齐所有的初版，这样才算完整。还得再跑几公里才行呢？如果是昂贵的古书，有人会告诉我"那家店应该有"，但要找寻一本一两百日元的书，却是难如登天。就是这样才有趣。

因采访而开始四处造访古书店，至今已快满两年，但就算我心里想"啊，竟然有这种书"，却没有"就是它，终于让我遇上了"的感觉，感受不到找寻已久的书终于到手的喜悦。古书店和特卖展是实际把书拿在手中挑选的场所。同时也是与有趣的书邂逅的终点站。

就我的情况来说，插画里介绍的书，都是我从书目清单或古书店里找寻得来。与编辑M先生的收获相比，都是价格固定的书籍，所以每家店的价格差不了多少。也没有现在不赶快买，下次便买不到的书。

这里的外文书颇多，但我对语学并不擅长，所以买的全是附插画的书。因为看文学随附的插画，是很快乐的一件事。特别是外文书的插画，像多色石版画、木刻版画、铜版画等，这些以丰富的手法制成的版画，各个都美不胜收，百看不厌。

其中，我买到最棒的一项商品，就是《阿尔卑斯之花》。绿色的布面加上金箔外装，两册内含120张彩色石版画，相当出色。两册合卖19000日元，非常便宜。不过，装订处损毁，请人修理花了些钱，但还是划算。在依照先后顺序订购的规则下，它没被人买走，真是不可思议。当初荒俣宏先生频频介绍博物学书籍时，这类书籍很快便被抢购一空，但这也算是流行趋势吧。他现在似乎也没留下几本博物相关的书。不过，我每年还是会固定收集这类的书，不时拿出来翻阅，真是无上的幸福。

去年的收获

> 比起旧书虫，我更想当黄金虫

《新富町多与里》，斋藤昌三，芋小屋山房

少雨庄（斋藤昌三）书物展望社所在处的新富町杂记。书盒有便笺，取下封面后，书名为凸版印刷，外装为采用纸模的装帧。非卖品，昭和二十五年（1950），9500日元

《神田文化史》，中村薰

神田史迹研究会。从远古到近代的神田史迹、文化、人文，全部网罗，对神田研究者（我也是）不可或缺的一本书。昭和十年（1935），15000日元

《江户川乱步全集》全18卷，桃源社。乱步生前最后校订的定本。出自真锅博之手，多样多彩，各卷都不同的装帧，相当受欢迎。只有第9卷附纪念三岛由纪夫改编成剧本的书腰。书况佳。昭和三十六年（1961）至昭和三十八年（1963）。5000日元，超便宜

《机械》

横光利一，白水社。佐野繁次郎初期从事装帧的杰作。也发行其复刻本。昭和六年（1931），9500日元

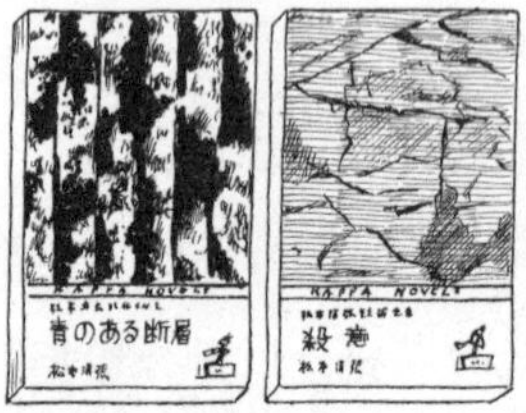

从三十五年前开始收集的《松本清张短篇全集》（光文社、KAPPA NOVELS），于去年10月全部凑齐。伊藤宪治的设计相当崭新。左边为《蓝色断层》（2）、右边为《杀意》（4），全11册。昭和三十八、三十九年（1963、1964），各300日元

《玩具》，W.托利亚

柏林。以40张彩色石版画介绍德国传统玩具的美丽绘本。1922年左右，36750日元

《中年》，丹羽文雄，河出书房。是本禁书。比起渡边淳一先生的男女情欲故事，它保守多了。获须高德装帧。昭和十六年（1941），3500日元

《孩子的新游戏》，艾雷纳·贝雷·波伊尔（Eleanor Vere Boyle），伦敦。这本名著，以16张彩色石版画描写英国少女们的游戏。1879年，63000日元

《神秘的象牙篝》，高垣眸

POPLAR社。发生一起和发簪有关的杀人事件。卷末收纳了短篇故事《黑潮岬》。昭和二十八年（1953），5000日元

《后素画谱》，鸦巢居士撰，书店有京都、大阪、江户的五家店。像博物图谱般，描写动植物、名胜、风俗等。由50页（25帖）彩色木刻版画构成。天保三年（1832），16800日元

《诅咒的指纹》，江户川乱步，POPLAR社，日本名侦探文库。将《恶魔的纹章》改写成少年走向的小说。昭和三十年（1955），9000日元

在铅上涂彩色

在东大前的咖啡美术店买到的德国制装饰品，5000日元

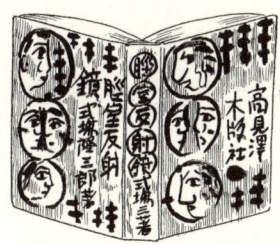

《脑室反射镜》，式场隆三郎，高见泽木出版社。作者是一位精神病理学家，有许多关于梵谷的著作，这是他的随笔集。栋方志功的木刻版画装帧。附签名，昭和十四年（1939），2000日元

《夏菊》，谷崎润一郎

从昭和九年（1934）开始连载的新闻小说剪报，共28回。插画为洋画家佐野繁次郎。以抽象闻名的佐野，其人物画绝佳。当时的广告也很有趣，1000日元

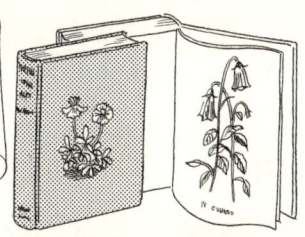

《阿尔卑斯之花》，阿尔弗雷德·W. 班奈特（Alfred W. Bennett），伦敦。附120张彩色石版画，2册。原本为19000日元，但因为装帧损毁，两册共花了4000日元修理。很棒的插画。为1898年于纽约发行

旧书虫

《明治东京时钟塔记》平野光雄，青蛙房。以丰富的照片和图版来介绍从明治时期开始在东京各地建造的时钟塔。卷末的年表相当详细。昭和三十三年（1958），3500日元

《母鸡的视野》，深尾须磨子，改造社。比起须磨子的诗，东乡晴儿的装帧更吸引我，因而买下。书况很好。昭和五年（1930），5000日元

《朝颜集》，冈本绮堂，春阳堂。《新朝颜日记》等七篇戏曲集。彩色木刻版画装帧。文库本大小。大正九年（1920），2500日元

在神田古书店买的刀锷。好像是短刀刀锷。金象嵌，5000日元

《波宙尔王奇遇记》，皮埃尔·卢维（Pierre Louys），巴黎。藤田嗣治画的木刻版画插图，相当受欢迎。不知道是什么样的故事。法国装帧、插画28件，1925年，31500日元

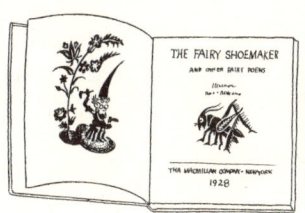

《小鞋匠等诗画集》，玻利斯·雅特塞巴舍夫（Boris Artsybashev），纽约。身为插画家的作者所写的童话诗画集。黑白插图很美。1928年，29400日元

《莱诺的传说》，华尔德·克伦（Walter Crane），伦敦。内附40页彩色石版画插图。以无厘头的传说画成绘本。作者是与凯迪克（Randolph Caldecott）、格林威（Kate Greenaway）齐名的插画家。1887年，48300日元

木木高太郎，高志书房。拍成电影的心理推理小说。昭和二十三年（1948），4500日元

美和书房。在片濑海岸发生的杀人事件，怪人蛭川博士也牵扯其中。平凡无奇的作品。昭和二十二年（1947），4000日元

《风云白马岳》，子母泽宽，偕成社。以记录戊辰战争的《战阵日记》作为题材。昭和三十年（1955），4725日元

《帝都雅景一览》河村文凤画，京都85处名胜，以淡彩木刻版画加以介绍，回味无穷的画集。东西两册于文化六年（1809）发行，南北两册于文化十三年（1816）发行，35000日元

收获大结算

看过我的连载后,有人说话了。

"有这些介绍收获的内文页面,你买的书就比较容易被视为公费支出对吧?"

"告诉你吧,我可不是为了报公账才买书哦。我想要的书,就算出版社不认可,我还是会买。"

自由业者只要和公账扯上关系,往往会招人白眼。相较之下,议员会馆所用的水电瓦斯全部免费,可否有人去纠正一下呢?某大臣甚至拿它来"灌水"浮报呢,不是吗?关于这点,每次都登场的编辑M先生,他也都是自掏腰包。虽然他总是说"公司不会同意报公账的",但还是主动让杂志内容更丰富。要是我再继续夸他,恐怕会被删文,所以就到此为止吧。

M先生的收获,大多与社会人文科学、寄席艺能社会有关。与我这种纯看图的"疗愈系"截然不同,所以能维持收获栏的平衡,帮了我个大忙。此外,他狂买的模样真的很惊人。

结束采访,走出店门外时,他双手总是捧着旧书。

每次看了都不禁怀疑"他日后该不会是想开旧书店吧?"

M先生很喜欢的一本书,是篠田矿造的《明治新闻绮谈》。篠田矿造是新闻记者。此外他还有《幕末百话》《明治百话》《幕末生活素颜》等书作,每本书都能从篠田说学逗唱的说书口吻中,感受到时代、人物的来历和个性,这是其吸引人之处。篠田曾在书中提到"我捡拾明治初期的新闻人所写的记录,将它们丢进我的新闻杂报熔炉中,不过,我不会扭曲先人的原型"。充分展现

编辑M先生的一小部分收获

《人们叫我傻八》
有田八郎,光和堂。在《宴会后》的诉讼中,以原告的身份提告三岛由纪夫而闻名的前外相自传。昭和三十四年(1959),315日元

《笑说法善寺的人们》
长谷川幸延,东京文艺社。描写初代文枝、春团治、松鹤、横山与花菱等关西艺人们。昭和四十年(1965),515日元

《塔尔布之花》,尚波澜
副标题"文学的恐怖政治"。法国批评杂志N.R.F的总编辑、批评家的文学论。昭和四十三年(1968),500日元

《星亨》
伊藤痴游
平凡社。全集的第9卷。收录有大正二年(1913)写的《巨人星亨》。同时也是自由党员的痴游,与党内的大人物、政治明星素有交谊。昭和四年(1929),500日元

《明治之夜》,藤浦富太郎
光风社书店。作者为蔬果批发商老板。描写与圆朝、第六代菊五郎的交谊。昭和五十三年(1978),1000日元

《缩小人》
理查·麦特森(Richard Burton Matheson),早川科幻小说系列。一个逐渐缩小的人所发生的故事。昭和四十三年(1968),500日元

《明治新闻绮谈》
篠田矿造,须藤书店。描写明治初期的新闻业界(详细请看内文)。昭和二十二年(1947),2100日元

阿部幸男、阿部玄治
冬树社。亲侄子描写身为惧妻一族的知名媒体人居家的生活情形。昭和四十年(1965),500日元

《中村游廊》
尾崎士郎,文艺春秋新社。包含标题作品在内的短篇小说集。安井会太郎画,昭和三十一年(1956),500日元

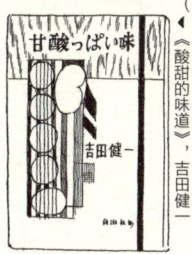

《酸甜的味道》,吉田健一
新潮社。熊本《日日新闻》连载一百回的时势评论随笔。昭和三十二年(1957),420日元

《非政治人物的省察》
第一部,创元社。针对民主主义、文明,与德国式的"精神"做对照。昭和二十五年(1950),100日元

《关于文明》,托马斯·曼

《关于我和我老婆……(?)》

《某位美人的一生》
狮子文六,讲谈社。描写一名女子嫁给医生的长篇小说。竹谷富士雄装帧作画,田中一光构成,昭和三十九年(1964),840日元

田边茂一,新潮社。作者身为纪伊国屋书店社长,同时也是个喜好玩乐之人,这是他描写心境的小说集。昭和四十七年(1972),900日元

《谎言之店》
小岛政二郎,月曜书房。以司汤达(Stendhal)、阿纳托尔·法兰士(Anatole France)、永井荷风等人当题材的随笔。昭和二十二年(1947),200日元

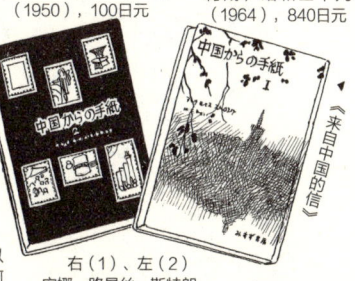

《来自中国的信》
右(1)、左(2)
安娜·路易丝·斯特朗
MISUZU书房。昭和四十、四十一年(1965、1966),2册,400日元

《十一月 水晶》,野吕邦畅,冬树社。昭和五十五年(1980),以42岁的年纪骤逝的芥川赏作家之第一创作集。昭和四十九年(1974)(2刷),1000日元

出作者的个性。

M先生就爱看这些谈论回顾或艺能的书，确实很像他会做的选择。

另一本是小岛政二郎的《谎言之店》，装帧为宫田重雄。M先生说，这感觉就像在古董店买了块年代久远的陶瓷碎片。不过，这本书相当老旧残破，若是想翻书细看，恐怕它会就此散落一地。

宫田的装帧我也很喜欢。本书确实有种马约利卡①彩陶的气氛，感觉得出一股别出心裁的西洋风味。

书是用来看的，但若是被装帧吸引而买书，懂得享受当中的乐趣，购书量便会以加速度增加。另外，因为本书采访的缘故，总会心想"既然要去福冈，就在那里找找《点与线》的初版吧"或是"既然去轻井泽，搞不好可以买到《鲁本斯的伪画》呢"，找书的动机渐渐偏离原本的目的，买书的量又会增加许多。虽然是到处都买得到的书，但在当地发现具有其特别的意义，像这样的思考模式，也已明显开始产生变化。

此次的收获大结算，没有一本是我在采访时发现的书。几乎都是在书目清单上寻得。我介绍的只是其中的一部分。我已限定自己只能在采访时到古书店买书。以前几乎每个礼拜都会光顾的特卖展，现在也只有在书目清单下定抽中时，才会前去露脸。因为我的藏书量已暴增太多。此外，杂货也增加不少。

因为书的重量，地面变得倾斜，我的平衡感也变得不太正常。但这也是无可奈何的事。谁叫这世上有这么多令人垂涎的好书呢。

---

①Maiolica，意大利彩陶。

探索小店的大乐趣

我以前在银座上班，公司附近有家很小的古书店。店面约1米宽，里头还摆满了书柜和平台，所以里头只要站了个人，便无法通行。店内约3米深。但每天还是挤满了附近的公司员工。我也常在午休时到那里逛逛。

因为只是家狭小的古书店，里头当然没什么藏书。但因为书的更换率高，所以时时上门查看总会有收获。"这种书谁会买啊。"向来没人会说这种话。因为他们绝不浪费。小店有小店的生存方式，这方面他们可一点都不马虎，很有意思。

小空间培育出古书迷

当狭小的古书店里没其他客人时，这段时间自然得和店主两人共享这小小的空间。如果这样会觉得尴尬，恐怕就难以体会四处逛古书店的乐趣了。

不只限于古书店，当打开门走进店内时，会借由打破原本的寂静，来置身于店内空间中，有种接受"声音洗礼"的感觉。这时候，只要说一句"可以让我参观一下吗"即可。除非是个脾气古怪的老板，否则一般都会说一句"请"。若没看到想要的商品，与其不发一语地离开，不如说一句"打扰了"，这样比较容易步出店门外，心情也会比较轻松。

"用不着那么客气吧？"可能有人会这么说，不过，古书店与一般书店不同，这里的书全是店主花钱收购的藏书。我认为，身为古书迷，这是最基本的礼貌，而且我都身体力行。

多年前，我曾对那些在神保町刚开业不久的古书店进行问卷调查。

"店铺面积多少才恰当？"这个问题得到最多的答案，是10坪。这次采访的店家分别为2坪、4坪、8坪。但他们还是能经营古书店。如果是像神保町那样的古书店街，拥有专门领域会比较好经营，就算店面小，也不见得会有什么不好的影响。不过，若是在商店街开一家古书店，在商品的准备方面就得多花些心思才行。

前述的银座古书店，提供许多适合公司员工阅读的书，而且更换速度快。

昭和四十八年（1973），我在这家店发现一本《夏洛克·福尔摩斯的紫烟》（长沼弘毅），开价3500日元。当时的起薪为45000日元。正当我犹豫该不该买的时候，隔天便已售出。我以为没人会买，一时低估了，但这就是生意手腕，店主早看准它一定会卖出。后来我又买到同一本书，不过就算现在买，也只要3000日元左右。古书的价格变便宜了。

二、四、八坪，风格独具的书店

神保町的"古书富士鹰屋"是推理、科幻小说专卖店。虽然没加入工会，但似乎靠自己的藏书和向顾客收购便足以经营。店内没有吸引古书迷的珍奇书，但是令爱读人士满意的书相当齐全。店内4坪大小。虽然小，但文库本的库存相当丰富。编辑M先生也很喜欢推理小说，所以当我在素描时，他一直忙着淘书。喂，记得留点给我啊。

接着是一间2坪大的小店，板桥的"古书大正堂"。虽说是2坪大，但三面都被书架占去空间，所以实际只有约三张榻榻米大。不过，店里"麻雀虽小，五脏俱全"。

古书 富士鷹屋

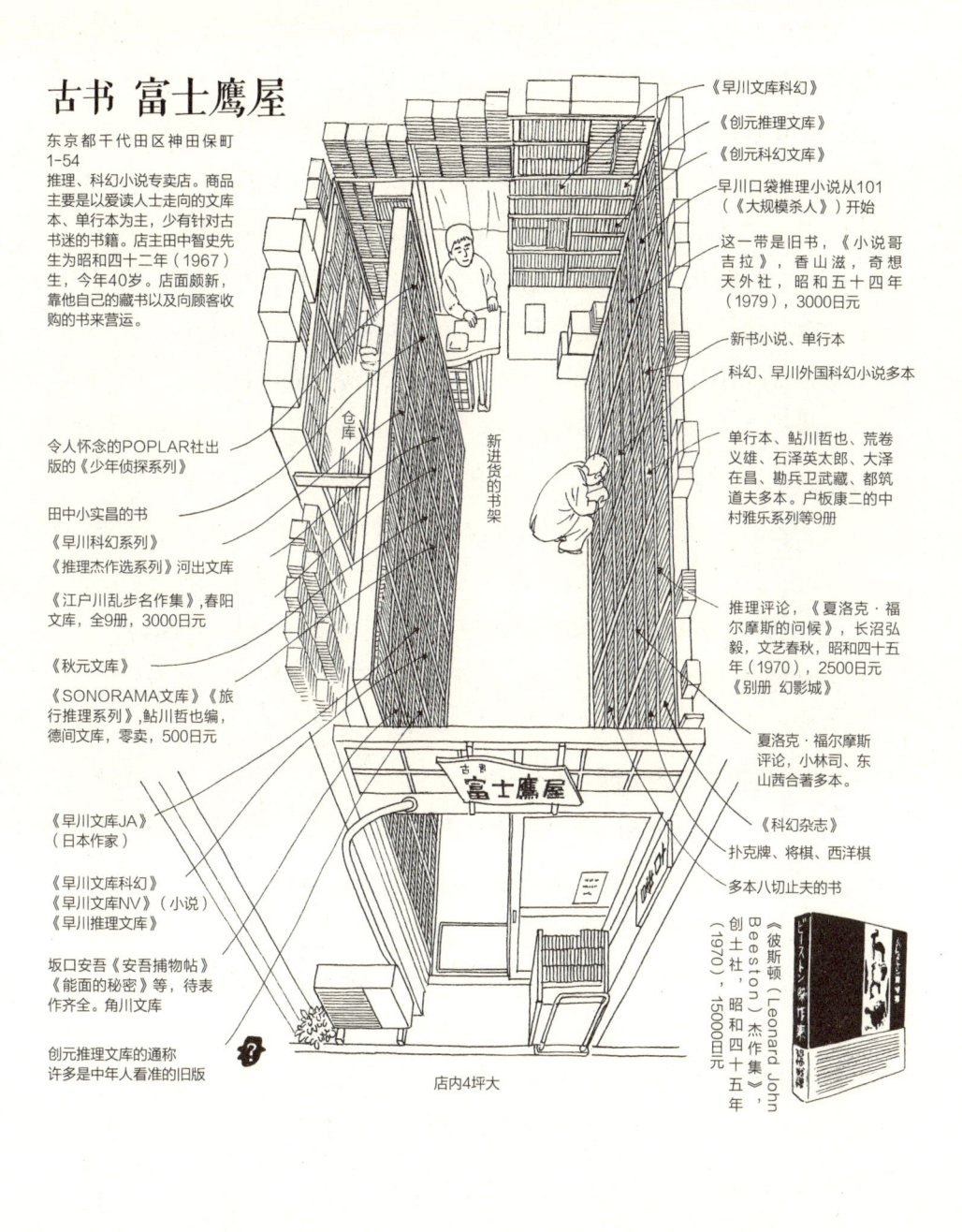

东京都千代田区神田保町 1-54

推理、科幻小说专卖店。商品主要是以爱读人士走向的文库本、单行本为主，少有针对古书迷的书籍。店主田中智史先生为昭和四十二年（1967）生，今年40岁。店面颇新，靠他自己的藏书以及向顾客收购的书来营运。

- 令人怀念的POPLAR社出版的《少年侦探系列》
- 田中小实昌的书
- 《早川科幻系列》
- 《推理杰作选系列》河出文库
- 《江户川乱步名作集》，春阳文库，全9册，3000日元
- 《秋元文库》
- 《SONORAMA文库》《旅行推理系列》，鲇川哲也编，德间文库，零卖，500日元
- 《早川文库JA》（日本作家）
- 《早川文库科幻》《早川文库NV》（小说）《早川推理文库》
- 坂口安吾《安吾捕物帖》《能面的秘密》等，待表作齐全。角川文库
- 创元推理文库的通称许多是中年人看准的旧版

店内4坪大

- 《早川文库科幻》
- 《创元推理文库》
- 《创元科幻文库》
- 早川口袋推理小说从101（《大规模杀人》）开始
- 这一带是旧书，《小说哥吉拉》，香山滋，奇想天外社，昭和五十四年（1979），3000日元
- 新书小说、单行本
- 科幻、早川外国科幻小说多本
- 单行本、鲇川哲也、荒卷义雄、石泽英太郎、大泽在昌、勘兵卫武藏、都筑道夫多本。户板康二的中村雅乐系列等9册
- 推理评论，《夏洛克·福尔摩斯的问候》，长沼弘毅，文艺春秋，昭和四十五年（1970），2500日元
- 《别册 幻影城》
- 夏洛克·福尔摩斯评论，小林司、东山茜合著多本。
- 《科幻杂志》
- 扑克牌、将棋、西洋棋
- 多本八切止夫的书
- 《彼斯顿（Leonard John Beeston）杰作集》，创土社，昭和四十五年（1970），15000日元

仓库

新进货的书架

古书 富士鷹屋

顾店的大类女士虽是店主，却说"我对旧书一窍不通"。

店内的商品，据说是因为她喜欢旧书的先生常到神保町通买书，摆满了整个屋子，所以她常带来这里补货这也就是所谓的车库大特卖（失礼了）。为了旧书，甚至还租了仓库存放，所以这已超出喜欢旧书的范围了。好像不时有人会前来询问"可否收购我的书"，但似乎都遭店主回绝。"因为我是为了减少藏书，才开这家店。而且我也不懂旧书的价值……"原来是这么回事。深感同情。不过，她先生所挑选的古书虽杂，但有不少是难得一见的珍奇古书。

藏书以历史、时代小说、文学为主，不过，书的后面另外还摆了一排，所以不清楚究竟有哪些书。由于价格都相当便宜，很推荐古书迷前来挖宝。其实就在我家附近。开店时间比较晚，大约是从16：00到20：00。

位于银座一丁目的"闲闲堂"，是美术古书专卖店。店主原本经营画廊，也贩售绘画。

店内商品以日本美术书为主。店面不宽，但纵深颇长，虽然只有8坪大，但比想象中来得宽敞。二楼有书库，书籍资料堆积如山，所以也不能说这是家小店。

有张和纸从成堆的资料中露出一角，上头写着："……花谱"。好像是船崎光治郎的彩色木刻版画图鉴《高山花谱》（富岳本社）的封面或书衣，不过，封面与背面分离，不知道是何者。我有一本裸书。店主佐藤先生说："那就送你吧。"我很感激地收下。封面和书腰这类的东西，可不是说找就找得到的。我之所以如此执着于书况，可说是因为上了年纪，不，是因为迟钝，不不不，是爱书的缘故。这可说是此次最大的收获。

闲闲堂老板，太感谢了。

全国应该还有很多我所不知道的超小古书店。祝你们幸运！

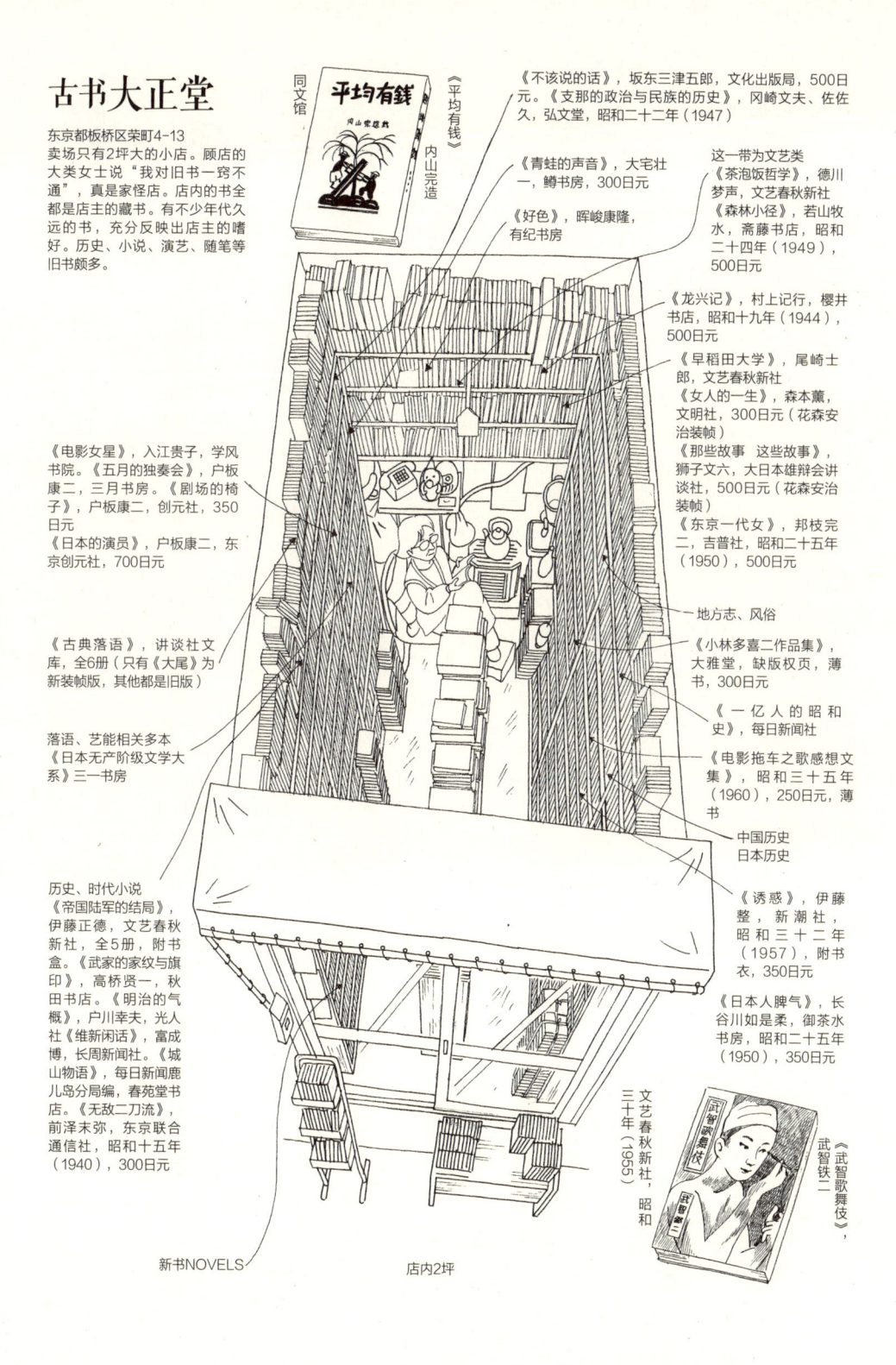

古书大正堂

东京都板桥区荣町4-13
卖场只有2坪大的小店。顾店的大类女士说"我对旧书一窍不通",真是家怪店。店内的书全都是店主的藏书。有不少年代久远的书,充分反映出店主的嗜好。历史、小说、演艺、随笔等旧书颇多。

同文馆

《平均有钱》

内山完造

《不该说的话》,坂东三津五郎,文化出版局,500日元。《支那的政治与民族的历史》,冈崎文夫、佐佐久,弘文堂,昭和二十二年(1947)

《青蛙的声音》,大宅社一,鳟书房,300日元

《好色》,晖峻康隆,有纪书房

这一带为文艺类
《茶泡饭哲学》,德川梦声,文艺春秋新社
《森林小径》,若山牧水,斋藤书店,昭和二十四年(1949),500日元

《龙兴记》,村上记行,樱井书店,昭和十九年(1944),500日元

《早稻田大学》,尾崎士郎,文艺春秋新社
《女人的一生》,森本薰,文明社,300日元(花森安治装帧)

《那些故事 这些故事》,狮子文六,大日本雄辩会讲谈社,500日元(花森安治装帧)

《东京一代女》,邦枝完二,吉普社,昭和二十五年(1950),500日元

《电影女星》,入江贵子,学风书院。《五月的独奏会》,户板康二,三月书房。《剧场的椅子》,户板康二,创元社,350日元
《日本的演员》,户板康二,东京创元社,700日元

地方志、风俗

《小林多喜二作品集》,大雅堂,缺版权页,薄书,300日元

《一亿人的昭和史》,每日新闻社

《古典落语》,讲谈社文库,全6册(只有《大尾》为新装帧版,其他都是旧版)

《电影拖车之歌感想文集》,昭和三十五年(1960),250日元,薄书

落语、艺能相关多本
《日本无产阶级文学大系》三一书房

中国历史
日本历史

《诱惑》,伊藤整,新潮社,昭和三十二年(1957),附书衣,350日元

历史、时代小说
《帝国陆军的结局》,伊藤正德,文艺春秋新社,全5册,附书盒。《武家的家纹与旗印》,高桥贤一,秋田书店。《明治的气概》,户川幸夫,光人社《维新闲话》,富成博,长周新闻社。《城山物语》,每日新闻鹿儿岛分局编,春苑堂书店。《无敌二刀流》,前泽末弥,东京联合通信社,昭和十五年(1940),300日元

《日本人脾气》,长谷川如是柔,御茶水书房,昭和二十五年(1950),350日元

文艺春秋新社,昭和三十年(1955)

《武智歌舞伎》,武智铁二

新书NOVELS

店内2坪

闲闲堂

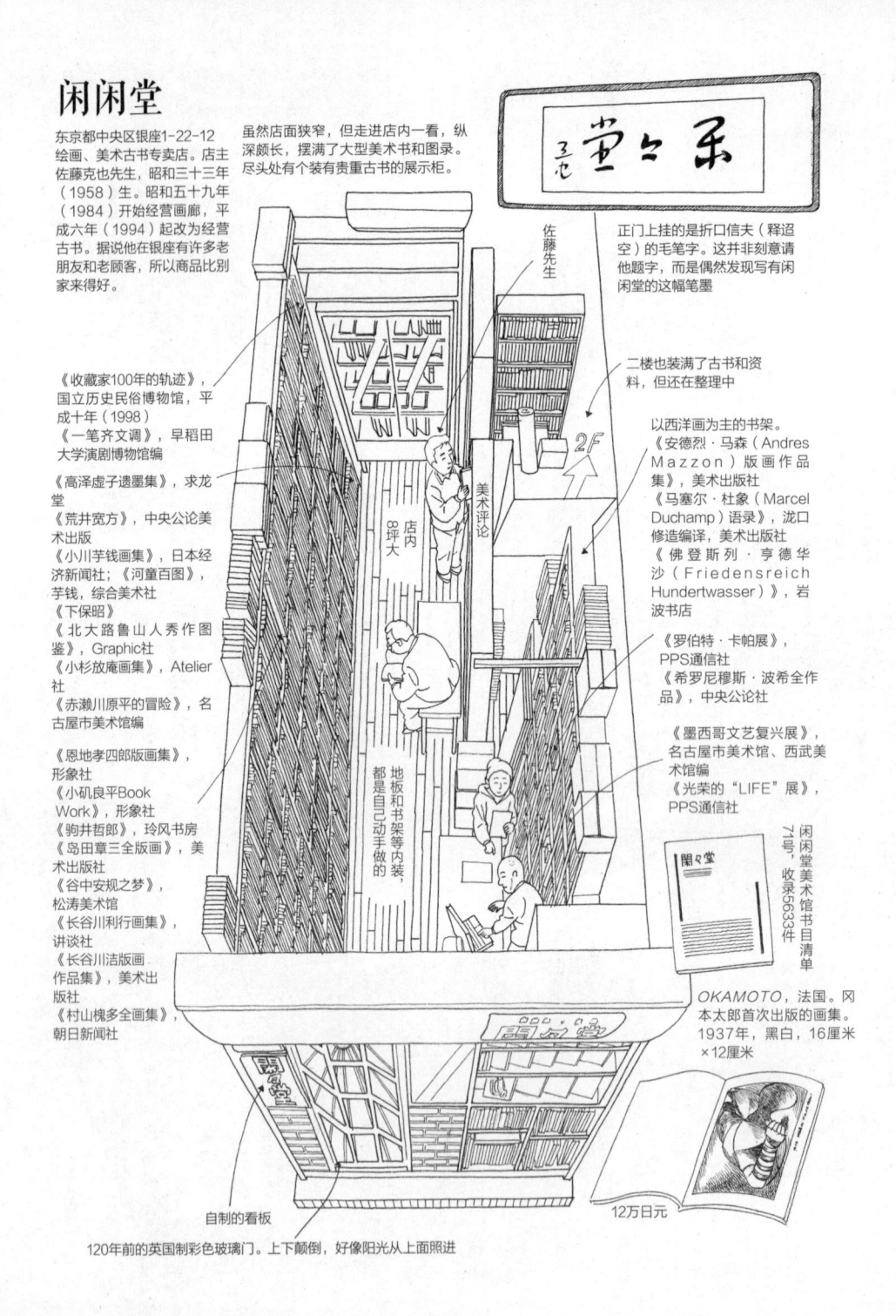

东京都中央区银座1-22-12 绘画、美术古书专卖店。店主佐藤克也先生，昭和三十三年（1958）生。昭和五十九年（1984）开始经营画廊，平成六年（1994）起改为经营古书。据说他在银座有许多老朋友和老顾客，所以商品比别家来得好。

虽然店面狭窄，但走进店内一看，纵深颇长，摆满了大型美术书和图录。尽头处有个装有贵重古书的展示柜。

正门上挂的是折口信夫（释迢空）的毛笔字。这并非刻意请他题字，而是偶然发现写有闲闲堂的这幅笔墨。

二楼也装满了古书和资料，但还在整理中

佐藤先生

美术评论

店内8坪大

地板和书架等内装，都是自己动手做的

以西洋画为主的书架。
《安德烈·马森（Andres Mazzon）》版画作品集》，美术出版社
《马塞尔·杜象（Marcel Duchamp）语录》，泷口修造编译，美术出版社
《佛登斯列·亨德华沙（Friedensreich Hundertwasser）》，岩波书店

《罗伯特·卡帕展》，PPS通信社
《希罗尼穆斯·波希全作品》，中央公论社

《墨西哥文艺复兴展》，名古屋市美术馆、西武美术馆编
《光荣的"LIFE"展》，PPS通信社

《收藏家100年的轨迹》，国立历史民俗博物馆，平成十年（1998）
《一笔齐文调》，早稻田大学演剧博物馆编
《高泽虚子遗墨集》，求龙堂
《荒井宽方》，中央公论美术出版
《小川芋钱画集》，日本经济新闻社；《河童百图》，芋钱，综合美术社
《下保昭》
《北大路鲁山人秀作图鉴》，Graphic社
《小杉放庵画集》，Atelier社
《赤濑川原平的冒险》，名古屋市美术馆编
《恩地孝四郎版画集》，形象社
《小矶良平Book Work》，形象社
《驹井哲郎》，玲风书房
《岛田章三全版画》，美术出版社
《谷中安规之梦》，松涛美术馆
《长谷川利行画集》，讲谈社
《长谷川洁版画作品集》，美术出版社
《村山槐多全画集》，朝日新闻社

闲闲堂美术馆书目清单"71号"，收录5633件

OKAMOTO，法国。冈本太郎首次出版的画集。1937年，黑白，16厘米×12厘米

12万日元

自制的看板

120年前的英国制彩色玻璃门。上下颠倒，好像阳光从上面照进

《明治收藏品》
料治熊太,德间书店。古美术收藏家的油灯、绘画明信片、伊万里印版等收集谈。昭和三十八年（1963），2000日元（M）

《新宿游手好闲一族》
田中小实昌,泰流社。在新宿黄金街展开一场又一场像是男女情欲,却又不太像的小说集。昭和五十三年（1978），1200日元（M）

《蜗牛道中记》
作曲家福田兰童的随笔。没提到父亲青木繁。他的儿子是已故的石桥英太郎。创艺社,昭和三十一年（1956），500日元（I）

《雨天跳做爱布鲁士》
荒木一郎,河出书房新社。以"心爱的Macks"等畅销曲闻名的歌手、演员,其处女小说集。昭和五十八年（1983），1200日元（M）

《二十的二倍》
双叶社。1960年的安保条约,当时同伴的死,在40岁的主角心中留下阴影。昭和五十六年（1981），400日元（M）

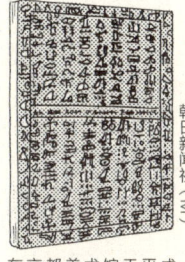

《大英博物馆古埃及展》
朝日新闻社（M）
东京都美术馆于平成十一年（1999）举办的展览图录。M先生说"我要送给我爸,他喜欢古文明",就此买下。1500日元

《这次的收获》 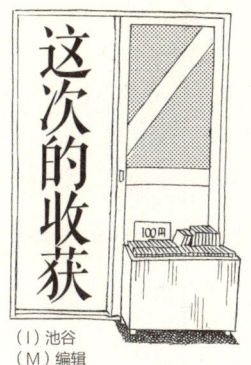
（I）池谷（M）编辑

《代代的歌人》
折口信夫,角川文库。《女流短歌史》《歌的故事》等,收录了短歌史相关文章。昭和五十年（1975）改版再版，300日元（M）

汤玛斯·特莱恩（Thomas Tryon），早川书房。曾在《史上最大作战》中演出的演员之推理小说。昭和五十年（1975），1600日元（M）

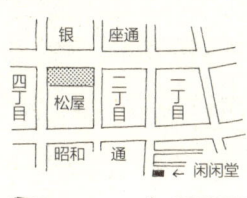

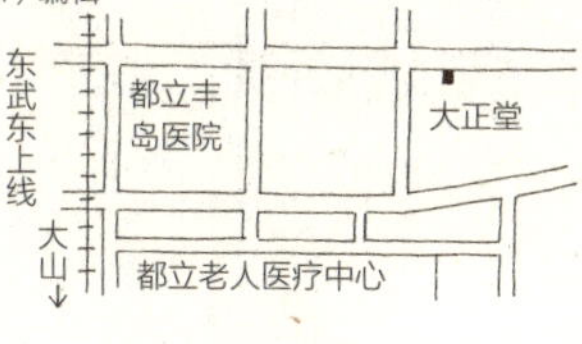

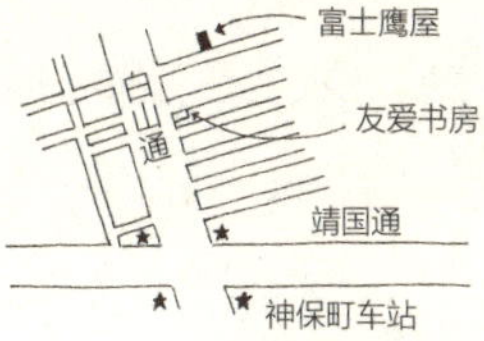

罗斯·麦唐诺（Ross Macdonald），创元推理文库。侦探刘亚契（Lew Archer）登场的系列之一。昭和四十六年（1971）14版，300日元（M）

都筑道夫,双叶社。深夜俱乐部中所谈的怪谈共七篇。昭和六十一年（1986），800日元（M）

户板康二,讲谈社。熟悉的歌舞伎演员中村雅乐系列中,内容相当充实的一本书。昭和六十年（1985），1300日元（I）

大日本雄辩会讲谈社。饮食、交友、巴黎等,随兴谈论这些话题的随笔集。花森安治装帧。昭和三十年（1955），500日元（I）

《那些故事 这些故事》
《龙兴记》,村上知行。樱井书店的书,在古书迷中颇有人气。以中国明朝为背景（未读）。昭和十九年（1944），500日元（I）

专卖店贩售『千两橘子』

　　喜欢侦探小说的我，10年前曾请求前去采访"芳林文库"，因为它可说是珍奇书的宝库。当时店主告诉我"要是经你介绍，我变得太忙，那可就麻烦了"，以此拒绝了我。当时觉得这位店主似乎讨厌太过忙碌，宁愿埋首于侦探小说中，也不愿忙着做生意。

　　之后，我们还是维持老板与顾客的关系，但每次一提到采访的事，总是被拒绝。"店内零乱得很，连坐的地方也没有。"尽管他后来改为这样的说辞，但最后终究还是点头答应。

专卖店是橘子批发商

　　这次负责的编辑K先生，比我儿子还年轻，是名新编辑。

　　我们约在西武新宿线的下井草车站碰面，一同前往芳林文库。从车站走5分钟便可抵达。走进事务所一看，店主似乎前一天已事先整理过，腾出两人份的空间。

里头约十张榻榻米大小。玻璃柜里摆有梦野久作、小栗虫太郎、香山滋等战前侦探小说的初版。

此外，书架上也摆有国内外的知名侦探小说。书架下层层堆叠的书，无法细看，但想必当中一定藏有珍奇逸品。

"这里不是招待客人的事务所。只是偶尔会来这里拿客人从书目清单上订购的书。"店主岛田先生说。原来如此，这里没有在店里挑旧书的气氛。

"顾客当中，有人在看过书的价格后会对我说，他曾以更便宜的价格买过这本书，但我们是一家专卖店。"店主说。

不了解专卖店的客人似乎大有人在。客人曾经在不是专卖店的店家，以便宜的价格发现高价的古书，因而夸耀自己的战功，这种事常发生（我也有这样的经验）。

"既然我们挂出专卖店的招牌，就很不想对客人说，抱歉，我们店里没有您要的书。至少也希望能达到客人七成的要求，所以有时不惜亏本也要在书市抢标。想要的书既然在同一个领域，其他书当然也非买不可。"

听完他说的话，我想到落语中一个关于"千两橘子"的故事。在此为没听过的人稍做介绍。

一位大老板卧病在床。说他想吃橘子。他患有神经衰弱的毛病。当时正值夏天，不可能有橘子，但出外找寻橘子的掌柜，还是从橘子批发商的大仓库里找到一颗没烂的橘子。这颗橘子价值一千两。批发商老板说："我们是橘子批发商。为了因应随时有可能前来买橘子的客人，我们贮藏了这么多橘子，尽管明白它会腐烂。一个要价一千两，应该算是很便宜了。"商人的骄傲，是这个故事的重点。这故事还有另外一个妙点，有兴趣的人不妨听听这个落语。

闲话休提，我的意思并不是说芳林文库的侦探小说也价值千两。我希望大

芳林文库

167-0022东京都杉井区下井草3-31-19芳林广场1F
与其说是针对喜好推理小说的爱读人士，不如说是针对古书迷，有丰富齐全的旧侦探小说和推理小说。插图所画的是事务所，所以书不多。店主并未进行店头贩售，他只透过特卖展"中央线古书展"与书目清单来贩售。也没从事网络贩售，但有不少老客户和书迷。除了事务所外，他另外有个仓库，战前侦探小说和全集堆积如山，无立锥之地。一般顾客是不准进仓库，但他特别通融让我参观。书目清单每年发行一次。每次卷头都会安排珍奇书以及每个作家的小特集，这都是很贵重的资料。有意愿者可与他联络。

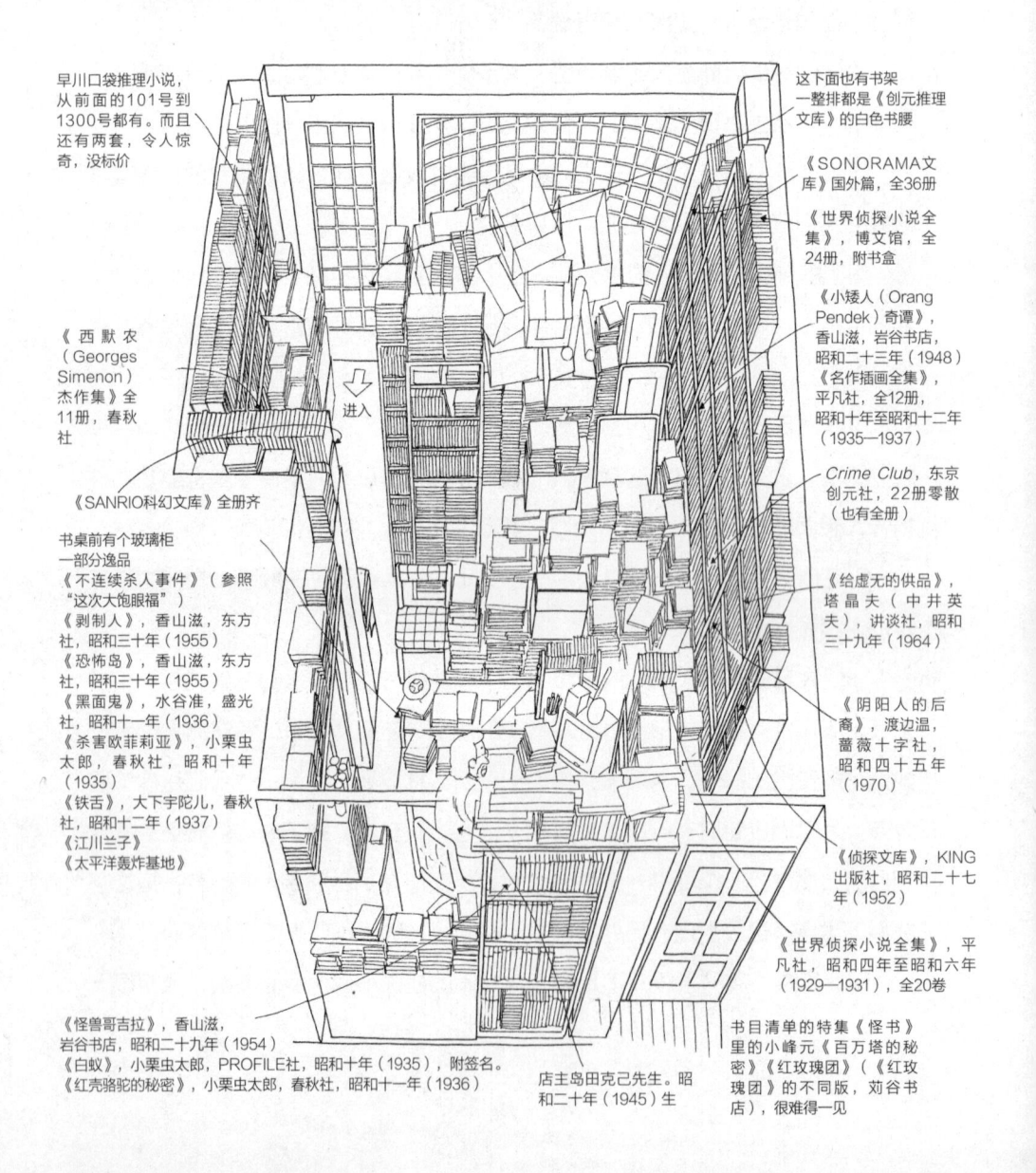

早川口袋推理小说，从前面的101号到1300号都有。而且还有两套，令人惊奇，没标价

《西默农（Georges Simenon）杰作集》全11册，春秋社

《SANRIO科幻文库》全册齐

书桌前有个玻璃柜
一部分逸品
《不连续杀人事件》（参照"这次大饱眼福"）
《剥制人》，香山滋，东方社，昭和三十年（1955）
《恐怖岛》，香山滋，东方社，昭和三十年（1955）
《黑面鬼》，水谷准，盛光社，昭和十一年（1936）
《杀害欧菲莉亚》，小栗虫太郎，春秋社，昭和十年（1935）
《铁舌》，大下宇陀儿，春秋社，昭和十二年（1937）
《江川兰子》
《太平洋轰炸基地》

《怪兽哥吉拉》，香山滋，岩谷书店，昭和二十九年（1954）
《白蚁》，小栗虫太郎，PROFILE社，昭和十年（1935），附签名。
《红壳骆驼的秘密》，小栗虫太郎，春秋社，昭和十一年（1936）

店主岛田克己先生。昭和二十年（1945）生

这下面也有书架
一整排都是《创元推理文库》的白色书腰

《SONORAMA文库》国外篇，全36册

《世界侦探小说全集》，博文馆，全24册，附书盒

《小矮人（Orang Pendek）奇谭》，香山滋，岩谷书店，昭和二十三年（1948）
《名作插画全集》，平凡社，全12册，昭和十年至昭和十二年（1935—1937）

Crime Club，东京创元社，22册零散（也有全册）

《给虚无的供品》，塔晶夫（中井英夫），讲谈社，昭和三十九年（1964）

《阴阳人的后裔》，渡边温，蔷薇十字社，昭和四十五年（1970）

《侦探文库》，KING出版社，昭和二十七年（1952）

《世界侦探小说全集》，平凡社，昭和四年至昭和六年（1929—1931），全20卷

书目清单的特集《怪书》里的小峰元《百万塔的秘密》《红玫瑰团》（《红玫瑰团》的不同版，刈谷书店），很难得一见

家能了解的是，专卖店就算吃点亏，也会备妥齐全的藏书。全集当中的一本始终无法买到，最后只好一次买下全集的例子相当多。如果不愿意这么做，只要一面享受四处逛古书店的乐趣，一面多花些时间和金钱，以便宜的价格找寻你要的书，这样也是个办法。

依我的经验，常是后悔当时没全册买下。一册一册收集，有的有书盒，有的没有，书况落差颇大，总有参差不齐的感觉。

一般古书店也都是此道的专家，对一些高价的侦探小说，理应会标上相对的价格。另外，我记得曾经看过几家书店，价格开得比专卖店还高。专卖店并非只是摆上商品，他们会不断进货，凑齐书况良好的书籍，所以对一点点小瑕疵也很敏感。因为同一本书会同时拥有好几册，他们有时也会便宜出售一些书况不佳的书，值得期待。

芳林文库的岛田先生，喜欢买更胜于卖。可能因为他原本也是位古书迷吧。书市里有几家竞争业者，他叹息道："最近的年轻人，都很舍得开价下标呢。"他指的是人气高的少年小说。

可能是因为年纪比我高的人，时常接触魔、怪、奇等标题的侦探小说，对于太高价的书籍，总是敬而远之。而三十几岁的业者或客人，买起两三万日元的书，一点都不手软。这一切看来，似乎很理所当然。如今古书有全面跌价的倾向，但这个领域却略微呈现出泡沫经济的现象。

对年轻的女性客人说"我们卖的比较贵哦"

"古书落穗舍"以前曾经在江古田开设店面兼事务所。一周只开店两天，我也曾去光顾。

由于当时他们没使用移动式书架，所以店内有哪些珍奇书坐镇，一览无

古书落穗舍

176-0002 东京都练马区樱台1-25-1，透过网络与书目清单的"拾落穗通信"进行邮购的专卖店。侦探小说占书目清单的1/3以上。从押川春浪、黑岩泪香等明治、大正时期的作家，到乱步、正史、POPLAR社、偕成社等儿童走向的小说都有，库存书相当丰富。

店主栗原胜彦先生，昭和十九年（1944）生

此外还有寺山修司《天空的书》的场书房、《给我五月》作品社、《赤脚情歌》的场书房、《血与麦》白玉书房等，有许多诗集、小说等藏书。书目清单中还有泉镜花、生田耕作、稻垣足穗、唐十郎、涩泽龙彦等人的作品，相当充实

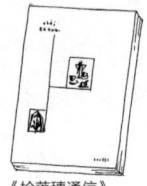

《拾落穗通信》
收录约13000件

美术、嗜好

嗜好（斋藤昌三著作多本）
国外文学

《山羊之歌》，中原中也，文圃堂版，昭和九年（1934）

《新作侦探小说全集》，全潮社，昭和七年至昭和八年（1932—1933），全10册，书况极美

书志、国外文学
文学（三岛由纪夫、寺山修司著作多本）

文学（涩泽龙彦、种村季弘、稻垣足穗等著作多本）

三岛由纪夫在书的跨页单面以红墨所写的汉诗，特别裱框

文学（战后）
文学 丛书、童书（野尻抱影著作多本）

文学
推理、侦探、科幻

《江户川乱步全集》，平凡社，昭和六年至昭和七年（1931—1932），全13册

国外文学评论 侦探、推理
（长沼弘毅、夏洛克·福尔摩斯及其他多本）

侦探（POPLAR社、偕成社的少年小说多本）

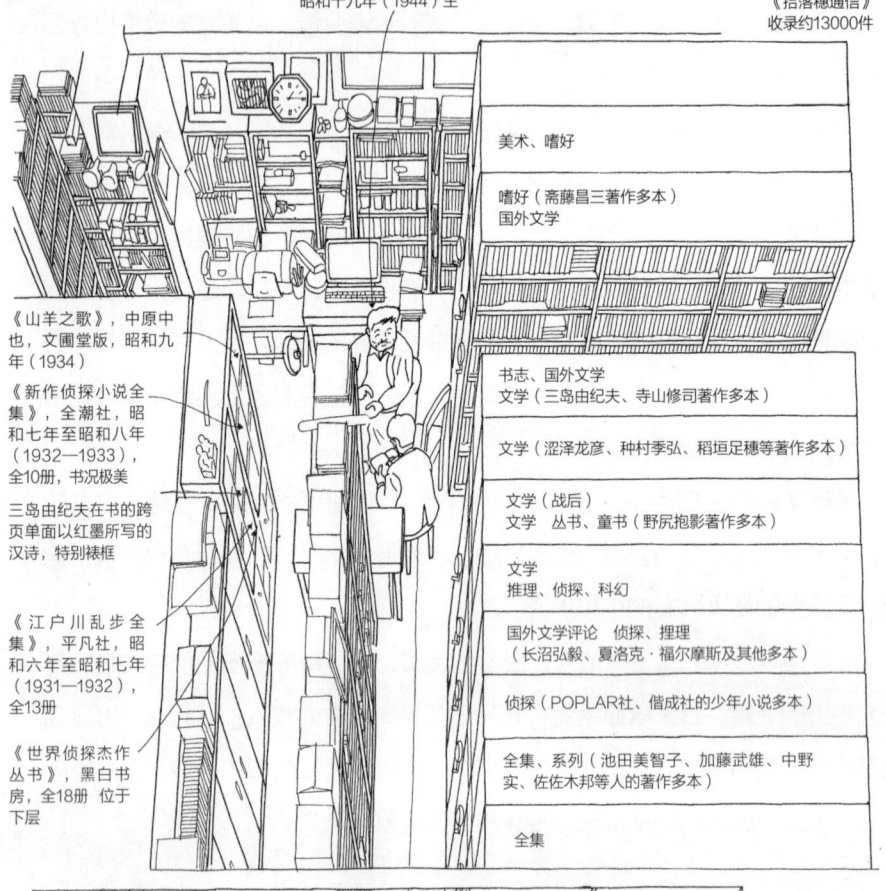

《世界侦探杰作丛书》，黑白书房，全18册 位于下层

全集、系列（池田美智子、加藤武雄、中野实、佐佐木邦等人的著作多本）

全集

这里是事务所。书目清单约一年发行两次。有意者只要1500日元（可用邮票代替）便可寄送

余。从近现代文学到侦探小说的珍奇书,相当齐全,现在还是一样没变。

这时,店内走进一名年轻的女顾客,好像在找书。

"这位客人,我们卖得比较贵哦。"店主栗原先生唤道。想必他认为对方不知道落穗舍大多是珍奇书,以为这里是普通的古书店。

那名女性顾客是前来找寻高桥和子的特定著作,她似乎也知道店里摆有昂贵的商品。

最后,她还是没找到她要的书,不过,像她这样知道这里是专卖店而特地前来的客人并不多。

我和编辑K先生一起前往樱台的落穗舍。它和芳林文库一样,是位于住宅街内的事务所。

落穗舍如插图所示,使用移动式书架,所以无法看见书架上摆满逸品的模样,身为一名探访者,甚感遗憾。不过,像《新作侦探小说全集》(新潮社)、《江户川乱步全集》(平凡社)等战前的全集,以及《山中散生诗集》(请参照"这次大饱眼福")、寺山修司的诗集等,这些令古书迷们垂涎的古书散见于各处。

接着,我参观了移动式书架。果然一如预期,全是逸品。有许多从未见过的书。推理、侦探小说占书目清单的三分之一以上,光这点就令人赞叹不已了。

"为了弄到一本横沟正史的书,我连这些不需要的书也全买了。"栗原先生说。这是专卖店都会面对的两难困境。据说他除了事务所外,也有仓库。那里肯定也是珍本奇书的宝库。

落穗舍并未参加特卖展,所以找不到在特卖展中贩售的杂书。这家店的铺货方式,可说是专门锁定古书迷而来。

这次大饱眼福

两家店都不做店头贩售，所以库存书没标价，但都是高价的书籍

↑ 落穗舍
↓ 芳林文库

《脚本新人》，筒井康隆
同志社大学时代的同人志。筒井发表《会长夫人万岁》。昭和三十二年（1957）

《被遗忘的女人》池田美智子
东方社，昭和三十一年（1956）。以标题的现代小说作为核心的作品集

风户又四郎，旺玄书房，昭和二十四年（1949）

《怪盗骷髅团》

《人间椅子》
江户川乱步《人椅》的插画。知名搭档松野一夫画

《机械学宣言》稻垣足穗、中村宏，假面社，昭和四十五年（1970），铜版装帧

《蠢动的触手》，江户川乱步（冈户武平代写），新潮社，昭和七年（1932），全10册的初篇

新作侦探小说全集
《山中散生诗集》，Bon书店，昭和十年（1935），附书盒，限定300本，附签名

《脑髓地狱》
梦野久作，松柏馆书店，昭和十年（1935）

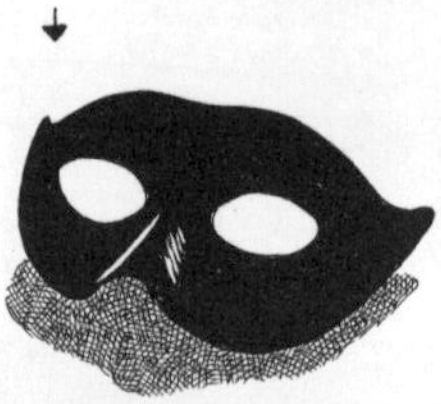

《Z9》（Zett nine）香山滋，光文社，昭和三十年（1955）。香山作品中极受欢迎的一本书

《狱门岛》
横沟正史，岩谷书店，昭和二十四年（1949）。封面画极为妖艳

《太平洋轰炸基地》
兰郁二郎，六合书院，昭和十七年（1942），附书盒，附作者亲笔签名

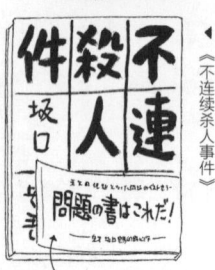

《不连续杀人事件》
右端贴上一个形状难得一见的书腰。坂口安吾，Evening Star社，昭和二十三年（1948）

《江川兰子》
博文馆，昭和六年（1931），乱步、横沟正史、甲贺三郎、大下宇陀儿、梦野久作、森下雨村合著

《二十世纪铁面具》
小栗虫太郎，春秋社，昭和十一年（1936），附书盒，茂田井武装帧

谈个题外话，书桌下摆有杠铃和哑铃。栗原先生是空手道四段的高手。书架下有多本空手道相关书籍。"请不要写我这里有许多高价的书，免得惹来麻烦。"这句话出自栗原先生嘴里，总觉得有点不太搭调。

　　那么，我收回前面说的话！我在移动书架上看不到什么特别的书。

　　夏天要找寻橘子确实不容易，但也可以回复老板一句"老爷，橘子得再等四五个月才吃得到吧？请您好好振作，再忍着点"。只不过，要找的书何时才能到手，却完全无法预期。

　　我的记事本上写有今后想得到的书，以及目标是全部凑齐的全集清单。尽管也曾偶然在古书店的店头和特卖展以便宜的价格寻获，但这张清单就像上西方取经所用的地图。在专卖店的书目清单上发现，也算是一种邂逅方式。如果价钱合适，我向来都会毫不犹豫地下定。

　　比起四处逛古书店找书，我更喜欢在气氛宜人的市街，邂逅适合入画的店家，就算店没什么起眼的古书也无妨。

从『坡上之云博物馆』看明治

松山篇之一

全国各地都有文学家博物馆，但只有特定作品的纪念馆，则相当罕见。我只想到箱根的"小王子博物馆"。不过，今年4月28日，司马辽太郎先生的"坡上之云博物馆"已于松山市开馆了。我是他的书迷，这部同名作品我已经反复看过许多遍，当然是非前去参观不可。希望日后也会兴建"半七捕物账文学馆""白色巨塔纪念馆"之类。

因为这个缘故，才刚开幕不久，我便和编辑K先生一同造访那座博物馆。

坡道一路绵延的博物馆

这座博物馆是安藤忠雄先生设计的建筑。最具特色的水泥原样墙面、玻璃壁面、每一层都是借由斜坡相通，与之前参观过的安藤忠雄"表参道之丘"有异曲同工之妙。据馆长松原正毅先生所言，"好像也有人只来参观这座建筑"。

利用三层楼来举办企划展，介绍《坡上之云》的时代、孕育出正冈子规、秋山真之的松山与他们的关系，以及开始步上近代国家之路的日本。

日本海海战、奉天会战等日俄战争相关的详细经过，就得期待在日后的企划展中一一介绍了。

"有部分人士持反对意见，认为这是在歌颂战争。但作品中完全找不到歌颂战争的文句。"松原馆长说。

这是当然。"没看过这本书的人应该不少吧？"我问。"确实不少哦。"馆长回答，"从馆内参观者在笔记上所写的意见来看，没看过的人大约有55％。"这数字令人有点感伤。还可以见到在老师带领下前来参观的学童身影。或许这也是无可奈何的事。

三楼到四楼的斜坡墙上，展示了以前在《产经新闻》上连载的小说，特地将1296回的剪报复制成展示板。想必每一位参观者都会对那庞大的数量感到震撼吧。

"有很多人询问，能否出复刻版。"松原馆长说。要是出复刻版的话，就算再贵我也要买。

"文艺春秋编辑，你怎么看？"我如此询问，但K先生却无法立刻答复。也难怪，这可是项大事业呢。

新闻版全都附上高原健二大师的插画，这是新闻小说独特的魅力。提出这项要求的人，应该不是旧书迷吧。

在古书特卖展中，常可看到新闻小说迷自己剪报装订成的细长册子。我手中也有几本。此事要是真能施行，那肯定是厚厚一本。

这里可利用二楼的电脑大致看过全篇，但就算一回要30秒，全部看完也需要11个小时之久。不容易啊。

我仔细欣赏展示品时，遇上一件令我很感兴趣的东西。那就是真之的结婚照。

坡上之云博物馆

爱媛县松山市一番町3-20 TEL 089(915)2600
身为俳人和歌人的子规、漱石,身为军人的秋山好古、真之兄弟,都是松山人,在建构一座涵盖这些人物的野外博物馆构想下,于2007年4月28日开馆。

正冈子规·俳人、歌人(1867—1902)

秋山真之·海军中将(1868—1918)

秋山好古·陆军上将(1859—1930)

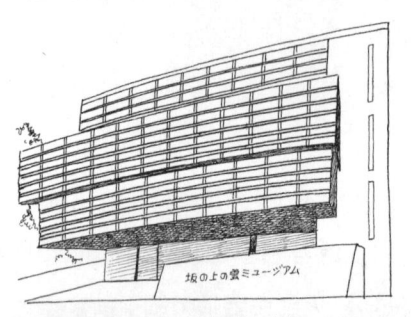

第一届的企划展为"子规与真之"。借由各种资料与《坡上之云》中的句子,来介绍孕育出子规、秋山真之、秋山好古的松山,以及当时日本的情况

钢筋水泥造,地下一楼,地上四楼。上午9:40至下午6:30,星期一公休(每个月的第一个星期一,适逢国定假日或补休时,同样开馆。均为隔天星期二休馆)。门票成人400日元,高中生200日元,中学生以下免费

围池,真之也曾在此游玩的松山藩泉水池照片

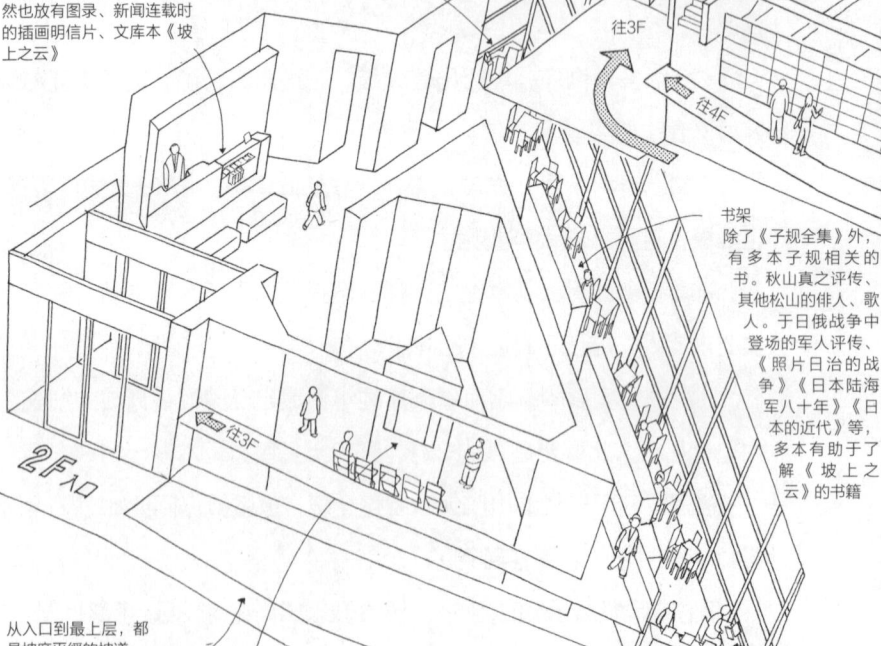

资讯及博物馆商店。这里当然也放有图录、新闻连载时的插画明信片、文库本《坡上之云》

咖啡机

斜坡

往3F

往4F

书架
除了《子规全集》外,有多本子规相关的书。秋山真之评传、其他松山的俳人、歌人。于日俄战争中登场的军人评传、《照片日治的战争》《日本陆海军八十年》《日本的近代》等,多本有助于了解《坡上之云》的书籍

从入口到最上层,都是坡度平缓的坡道

2F入口

往3F

以三面荧幕介绍松山市城镇建设的相关活动和未来蓝图

有五台电脑,可观看博物馆收集的资料,以及影像新闻版的《坡上之云》

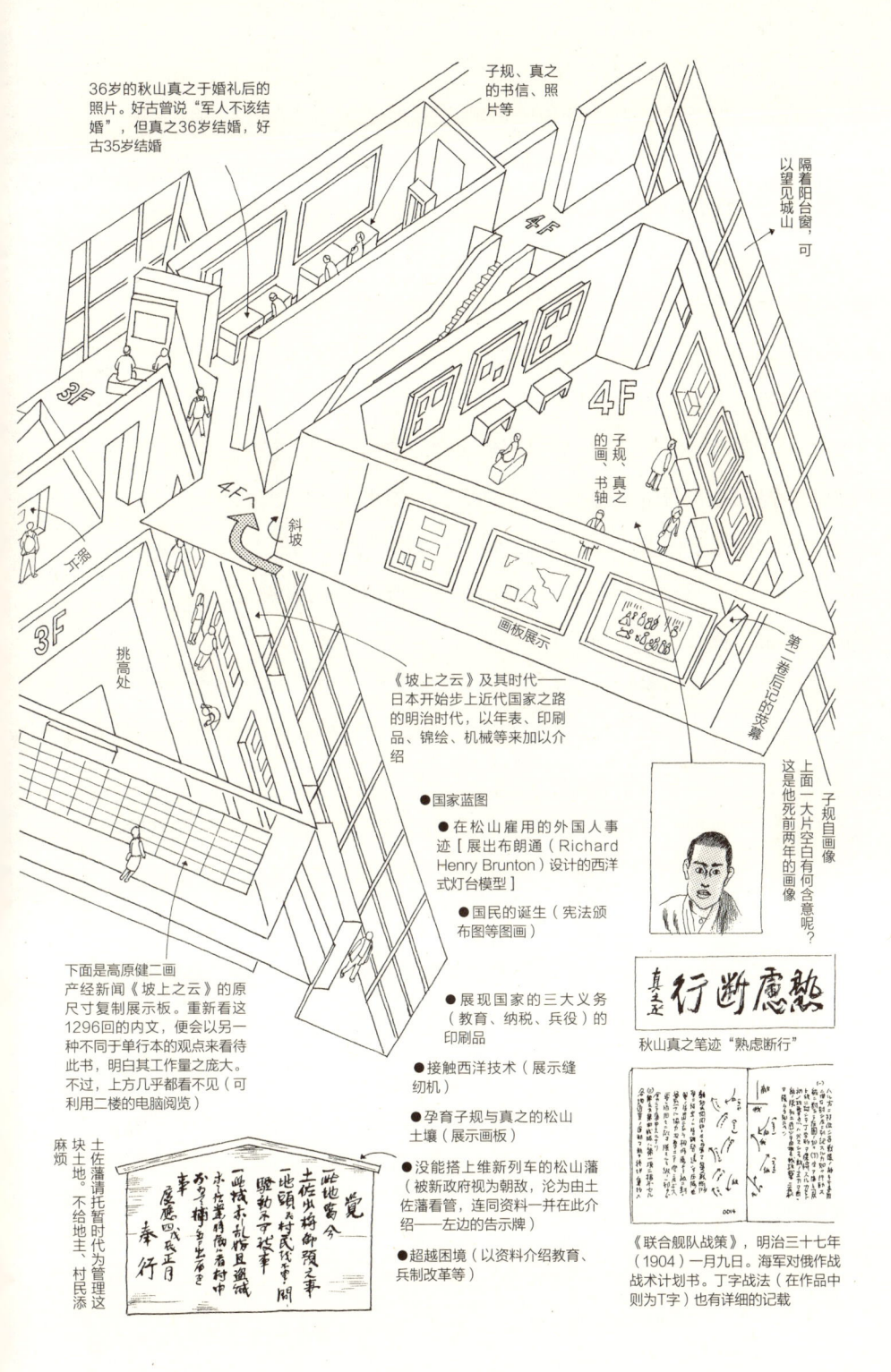

- 36岁的秋山真之于婚礼后的照片。好古曾说"军人不该结婚",但真之36岁结婚,好古35岁结婚
- 子规、真之的书信、照片等
- 隔着阳台窗,可以望见城山
- 4F
- 3F
- 斜坡
- 4F ↑
- 挑高处
- 子规、真之的画、书轴
- 画板展示
- 第二卷后记荧幕
- 《坡上之云》及其时代——日本开始步上近代国家之路的明治时代,以年表、印刷品、锦绘、机械等来加以介绍
- 国家蓝图
- 在松山雇用的外国人事迹〔展出布朗通(Richard Henry Brunton)设计的西洋式灯台模型〕
- 国民的诞生(宪法颁布图等图画)
- 展现国家的三大义务(教育、纳税、兵役)的印刷品
- 接触西洋技术(展示缝纫机)
- 孕育子规与真之的松山土壤(展示画板)
- 没能搭上维新列车的松山藩(被新政府视为朝敌,沦为由土佐藩看管,连同资料一并在此介绍——左边的告示牌)
- 超越困境(以资料介绍教育、兵制改革等)

下面是高原健二画产经新闻《坡上之云》的原尺寸复制展示板。重新看这1296回的内文,便会以另一种不同于单行本的观点来看待此书,明白其工作量之庞大。不过,上方几乎都看不见(可利用二楼的电脑阅览)

土佐藩请托暂时代为管理这块土地。不给地主、村民添麻烦

子规自画像。上面一大片空白有何含意呢?这是他死前两年的画像

秋山真之笔迹"熟虑断行"

《联合舰队战策》,明治三十七年(1904)一月九日。海军对俄作战战术计划书。丁字战法(在作品中则为T字)也有详细的记载

真之的哥哥，陆军上将秋山好古曾感触良深地说道："年轻人的敌人是家庭。"这对兄弟都很晚婚，真之36岁结婚，好古35岁结婚。真之好像曾四处对人说："（结婚是）在我一生最大的嗜好（海军）中，用来排遣郁闷用的。"但好古却称赞真之的妻子季是一位"很好的妻子"。

漱石与真之虽是大学预备门（第一高等中学的前身）的同窗，却说"我连他长怎样都想不起来"。子规嘲讽道"他是写生能力欠佳吧"，令漱石大感惊讶道："又提写生？"

子规主张"在吟咏俳句时，一定会出现决定性的情景"，非写生不可。他死前在庭院对花草进行写生所画的《草花帖》，看得出他深爱自然的样貌、贴近花木的精神。同样在四楼，也有其自画像。在略为逆光的角度下，映照出他凝望某一点的白眼。上方一大片留白，仿佛在暗示笼罩他头顶的死亡，让人感受出超越写生的力量。

我个人的收获，是能够看到四楼展示的"联合舰队战策（连队机密第二六号）"。所谓的战策，是为了实施战术而拟订计划，并加以演练的一种总称，会频频制作，而且战术名称也不时会改变。

以前我曾向"防卫研究所图书馆"询问，细问当中的故事。因为司马辽太郎先生将有名的"丁字战法"介绍为"T字战法"。

有一说指出，在《坡上之云》发表前，战策一直是最高机密（盖有极机密的印记），所以司马先生也不知情，但这项说法有误。介绍"联合舰队战策"的《日俄战争实记》（小笠长原生），早在明治三十八年（1905）便已发行。

据说司马先生在写书时，曾透过神保町的高山本店，大量收集古书和资料。很难相信他会遗漏资料。英国Longman公司的中等教科书里，也明确指出"T字战法"。

"T字战法"的说法，日本自古便有。称呼方式有很多种，在日本海战中，似乎固定以"丁字"来加以称呼。司马先生过世后，"T字"便更改为"丁字"。

此次"子规与真之"的企划展将持续一年，之后预定会展出"坡上之云1000人留言展""秋山好古与教育""正冈子规与日语""明治时代与日俄战争"，想必总有一天也会详细展出日本海海战、二〇三高地、奉天会战等战役。

发行本卷末的附图，有些部分让人不容易想象当时陆海战争的情势演变，希望在企划展中，能采用立体模型和CG动画来展示，让人更容易了解。

松山野外博物馆

松山市内除了有子规、秋山兄弟、漱石的相关设施外，也有不少纪念碑，刻有虚子、碧梧桐的俳句。此外，市内并不算太大，搭地面电车几乎都能到达。若以松山城为中心，就算采用步行的方式，也只要30分钟左右便可到达任何地方。可说是一个步行便可走完的城镇。

我与K先生除了参观"坡上之云博物馆"外，也前往造访秋山兄弟的老家"子规堂""愚陀佛庵"。

秋山兄弟的老家经过重建，砖瓦屋顶相当气派，但原本似乎只是间茅草屋顶的简陋下级武士宅院。它是平房，只有两个房间，一间六张榻榻米大，另一间八张榻榻米大。

一名男性导览员一直陪同在一旁为我们解说。隔壁是柔道场，墙上挂满写在纸笺上的俳句和短歌。

真之虽是军人，但也曾和子规一起立志朝文学发展，所以其素养深厚。

里头也有好古的纸笺，所以我也鉴赏了一番。

愿舍名与利

静心过一生

人去我犹存

仿古学俊宽

别具一番味

看来，好古是个纯真之人。虽然他官拜陆军上将，但晚年担任松山北预中学校长，就此终老。似乎是位不追求名利的人。

好古的容貌，乍看之下不像是名日本人。德国陆军的迈克（Klemens Wilhelm Jacob Meckel）受日本招聘时，一见好古便问他："你是欧洲人吗？"看过照片后，便不难明白是怎么回事。据说"好古有个癖好，就是每次战斗结束，便会掩埋敌人被遗弃的尸体"。不只是好古，《坡上之云》中也有许多魅力十足的人物所留下的逸闻。例如子规、真之、好古、儿玉源太郎、大山岩、东乡平八郎等。

作者在后记中提到"其实我很怀疑这部作品到底是不是小说。一是因为受限于事实的内容将近百分之百，二是因为（中略）挑选了一个怎样也构不成小说的主题"。

逛完这整个博物馆，并不算读过这部作品。它与展出名画、光是正面欣赏便深受感动的美术馆，或是展出惊奇展示品的博物馆不同。如果只是走马看花，在馆方准备的笔记本上写下的感想将会是"无趣"两个字。希望各位也能阅读这部作品。

谈个题外话（很像司马先生的口吻），经K先生确认后得知，博物馆内展出的《坡上之云》单行本并非初版。

我向神田古书店的两位店主询问，如果现在要凑齐这一套六集的初版，需

要多少钱。得到的答案竟然是至今仍未曾在市场上见过，真令人吃惊。

"我猜初版很少。许多人都看过的书，很少会特别收藏。你问价格是吧？应该不会太高吧。"

一位说15000日元，另一位说3万日元。

或许应该说这是长销作家的勋章吧。

「少爷」大肆批评的文艺之地

松山篇之二

　　只要看过夏目漱石的《少爷》，便会明白松山被他写得相当不堪。"船老大光着身子，只套着一件红字传统丁字裤。真是个野蛮的地方。""我问他那所初中在哪里。那小鬼一脸茫然，说他不知道。真是个脑袋不灵光的乡下人。就这么一个鼻屎般大的小镇，竟然还搞不清楚。""住在这种乡下地方，还老爱摆架子，当这里是城里，这种人可真悲哀。"像这类的描写不胜枚举。我有位住松山的朋友，听说《少爷》这本书他只看到一半就不看了。如果我的故乡也这样被人批评的话，我心里一定也很不是滋味。

来到松山，便写得出好俳句？

　　不过，《少爷》却是松山很重要的文化财产。这里有"少爷列车"通行，道后温泉贴有"禁止少爷游泳"的贴纸。此外，少爷爱用的"红手巾"，在温泉本馆售价200日元，伴手礼是当地名产"少爷丸子"。

"好甜哦，都分不清哪个是馅，哪个是饼皮了。"编辑K先生说。

"少爷不是爱吃甜食吗。"

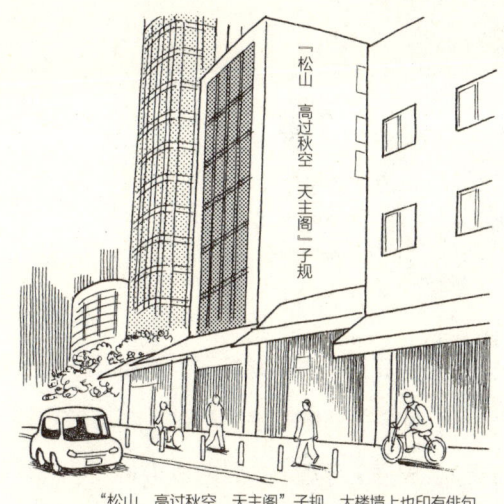

K先生和我率先造访的，是"少爷书房"。位于松山首屈一指的闹街——拱廊银天街。店内比想象中来得深，藏书量也颇多。领域相当广泛，是家不错的书店。

"松山有很多店都叫'少爷××'呢。"第二代店主佐伯喜朗先生说。经这么一提才想到，有家叫作"吃茶坡上"的店。就算有哪家店取名为"旧书虫书房"，我也一点都不会计较。

少爷书房的店内果然摆放许多子规、虚子、碧梧桐等"杜鹃"同人的评传或句集之类的书籍，都是当地发行。店头的展示柜有漱石亲笔的明信片。此外，店里头挂有松冈让亲笔写的"少爷书房"匾额。这么一来，店名取名为少爷便有十足的架势。此外，子规死前对庭院花草进行素描的《子规画日记》，店内也有其复制本。以前好像被当作廉价书卖，剩下不少，但现在都没了。真是遗憾。

在店内徘徊的少年，是第三代的"少爷"。如今已后继有人，想必第一代的晋一先生也能安心了。因为接班人的问题是现今很多古书店所面临的困境。

四国给人的感觉，一直是古书店的沙漠。尽管有工会，但可能是市场不够活跃的缘故，不上大阪就收购不到想要的书。

"松山　高过秋空　天主阁"子规　大楼墙上也印有俳句

松山市内有爱媛大学和松山大学，却没什么特别的古书店。感觉古书迷们的需求，都由少爷书房包下了。

我好不容易才来到松山，所以买了几本"杜鹃"的同人评传（参照收获页）。因为这些书在其他地方不易购得。利用这个机会亲近俳句，或许也不错。

结束少爷书房的采访后，我在市内四处闲逛。大楼的墙上也能看到子规的句子。周遭的环境就像在对人们说"吟咏俳句吧"。

松山相当盛行俳句创作或文学活动。也设立了"少爷文学赏"，两年便公开招募作品一次。

在市内52处观光景点和地面电车站牌处摆设"俳句箱"，两个月回收一次，由专家挑选优秀作品加以表扬。

造访秋山好古、真之兄弟的老家时，由于柜台处放了一个俳句箱，所以我马上写了一句投进箱中。但已都过了两个月，却音讯全无。喂，选考委员会的委员们，远从东京来的我所写的俳句到底好不好啊？

傍晚时抵达饭店。K先生提议"一起去道后温泉吧"，所以我们便直接从饭店前往。因为住房登记时，我们领了温泉入浴券。虽然我没有四处泡温泉的嗜好，但我很想试试道后温泉。

很气派的建筑。来自周围饭店的客人，穿着各种不同设计的浴衣前来泡温泉。简直就像各家饭店的大会战一样。

澡堂里意外的空荡。不过我很怕泡热汤。里面果然有一张"禁止少爷游泳"的贴纸。听说这里好像没有女汤。这也是理所当然的事，要是胡思乱想，可是会血气直冲脑门呢。我已许久未曾泡热汤了，泡完澡之后真是神清气爽。

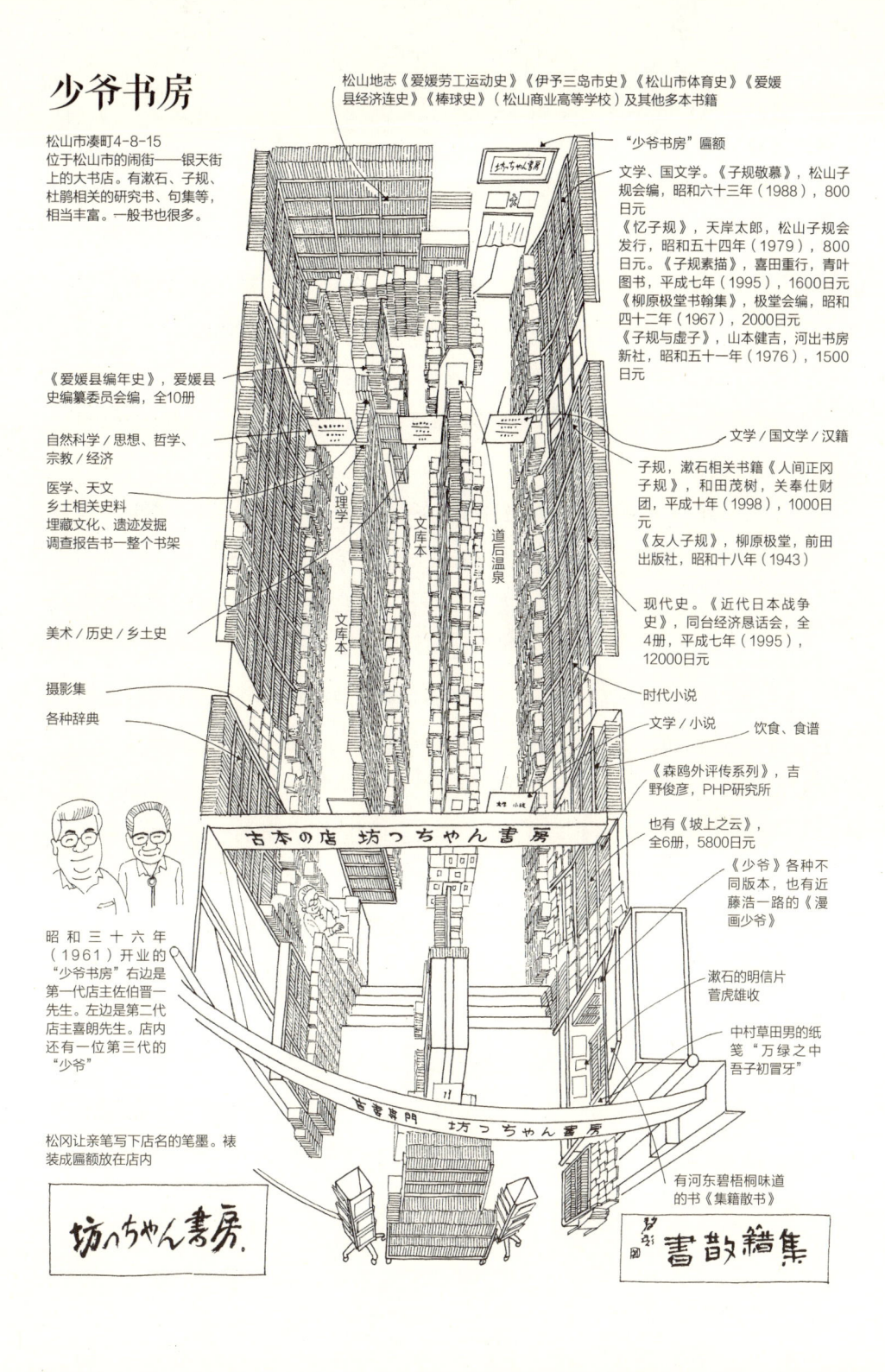

少爷书房

松山市湊町4-8-15
位于松山市的闹街——银天街上的大书店。有漱石、子规、杜鹃相关的研究书、句集等，相当丰富。一般书也很多。

松山地志《爱媛劳工运动史》《伊予三岛市史》《松山市体育史》《爱媛县经济连史》《棒球史》（松山商业高等学校）及其他多本书籍

"少爷书房"匾额

文学、国文学。《子规敬慕》，松山子规会编，昭和六十三年（1988），800日元
《忆子规》，天岸太郎，松山子规会发行，昭和五十四年（1979），800日元。《子规素描》，喜田重行，青叶图书，平成七年（1995），1600日元
《柳原极堂书翰集》，极堂会编，昭和四十二年（1967），2000日元
《子规与虚子》，山本健吉，河出书房新社，昭和五十一年（1976），1500日元

《爱媛县编年史》，爱媛县史编纂委员会编，全10册

自然科学／思想、哲学、宗教／经济

医学、天文
乡土相关史料
埋藏文化、遗迹发掘
调查报告书一整个书架

文学／国文学／汉籍

子规、漱石相关书籍《人间正冈子规》，和田茂树，关奉仕财团，平成十年（1998），1000日元
《友人子规》，柳原极堂，前田出版社，昭和十八年（1943）

现代史。《近代日本战争史》，同台经济恳话会，全4册，平成七年（1995），12000日元

美术／历史／乡土史

时代小说

摄影集
各种辞典

文学／小说

饮食、食谱

《森鸥外评传系列》，吉野俊彦，PHP研究所

也有《坡上之云》，全6册，5800日元

昭和三十六年（1961）开业的"少爷书房"右边是第一代店主佐伯晋一先生。左边是第二代店主喜朗先生。店内还有一位第三代的"少爷"

《少爷》各种不同版本，也有近藤浩一路的《漫画少爷》

漱石的明信片菅虎雄收

中村草田男的纸笺"万绿之中吾子初萌牙"

松冈让亲笔写下店名的笔墨。裱装成匾额放在店内

有河东碧梧桐味道的《集籍散书》

采访之神

之前曾经提到,我是阳光之男。就算气象预报是雨天,也从来不曾影响过我的采访,说来真不可思议。到少爷书房采访那天,不巧下着小雨,但这根本就不是什么问题,因为我有"采访之神"随行。若是下雨,要在店门前素描便有所困难,不过,少爷书房位于拱廊商店街内。一样可以轻松采访。

隔天前往"东云书店"采访。

"我还想到其他地方逛逛,回程不妨搭晚一班的班机吧。"我向K先生如此提议,但似乎没有转圜的余地。

翌晨,我们从道后温泉车站搭少爷列车前往上一万。搭乘列车,需要印有整理编号的特别乘车券。我和K先生在车内一路站到底。

10:00多时,我们终于抵达东云书店,它就位于前往松山城的缆车搭乘站附近。

店主原正行先生去年才刚接手这家店。如今他在商品中反映出自己的特色。他似乎是昭和二十一年(1946)生的团块世代,店内摆满一整排 GARO 的过期杂志。

"都没客人来呢。"他笑着如此说道,但仍感觉得出他的一派轻松。这应该是开始步上自己喜欢的道路,所呈现出的心境吧。他为人也相当和善。店内有许多地方志、文学、美术、历史等书籍。当然也有子规的相关书籍。

"你听说了吗?现在全日空的电脑主机故障,飞机好像全部停飞呢。"他说。

在我离开饭店前,完全没报道这项新闻,我这才得知此事,大为惊讶。

原先生代我们向机场询问。我听他那准确的问话方式,对模糊不明的部分所做的进一步确认,感觉"这个人不像是名旧书店老板"。因为从中感觉到商

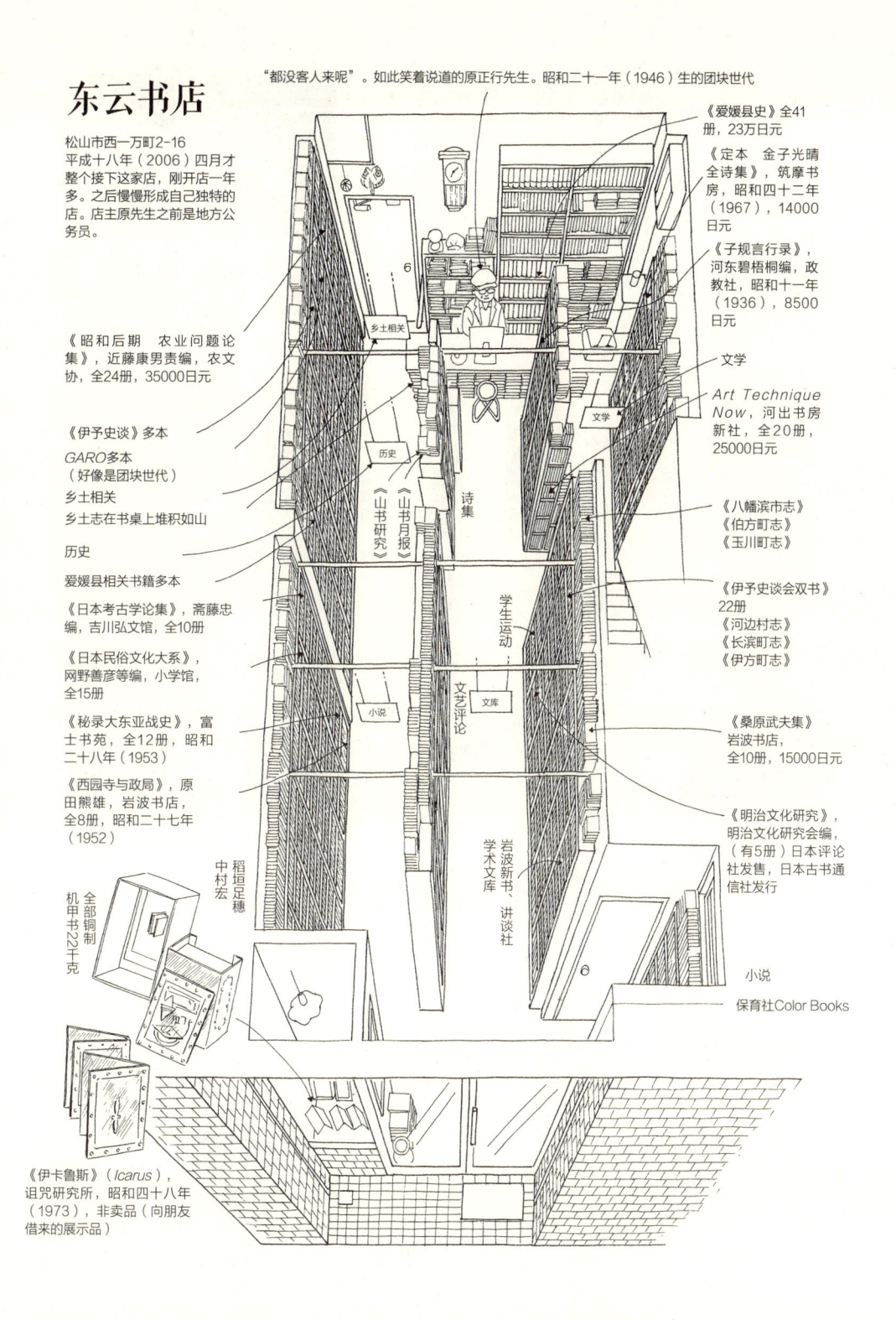

东云书店

松山市西一万町2-16
平成十八年（2006）四月才整个接下这家店，刚开店一年多。之后慢慢形成自己独特的店。店主原先生之前是地方公务员。

"都没客人来呢"。如此笑着说道的原正行先生。昭和二十一年（1946）生的团块世代

《爱媛县史》全41册，23万日元

《定本 金子光晴全诗集》，筑摩书房，昭和四十二年（1967），14000日元

《子规言行录》，河东碧梧桐编，政教社，昭和十一年（1936），8500日元

《昭和后期 农业问题论集》，近藤康男责编，农文协，全24册，35000日元

乡土相关

文学

Art Technique Now，河出书房新社，全20册，25000日元

《伊予史谈》多本
GARO多本
（好像是团块世代）
乡土相关
乡土志在书桌上堆积如山
历史
爱媛县相关书籍多本

历史

《山书研究》
《山书月报》

诗集

《八幡滨市志》
《伯方町志》
《玉川町志》

《日本考古学论集》，斋藤忠编，吉川弘文馆，全10册

学生运动

《伊予史谈会双书》22册
《河边村志》
《长滨町志》
《伊方町志》

《日本民俗文化大系》，网野善彦等编，小学馆，全15册

小说

文艺评论

《桑原武夫集》，岩波书店，全10册，15000日元

《秘录大东亚战史》，富士书苑，全12册，昭和二十八年（1953）

文库

《西园寺与政局》，原田熊雄，岩波书店，全8册，昭和二十七年（1952）

岩波新书、讲谈社
学术文库

《明治文化研究》，明治文化研究会编，（有5册）日本评论社发售，日本古书通信社发行

中村宏
稻垣足穗

小说

保育社Color Books

全部铜制
机甲书22千克

《伊卡鲁斯》（Icarus），诅咒研究所，昭和四十八年（1973），非卖品（向朋友借来的展示品）

在松山的收获

《对谈 关于美酒》
SUNTORY博物馆文库。吉行淳之介与开高健，谈论酒与人生观的对谈集。昭和五十七年（1982），200日元（K）

《诗集花电车》
北川冬彦，宝文馆。从战前开始活跃的现代主义诗人北川，其战后第四本诗集。昭和二十四年（1949），2000日元（K）

《欧洲黄昏赛马》
渡边敬一郎，Mideamu出版社。描绘作者与石川桥司游历欧洲各个赛马场。平成三年（1991），300日元（K）

《非凡人》
国木田独步，大镫阁。独步的短篇集。也收录其妻治子的小说《破产》。大正五年（1916），2500日元（K）

《松山道览》（K）
虚子、碧梧桐冥诞百年祭实行委员会。介绍明治时期的松山。昭和五十年（1975）[明治四十二年（1909）版，复刻]，2000日元

《之后的少爷》
羽里昌，潮出版社。离开松山的少爷。这次是前往德岛的中学任教?!昭和六十一年（1986），500日元（K）

《伊予路的河东碧梧桐》
鹤村松一，松山乡土史文学研究会。介绍子规的高徒碧梧桐的交友及五十座文学碑。昭和五十三年（1978），400日元（I）

《柳原极堂》，鹤村松一
松山乡土史文学研究会。子规的老友极堂的俳句及其一生。昭和五十五年（1980），500日元（I）

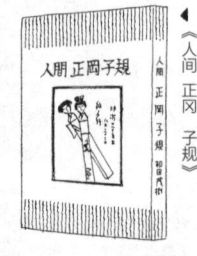

《人间 正冈 子规》
和田茂树，关奉仕财团。和歌以俳句、和歌为主，并以丰富的资料归纳子规生平的一本书。一页只有三句俳句，略嫌松散。平成十年（1998），1000日元（I）

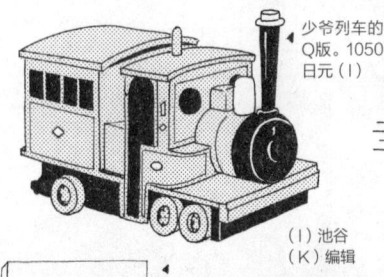

少爷列车的Q版。1050日元（I）

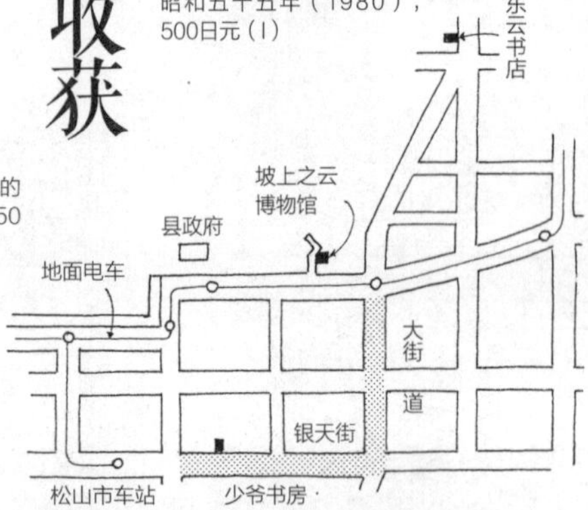

坡上之云博物馆
县政府
东云书店
地面电车
大街道
银天街
松山市车站　少爷书房

（I）池谷（K）编辑

《伊予路的道后温泉》
鹤村松一，松山乡土史文学研究会。介绍道后温泉的历史、周边的神社寺院、人物等。昭和五十二年（1977），400日元（I）

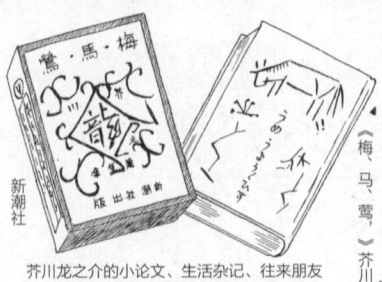

《梅、马、莺、》芥川龙之介
芥川龙之介的小论文、生活杂记、往来朋友的人物记等。再版，附书盒。我有初版的棵本，所以这本书出现得正是时候。大正十五年（1926），2500日元（I）

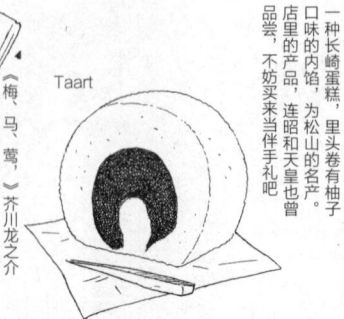

Taart
一种长崎蛋糕，里头卷有柚子口味的内馅，为松山的名产。店里的产品，连昭和天皇也曾品尝，不妨买来当伴手礼吧。

业人士的工作手腕。后来才得知，他原本是名地方公务员，一切就此得到解释。虽然不知道飞机会不会起飞，但也只能去那里等了，于是我们结束采访，前往机场。

坐上计程车，司机问我们："你们是打哪儿来的？"我回答："东京。""到这种乡下地方做什么？""不，这里有许多文学遗迹，而且道后温泉也很棒。""自从南海大地震后，就没有温泉了，现在都是从奥道后接热水过来。因为不是直接从源泉流出的水，所以都是一再循环使用。虽然让你们失望，有点过意不去，但我已经快退休了，不想老是说好听话。"这意外的告白，令人心情无比复杂。

飞机延迟约一个小时后，从机场出发。"池谷先生，一切都像你所期待的那样呢。"K先生说。哪里，这都是采访之神的庇佑。不过，倒是白白浪费了一些时间……

就算看不懂也一样有趣的西洋古书故事

据说没有哪个国家像日本一样，能以单行本和文库本来阅读外国文学、小说、社会人文科学等书籍的翻译。

但我还是买外文书。虽然这并不表示我就看得懂原文书。我是为了欣赏外文书而买。我都专挑绘本、文学、博物书、漫画（单格漫画）集购买。

昔日胜海舟邂逅坂本龙马时，曾递给他一本写有世界情势的外文书。龙马回答他："我看不懂。"胜海舟对他说："看图就好。"

外文书很便宜

我买的第一本外文书叫《英国的蝴蝶与其变化》，18万日元。看我这么写，或许有人会认为我手头阔绰，其实是正好在买书的前一年，我因工作室重新装潢，得到一笔退税金，不断向妻子磕头拜托，才得以买下这本书。

说到这本书为何如此昂贵，那是因为书中的插画全是手工上色而成。

1841年出版的这本书，一页当中从蝴蝶的食物，到卵、幼虫、蛹、成

银杏书房

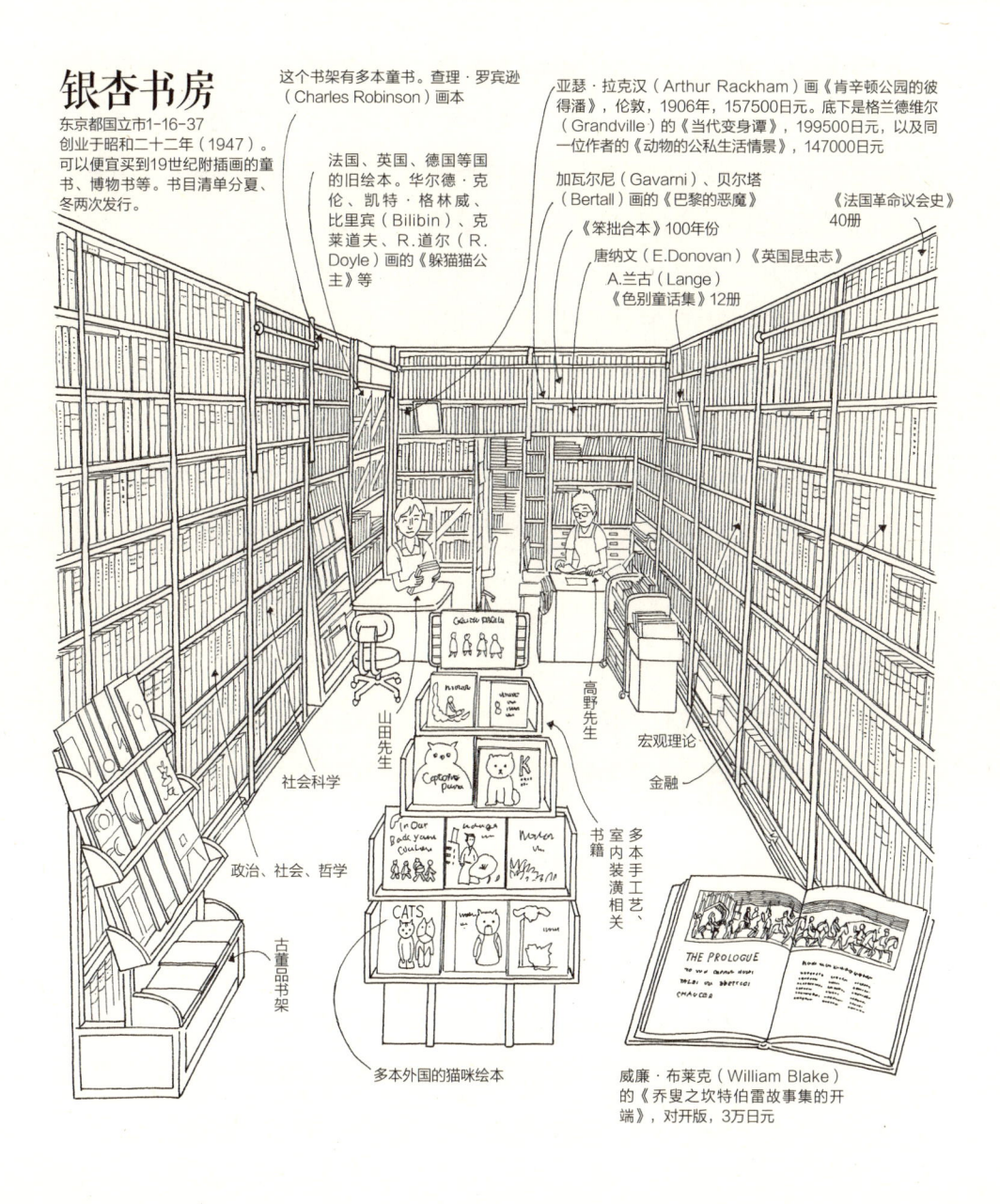

东京都国立市1-16-37
创业于昭和二十二年（1947）。可以便宜买到19世纪附插画的童书、博物书等。书目清单分夏、冬两次发行。

这个书架有多本童书。查理·罗宾逊（Charles Robinson）画本

法国、英国、德国等国的旧绘本。华尔德·克伦、凯特·格林威、比里宾（Bilibin）、克莱道夫、R.道尔（R. Doyle）画的《躲猫猫公主》等

亚瑟·拉克汉（Arthur Rackham）画《肯辛顿公园的彼得潘》，伦敦，1906年，157500日元。底下是格兰德维尔（Grandville）的《当代变身谭》，199500日元，以及同一位作者的《动物的公私生活情景》，147000日元

加瓦尔尼（Gavarni）、贝尔塔（Bertall）画的《巴黎的恶魔》

《笨拙合本》100年份

唐纳文（E.Donovan）《英国昆虫志》
A.兰古（Lange）《色别童话集》12册

《法国革命议会史》40册

社会科学

山田先生

高野先生

宏观理论

金融

政治、社会、哲学

古董品书架

多本手工艺、室内装潢相关书籍

多本外国的猫咪绘本

威廉·布莱克（William Blake）的《乔叟之坎特伯雷故事集的开端》，对开版，3万日元

虫，各种变化都以黑白的石版画构成轮廓，再以手工精密上色，是相当出色的大开本画集，而且有42张插画。尽管已有160年之久，它的美仍不见半点失色。它的古书价格会如此居高不下，也是理所当然，不过，它应该是打从出书就价格不菲。甚至有些博物书是先招募好预购者才出版。

日本的近代文学书，价格在20万日元以上者比比皆是。若是摆在书架上，便是珍奇书，但若是摆在公园的长椅上，也许就会被误认为是垃圾。

日本古书是凭借物以稀为贵以及原装状态来决定价格。就算书本稀有，但如果没人想要，一样没有价值。而且还会有人提出和当初出版时同样状态的要求。完整保有书盒、书腰、书衣，才有其价值。关于这点，旧外文书的持有者常会依各自的喜好请人装帧，很少会要求原装价值。

前页的"银杏书房"素描，以可以便宜买到童书和博物书而闻名。

最近，国立车站从原本三角屋顶的漂亮车站，改建为平凡无奇的方形建筑。

从国立车站走大路，约数分钟便可抵达银杏书房。社长高田和先生于大正六年（1917）出生，今年90岁高龄。他平时都穿传统和服，但因为不良于行，这几年都没见过他。"如果是××的话，以1857年出的爱丁堡版最好。"他从以前便一直都是这样的口吻。

荒俣宏先生似乎也常在银杏书房现身。想起之前慢了一步，有本名叫《天堂鸟自然志》的珍本被他捷足先登，令我懊悔不已。银杏书房一年发行两次书目清单，是采用先后顺序。不过，我在这家店里以便宜的价格买到华尔德·克伦、艾雷纳·贝雷·波伊尔、理查·道尔、亚瑟·拉克汉等英国黄金时期的插画家著作。特别是道尔的《妖精国度》，是内含16张多色木质木刻版画的大

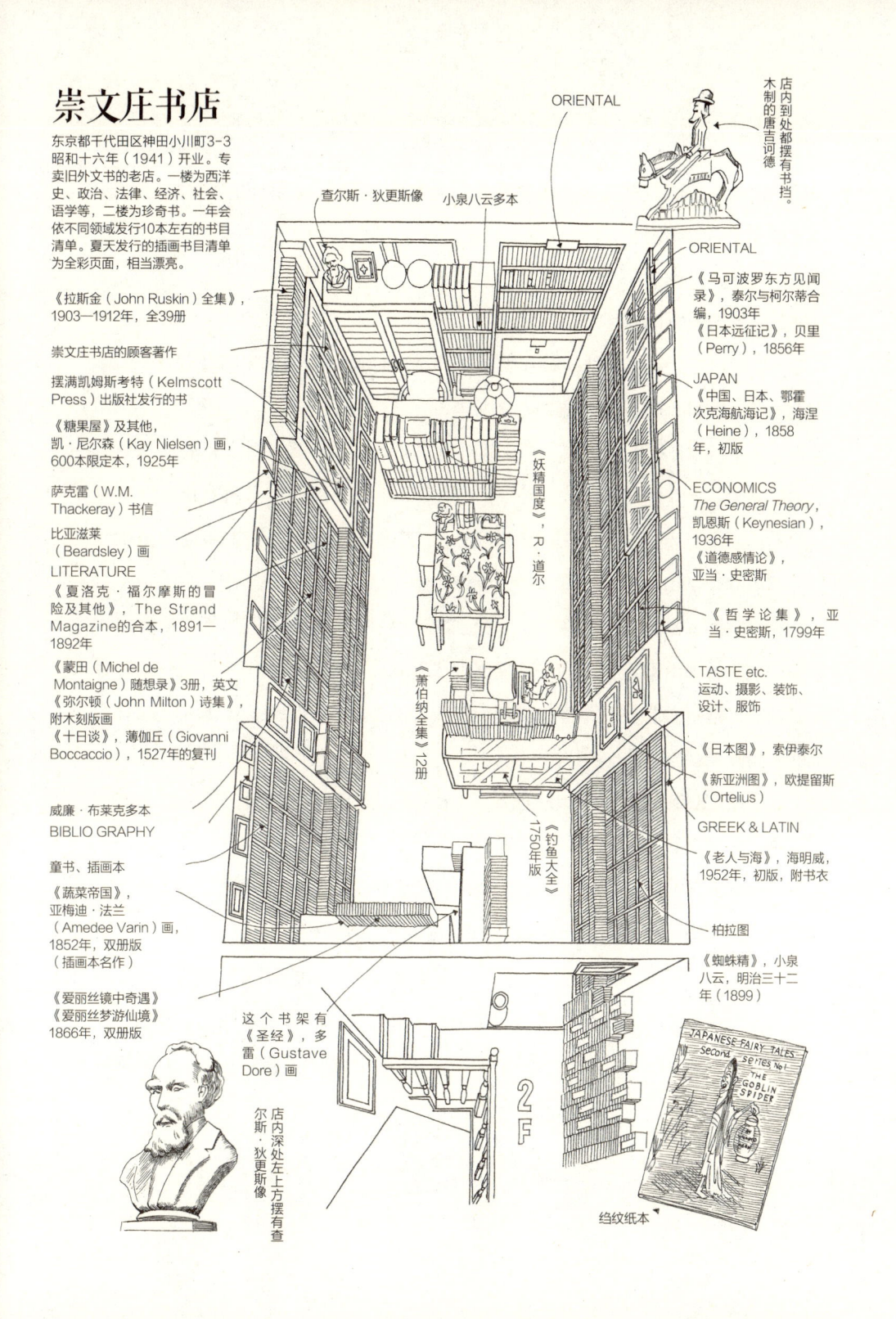

崇文庄书店

东京都千代田区神田小川町3-3 昭和十六年（1941）开业。专卖旧外文书的老店。一楼为西洋史、政治、法律、经济、社会、语学等，二楼为珍奇书。一年会依不同领域发行10本左右的书目清单。夏天发行的插画书目清单为全彩页面，相当漂亮。

《拉斯金（John Ruskin）全集》，1903—1912年，全39册

崇文庄书店的顾客著作

摆满凯姆斯考特（Kelmscott Press）出版社发行的书

《糖果屋》及其他，凯·尼尔森（Kay Nielsen）画，600本限定本，1925年

萨克雷（W.M. Thackeray）书信

比亚滋莱（Beardsley）画
LITERATURE
《夏洛克·福尔摩斯的冒险及其他》，The Strand Magazine的合本，1891—1892年

《蒙田（Michel de Montaigne）随想录》3册，英文
《弥尔顿（John Milton）诗集》，附木刻版画
《十日谈》，薄伽丘（Giovanni Boccaccio），1527年的复刊

威廉·布莱克多本
BIBLIOGRAPHY

童书、插画本

《蔬菜帝国》，亚梅迪·法兰（Amedee Varin）画，1852年，双册版（插画本名作）

《爱丽丝镜中奇遇》《爱丽丝梦游仙境》1866年，双册版

这个书架有《圣经》，多雷（Gustave Dore）画

店内深处左上方摆有查尔斯·狄更斯像

ORIENTAL

查尔斯·狄更斯像　小泉八云多本

店内到处都摆有书挡，木制的唐吉诃德

ORIENTAL
《马可波罗东方见闻录》，泰尔与柯尔蒂合编，1903年
《日本远征记》，贝里（Perry），1856年

JAPAN
《中国、日本、鄂霍次克海航记》，海涅（Heine），1858年，初版

ECONOMICS
The General Theory，凯恩斯（Keynesian），1936年
《道德感情论》，亚当·史密斯

《哲学论集》，亚当·史密斯，1799年

TASTE etc.
运动、摄影、装饰、设计、服饰

《日本图》，索伊泰尔
《新亚洲图》，欧提留斯（Ortelius）

GREEK & LATIN
《老人与海》，海明威，1952年，初版，附书衣

柏拉图

《蜘蛛精》，小泉八云，明治三十二年（1899）

《妖精国度》，刀·道尔

《萧伯纳全集》12册

《钓鱼大全》1750年版

2F

绉纹纸本

型书，是我的宝贝。我没告诉妻子它的价格，不过，它比之前那本蝴蝶的书更贵。我死后，这些书若是被拿去贱卖，我做鬼也不甘心，因此已偷偷向二女儿透露这本书的买价。

神保町的旧外文书店

说到旧外文书店，位于神保町边界的小川町崇文庄书店相当有名。店内摆设颇有英国风，一看就很像是外文书店。

我与编辑K先生约好10：00在店门前碰面。一楼是历史、经济、社会科学等书籍。我们的目标是二楼，那里收集了各种珍奇书。金箔书背一字排开的模样着实壮观。天花板挂有华丽吊灯，正中央的桌子上铺有威廉·莫里斯（William Morris）设计的桌布。连K先生也变得有点紧张。我以前也曾上过二楼，但楼梯走到一半便往回走。第二次则是打肿脸充胖子，特地多带些钱前去。我的心境就像当初胜海舟（又出现了）与西乡隆盛针对江户开城一事展开会谈时，抱持着必要时不惜火烧江户的决心，备好让市民逃离的船只和粮食，前来与西乡谈判。

会长佐藤毅先生生于大正四年（1915），今年93岁高龄。旧外文书店的店主个个都很长寿。让人好生羡慕啊。

某古书店的店主说过："要得到自己想要的书，就得长寿才行。"不过，资金也一样得长寿才行。一路上要跨越的障碍可不低呢。

崇文庄的二楼有英美文学、哲学、嗜好等逸品。经济相关的书架上，摆有亚当·史密斯的《富国论》《道德感情论》《哲学论集》等著作。这些也可称之为古典文献，但对现代能有多少助益，我这个门外汉不清楚，不过，想要研究经济学，这是不可或缺的基本文献。

小川图书

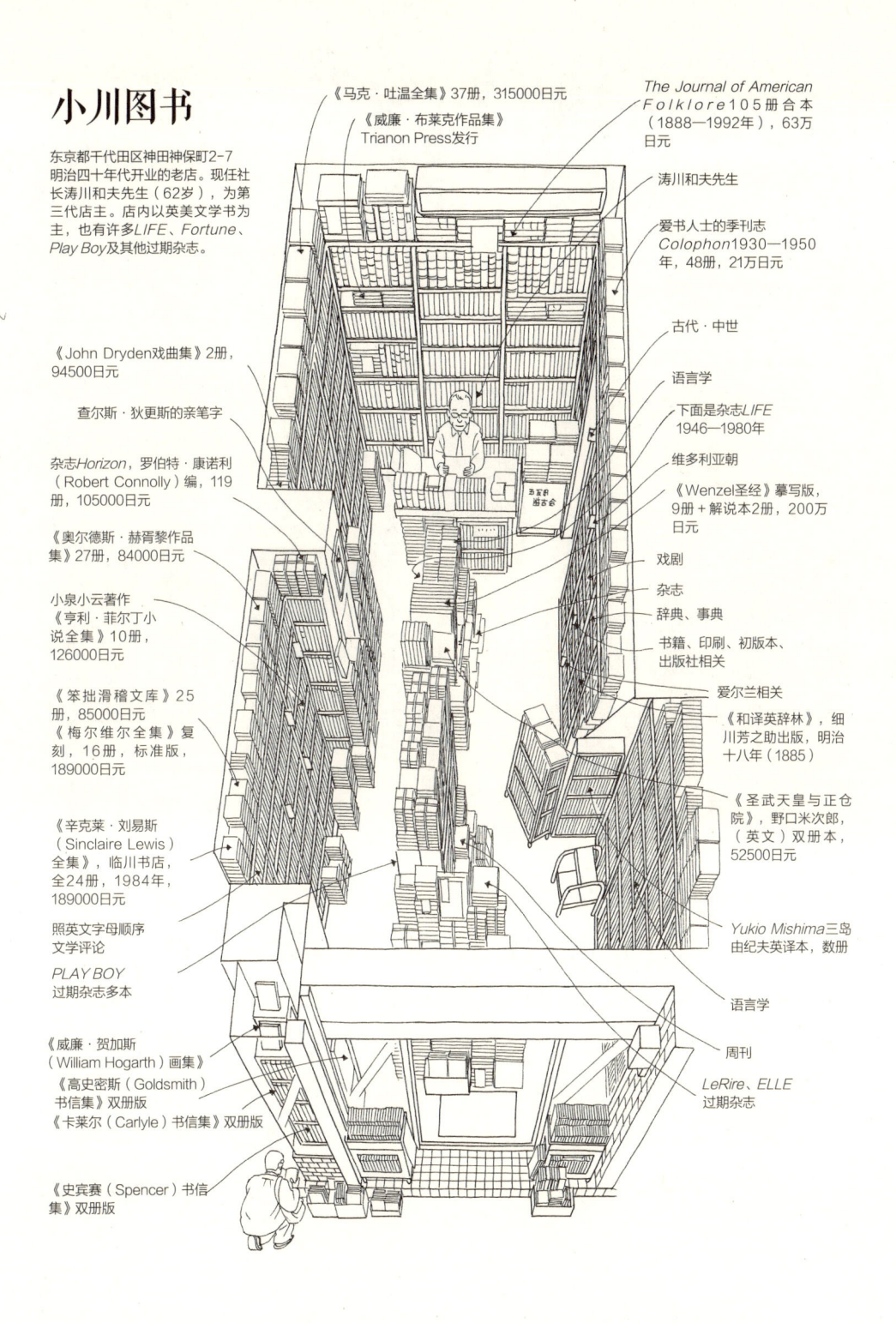

东京都千代田区神田神保町2-7
明治四十年代开业的老店。现任社长涛川和夫先生（62岁），为第三代店主。店内以英美文学书为主，也有许多LIFE、Fortune、Play Boy及其他过期杂志。

《马克·吐温全集》37册，315000日元

《威廉·布莱克作品集》Trianon Press发行

The Journal of American Folklore 105册合本（1888—1992年），63万日元

涛川和夫先生

爱书人士的季刊志 Colophon 1930—1950年，48册，21万日元

古代·中世

语言学

下面是杂志LIFE 1946—1980年

维多利亚朝

《Wenzel圣经》摹写版，9册+解说本2册，200万日元

戏剧

杂志

辞典、事典

书籍、印刷、初版本、出版社相关

爱尔兰相关

《和译英辞林》，细川芳之助出版，明治十八年（1885）

《圣武天皇与正仓院》，野口米次郎，（英文）双册本，52500日元

Yukio Mishima 三岛由纪夫英译本，数册

语言学

周刊

LeRire、ELLE 过期杂志

《John Dryden戏曲集》2册，94500日元

查尔斯·狄更斯的亲笔字

杂志Horizon，罗伯特·康诺利（Robert Connolly）编，119册，105000日元

《奥尔德斯·赫胥黎作品集》27册，84000日元

小泉小云著作
《亨利·菲尔丁小说全集》10册，126000日元

《笨拙滑稽文库》25册，85000日元
《梅尔维尔全集》复刻，16册，标准版，189000日元

《辛克莱·刘易斯（Sinclaire Lewis）全集》，临川书店，全24册，1984年，189000日元

照英文字母顺序
文学评论

PLAY BOY 过期杂志多本

《威廉·贺加斯（William Hogarth）画集》
《高史密斯（Goldsmith）书信集》双册版
《卡莱尔（Carlyle）书信集》双册版

《史宾赛（Spencer）书信集》双册版

《阿拉丁绘本》，收录全四话的绘本。内含华尔德·克伦的多色木质木刻版画22张，Routledge版，伦敦，1876年，65000日元（I）

《印戈耳支比传说》（The Ingoldsby Legends），亚瑟·拉克汉画，伦敦，有二十四张彩色画，1919年（第五版），39900日元

《圣诞夜》，现代立体绘本第一人罗伯特·沙伯达（Robert Sabuda）的杰出绘本。2002年，伦敦，印刷制作在中国，3990日元（I）

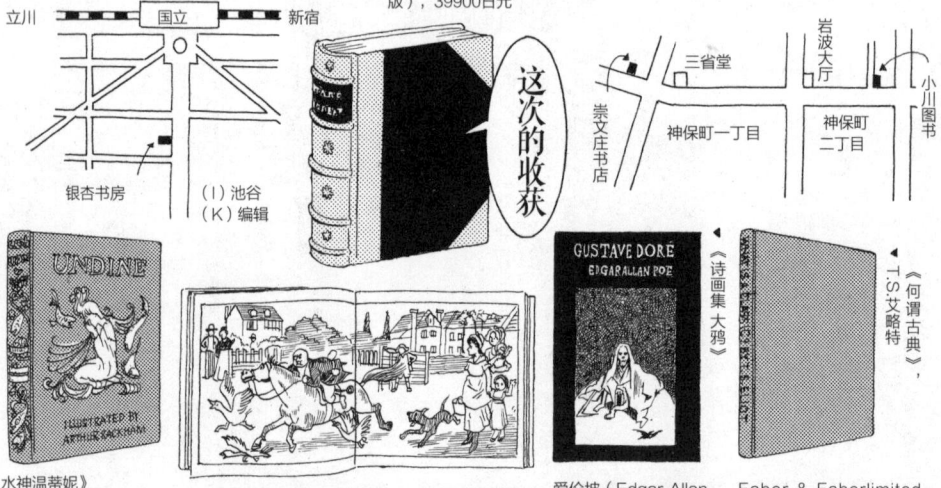

这次的收获

《水神温蒂妮》（Undine），亚瑟·拉克汉画，内含十五张彩图。蓝色布皮加上金箔外装，相当美观。伦敦，1909年，52500日元（I）

《凯迪克（Caldecott）绘本》，19世纪英国插画界大师。本书收录四话。伦敦、纽约，1900年代初出版，18900日元（I）

爱伦坡（Edgar Allan Poe）、古斯塔夫·多雷（Gustave Dore）画，日夏耿之介／译，1975年，3200日元（K）

《何谓古典》，T.S.艾略特。Faber & Faberlimited（伦敦）。以《荒地》闻名的诗人演讲集。1945年，2000日元（K）

　　经这么一提才想到，我手上有一本庆应大学教授高桥诚一郎先生的著作《西洋经济古书漫笔》。书中当然也会介绍到亚当·史密斯的著作，但我只是被"古书"这个书名所吸引，所以看不到三页，便梦周公去也。以前我在自己的著作中提到"有谁想要，这本书可以送他"，但都没人举手。

　　《钓鱼大全》在店内随处可见。由于它有许多改版和改变开本大小的出版

220

品，所以多得数不清。此外，墙上到处也都装饰有拉丁、希腊文学、古地图。店内也有各种书挡，很有旧外文书店的味道。有客人想买，但很遗憾，这是非卖品。

沿着靖国通西行，来到神保町二丁目，这里有一家"小川图书"。以英美文学和西洋杂志为主，商品齐全。在英美文学方面，评论集和研究书比文学作品还多，听说常见大学教授和研究生光顾。

"小川图书"是创业于明治四十年代的老店。社长涛川和夫先生为第三代。店里给人一股轻松的气氛，也常可看到外国客人。以前我曾在小川图书的分店"Dante"买过几本《纽约客》的过期杂志。封面是史坦伯格（Steinberg）和查理·亚当斯（Charles Addams）所画。虽然现在已无分店，但有各种过期的外文杂志，特别是LIFE，还是一样有丰富的藏书。以1970年前的杂志为主，价格从2100日元起。

LIFE今年已废刊，所以小川图书变得相当珍贵。

金泽的古书店，要先从店内格局欣赏起

向来便听说金泽有许多传统町人的古书店。趁着晚夏时节，我便和编辑K先生一同搭机前往金泽。

起飞前，我向空姐询问我在意的问题。

"前一阵子中华航空的飞机发生事故，这架飞机是同样的机种吗？"听完我的提问后，她笑容满面，就像夸奖我问了个好问题似的。"不，这架飞机比较大型。"她打开随附的手册，为我说明。"而且我们全日空并没使用那种会引发事故的机种。"

新旧皆有的金泽

我以前便曾偶尔在电视上看过金泽的古书店"近八书房"，从那之后，我便一直很想前往造访。由于15：00才要前去拜访，所以我先前往"金泽21世纪美术馆"。由于市内未曾遭遇空袭，所以各种传统的町人住家随处可见。我决定日后再来仔细观察。

造访文学与工艺品的市镇

进入21世纪美术馆后,旋即有个小游泳池映入眼中。可以看见来此参观者往来于水中。构造其实很简单,他们把看似置身水中的房间涂成蓝色,水面部分设一层玻璃板,再微微加上一层水,就形成一幕不可思议的光景。

在企划展中,正举办现代美术家的作品展。现代美术有很多都是难以理解的作品。在约莫十张榻榻米大的昏暗房间里,尽头处的白墙像溜滑梯一样倾斜,在斜面上可以看见涂成黑色的圆圈。我向坐在角落的一名女性工作人员询问:"在这种房间待上一整天,会不会累积压力?"她回答我:"会觉得累。"我想也是。

离开美术馆后,我环视周遭地区。发现这一带有很多店家进行特卖展,展出九谷烧、金箔、加贺莳绘等传统工艺品。红砖打造的旧金泽第四高等学校,如今成了"石川近代文学馆"。此外,旧石川县政府的建筑也有多年的历史,而且相当坚固。这地方别有情趣。我打算等采访结束后,买些传统工艺品回去。

15:00,我们抵达近八书房。它创业于宽政元年(1789)。建材和屋瓦比之前在电视上看到的模样还新。虽然风味略有不同,但走进店内,屋内的构造让人想起昔日的江户,气氛

从浅野川的「中之桥」望见「浅野川大桥」

绝佳。能邂逅这样的店家，同时也是我画古书店的乐趣之一。

据说江户时代与现今不同，无法随意把书拿在手中挑选，而是视需要从店内搬出商品，亦即采用所谓的封闭式，所以里头的房间几乎占满整个店内的空间。

除了佛书和日本歌谣本外，还有兵法抄本。不愧是加贺百万石下的土地。

"我大学毕业后，在电力相关的公司工作了十年左右，但为了继承家母留下的店，我到神保町的友爱书房当了四年半的店员。在不知不觉间，成了一名旧书店老板。或许这就是传统的重量吧。"店主篠田直隆先生说。

贞享年间（1684—1687）创立于东京的浅仓屋书店、宝历元年（1752）创立于京都的佐佐木竹苞楼等，都是远近驰名的老店。近八书房则可说是金泽最具象征性的古书店。这趟果然没有白来。

在近八书房采访完后，我们步行来到浅野川河畔。途中走过拟宝珠和栏杆皆为木制的"中之桥"。行人专用的楼梯位于两端。从桥上望向三连式拱桥形的浅野川大桥。拱桥映照在河面上，形成绝佳美景。浅野川的河畔步道名为"镜花之道""秋声之道"，是以诞生于金泽的文学家之名来命名。他们两人都是在成人后离开故乡，所以似乎不曾在这里边散步、边酝酿创作构思。

在金泽，不论在哪里向人问路，问到的都是旅客，没完没了。

电视曾报道某位仁兄在即将退休前主动辞职，就此展开他多年的梦想，经营自己的古书店，就在这附近，于是我决定前往拜访。据说老板娘在店内提供了轻食与咖啡。到了黄昏时分，我们终于找到这家融合咖啡与古书的"あうん堂本铺"。这是由町人住家改装而成的新店面。店内约有1000本书，以新书居多。我告诉老板娘，我逛了不少旧书店，她听了之后反问我一句："那您给我们这家店打几分？"一时教我不知该如何回答才好。我不是米其林旅

近八书房

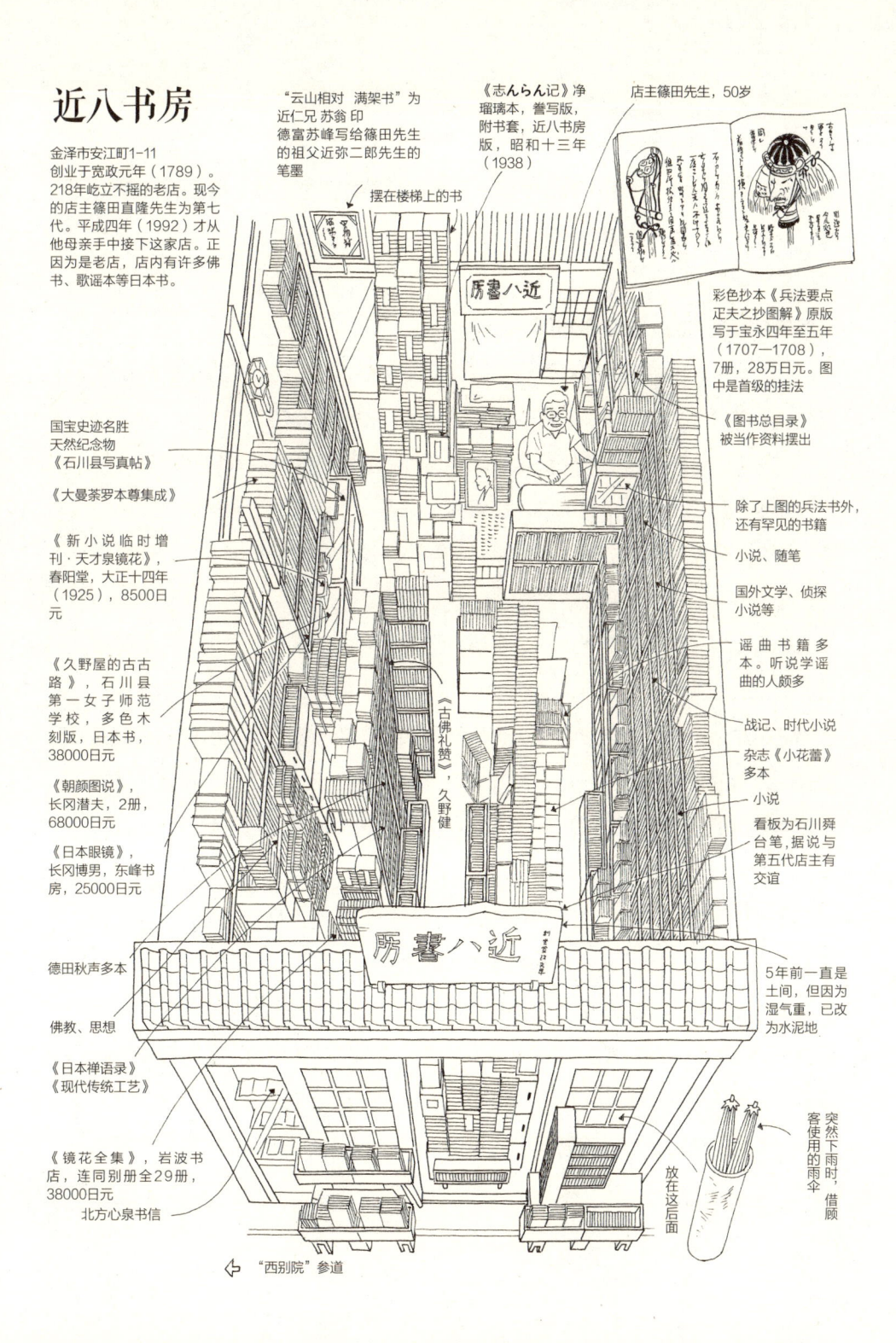

金泽市安江町1-11 创业于宽政元年（1789）。218年屹立不摇的老店。现今的店主篠田直隆先生为第七代。平成四年（1992）才从他母亲手中接下这家店。正因为是老店，店内有许多佛书、歌谣本等日本书。

"云山相对 满架书"为近仁兄 苏翁印 德富苏峰写给篠田先生的祖父近弥二郎先生的笔墨

《志らん记》净瑠璃本，誊写版，附书套，近八书房版，昭和十三年（1938）

店主篠田先生，50岁

摆在楼梯上的书

彩色抄本《兵法要点 正夫之抄图解》原版写于宝永四年至五年（1707—1708），7册，28万日元。图中是首级的挂法

《图书总目录》被当作资料摆出

除了上图的兵法书外，还有罕见的书籍

小说、随笔

国外文学、侦探小说等

谣曲书籍多本。听说学谣曲的人颇多

战记、时代小说

杂志《小花蕾》多本

小说

看板为石川舞台笔，据说与第五代店主有交谊

国宝史迹名胜 天然纪念物《石川县写真帖》

《大曼荼罗本尊集成》

《新小说临时增刊·天才泉镜花》，春阳堂，大正十四年（1925），8500日元

《久野屋的古古路》，石川县第一女子师范学校，多色木刻版，日本书，38000日元

《朝颜图说》，长冈潜夫，2册，68000日元

《日本眼镜》，长冈博男，东峰书房，25000日元

《古佛礼赞》，久野健

德田秋声多本

佛教、思想

《日本禅语录》《现代传统工艺》

《镜花全集》，岩波书店，连同别册全29册，38000日元

北方心泉书信

5年前一直是土间，但因为湿气重，已改为水泥地

放在这后面

突然下雨时，借顾客使用的雨伞

← "西别院" 参道

游指南，没办法替她评分。就我而言，一家好的古书店得要（1）有很多书；（2）有专门领域；（3）价格便宜；（4）店内格局佳，但这里没有一项符合。若要刻意加上一个新条件的话，那就是待在里头觉得舒服。

出乎意料的挖宝店，是家咖啡厅

隔天一早，我们便前往百万石通的"南阳堂书店"采访。是老旧的町人住家改建的书店。古色古香的模样，光看就让人觉得心情愉快。

"以前前面是市内电车路线，所以学生们和大学老师都会来店里卖书，但如今大学也开始迁移，来卖书的人明显减少许多。"店主柳川诚先生说。书虽多，但大多是我读不来的理工类书籍。柳川先生似乎很期待常客上门，他说只要和客人聊天，便能接触到各种想法，收获颇多。

横越大路，走没几步便来到"泉镜花纪念馆"。泉镜花的作品，以小村雪岱和桥口五叶的漂亮装帧本最受欢迎，古书价格也很高。镜花虽是金泽出身，但书却是东京出身，所以在金泽也无法轻易买到。我心想，至少拿本纪念馆的目录吧，但没想到已销售一空，不知何时才会再版。不过，里头放有镰仓文学馆的镜花展目录，但都来到这里了，我可不想要这种东西。店内虽摆有镜花原作的漫画原稿，但我却无心细看。

我离开纪念馆，造访武家宅邸遗迹，我预定要参观"明治堂书店""室生犀星纪念馆"、工艺品店等，就此动身。

武家宅邸町里的新住家，也都采用配合周遭环境的建筑样式。K先生有感而发地说道："再过几年，这里应该也会变成老旧宅邸的市镇。"可能得等到我们都离开人世之后吧。

在室生犀星纪念馆，我向馆内人员说："请介绍我卖九谷烧的店、漆器的

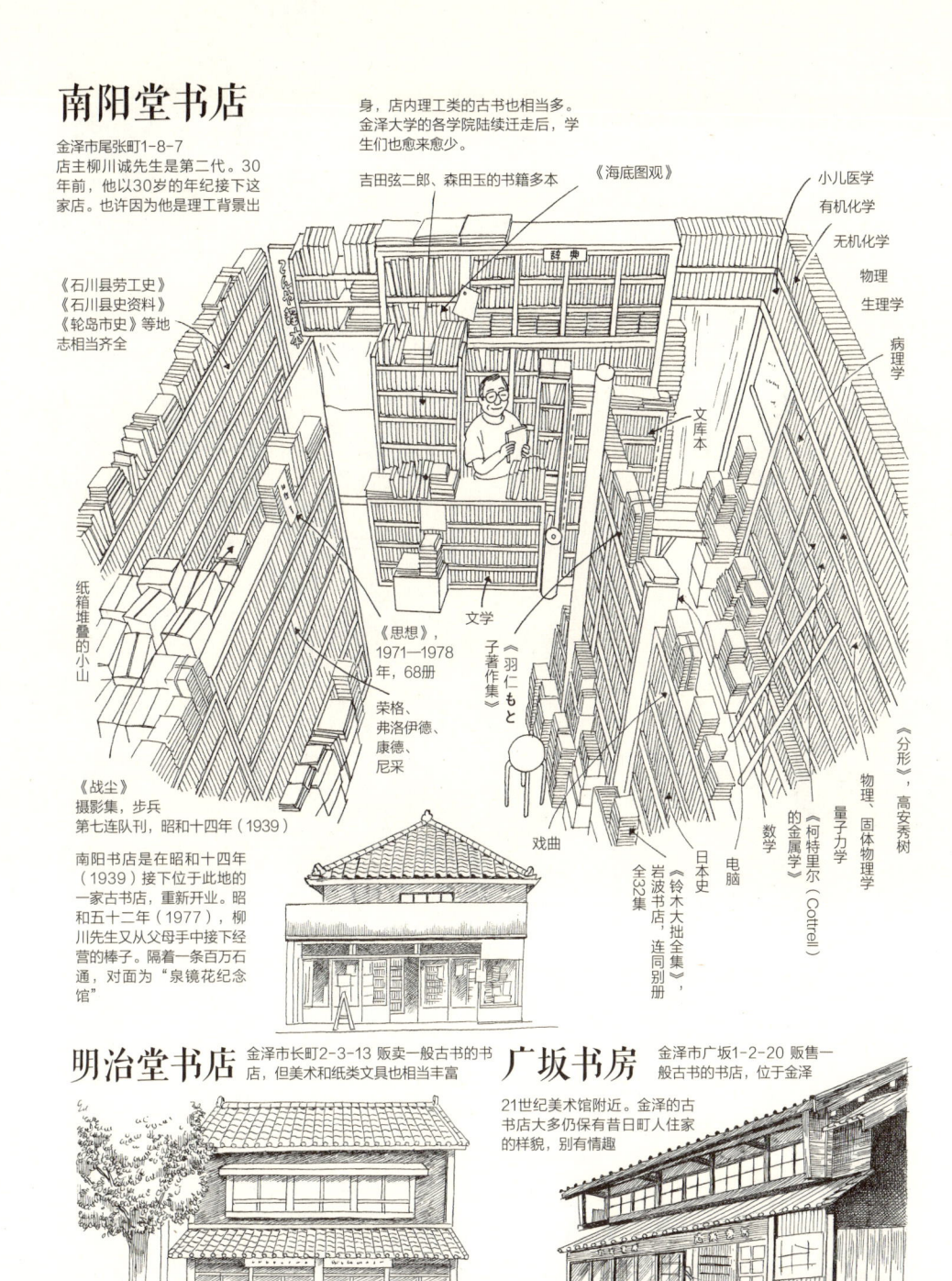

南阳堂书店

金泽市尾张町1-8-7

店主柳川诚先生是第二代。30年前,他以30岁的年纪接下这家店。也许因为他是理工背景出身,店内理工类的古书也相当多。金泽大学的各学院陆续迁走后,学生们也愈来愈少。

- 《石川县劳工史》
- 《石川县史资料》
- 《轮岛市史》等地志相当齐全

- 吉田弦二郎、森田玉的书籍多本
- 《海底图观》
- 小儿医学
- 有机化学
- 无机化学
- 物理
- 生理学
- 病理学
- 辞典
- 文库本
- 纸箱堆叠的小山
- 《思想》,1971—1978年,68册
- 文学
- 《羽仁もと子著作集》
- 荣格、弗洛伊德、康德、尼采
- 戏曲
- 日本史
- 《铃木大拙全集》,岩波书店,连同别册全32集
- 电脑
- 数学
- 量子力学
- 《柯特里尔(Cottrell)的金属学》
- 物理、固体物理学
- 《分形》,高安秀树

《战尘》摄影集,步兵第七连队刊,昭和十四年(1939)

南阳书店是在昭和十四年(1939)接下位于此地的一家古书店,重新开业。昭和五十二年(1977),柳川先生又从父母手中接下经营的棒子。隔着一条百万石通,对面为"泉镜花纪念馆"

明治堂书店

金泽市长町2-3-13 贩卖一般古书的书店,但美术和纸类文具也相当丰富

广坂书房

金泽市广坂1-2-20 贩售一般古书的书店,位于金泽21世纪美术馆附近。金泽的古书店大多仍保有昔日町人住家的样貌,别有情趣

金泽值得一看的地方 & 收获

《新诗的作法》，小野十三郎(K)

九谷烧茶碗，24000日元(I)

轮岛涂(I)

胸针 10500日元

平和出版社。为打算写诗的人所写的入门书。昭和二十五年（1950），500日元

《菜刀逸闻》，辻嘉一

日本经济新闻社。一流的厨师公开许多食物的秘密。昭和四十九年（1974），2000日元(K)

JR金泽车站

富山

福井

昭和大通

中岛大桥

本愿寺西别院

彦三大桥

浅野川

近八书房

(I) 池谷
(K) 编辑

あうん堂本铺

中之桥

秋声之道

警局

泉镜花纪念馆

故乡的文学家小传《泉镜花》，16页的小册子。纪念馆贩售。200日元(I)

百万石通

南阳堂书店

镜花之道

德田秋声纪念馆

《男人的聚会》，古井由吉，讲谈社。芥川赏作家的初期作品集。作者原本是金泽大学助理。昭和四十五年（1970），500日元(K)

武家宅邸遗迹 地区

Lawrence 咖啡厅

明治堂书店

百万石通

金泽城公园

香林坊 旧县政府 兼六园

广坂书房

买九谷烧的店

室生犀星纪念馆

犀川

金泽21世纪美术馆

犀三大桥

《金泽、町家、汰旧换新》，以24张照片介绍具有金泽特色的町人住家。金泽21世纪美术馆贩售，700日元

以容易了解其特征的名字来介绍

鸡冠头町家　引退出口町家

店，以及不同于日式咖啡馆，有怀旧气氛的西洋式咖啡馆。"

前一天我找到中意的九谷烧茶碗，我说只要一个就好，但店家却说非得一次买五个才行。我这个人的脾气，实在不想退而求其次，以此满足。我到馆内人员介绍的店家细看后，发现和前一天一模一样的茶碗。"绝不轻言放弃"是我的原则，我向店员说："我只想买一个。"结果对方很干脆地回答："可以啊。"店员还说"因为这是手绘制成，所以每个感觉都略有不同。请挑一个您喜欢的"。有话果然还是要明说。

在搭巴士出发前的这段时间，我们在店家告诉我们的咖啡厅"Lawrence"里悠哉地度过。店主邑井知香子小姐似乎是美术大学出身，店内到处摆有超现实的铅笔画。画得相当用心，我很喜欢。

此外，这里还真是一处挖宝的好采访地点，据说昔日五木宽之先生住在金泽时，总是坐在同样的位子上写《看那苍白的马》原稿，就坐我隔壁。

不仅如此，他还是在这家店内听闻自己赢得直木赏的消息。而令人吃惊的是，杉村春子、北村和夫、太田治子、石田步、上野千鹤子、田中邦卫等名人，都曾光顾过这家店。相本里确实有许多明星的照片。"池谷先生，我在隔壁座替你拍张照吧。"K先生说。这要是能成为此次最大的收获就好了。

要"变身"成旧书虫，得从这里开始

近代的读书达人内田鲁庵，在他的随笔《纸鱼繁昌记》中谈到，读书人想要有书斋，既不是身为文化人的任性，也不是奢侈。此外，书斋里不需要窗明几净，也不需要太大的空间，只要有一丈四方的大小、简朴的摆设，就能让人心灵沉静。

他还举希腊哲学家第欧根尼（Diogenes）住在酒桶中的故事为例。

酒桶中的生活，并没有想象中来得拥挤，住起来的感觉也不见得那么糟。看来，他对酒桶生活还相当向往呢。

理想的书斋为何？

这已是很多年前的事了，我曾在电视上看过某位住在东京西郊的仁兄，从造酒工厂带回一个巨大酒桶，并在酒桶上加上屋顶，当作庭院的一间别房使用。设有桌子和长椅的酒桶内，可容纳六个人。我看了之后羡慕不已。

这或许可说是"回归木桶内"的一种志向吧。

此外，山梨县的某个旅馆，之前以两个高2米，直径1.9米的酒桶当浴室使

梦想书斋

高2米×直径1.9米的酒桶

用。若是在庭院角落摆上这样的东西，似乎就能当作理想的书斋了。想要集中精神，就只有待在狭小的场所里。书也一样，不需要太多。

我曾向某位旧书店老板说："你店里井上靖的书可真齐全啊。"他回答我："才不是齐全呢，是没卖出去。这里的书几乎都是这样。"换个角度去想，我的藏书平时会拿在手中阅读的，也只有一小部分。

我的房间是六张榻榻米大的西式房间，但因为四面都被书架包围，所以腾出的空间不到两张榻榻米大。藏书量大约有3000本。房内容纳不下的东西，

「如果书况好的书，价格可以上翻一倍呢。」古书店老板的话，只是借口

同样层次的文献不断增加，但知识的量却不会增加

忠臣藏人物传　元禄四十七人　赤穂义士列伝　大石内蔵助　大石内蔵助

想放进一本书，就得挪出两本书

著明有原萠　有明詩集　白秋歌集　ARS

虽然买得起，却不值得刻意找空间存放

判断书的价值，空间变得比价格更重要

以便宜的价格发现珍奇书时，尽管早已经有了，却还是掏钱买下，为的是不想拱手让人

珍本　珍本

旧书虫的

蜡纸是为了保护书而包覆，但有时也会用来掩饰脏污和破损

真过分

生态

看不到书背的书，都派不上用场

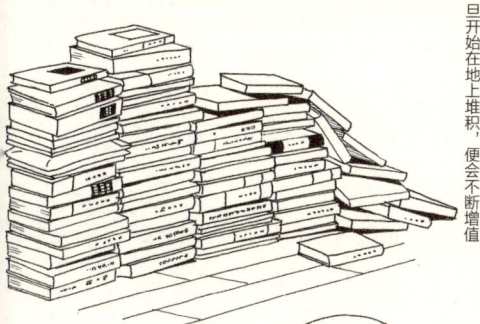

一旦开始在地上堆积，便会不断增值

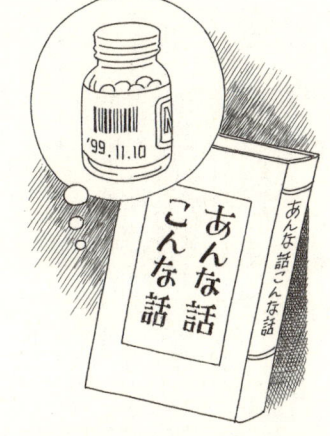

想说总有一天会派上用场，而搁置一旁的书，是「过期的药」

找到比之前买的时候还要便宜的书，记忆会一直留在脑中

应该有的书，却一直找不到，那就表示收纳空间已快无法负荷

不断买书，想等上了年纪后好好欣赏，却不小心买了太多书，到死都看不完

4000日元

35000日元

只有另行处理一通。看过之后不感兴趣的书，以及买回来之后提不起劲阅读的书，都是另行处理的对象。

买书收藏的人应该都有这样的经验。那就是妻子的建言："为何不到图书馆借书回来看呢？"我太太现在已不会这样说了，但反而使我最近开始很积极地利用图书馆。

从家里走路约一分钟，就可抵达区立图书馆，而且最近开馆时间延长，也能利用其他地区的图书馆，非常方便。虽然只能在馆内阅览，但如果是一般图书，就连国会图书馆的藏书也能调来。工作所需的文献，除了年代久远的古书外，我现在都不花钱买了。

之前房间还有空间时，我毫不犹豫买下的书，若是照目前这样的情况来看，我的藏书也许只会剩下参考书类、百看不厌的书，以及想摆在手边保存的书。

"藏书量只要500本就够了"，这不知道是谁说过的话，讲得不无道理。"木桶书斋"的含意，或许就是要人精简藏书量。

是否已开始变身成书虫了呢？

话虽如此，现实的情况下，书还是一直有增无减。世上还有许多我想要和想看的书。要持续

每次一有开销，脑中就会不自主地浮现想买的书

和它们奋战下去，可说是一场体力、财力、占有欲的战斗。

旧书虫不止我一个，应该还有更多活动旺盛的书虫们。虽然有点难为情，但我还是在前一页介绍了自己的部分生态。感觉深有同感的人，表示你也正变身为书虫。

常在买新书时，发现有人会挑选上面数下来的第二本书。虽然有点开心，觉得对方似乎和自己谈得来，但我并不会像他这么做。我都是一次拿出五六本，挑选书名准确地印在书背中央者。要是印偏了，看了就不舒服。展览会的图录早已装进袋子里交到我手中，所以我总不忘打开袋子，确认书名是否印在书背中央。倘若印偏了，当然是请对方重换一份给我。

此外，有些书的书衣和书本不合。我也会挑选吻合的书。这些是我在买新书时的独门"仪式"。买古书时的仪式和规矩，就不像买新书那么简单了。因为取得的方式很多样，诸如古书店、书目清单、特卖展（旧书市场）、网络等。不过，如果可以，最好是"见过实物后再买"，这是最不会后悔的做法。接下来，我将补充前面插图所展现的书虫生态，介绍我的其他坚持。

◎1万日元以下的书，要毫不犹豫地买下。明明不是什么有钱人，却说这种大话，但因为不买而后悔的经验告诉我，失去的书，就算花1万日元也买不回。

◎想拥有的书，不同于想看的书。想看的书，要利用文库本或图书馆，至于能感受出技巧的书，能加以拥有，具有不同的意义。书并非单纯只是文字，它也具有物品的另一面，深受美丽和独特的事物所吸引的我，当然对书也会抱持同样的看法。

◎书要是不能清楚看到它的书名，便会忘却它的存在。一旦进入纸箱，便成了死收藏品。

◎一本100日元的书要是一辈子保存，保管费用将超过1000日元以上（以我的情况来说）。

◎常有古书店老板会拿出书况差的古书对我说："如果书况好的书，价格可以上翻一倍呢。"一点说服力也没有。之后就算花再多钱，也恢复不了它原本的状态。

想放进一本书，就得挪出两本书。尽管依照作家和领域来分类，想把书放进书架里，但书的大小和厚度皆有所不同。尽管只是多厚那么一点，但还是放不进去，最后多出来的一本书，会为了找寻新的落脚处，而在书架间流浪。

◎房间的空隙全被书所占领。这表示已完全变身成书虫。

◎明明已有这本书，但还是买了。有时是因为忘了以前买过。尽管知道自己已有，但却嫌找书麻烦，或是因为比之前买的书多了书衣、书腰、书盒，因而想让书升级，这些都证明变身书虫的程度已相当高。发现自己以前历尽千辛万苦才得到的书，以便宜的价格出售时，为了不拱手让给别人而加以买下，这表示收藏的心理已开始扭曲，可说是已到病态的程度。

◎包覆蜡纸（其实是玻璃纸）贩售的书，感觉好像颇受珍惜，不过，若是包覆在裸本外头时，几乎都是用来掩饰书的脏污。绝不能上当受骗。

◎地板倾斜。我的房间四面都被书架包围，所以只留中央的

房间的地板倾斜

空间，周围都被书的重量压得下陷。以前曾经因隔壁洗手间的洗衣机漏水，水流进我的房间里。六张榻榻米大的地板，只有中央像圣米歇尔山岛（Mont-Saint-Michel）般孤立，周遭全浸泡在水中。所以就像插图所画一般，只要把圆形的东西放在地板上，便会向四周散去。我猜有许多藏书的宅邸，地板应该都会变得倾斜。

◎有许多赠书。我不写书评，但有时帮杂志写文章，或是替书本画插画，所以常收到不少书。这些书我一定会看完，写下感想文寄回给对方。这是颇花时间的工作。有时甚至会寄来在同人杂志上发表的大部头小说，或是分成上下本的美术论集。别人赠送的书不好处理，所以占去了场地和时间。

旧书虫今后该怎么走？

我一天大部分时间都是在房里度过，除了出外工作、前往展览会、神保町之外，几乎都足不出户。就像整年都在冬眠一样。

不过，我外出时一定会买些什么回来。我喜欢购物，房里并非只有旧书，也有许多杂货和莫名其妙的东西。

已故的植草甚一先生曾说："我散步时，如果不买点什么回家，感觉就不像散步。"听了这句话，让人理直气壮不少。

以前我曾在自己的著作中提出这样的问题，以了解人们书痴的程度。

◎一想到自己死后，藏书的去向，便担心得睡不着觉。我在旧书世界里买到的书，希望能重回这个业界，至于其他书则是送去资源回收。死也不要捐给图书馆。不过，我收藏品之一的"昆虫标本"会有何下落，我实在有点担心。

伦敦古书店、古书市巡礼

海外篇

英语完全不行的我，也曾到伦敦的古书店和书展进行采访。而且是独自前往哦。

首先，我买了一台有母语人士发音功能的电子辞典，反复练习几个可能必须具备的句子。我自己也很清楚，用这种临阵磨枪的方式不可能解决得了问题，但总比什么也没做来得好。一个月后，我就此出发。

我马上以电子辞典确认如何搭乘电车。"这班列车是要前往亚特兰大吗？"这什么啊？根本就是美国的版本嘛！

先从伦敦的老古书店着手

"我是来自日本的插画家，名叫池谷伊佐

夫。"在不安与紧张的包围下，我隔着对讲机用生硬的英语如此说完后，对方似乎有所回应，大门就此开启。效果就像"芝麻开门"一样。不久，一名笑容可掬的青年前来迎接。

2007年（平成十九年）10月31日上午10点，我来到伦敦数一数二的老店"Bernard Quaritch"。

英国的大型旧书店和日本不一样，顾客不能擅自走进店内。得先在玄关告知来意才行。

"事先告知想要找的书是何种领域，或是告知特定的书名，这样找起书来比较有效率。当然了，客人突然来访也没关系。"

如此回复我的，是刚才那名青年，赛门·比堤。他负责英国语学的部分，此次我写Mail请他们接受采访，回复我的人就是他。我递上一本自己的著作，生硬地说明完采访的事项后，便着手进行店内的素描。椅子和咖啡都不小心被我拒绝了。

出发前，《诸君！》的前任主编S先生相当担心，特地请住在伦敦近郊的年轻地政学者奥山真司先生前来帮忙，第一天他替我担任口译。约莫一个小时后，他抵达书店，之后交谈便顺畅许多，也得以提出许多深入的问题。

虽说是古书店，但里头就像图书馆一样。外观看起来年代悠久、颇具威严，光是店的正面宽度，似乎就有日本古书店的七八倍大。书架全都沿着墙壁打造，宽广的楼层为办公室。这样的格局，与之后造访的"博纳·J.夏佩洛（Bernard. J. Shapero）""麦格斯兄弟（Maggs Bros Rare Books）"等老古书店一样。也许是书库位于其他场所的缘故，与店内到处摆满书的日本古书店截然不同。

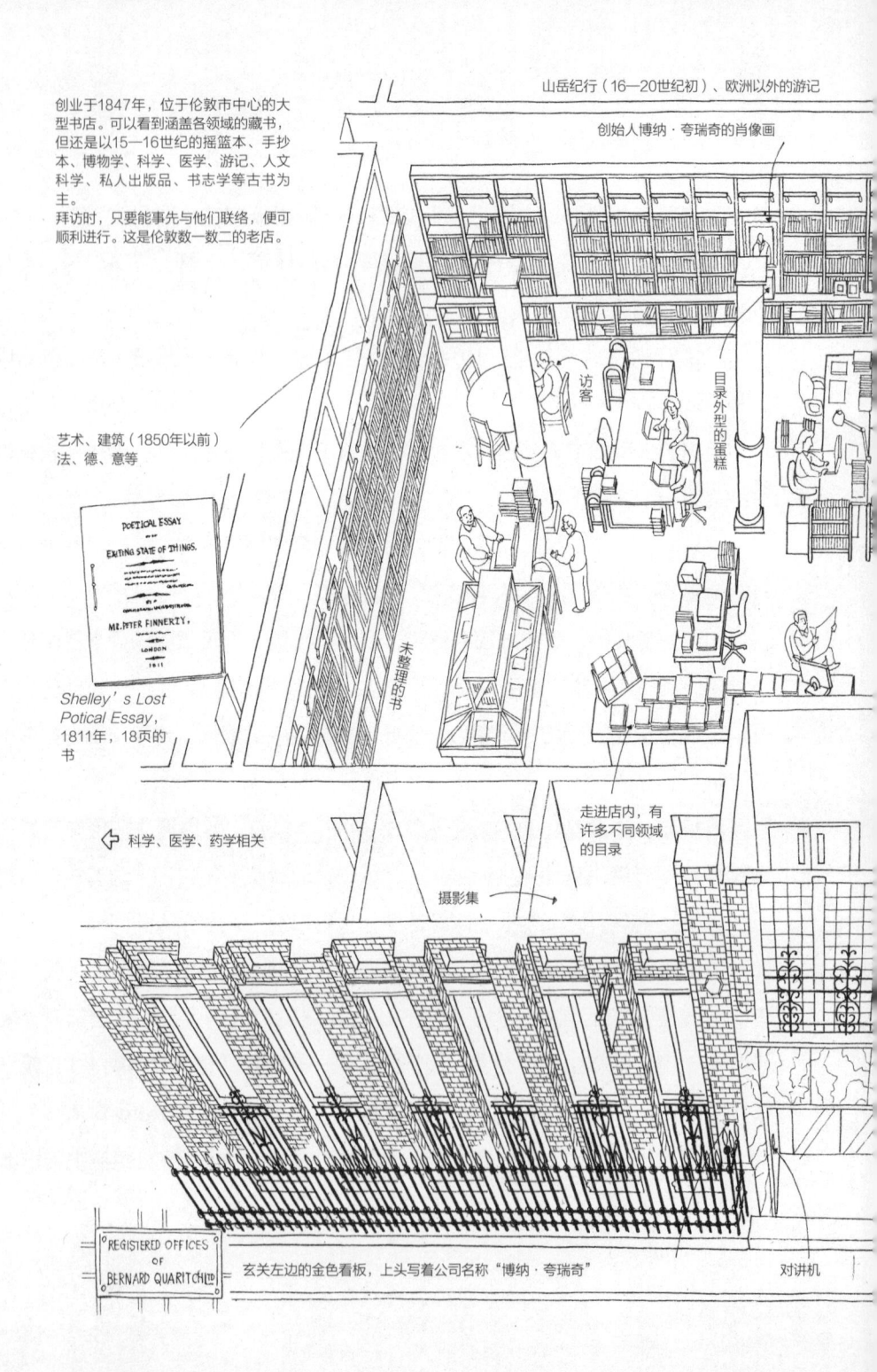

创业于1847年，位于伦敦市中心的大型书店。可以看到涵盖各领域的藏书，但还是以15—16世纪的摇篮本、手抄本、博物学、科学、医学、游记、人文科学、私人出版品、书志学等古书为主。
拜访时，只要能事先与他们联络，便可顺利进行。这是伦敦数一数二的老店。

山岳纪行（16—20世纪初）、欧洲以外的游记

创始人博纳·夸瑞奇的肖像画

艺术、建筑（1850年以前）
法、德、意等

访客

目录外型的蛋糕

未整理的书

Shelley's Lost Potical Essay，1811年，18页的书

⇐ 科学、医学、药学相关

走进店内，有许多不同领域的目录

摄影集

玄关左边的金色看板，上头写着公司名称"博纳·夸瑞奇"

对讲机

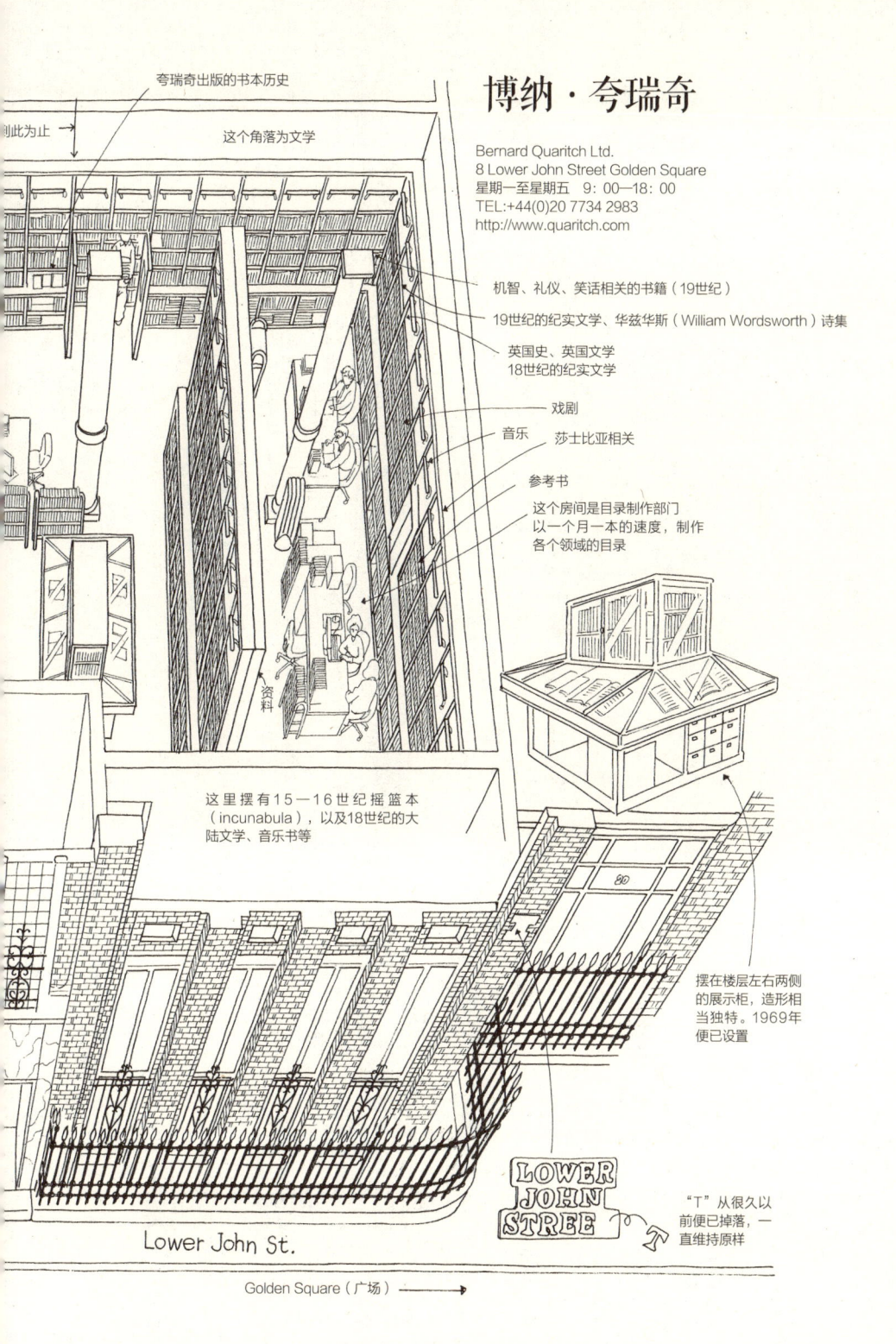

博纳·夸瑞奇

Bernard Quaritch Ltd.
8 Lower John Street Golden Square
星期一至星期五　9:00—18:00
TEL:+44(0)20 7734 2983
http://www.quaritch.com

夸瑞奇出版的书本历史

到此为止

这个角落为文学

机智、礼仪、笑话相关的书籍（19世纪）

19世纪的纪实文学、华兹华斯（William Wordsworth）诗集

英国史、英国文学
18世纪的纪实文学

戏剧

音乐　莎士比亚相关

参考书

这个房间是目录制作部门
以一个月一本的速度，制作
各个领域的目录

资料

这里摆有15—16世纪摇篮本
（incunabula），以及18世纪的大
陆文学、音乐书等

摆在楼层左右两侧
的展示柜，造形相
当独特。1969年
便已设置

LOWER JOHN STREE

"T"从很久以
前便已掉落，一
直维持原样

Lower John St.

Golden Square（广场）→

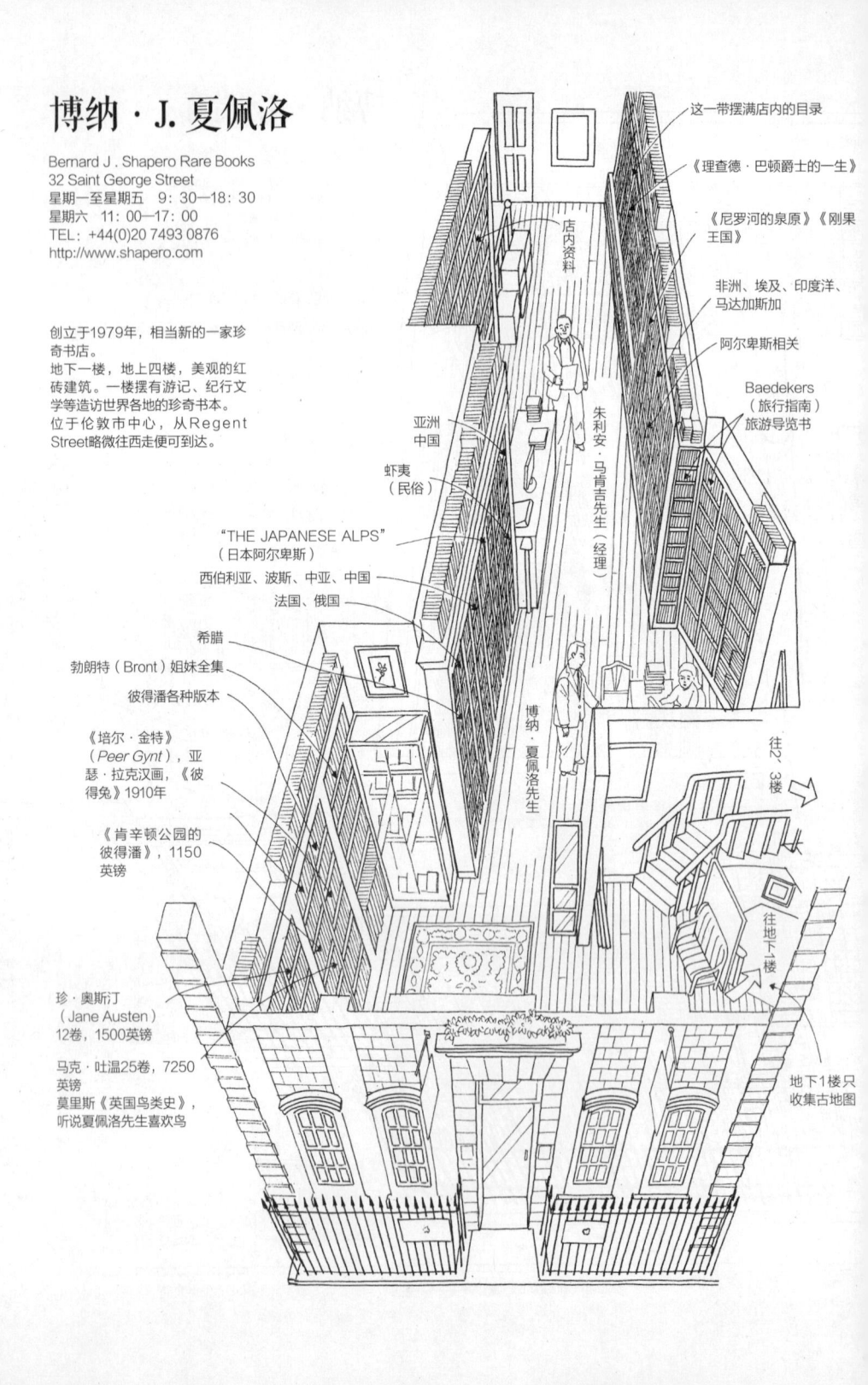

博纳·J.夏佩洛

Bernard J. Shapero Rare Books
32 Saint George Street
星期一至星期五 9：30—18：30
星期六 11：00—17：00
TEL：+44(0)20 7493 0876
http://www.shapero.com

创立于1979年，相当新的一家珍奇书店。
地下一楼，地上四楼，美观的红砖建筑。一楼摆有游记、纪行文学等造访世界各地的珍奇书本。
位于伦敦市中心，从Regent Street略微往西走便可到达。

- 这一带摆满店内的目录
- 《理查德·巴顿爵士的一生》
- 《尼罗河的泉原》《刚果王国》
- 非洲、埃及、印度洋、马达加斯加
- 阿尔卑斯相关
- Baedekers（旅行指南）旅游导览书
- 店内资料
- 朱利安·马肯吉先生（经理）
- 亚洲 中国
- 虾夷（民俗）
- "THE JAPANESE ALPS"（日本阿尔卑斯）
- 西伯利亚、波斯、中亚、中国
- 法国、俄国
- 希腊
- 勃朗特（Bront）姐妹全集
- 彼得潘各种版本
- 《培尔·金特》（Peer Gynt），亚瑟·拉克汉画，《彼得兔》1910年
- 《肯辛顿公园的彼得潘》，1150英镑
- 博纳·夏佩洛先生
- 珍·奥斯汀（Jane Austen）12卷，1500英镑
- 马克·吐温25卷，7250英镑
- 莫里斯《英国鸟类史》，听说夏佩洛先生喜欢鸟
- 往2'、3楼
- 往地下楼
- 地下1楼只收集古地图

2楼

- 《伏尔泰全集》
- 亨利·梭特（Henry Salt）的埃及和阿比西尼亚，1809年，41300英镑
- 勒维兰（F. Leballant）的非洲鸟类，6册，40000英镑
- 类语辞典（拉丁语）10册
- 《伦敦缩影》（*Microcosm of London*）3册
- 绿色书架很美观
- H.BS 政治素描9册，36000英镑

3楼

博纳·J.夏佩洛建筑，红色砖瓦映出白色窗户

3楼是现代文学、俄国文学等专属楼层

← 这一侧也有书架相连

路威·法西欧罗先生。听说以前学过书法

Saint George Street

楼层里有形状罕见的展示柜,里头有像是圣经的书籍。不是羊皮纸,而是纸本印刷。一时间,我还把它看作是谷登堡(Gutenberg)圣经加上美丽装饰做成的逸品呢。

正面可以望见创始人博纳·夸瑞奇(Bernard Quaritch)的肖像。底下收放在玻璃柜里的东西,看起来像是皮革装全集,但似乎又有点不太一样。

"那是仿照夸瑞奇发行过的目录所做的蛋糕,作为创业纪念。"难道夸瑞奇先生喜欢蛋糕?

我问对方:"可有什么稀奇的书?"他们回答我,有一本名叫 *Shelley's Lost Potical Essay* 的书。虽然我只看到这本书的目录,但这本书过去未曾在 Shelley 的书志中登场,甚至没人知道它的存在。上面记载于1811年发行,但没有封面,是本只有扉页和内文的册子。价格无法估算。若真要开价的话,值1亿日元。以日本的例子来说,这或许就像漱石暗中发行《少爷续集》,却未公之于世一样。

我采访夸瑞奇时,来了一位客人。也许是事先已谈过,他一拿到想要的书,便就此离去。

花了约两个小时的时间,我完成素描,打算就此离去时,对方说道:"明天我们老板会来,我想让他看这幅画。可以让我影印一份吗?"我开心地应好,就此离开了夸瑞奇。

我和奥山先生在伦敦数一数二的闹街皮卡迪利圆环(Piccadilly Circus),选了一家日本料理餐厅用餐,里头的米饭又硬又难吃。我可不希望英国人以为日本料理就是这种水准。

用完午餐后,改为前往造访博纳·J. 夏佩洛。这是地上四楼、地下一楼，红砖搭配白色窗户的美丽建筑。

我听说英国人很喜欢游记，这家店正是摆满游记和纪行文学的大古书店。它创立于1979年，所以夏佩洛先生看起来是个厉害人物。他就像是拥有马拉多纳体型的济科（Zico，巴西足球国脚）。

我立刻上前与他交换名片。我从夏佩洛先生手中接过一张日文写成的名片。

"珍奇书，博纳·夏佩洛，最高经营负责人"。这样的名片我还是第一次见识。

一楼为游记，二楼大多为大型的珍奇书。奥山先生取出一本大型书说道："池谷先生，这本书可真贵。2500万日元，都足以买一辆车了。"

"我告诉你吧，像这么贵的书啊……""哇，这本要3000万日元，都可以买一栋房子了。"看到这些价格昂贵的书，我也很吃惊，但奥山先生的举动也很令我紧张。事后我向工作人员询问："这里摆了这么昂贵的书，要是没人在此看管，不是很危险吗？"对方回答道："我们都用荧幕监控。"哎呀呀……

不过，满屋子都是两三千万的书，看过之后，就算有1亿日元的书，也不足为奇了。当然了，店主在收购时似乎花了不少钱。问过之后才明白，他不是在伦敦古书市场收购，而是利用苏富比和佳士得等拍卖会。苏富比离这里不远。

博纳·J. 夏佩洛的楼层本身并不大，但共分成五层。素描画的只有一楼（称之为Ground Floor。二楼则称之为一楼）的俯瞰图，其他部分则是拍照当插图用。夏佩洛的建筑也很美，它各楼的书架都是特别定做，颜色鲜艳。整座楼层就像是个漂亮的大书柜。

夏佩洛先生很喜欢鸟。入口附近有莫里斯的《英国鸟类史》全集。奥山先生说："要是你猜得中价格，就送你。"它运用了大量的石版手绘彩图，少说也有数百张。"应该是250万日元左右，但这里比较贵，所以我猜是500万日元。"我如此说道，但结果竟然是250万日元，真可惜。不过话说回来，就算我真的收下，家里也没地方摆，还是婉谢的好。

伦敦的晚秋日落得早。我已完成该办的工作，于是便请奥山先生带我上英国有名的酒吧。

皮卡迪利圆环附近有许多酒吧，从傍晚时分便挤满了人。我们找了又找，最后才选定一家酒吧餐厅。酒吧到处都有一股甘甜的香味。"现在到处都禁烟，但这里却有一股昔日烟斗用的烟草香味呢。"奥山先生说。我住宿的饭店，也同样弥漫着一股不知打哪儿来的甘甜气味。

享受完略带甘甜的苹果酒后，9：00左右，我们回到皮卡迪利圆环。在走进地铁验票口时，我正想插入一日券，奥山先生却急忙向我唤道："池谷先生，你那是健保卡啦。"或许我有点醉了。

谢过奥山先生后，我们就此道别，我顺着电扶梯往下时，对面扶梯上来一位额头插着根钉子的男子，还流着血，吓了我一大跳。

"哦，今天是万圣节啊。"我这才恍然大悟。当时血压肯定升高了二十多。

日语流利的波达博士

要逛伦敦，搭地铁最为方便。只要过了9：30的上班时间，一日券便会便宜许多。市内地铁有条名叫CIRCLE LINE的路线，会行经像山手线上半部分般大的区域。售票机上印有英国、法国、意大利、德国、西班牙等欧洲各国的国旗，一按下按钮，便可利用该国的语言系统来购票。令人高兴的是，日本也在其中，是英语圈以外唯一的国家。真是谢天谢地。

我所住的饭店，若以东京来说，相当于在代代木一带。连日来我都是从最近的车站Earls Court搭乘Picadilly Line前往市中心。车厢比东京地铁还小。"This is Picadilly Line service"的车内广播我也已经听惯了。

今日将前往拜访的麦格斯兄弟书店，只要搭Picadilly Line过五站，在Green Park站下车，走数分钟便可到达。走上车站，壮观的Ritz Hotel立即迎面直逼而来。

来到一处名叫Berkeley Square，像是随处可见的广场，我一时搞不清楚是哪栋建筑，于是便打电话给麦格斯兄弟书店，请波达先生来带路。波达先生说得一口流利的日语，所以我早事先从东京打电话和他说好访谈的事。他看起来就像是戴夫·史贝特（Dave Spector）（出身美国、赴日发展多年的资深媒体人）所扮的绅士。他同时也是名博士，在东京的古书业界颇有名气。

麦格斯兄弟书店规模虽不如夸瑞奇来得大，但历史悠久，自然史、游记、英国文学、大陆本、签名原稿、装饰手写本等，商品齐全，令人赞叹。

在波达先生的带领下，我参观了各楼层。二楼的古伊万里大壶、查尔斯·狄更斯用过的书桌等，也混在古书中，绽放着光彩。

此外，《小熊维尼》初版4册全，价格换算成日币为375万日元，令人吃惊。听说书况好的书，全部都是像这种水准。因为有不少收藏家。

不时会有客人前来，但与日本古书店的客人不同，他们很少会看书架上的

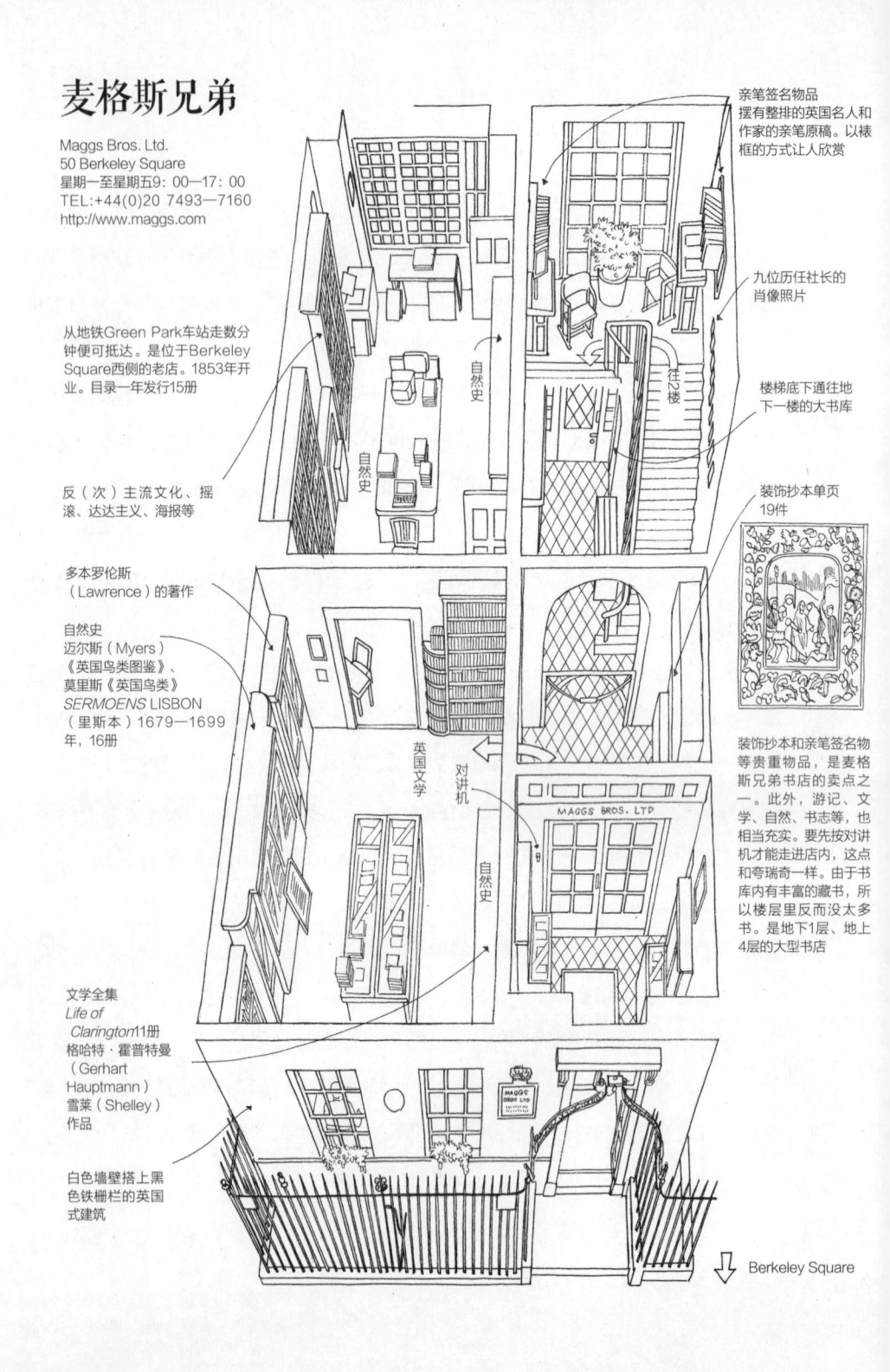

麦格斯兄弟

Maggs Bros. Ltd.
50 Berkeley Square
星期一至星期五9:00—17:00
TEL:+44(0)20 7493—7160
http://www.maggs.com

从地铁Green Park车站走数分钟便可抵达。是位于Berkeley Square西侧的老店。1853年开业。目录一年发行15册。

反（次）主流文化、摇滚、达达主义、海报等

多本罗伦斯（Lawrence）的著作

自然史
迈尔斯（Myers）《英国鸟类图鉴》、莫里斯《英国鸟类》
SERMOENS LISBON（里斯本）1679—1699年，16册

文学全集
Life of Clarington 11册
格哈特·霍普特曼（Gerhart Hauptmann）
雪莱（Shelley）作品

白色墙壁搭上黑色铁栅栏的英国式建筑

亲笔签名物品
摆有整排的英国名人和作家的亲笔原稿。以裱框的方式让人欣赏

九位历任社长的肖像照片

楼梯底下通往地下一楼的大书库

装饰抄本单页19件

自然史

自然史

往2楼

英国文学

对讲机

自然史

装饰抄本和亲笔签名物等贵重物品，是麦格斯兄弟书店的卖点之一。此外，游记、文学、自然、书志等也相当充实。要先按对讲机才能走进店内，这点和夸瑞奇一样。由于书库内有丰富的藏书，所以楼层里反而没太多书。是地下1层、地上4层的大型书店

↓ Berkeley Square

2楼

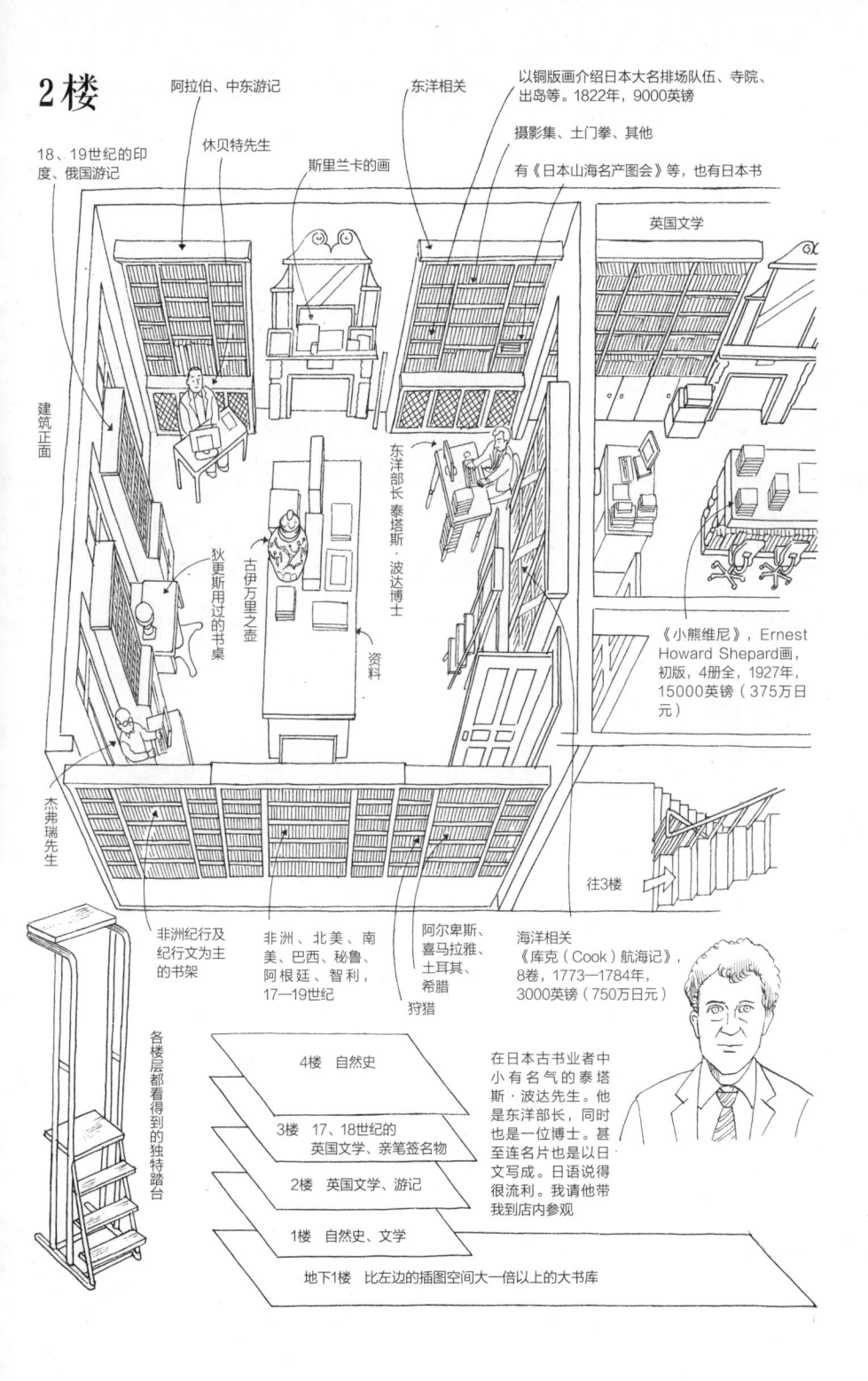

- 18、19世纪的印度、俄国游记
- 阿拉伯、中东游记
- 休贝特先生
- 斯里兰卡的画
- 东洋相关
- 以铜版画介绍日本大名排场队伍、寺院、出岛等。1822年，9000英镑
- 摄影集、土门拳、其他
- 有《日本山海名产图会》等，也有日本书
- 英国文学
- 建筑正面
- 东洋部长 泰塔斯·波达博士
- 狄更斯用过的书桌
- 古伊万里之壶
- 资料
- 杰弗瑞先生
- 《小熊维尼》，Ernest Howard Shepard画，初版，4册全，1927年，15000英镑（375万日元）
- 往3楼
- 非洲纪行及纪行文为主的书架
- 非洲、北美、南美、巴西、秘鲁、阿根廷、智利，17—19世纪
- 阿尔卑斯、喜马拉雅、土耳其、希腊 狩猎
- 海洋相关 《库克（Cook）航海记》，8卷，1773—1784年，3000英镑（750万日元）
- 各楼层都看得到的独特踏台

4楼	自然史
3楼	17、18世纪的英国文学、亲笔签名物
2楼	英国文学、游记
1楼	自然史、文学
地下1楼	比左边的插图空间大一倍以上的大书库

在日本古书业者中小有名气的泰塔斯·波达先生。他是东洋部长，同时也是一位博士。甚至连名片也是以日文写成。日语说得很流利。我请他带我到店内参观

书。应该是从地下室的书库里取来客人想要的书，直接送到他们面前吧。这里的书库颇深，全部摆满了旧书。听说这里向来不让客人参观，但今日特地破例带我前往一观。

波达先生邀我一起吃午餐，但我素描花了不少时间，画完时已过14：00。虽然很遗憾，但也只好就此告辞，到附近用餐。当我想上厕所而走进洗手间时，发现门无法打开。我试了几次后，敲了敲门，传来女性尖锐的嗓音。我心中暗叫"糟糕"，这时刚好走来一名年轻男性。"您先吧。"我说。"可以吗？那你等我一下哦。"他如此应道，来到我面前，这时厕所里走出一名年轻女性，瞪了男子一眼，就此走进店内，消失踪影。似乎是因为马桶冲水不良，令她感到急躁。

戴圆顶礼帽就像顶着日本传统发髻

吃完午餐后，我步行前往Bond Street车店，搭地铁往下一站Baker Street车站。前往我期待已久的"夏洛克·福尔摩斯博物馆"。来到地面后，我不知该往哪儿走，决定向人问路。但我问了不少人，都没人知道。可能他们都是旅客吧。这次我改问一名在公车站牌处等车的中年男子，得知我好像走反了。虽然我操着一口生硬的英语，但当地人说起话来却还是一样快。我请他在地图上指出我目前的所在地，这才好不容易抵达福尔摩斯博物馆。

可能是里头狭窄的缘故，似乎要在入口处等里头的人出来。等了一会儿，终于能进博物馆内了。里头的房间打造得相当考究，让人很难想象这是个虚构的人物。

谈个题外话，根据UKTV的舆论调查，在英国有高达58％的人相信夏洛克·福尔摩斯是真实存在的人物。

　　沙发上放有福尔摩斯的猎鹿帽与华生的圆顶礼帽，访客都会戴上帽子拍照留念。我虽然戴着自己的圆顶礼帽，但这不就像是日本观光地常有的那种让旅客露脸拍摄武士照片的道具吗？经这么一提才想到，我到伦敦后，没发现半个戴帽子的人。只看到道路施工的工人戴着安全帽。也许看在周遭的人们眼中，全当我是个搞错时代的东洋人。

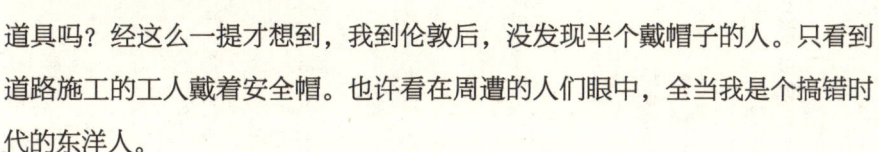

　　博物馆最上层是厕所，展示冲水式马桶。这当然不能使用，但维多利亚时代就有冲水式马桶了吗？真令人怀疑。

　　隔壁是博物馆商店，所以我在这里打发了一些时间，购买纪念品。此外，柜台处一身女仆打扮的小姐长得清新可人，所以我也请她让我拍照。

　　附带一提，店内也摆有圆顶礼帽当礼物商品，一顶售价45英镑（我的帽子比较贵）。回程时，我在骑士桥（Knightsbridge）车站下车，在哈洛德百货（Harrods）采买不少红茶。

肯辛顿公园与查令十字路

　　今天预定到切尔西（Chelsea）书展采访，顺便淘书。之前写电子邮件前去要求采访，对方回复"第一天是从14：00开始，但因为人多拥挤，所以请

摆在大英博物馆附近店家的门前。送货用

Jarndyce

46 Great Russell St.
Bloomsbury
TEL +44(0)20 7631 4220
位于大英博物馆前，18、19世纪的书籍专卖店。

入口左手边的圆板，写着"伦道夫·凯迪克（Randolph Caldecott），1846—1886年，艺术家、插画家，居住于此"。凯迪克是英国19世纪的大插画家。凯迪克大奖在绘本世界里是无人不晓的权威性大奖

法兰西斯爱德华

Francis Edwards

13 Great Newport St. Charing Cross Rd. TEL +44(0)20 7240 7279
创业于1855年，历史悠久。位于查令十字（Charing Cross）路48号街角隔壁。在古书镇Hay on Wye也有分店，有古文学、自然史、军事、武器等各种充满特色的商品，也会发行目录。

您16：00左右再来。"但要是太阳西下，可就拍不到建筑的照片了，所以我决定15：00前往拜访。在那之前，还有几处我想逛的地方。

9：30，我抵达Earls Court。接着我在Notting Hill Gate车店转乘，在Lancaster Gate车站下车，仅坐了四站，再过去是辽阔的肯辛顿公园。从月台来到地面后，公园入口就在眼前。等绿灯的时间让人很不耐烦，我急忙往公园内奔去。开阔的绿色原野，左手边可望见细长的池子。

这是一百年前，J. M. 巴里（James Matthew Barrie）在《肯辛顿公园

的彼得潘》一书中所描写的场景。负责插画的，是我很喜欢的插画家亚瑟·拉克汉。在开头的场景中，可以看见左手边宽阔的池子远处，那座半圆形桥墩相连的石桥，前方的水池边有一群妖精在嬉戏。

如今架起护岸的堤防，桥的对面看到的是难看的高楼大厦，但其他部分则保留画的原貌。能置身在拉克汉探寻想象的空间中，享受这无上幸福的片刻。清澈的秋日晴空，以及刚由绿转红的枫叶，映照在池面上，让人暂时忘却时间的流逝。

附近有座闻名的"彼得潘像"。教人有点难以置信，在这都会中心竟然有如此美丽的公园。有名年约10岁的少年，独自一人坐在长椅上。这幅景象，让人心中产生联想"莫非他就是彼得潘？"

离开肯辛顿公园，我前往Holborn车站。虽然时间不多，但我还是想到大英博物馆参观。博物馆的入口处，有个捐款用的大圆形容器，但都没人投钱。我投了3枚1英镑的硬币，发出一阵清响（很讽刺吧）。

听说里头空间颇大，无法在短时间内看玩。有不少观光客很没规矩，让孩子站在石像上拍照。

我快步参观展示品。并以馆内的自助式午餐解决一餐，三明治、沙拉、咖啡，合计2400日元。看来，我来的时候正好是英镑最高的时候。

离开大英博物馆后，我从Tottenham Court Road顺着查令十字路南下。据说这里以前是古书店街，不过现在已少了许多。但还是保留了几家古书店。伦敦的古书店，可分为老店、参加切尔西书展的古书商和二手书店，以及专卖打折书的书店。

江藤淳先生翻译的《查令十字路84号》（中公文库），是真实的故事，描写一名美国女性剧作家与名叫马克斯商会的古书店店员间的交流。很棒的故

Murder One

76-78 Charing Cross Rd.
（查令十字路）
http://www.murderone.co.uk

对面也是贩售处

也有新书

后面的展示窗有福尔摩斯的人偶

地下是过期书报杂志、福尔摩斯、旧书、犯罪实录、资料等

也有国内犯罪、推理、惊悚、浪漫等小说

隔壁也是书店，Koenig Books

福尔摩斯人偶

波罗（Poirot）柯南·道尔评传的照片

（左）Ten Little Niggers（中译《十个小黑人》）没有版权页
（右）The Mirror Crack'd from Side to Side（中译《破镜谋杀案》），1970。两本都是阿嘉莎·克莉丝蒂的作品，各2英镑

这两本是在塞西尔巷买的，附40张彩色插画。1908年初版的全页彩色插画。28英镑（约7万日元）。购于切尔西书展

莎士比亚《仲夏夜之梦》

阿嘉莎·克莉丝蒂工柯林斯，1993，2.5英镑

《为什么不找伊文斯？》

阿嘉莎·克莉丝蒂，1972，Fontana Books（上述也是），3.5英镑

《艳阳下的谋杀案》

切尔西书展
The Antiquarian Book Fair
Chelsea 2007

一年一度在切尔西由ABA（Antiquarian Book Sellers Association）主办的旧书市场。以英国为主，共有70家店参加。会场一路绵延至主大厅周围的回廊以及两侧。

别馆

小大厅

回廊两侧有20个古书店摊位

主会场有33个店家摊位

事，希望各位也能阅读此书。如今马克斯商会已不在了。我在不知不觉间走过84号，竟浑然未觉。

  这一带的古书店不同于那些老店，可以轻松走进店内。甚至有人在走进店门时，会高喊一声"嗨"。有些店颇有特色，我向店家请托："可否让我拍张照？"他们也很干脆地回答我："好啊，请。"每家店都是如此。

  "我是来自日本的插画家，我对古书店进行素描，就像这样。"我如此介绍，并出示我的素描本，他们很感兴趣地看过后，有些店家甚至会给我名片，对我说："也帮我们画一张吧。"

我在插图中所画的Murder One这家店，是推理小说、犯罪小说的专卖店。我在这里找到两本阿嘉莎·克莉丝蒂的著作，是女儿托我代为寻找。英国是推理小说的大本营，我早料到会有这种书店。此外还有以文学和美术书籍为主的"亨利波迪斯书店"，以艺术、建筑、军事书籍为主的"法兰西斯爱德华（Francis Edwards）"（参照插图），也都是大方让我欣赏古书的店家。

我东看西瞧，转眼间15：00将近。我急忙赶往切尔西书展会场。从Leicester Square到会场所在处的Sloane Square，一路转乘，六站便可到达。

切尔西书展

说到切尔西，我只知道切尔西足球队，以及以前常吃某个牌子的糖果，就叫这个名字。这个首次造访的市街，不显一丝喧闹，街上各种典雅的高级名牌店林立，感觉仿如置身古老的银座街头。

11月的2、3日两天，举办书展的旧市政厅（Old Town Hall），从地铁车站走10分钟左右便可抵达。这是一座气派华丽的建筑，就算是拿来充当某个小国的国会议事堂也不足为奇。似乎这里也常举办古董市场。

我在入口处出示申请采访的回复信后，一名像是代表人的老先生带我入内。我领取识别证，一手拿着相机，就此步入会场。要寄放行李的做法，也和日本古书特卖展一样。不过，这里没有一本数百日元的书，个个都价格不菲。大厅内宛如宫殿般，吊灯闪闪生辉，充满华丽与庄严的气氛。我马上四处拍照。

由于有70家店在此摆摊，所以规模不小。走在伦敦街头，本以为英国人个个都人高马大，其实不然。但不知为何，这个会场的客人和古书店老板，却个个都是高个子。刚才带路的那名老先生，似乎也有190厘米高。

会场摆满自然史、历史、文学、艺术等各种领域的珍奇书。大致逛过一遍后，得开始找自己的战利品才行。一名像是古书店老板的男子问我："您在找什么书吗？"我回答他"绘本"，他便马上替我在册子上所画的会场平面图中指出专门领域和摊位的编号。

11号的摊位似乎是童书专卖店，在英国和国外都极受欢迎的凯特·格林威和亚瑟·拉克汉的书，这里相当多，也有我想找的《肯辛顿公园的彼得潘》，售价480英镑，折合日币约12万日元。比日本便宜，但书况并不好，所以我选择同样是拉克汉画的《仲夏夜之梦》。这本售价280英镑，约7万日元。我说了一句"I'll take it"，老板高兴得几乎要抱住我，他对我说"这本很便宜。你买到好东西了"，开心地替我打包。的确，这本书在日本价值十几万日元。全页插画多达40张，为初版。

由于喉咙干渴，于是我便到休息室买饮料喝，找位子坐，这时，参展的旧书店老板们向我招手，要我过去，所以我便和他们聊了一会儿。当时我深深觉得，自己的英语要是能再好一点就好了。

塞西尔巷的古书店街

今天是最后一天的采访日。我还是老样子，坐上皮卡迪利圆环线，前往Leicester Square车站。这里到处都是剧场，售票间特别显眼。

塞西尔巷（Cecil Court）是一条应该称之为旧书街的街道，近年来聚集了许多从查令十字路搬迁而来的古书店，包含古地图专卖店在内，有十多家店

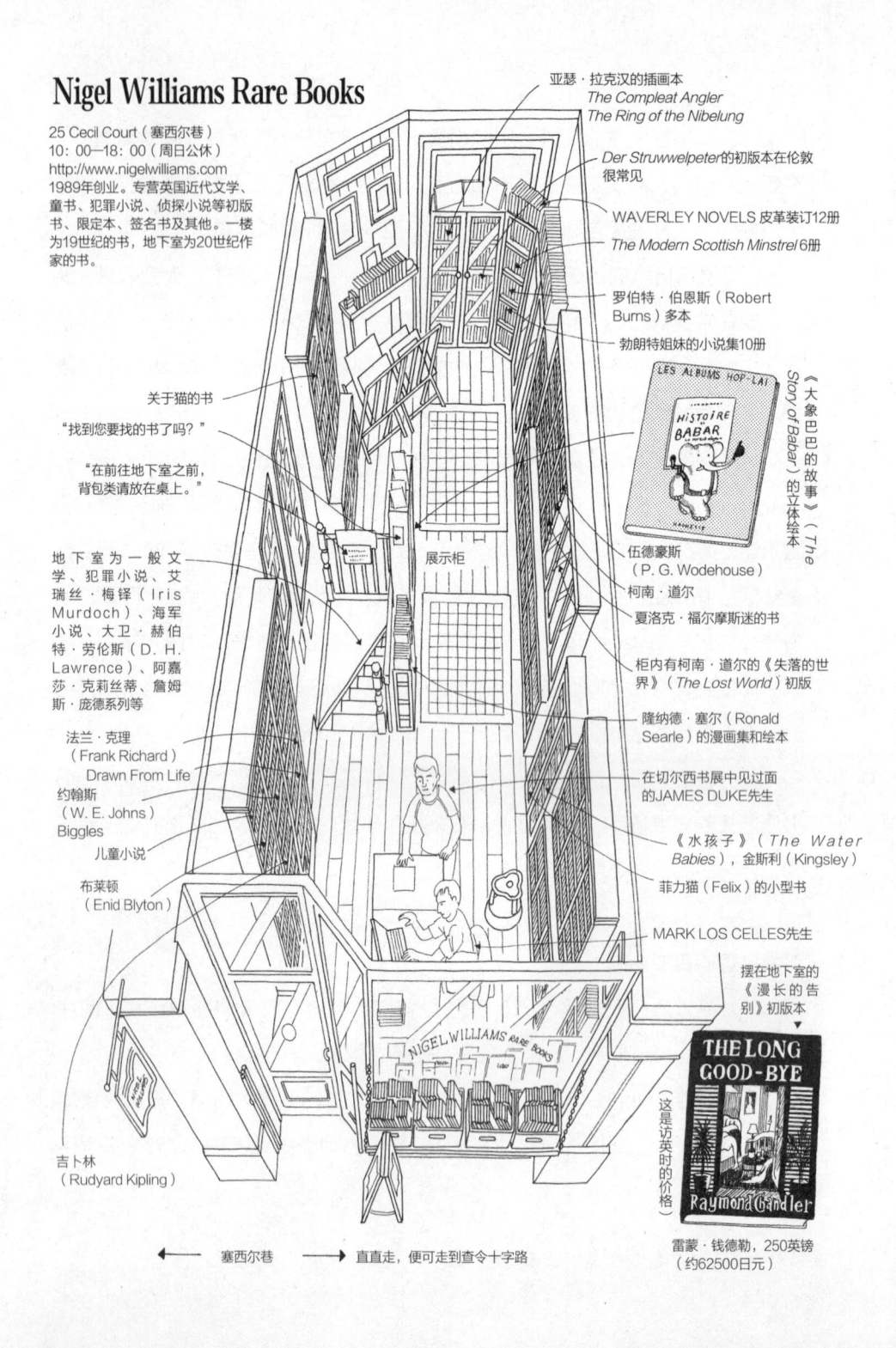

Nigel Williams Rare Books

25 Cecil Court（塞西尔巷）
10：00—18：00（周日公休）
http://www.nigelwilliams.com
1989年创业。专营英国近代文学、童书、犯罪小说、侦探小说等初版书、限定本、签名书及其他。一楼为19世纪的书，地下室为20世纪作家的书。

亚瑟·拉克汉的插画本
The Compleat Angler
The Ring of the Nibelung

*Der Struwwelpeter*的初版本在伦敦很常见

WAVERLEY NOVELS 皮革装订12册
The Modern Scottish Minstrel 6册

罗伯特·伯恩斯（Robert Burns）多本

勃朗特姐妹的小说集10册

关于猫的书

"找到您要找的书了吗？"

"在前往地下室之前，背包类请放在桌上。"

《大象巴巴的故事》（*The Story of Babar*）的立体绘本

地下室为一般文学、犯罪小说、艾瑞丝·梅铎（Iris Murdoch）、海军小说、大卫·赫伯特·劳伦斯（D. H. Lawrence）、阿嘉莎·克莉丝蒂、詹姆斯·庞德系列等

展示柜

伍德豪斯（P. G. Wodehouse）

柯南·道尔

夏洛克·福尔摩斯迷的书

柜内有柯南·道尔的《失落的世界》（*The Lost World*）初版

隆纳德·塞尔（Ronald Searle）的漫画集和绘本

法兰·克理（Frank Richard）
Drawn From Life

约翰斯（W. E. Johns）
Biggles

儿童小说

布莱顿（Enid Blyton）

在切尔西书展中见过面的JAMES DUKE先生

《水孩子》（*The Water Babies*），金斯利（Kingsley）

菲力猫（Felix）的小型书

MARK LOS CELLES先生

摆在地下室的《漫长的告别》初版本 ▼

吉卜林（Rudyard Kipling）

雷蒙·钱德勒，250英镑（约62500日元）

（这是访英时的价格）

← 塞西尔巷　→ 直直走，便可走到查令十字路

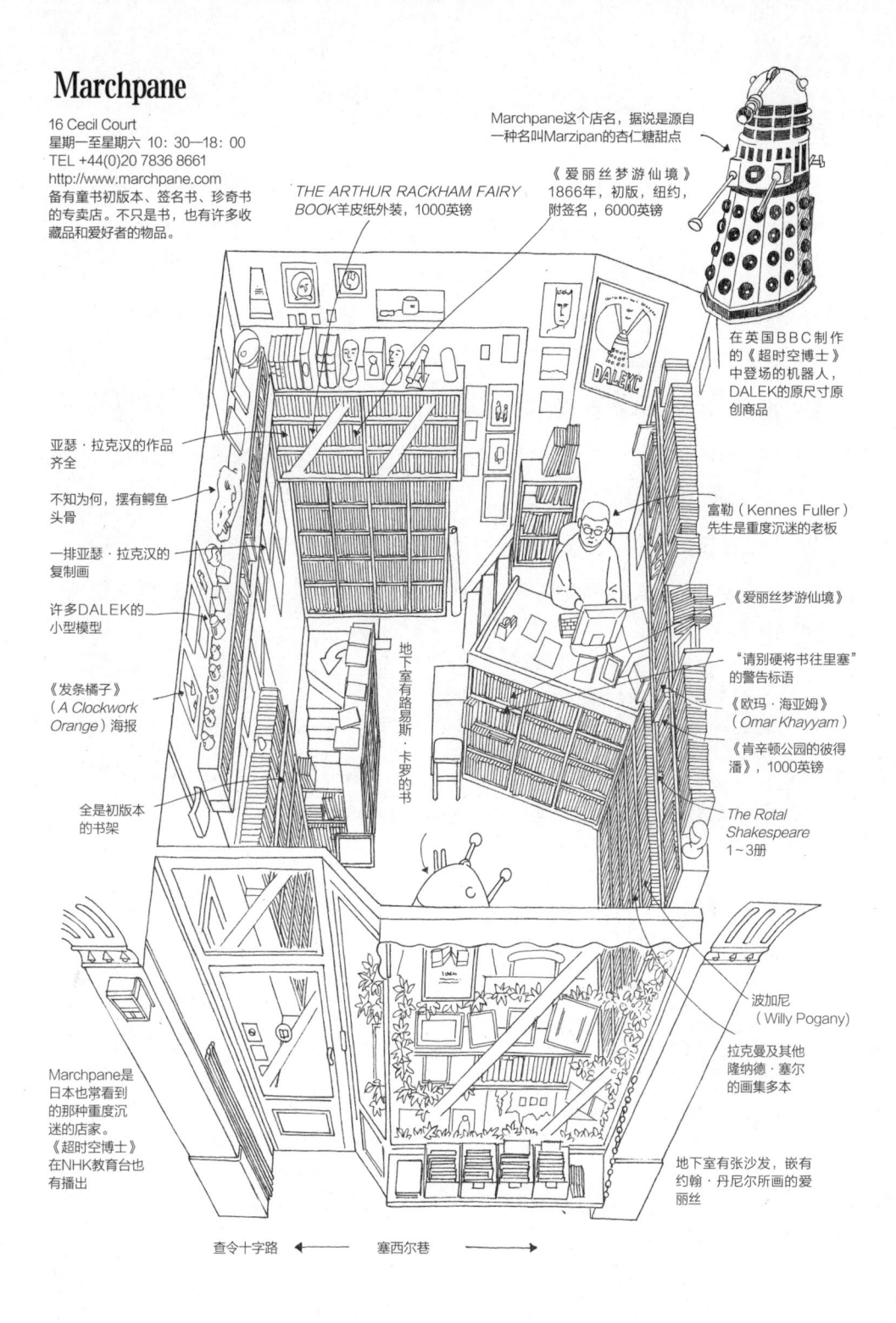

Marchpane

16 Cecil Court
星期一至星期六 10：30—18：00
TEL +44(0)20 7836 8661
http://www.marchpane.com
备有童书初版本、签名书、珍奇书的专卖店。不只是书，也有许多收藏家和爱好者的物品。

THE ARTHUR RACKHAM FAIRY BOOK 羊皮纸外装，1000英镑

《爱丽丝梦游仙境》1866年，初版，纽约，附签名，6000英镑

Marchpane这个店名，据说是源自一种名叫Marzipan的杏仁糖甜点

在英国BBC制作的《超时空博士》中登场的机器人，DALEK的原尺寸原创商品

亚瑟·拉克汉的作品齐全

不知为何，摆有鳄鱼头骨

一排亚瑟·拉克汉的复制画

许多DALEK的小型模型

《发条橘子》（A Clockwork Orange）海报

全是初版本的书架

地下室有路易斯·卡罗的书

富勒（Kennes Fuller）先生是重度沉迷的老板

《爱丽丝梦游仙境》

"请别硬将书往里塞"的警告标语

《欧玛·海亚姆》（Omar Khayyam）

《肯辛顿公园的彼得潘》，1000英镑

The Rotal Shakespeare 1~3册

波加尼（Willy Pogany）

拉克曼及其他隆纳德·塞尔的画集多本

Marchpane是日本也常看到的那种重度沉迷的店家。《超时空博士》在NHK教育台也有播出

地下室有张沙发，嵌有约翰·丹尼尔所画的爱丽丝

查令十字路 ← 塞西尔巷 →

相连。

我造访一家刚开店不久的"Nigel Williams",结果发现昨天才在切尔西书展的摊位上认识的詹姆斯·迪克先生就在店内。一阵寒暄后,走来另一名年轻店员。他是塞雷斯先生,个子相当高。

迪克先生负责地下室的20世纪文学、推理小说等古书,塞雷斯先生则是主要负责一楼的19世纪文学。这家店是ILAB(国际古书商联盟)的会员,所以看板上写有"珍奇书(Rare Books)"这几个字。此外,店头放有便宜的书籍,有不少客人都会一派轻松地走进店内。他们两位也都很豪爽地接待我,不论我问什么,都会仔细回答。

中午过后,我画完素描。离去时,我向塞雷斯先生询问:"这附近可有日本餐厅?"他立刻上网帮我搜寻,告知我一家名叫东京晚餐的店。因为我来伦敦这几天瘦了不少,裤腰带得调紧两格才行,所以在这里吃了已有多年没吃过的猪排饭。或许我得靠热量稍微高一点的食物来进补才行。

用完午餐,我到童书专卖店"Marchpane"采访。店主凯涅斯·弗拉先生,年约五旬。他很沉迷科幻剧"超时空博士(Doctor Who)"以及路易斯·卡罗、亚瑟·拉克汉,带有一点宅男的味道。他还会写上

Earls Court 附近的酒吧"威尔斯亲王"

Which way to...
夏洛克·福尔摩斯博物馆
摄政公园
Korston
大英博物馆
Holborn
Baker Street
Paddington
Baker Street
Bond Street
Oxford Circus
博纳·夸瑞奇
Golden Square
查令十字路
Tottenham Court Road
Murder One及其他古书店
Leicester Square
塞西尔巷古书店街
Lancaster Gate
Hyde Park
博纳·夏佩洛
麦格斯兄弟书店
Berkeley Square
肯辛顿公园
彼得潘像
Notting Hill Gate
皮卡迪利圆环
查令十字
Embankment
Green Park
皮卡迪利线
街角的邮筒
维多利亚
西敏寺
High Street Kensington
Circle Line
Gloucester Road
骑士桥
哈洛德百货
国会议事堂
泰晤士河
Sloane Square
Earls Court
切尔西旧市政厅
West Brompton
饭店
伦敦散步地图
• 只记载主要地铁及车站

"请别硬将书往里塞"的警告标语,或是在机器人身上写下"别碰"的纸条,似乎有点神经质。

客人从青年到老太太都有,年龄层相当广。不知是因为童书专卖店少,还是这个领域的书迷多,这家店相当受欢迎。离开时,我告诉店主"等出书后,我寄来给你。"他却应我一句"NO."他似乎只要影本就够了。这家店不论是藏书还是店主,都很有个性。

在酒吧道别

结束所有预定的行程,从车站返回饭店的途中,有家酒吧,于是我便顺道进去看看。因为我想来一杯之前在皮卡迪利圆环喝过的"苹果酒"。

虽然不知道正式的酒名,不过,只要说一句苹果酒,对方就能明白。正当我准备付账时,酒保告诉我:"那个人已经付了。"仔细一看,一名体格壮硕的男子朝我微微一笑。好像是他请的客。大家称这种人为伦敦佬,听说他们很爱招待旅客。

他请我和他的同伴们同坐,我们天南地北地闲聊。"我是一名插画家。"我如此介绍自己,并替他画了一张人像画,他非常开心。他给人的感觉就像演员布鲁斯·威利,但比布鲁斯·威利要年轻一些,而且多点肌肉。他的同伴也嚷着:"替我画一张。"所以我替这位看起来像中东人的男子画了张人像画,采三船敏郎在电影"保镖"中的古装造型。

他似乎也知道武士,但不认识三船敏郎、黑泽明、谷亮子。当时正好电视在转播足球赛,于是我问他们,是否知道曾待在朴茨茅斯足球会(Portsmouth Football Club)的守门员川口能活,但他们却回答"I don't know."这也难怪,谁叫他很少在比赛中登场呢……

在这段时间里，我爱戴的圆顶礼帽不知去向，好像是在酒吧里，每个人争相戴帽子玩乐，轮了一圈。想必是真的很罕见。

我想回请同桌的伙伴们喝酒，在吧台点了几杯啤酒，正打算付钱时，对方跟我抢着付账，给果还是那位伦敦佬（名叫杰米）抢先付了酒钱。他们甚至还陪同喝醉酒的我回到饭店。他们应该是认为我这家伙很特别，远从东洋渡海而来，很喜欢英国，所以才如此款待我。我和酒吧的朋友们拍下合照，今后可以连同古书店的素描一起欣赏，怀念这段美妙的经历。很想谢谢他们为我留下如此美好的回忆。

后记
旧书虫向前冲

《旧书虫向前冲（古本虫がゆく）》这本书的日本版标题构想，是源自于司马辽太郎先生的名作《坂本龙马（竜马がゆく）》。

如此庞大的企划当然不是出自我的构思，是编辑部的点子。

司马先生曾经向神保町的高山本店收集著作资料，这故事相当有名，因此，就游荡在神保町的旧书虫来说，这样的标题也算是一种缘分，因而战战兢兢地展开连载。责编每次都与我同行，所以不同于以往的采访，我能专心地作画。

以过去的例子来说，有些古书店的老板太爱讲话，一聊就聊个没完，明明素描已经画完，却还迟迟无法脱身，有些老板则是少言寡语，始终问不出话来。现在我都不需担心这些问题了。因为需要的题材，编辑会主动向前询问。能全心投入其中，将每次造访店家所得到的收获，陈列在插画中，也是很棒的一件事。

正因为《诸君！》是本意见领袖杂志，所以责编看得上眼的古书及其知性，程度都相当高，内容增色不少。不像我，毫无旧书虫本色，老是说："哇，全都是字，连张图也没有。"只会注意插画书、绘本、侦探小说、版画，要不就是陶铃、坠子、人偶、昆虫标本。

持续展开连载后，我才明白自己"几乎都没看书"。讲到收获，都是像前面提到的那些个人嗜好，为了心灵的慰藉而购买。

不过，当初我心想，一本讨论内忧外患的杂志，做这样的连载会不会不太恰当呢？向责编M先生坦言心中的顾虑后，他向我回答道："不，它将成为本杂志的心灵绿洲。"嗯，不愧是经验老到的编辑。这么一来，我就能心情愉快地全神投入工作中了。绝妙的救援。

不过，我那超乎自己想象的任性，给编辑带来不少困扰。就拿吃饭这件事来说好了："我很好打发。因为我不会吵着要吃这个、吃那个。不过，我有很多东西不能吃。"

"就是这种人最难搞。"M先生说。

M先生很爱吃乌龙面，但有一次我却对他说："乌龙面这种东西是感冒的时候才吃的吧？"因而快步从乌龙面店前通过，改为走进荞麦面店。

我原本就是个不重吃的人。说起《诸君！》的风格，我希望各位能缅怀已故的土光敏夫先生（话虽如此，烤沙丁鱼串我还是不能接受）。

而且我很怕坐飞机。若要下乡采访，就非得坐飞机不可。天寒时往北，天热时往南，真教人吃不消。

规划这项连载的总编，是个重度旧书迷。"专程前往天寒地冻的北海道、酷热难当的冲绳，找寻旧书，你不觉得这样很有趣吗？"一点都不有趣。我装没听见。我讨厌热、讨厌冷，怕痛又怕痒，更不喜欢忙啊。

像我这么任性的执笔者，编辑部的各位同人还要与我周旋，心中真是不胜感激。另外，爽快答应接受我采访的古书店老板们，我也想向他们致上由衷的谢意。

每家店我几乎都会花上两个小时的时间进行素描。回来后，插画会再另外仔细修正，但素描要画得很精细，几乎和完成的插画同样水准。否则便会搞不清楚哪个书架放什么书。特别是店门正面，我总会多花些时间，小心翼翼地准确描绘。这部分若是稍有马虎，店内的深度、书架的大小、书本数量，便都无法兜拢。

店内的插画，从素描阶段便是采俯瞰图的方式来描绘，这我早已习惯，所以做起来驾轻就熟。问题在于店向空间属横长形的店家，或是明明有许多想呈现的部分，但就是被挡住看不到，诸如此类。有时我这样不行，那样不对地苦思良久，连店主看了都有点担心，而向M先生询问："是不是画不出来？"

"他现在是一位园艺师，正在思考松树该往哪儿种，石头该往哪儿摆。"又是一次绝妙的救援。编辑就应该像他这样。

打从第一回连载便一直和我同行的M先生，以及从第二十四回接手负责的年轻K先生，总是请我像希区考克的电影那样，让他们不经意地在插图画面中登场。时而向店主问话，时而在店内淘书。

有些店家会以咖啡或茶来款待，甚至有的还会端出茶点。这么一来，往往会聊个没完。或许有人会笑我是个肉麻的家伙，瞧不起我，不过，店家招待的东西，我一定会画进素描的某个角落里。这么做，便能想起当时的状况和谈话的内容，非常神奇，所以这件事相当重要。

回到家中，对插图进行修饰时，有时会突然产生疑问，所以也常打电话去追加采访。当中也会谈到一些趣事，但大多没记录其中，相当遗憾。

"要是经你介绍，我变得太忙，那可就麻烦了。"一家十年来一直拒绝接受采访的店家，最后终于被我说服，而得以在连载中介绍。此外，也有很多店家，光是知道我千里迢迢前往采访，便很开心。人生百态，古书店也何尝不是呢。

连载结束后，又追加了伦敦篇，因为当初便预定最后一站是英国。当时甚至还预定要前往古书镇"Hay on Wye"，但仔细调查后发现，它离伦敦相当远，光一个礼拜的时间无法采访。于是才改为以伦敦市内的老店以及查令十字路的古书店为主。

不过，那是我第一次造访英国。而且是单枪匹马前去。而且我英语奇差无比，很担心自己一个人是否真能完成任务，还事先找出一些推测可能会用到的英文句子，临时恶补了一番。不过，当地人明知我只会一些生硬的英语，说起话来却丝毫没放慢速度。搞得我苦学英文的成果和期待就此折半。这令我更加羡慕那些英语达人。

尽管如此，还是平安结束这趟旅程，留下快乐的回忆。不过，长时间搭机还是一样苦不堪言。不会想再去第二次……

此趟的英国之行，受不少人关照。写英文书信向采访对象提出申请时，《诸君！》"大家关心的美国书"执笔者，同时也是时事通信社伦敦特派员的草野彻先生，他帮了我一个大忙。而在伦敦，于当地修习地政学的奥山真司先生，为我担任一天的口译员。后半段连载的责编K先生（荐田岳史先生），为我四处奔走，与伦敦的采访对象联系。总编内田博人先生、从连载一开始就担任责编的M先生（前岛笃志先生）。

而最需要感谢的，是从连载企划到成书，对我多所关照的前总编仙头寿显先生，有各位的努力，才能完成此书。

在此向各位献上深深的感谢。

池谷伊佐夫于酷暑夏日亲笔

内文及插图中的各古书店相关资料，原则上是依据采访当时的情况。

有时店家会有搬迁或歇业的情形。

近来，有不少古书店架设网站或部落格，读者最好能利用搜寻网站"日本旧书店"，在前往造访前，先以网络确认其开店时间及公休日。

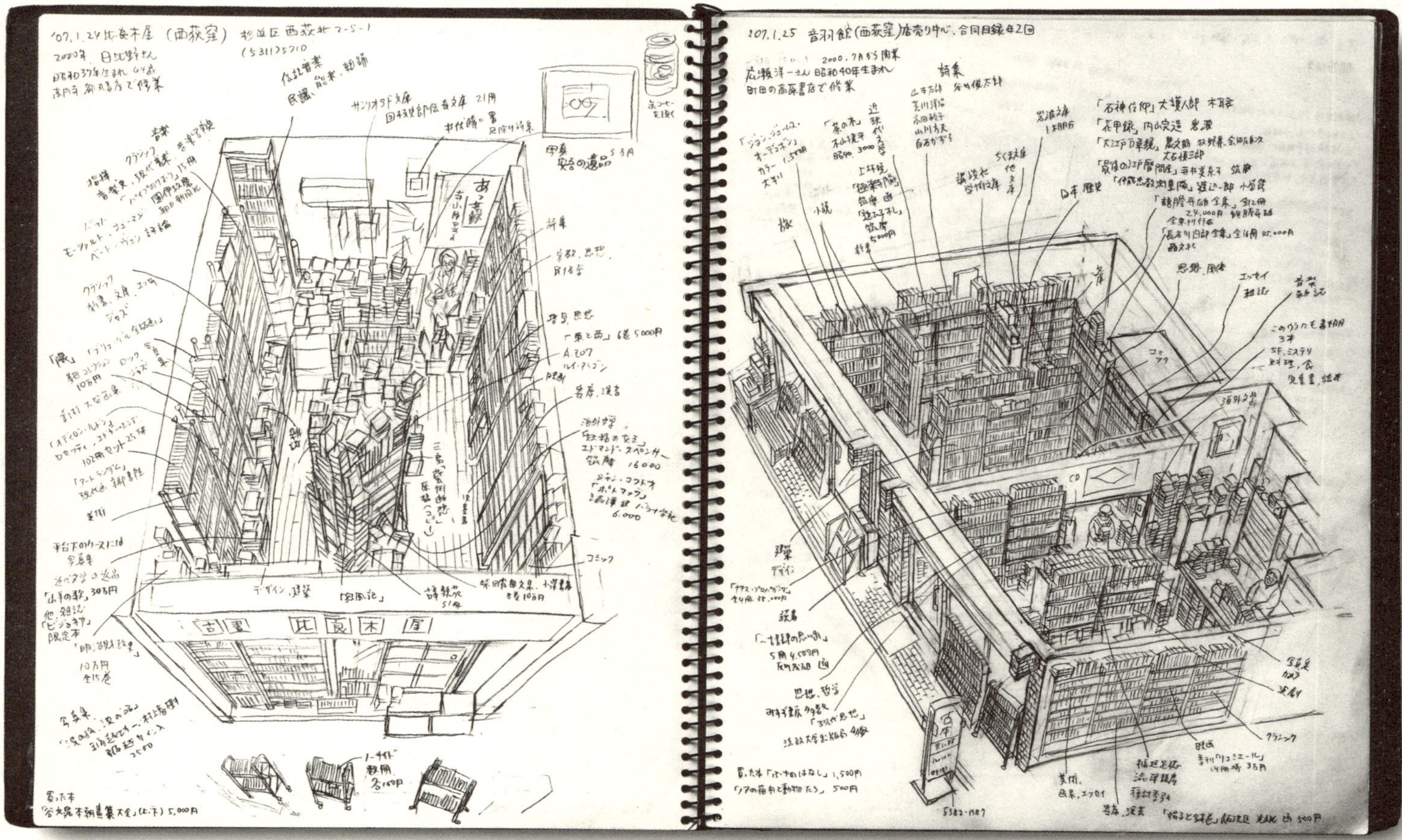
'07.1.24 比良木屋（西荻窪） 杉並区西荻北 7-5-1
(5311)5710
古書 比良木屋
買った本
207.1.25 音羽館（西荻窪）店売り中心、合同目録年2回
2000.7月から開業
広瀬洋一さん 昭和40年生まれ
町田の高原書店で修業
詩集